KB156082

LITTLE DORRIT

작은
도릿

1

왕립미술원 회원 클락슨 스탠필드*에게 헌정함,

그를 사랑하는 친구가

* 클락슨 스탠필드(Clarkson Stanfield, 1793~1867): 1830년대 후반부터 디킨스
와 막역하게 지냈던 해양화가. 이탈리아와 프랑스의 풍경도 즐겨 그렸음.

서문[1]

　필자는 지난 2년간 대부분의 집필시간을 이 이야기를 쓰는 데 할애했다. 통거리로 읽었을 때 이 이야기의 장점과 단점 전체가 드러나지 않는다면 필자가 시간을 아주 잘못 보낸 것이 분명하다. 그러나 이야기가 두서없이 출판되는 동안, 필자가 어느 누구보다도 지속적인 관심을 기울이면서 이야기의 여러 가닥을 꿰고 있었으므로 엮어진 이야기를 마무리된 채로 그리고 무늬가 완성된 채로 읽어달라고 부탁드리고 싶다.

　바너클 일족과 에돌림청같이 아주 과장된 허구에 대해 변명해본다면, 필자는 본인이 러시아전쟁[2]이나 첼시사문위원회[3] 시절에 예

---

[1] 『작은 도릿』은 1855년 12월부터 1857년 6월까지 분할 출판되었던 작품이고, 여기 실린 「서문」은 마지막 회에 「후기」로 첫선을 보였다.
[2] 크리미아전쟁(1853~1856): 러시아제국이 흑해로의 진출권을 확보하기 위해 흑해 연안의 크리미아반도를 주요무대로 하여 영국, 프랑스, 오스만제국 등의 연합국과 벌였던 전쟁. 러시아의 남진정책은 이 전쟁에서의 패배를 계기로 좌절된다.
[3] 국무성장관이었던 팬뮤어 경(Lord Panmure)이 크리미아전쟁 때 영국군을 괴롭혔던 병참물자의 지원 부족 문제를 조사하기 위해 1856년에 소집했던 위원회. 병참부서에게 책임을 물을 수 없다는 동 위원회의 결론에 대해 비난여론이

의를 지키지 않았다는 하찮은 사실을 주제넘게 언급하느니 영국인이 흔히 겪는 경험이라는 얘기로 변명에 대신하고자 한다. 머들 씨라는 과장된 구상은 철도주鐵道株 시대[4]를 거친 이후에, 또한 어떤 아일랜드 은행[5]과 그리고 마찬가지로 훌륭한 한두 개의 다른 회사를 겪은 시기에 기원을 두고 있다. 필자가 사악한 계획이 선하고 명백히 종교적인 계획인 양 나서는 때가 가끔 있다는 식의 터무니없는 생각에 사로잡혀있다는 의혹도 있지만, 고인이 된 영국왕립은행[6]의 임원들을 공개적으로 조사하는 시기에 그 같은 구상이 이 작품에서 정점에 도달하게 된 것은 묘한 우연의 일치일 뿐이다. 그러나 필요하다면 필자는 이 모든 죄목에 대해 결석재판을 받고, 그 같은 일이 이 나라에선 결코 일어난 적이 없다는 (믿을만한 소식통으로부터의) 확약을 순순히 받아들일 것이다.

몇몇 독자분들은 마셜시 감옥이 일부분이라도 아직 남아있는지 알고 싶어 할지 모르겠다. 필자 자신도 이달 6일에 찾아가서 직접 볼 때까지는 몰랐을 뿐 아니라, 이 이야기에서 자주 언급되었던 앞

고조되었는데, 디킨스는 자신이 발행인이자 편집자로 있던 『흔히 쓰는 말들』 (*Household Words*)이라는 잡지에 이 위원회를 비난하는 글을 두 차례 게재했다.

[4] 1840년대 중반 철도에 대한 투기열풍이 영국을 휩쓸었다.

[5] 1856년의 존 새들러(John Sadleir) 추문을 지칭. 새들러는 동생이 운영하던 은행에서 잔고에 없는 이십만 파운드의 수표를 발행하는 등 영국과 아일랜드를 무대로 백만 파운드 이상에 달하는 사기행각을 벌이다가 독약을 먹고 자살했다.

[6] 1849년에 설립되어 1856년 9월에 파산한 은행. 임원들과 투기꾼들에게 과다한 대출을 해준 것이 파산의 원인이었다.

면에 있는 바깥쪽 마당이 버터 가게로 바뀐 것을 확인하고는 감옥의 벽돌까지도 모두 다 망실된 걸로 단념할 뻔했다. 그러나 근처에 있던 "버먼지로 통하는 에인절 코트"라는 곳을 천천히 걸어 내려가다가 "마셜시 터"에 이르렀는데, 거기에 있는 집들이 전에 감옥으로 사용했던 커다란 건물이라는 사실뿐 아니라 필자가 작은 도릿의 전기 작가가 되었을 때 마음속으로 상상했던 감방들이 보존되어있는 거라는 사실을 알게 되었다. 필자가 이야기를 나눠 본 소년 중에서 제일 작은 소년이 일찍이 봤던 중에서 제일 큰 아이를 업은 채로 그 장소의 옛날 용도에 대해 놀라울 정도로 잘 설명해주었는데, 그 설명은 거의 정확한 것이었다. 그 젊은 뉴턴이(그가 그 정도의 사람이라고 필자가 판단하기 때문에) 그 정보를 어떻게 입수했는지는 모르겠다. 25년 전 일이라 그 감옥에 대해 스스로 뭔가를 알 수는 없었을 텐데 말이다. 필자가 작은 도릿이 태어났고 그녀의 아버지가 오랫동안 살았던 감방의 창문을 가리키면서, 지금 저 방에 살고 있는 사람이 누구니? 하고 묻자, 소년이 "톰 파이식이에요,"라고 했다. 톰 파이식이 누구니? 하고 묻자, 소년이 "조우 파이식의 삼촌요,"라고 대답했다.

조금 더 내려가니, 관례를 지키기 위한 경우 빼고는 아무도 수감되지 않는 답답한 내부감옥을 둘러싸고 있던 한층 더 오래되고 작은 담장이 나타났다. 그러나 버먼지로 통하는 에인절 코트를 나와서 마셜시 터에 들어서는 사람은 누구든지 자신이 사라진 마셜시 감옥의 바로 그 포석을 밟고 있다는 사실을 깨달을 수 있을 것이다. 또한 우측과 좌측에 있는 좁은 마당은 그곳이 자유롭게 출입할 수 있는 장소로 변했을 때 담장을 낮춘 것을 제외하면 거의 변하지 않았다는 사실을 깨달을 수 있을 것이다. 그리고 채무자들이 살던 감방을 바라보면서 마음속에 밀려오는 수많은 비참한 세월의 유령들 속에 서 있게 될 것이다.

『블리크 하우스』[7]의 서문에서 필자는 본인이 그렇게 많은 독자를 가졌던 적이 없었다고 말한 바 있다. 그다음 작품[8] 『작은 도릿』의 서문에서도 같은 말을 여전히 되풀이해야겠다. 우리 사이에 증가해온 애정과 신뢰를 깊이 의식하면서 그때 덧붙였던 대로 이번 서문에도 덧붙이고자 한다. 우리가 또 만날 수 있기를!

런던에서,
1857년 5월

---

[7] *Bleak House* (1852~1853)
[8] 디킨스는 『작은 도릿』을 출판하기 전인 1854년에 『어려운 시절』(*Hard Times*)을 발표했지만, 이 작품은 19회에 걸쳐 분할 출판을 하지 않고 주간잡지에 연재했다. 따라서 분할 출판을 기준으로 보면 『작은 도릿』이 『블리크 하우스』 다음 작품에 해당한다.

2권 차례

3권 차례

제2부 부유(富裕)

4권 차례

· **일러두기** · ────────────────

1. 이 책은 번역의 저본으로 2003년에 출판된 펭귄(Penguin) 판을 사용했다.
2. 1권 4장, 1권 8장의 끝머리에 표시된 바와 같이 몇 장마다 나타나는 별표기호
   (***)는 작가가 이 작품을 19회에 걸쳐서 분할 출판했을 때 각 회의 구분을 나타
   낸다.
3. 원문에서 부연설명이나 보충설명뿐 아니라 망설임이나 말줄임을 나타내기 위해
   사용한 대시기호(─)는 본문에서도 대부분 줄표기호(─)로 표시했다.
4. 2003년 펭귄 판의 오류는 옥스퍼드 판(1979; 1999)과 또 다른 펭귄 판(1967)을
   참조하여 바로잡고 본문에 각주로 표시했다. 그러나 사소한 오류의 경우는 각주
   없이 바로잡았다.
5. 독자들의 이해를 돕기 위해 2003년 펭귄 판에 포함되어 있는 삽화를 본문에
   수록하였다.

제1부

가난

1 햇볕과 그늘

30년 전 어느 날 마르세유는 햇볕 속에서 타오르고 있었다.

남부 프랑스에서 무더운 8월에 태양이 타오르는 것은 그 이전이나 그 이후를 봐도 크게 드문 일이 아니었다. 마르세유와 그 주위의 모든 것이 타오르는 하늘을 빤히 쳐다보았고 또한 그 답례로 빤히 쳐다보는 대상이 되어서 빤히 쳐다보는 습관이 그곳에선 일상화되었다. 이방인들은 빤히 쳐다보는 흰 집들, 빤히 쳐다보는 흰 담장들, 빤히 쳐다보는 흰 거리들, 빤히 쳐다보는 바싹 마른 대로들, 초목이 타서 없어진 빤히 쳐다보는 언덕들이 자신들을 빤히 쳐다보는 바람에 무안할 지경이었다. 시야에 들어오는 사물 중 뚫어져라 빤히 쳐다보거나 빤히 노려보지 않는 사물은 많이 달린 포도 탓에 축 늘어져있는 포도나무뿐이었다. 뜨거운 공기가 힘없는 잎사귀를 겨우 움직이면 포도나무는 가끔씩 살짝 눈을 감았다.

항구 안의 더러운 수면에나 항구 바깥의 아름다운 바다에나 잔물결을 일으키는 바람 한 점 불지 않았다. 검정색과 푸른색 사이의 경계선은 맑은 바닷물이 통과하지 않는 지점을 나타냈다. 하지만 맑은 바다는 혐오스럽게 정체된 근해만큼 적막했으며 그것과 절대 섞이지 않았다. 차일이 없는 작은 배들은 너무 뜨거워 손을 댈 수가 없었고, 정박지에 묶어둔 큰 배들은 열기에 데어 부풀었으며, 부두의 돌들은 몇 달 동안 낮이고 밤이고 식는 법이 없었다. 인도 사람들, 러시아 사람들, 중국 사람들, 스페인 사람들, 포르투갈 사람들, 영국 사람들, 프랑스 사람들, 제노바 사람들, 나폴리 사람들, 베네치아 사람들, 그리스 사람들, 터키 사람들 등, 바벨탑을 쌓아올린 모든 자의 후손들이 마르세유에 교역하러 왔다가 다 같이 그늘을 찾았다 - 요컨대, 쳐다볼 수 없을 정도로 강렬한 푸른색 바다와 타오르는 커다란 불의 보석이 하나 박혀있는 자줏빛 하늘로부터 숨을 곳을 찾아 피신했다.

두루두루 빤히 쳐다보는 시선이 사람들의 눈을 아프게 했다. 이탈리아 해변의 먼 수평선 쪽은 바닷물이 증발하여 서서히 피어오르는 옅은 안개구름 덕에 그 시선이 조금 부드러워진 것이 사실이었지만 다른 쪽은 전혀 부드러워지지 않았다. 산허리에서, 계곡에서, 그리고 끝없이 펼쳐진 벌판에서, 흙먼지가 두껍게 쌓여있는 빤히 쳐다보는 대로들이 빤히 쳐다보는 대상이 된 모습이 멀리 보였다. 흙먼지를 뒤집어쓴 채 길가 오두막집 위로 쑥 뻗어 나온 포도나무와 잎이 바싹 말라서 그늘을 제공하지 못하는 단조로운 가로수들이 땅과 하늘이 빤히 쳐다보는 가운데 축 처져있는 모습도 멀리 보였다. 늘어지는 종소리를 내면서 긴 달구지 줄을 이루어 서서히 내륙으로 움직이는 말들이 멀리 보였고, 드러누워 있던 마부들이 깨어있는 모습이 - 그들이 깨어있는 것은 드문 일이었다 - 멀리 보였으며, 들판에서 일하고 있는 지친 일꾼들도 멀리 보였다. 살아 있거나 성장하는 모든 것이 이처럼 빤히 노려보는 시선에 압도되었다. 울퉁불퉁한 돌담 위를 재빨리 지나가는 도마뱀과 딸랑이처럼 맴맴 소리를 건조하고 덥게 내고 있는 매미만이 예외였다. 흙먼지까지도 햇볕에 타서 거무스름했으며 공기 자체가 헐떡이는 것처럼 대기 속에서 뭔가가 떨렸다.

집들은 빤히 쳐다보는 시선을 안에 들이지 않으려고, 덧문과 겉창을 닫고, 커튼과 차양을 쳤다. 작은 틈이나 열쇠 구멍이라도 있다면, 시선이 백열하는 화살처럼 쏟아질 것이다. 성당은 그 시선에서 멀리 벗어나 있었다. 기둥과 홍예의 안쪽 그늘 - 깜박이는 등잔불이 어렴풋하게 흩어져 있고, 기도를 하며 졸기도 하고 침을 뱉기도 하고 간구하기도 하는 추하고 나이 든 그림자들이 꿈속에서처럼 들어차 있는 그늘 - 에서 밖으로 나온다는 것은 불타는 강물에 뛰어들었다가 가장 가까이에 있는 좁다란 그늘까지 필사적으로 헤엄쳐 건너간다는 것을 의미했다. 사람들은 그늘이 있는 곳이라면 어디서든지 축 늘어져 기대거나 누워있었고, 웅얼웅얼하는 소리나 개 짖는 소리도 거의 들리지 않았다. 땡그랑거리며 불협화음을 내는 성당 종소리와 우르르하는 고약한 북소리만이 이따금 울리는 가운데, 강렬한 냄새와 맛을 내는 실체인 마르세유가 어느 날 햇볕 속에서 이처럼 구워지고 있었다.

당시 마르세유에는 아주 형편없는 감옥이 하나 있었다. 워낙 혐오감을 주어서 주제넘게 빤히 쳐다보는 시선조차도 못 본 체하는 장소이고, 감옥이 저 혼자서 찾아낼 수 있는 반사광의 폐물 이외에 다른 빛은 들어오지 않는 그곳 감방 중 한 곳에, 두 명의 남자가 갇혀있었다. 감방 안에는, 두 명의 남자 외에, 브이(V) 자가 새겨진 볼꼴사나운 긴 의자 하나가 벽에 고정되어 있었고, 칼로 조잡하게 자국을 낸 체스판 하나, 낡은 단추와 사골四骨 로 만든 체스 말 한 조, 도미노 패 한 조, 매트 두 장, 포도주 두세 병이 있었다. 쥐들과 눈에 보이지 않는 다른 해충에 더해서 눈에 보이는 해충인 두 남자를 제외하면 이것이 감방 안에 있는 전부였다.

감방으로는 꽤 커다란 창문처럼 만든 격자 모양의 쇠창살을 통해 그 크기만큼의 햇빛이 들어왔으며, 그곳을 통해 창살이 나 있는 어두운 계단에서 감방 안을 항상 감시할 수 있었다. 창살에는 폭이 넓고 튼튼한 석조선반이 붙어있었는데, 선반의 아랫동은 벽돌로 된 벽 3, 4피트 되는 곳에 끼워져 있었다. 남자 중 한 명은 두 무릎을 당겨 발과 어깨를 서로 반대편에 단단히 댄 채 반쯤은 앉고 반쯤은 누운 자세로 선반 위에 늘어져 있었고, 창살이 그가 팔꿈치까지 내밀 수 있을 정도로 넓게 벌어져 있었다. 그렇게 그는 좀더 편안한 자세를 취한 채로 느긋하게 있었다.

감옥의 얼룩이 그 안에 있는 모든 것에 묻어있었다. 유폐된 공기, 유폐된 햇빛, 유폐된 습기, 유폐된 사람이 모두 감금되었기 때문에 악화되었다. 감금된 사람들이 시들고 여위었듯이 쇠창살은 녹슬고 돌은 끈적끈적했으며 나무는 썩고 공기는 희박했고 햇빛은 어둑했다. 우물처럼, 지하실처럼, 무덤처럼, 감옥 안에서는 바깥의 밝음에 대해 알 수 없었다. 그리고 감옥의 오염된 공기는 이곳이 인도양에 있는 향료香料제도 중의 한 섬이라 해도 오염된 그대로였을 것이다.

창살 선반에 누워 있던 사내는 냉기를 느껴 한쪽 어깨를 조급하게 들썩여서 커다란 망토가 자기 위로 좀 더 많이 오도록 잡아당기고는 투덜거렸다. "빌어먹을 이 도둑놈 같은 햇빛이 여긴 비치지도 않는군!"

그가 식사를 기다리면서 계단 저 아래 쪽을 살피기 위해 쇠창살

새장 속의 새들

을 곁눈질하는 모습은 먹잇감을 노리는 맹수의 표정과 흡사했다. 그러나 너무 몰려 있는 그의 두 눈은 백수의 왕의 눈처럼 근사해 보이지는 않아서, 빛난다기보다 날카롭다는 인상을 주었다 - 요컨대, 겉모양부터가 자신을 배반하지 않는 날카로운 흉기였던 것이다. 그는 깊이나 변화가 없는 두 눈을 번득이며 떴다가 감았다가 했다. 그 정도로 하고 두 눈의 사용을 그만두었더라면, 차라리 시계공이 더 나은 짝을 만들 수 있었을 것이다. 코는 매부리코였는데, 그 나름으로 잘생겼지만 두 눈 사이에 높이 솟은 정도가 두 눈이 몰린 정도와 아주 흡사했다. 몸집과 키가 컸고 입술은 얄팍했으며, 빽빽하게 난 콧수염이 어쨌든 입술임을 나타냈다. 푸석푸석하고 숱이 많은 머리칼은 무슨 색인지 꼭 집어서 말할 순 없지만 텁수룩한데다 붉은색이 섞여있었다. 쇠창살을 쥐고 있는 손은(최근에 치료를 받은 생채기로 인해 손등 전체에 보기 흉한 자국이 나 있었는데) 유별나게 작고 통통했으며, 감옥의 때가 묻지 않았다면 유별나게 하얬을 것이다.

다른 남자는 거친 천으로 만든 다갈색 외투를 덮고 돌바닥에 누워 있었다.

"일어나, 돼지야!" 처음의 사내가 으르렁거리듯 말했다. "내가 배고플 때는 자지 말란 말이야."

"아무래도 좋아요, 방장님." 그 돼지가 순종조로 쾌활하게 말했다. "원하면 깨어있을 수도 있고 잘 수도 있거든요. 아무튼 마찬가지예요."

말을 하며 남자가 일어나서 몸을 부르르 떨더니 가려운 데를 여기저기 긁었다. 그리고 다갈색 외투의 양 소매를 이용해서 외투를 목 주위에 헐겁게 묶은 후(전에는 그 옷을 덮개로 사용했었다) 쇠창살 맞은편 벽에 등을 기댄 채 하품을 하며 바닥에 앉았다.

"지금 몇 시나 됐어?" 처음의 사내가 낮게 으르렁거렸다.

"정오 종이 - 40분 후면 울릴 거예요." 그가 잠깐 말을 멈추고 감방을 둘러보았다, 마치 어떤 정보를 찾는 것처럼.

"네놈은 시계나 마찬가지야. 어떻게 항상 시간을 알지?"

"어떻게 말씀드려야 될까요! 지금이 몇 시인지, 그리고 지금 어디에 있는지 항상 안다는 얘기를요. 밤중에 보트를 타고 이리로 끌려왔지만 여기가 어딘지 알아요. 여길 보세요! 마르세유 항굽니다." 그는 무릎을 대고 가무잡잡한 집게손가락으로 바닥에 항구를 그렸다. "여기가 툴롱이고(갤리선이 떠 있는 곳 말입니다), 스페인은 저쪽이며, 알제는 **저** 너머예요. 왼쪽으로 가면 여기가 니스지요. 코르니슈 길을 따라 돌아가면 제노바고요. 제노바의 방파제와 항구이고, 검역소 뜰이고, 시내는 저기 벨라도나[1]가 붉게 피어있는 테라스 정원 정도 되겠네요. 여긴 포르토피노 항인데, 리보르노 쪽으로 출항할 수도 있고 치비타베키아로도 출항할 수 있어요.[2] 이렇게 쭉 가

---

[1] 벨라도나는 가지과의 여러해살이풀로 녹색 잎, 자주색 꽃, 검은색 열매를 지닌 맹독성의 약용식물이다. 디킨스는 여기서 장미 종류를 염두에 두었던 듯하다.
[2] 포르토피노는 제노바 남동쪽에 있는 항구이고, 리보르노는 이탈리아 중부의 토스카나 지방에 있는 항구이며, 치비타베키아는 로마 북서쪽에 있는 항구이다.

면 – 이런! 나폴리를 표시할 공간이 없네요." 그때쯤 벌써 벽에 닿았던 것이다. "이러나저러나 상관없어요. 거긴 저 안이거든요!"

그는 바닥에 무릎을 댄 채 감옥에 갇힌 것치고는 생기 넘치는 표정으로 동료 죄수를 올려다보았다. 다소 땅딸막했지만 햇볕에 그을렸으며 민첩하고 유연한 작은 몸집의 사내였다. 거무스름한 두 귀에는 귀고리가 달려있었고, 하얀 이가 볕에 그을린 얼굴을 우스꽝스러울 정도로 밝게 해주었다. 새까만 머리타래가 거무스름한 목 주변에 잔뜩 엉겨있었고, 해어진 붉은 셔츠는 볕에 탄 가슴께에서 열려있었다. 헐렁한 바지는 뱃사람이 입는 것 같은 바지였고, 신발은 남부럽잖게 멀쩡했으며, 모자는 길쭉하고 붉은색이었다. 허리춤에는 붉은 띠를 둘렀는데 그 안에는 칼 한 자루가 숨겨져 있었다.

"제가 갔던 길 그대로 나폴리에서 돌아오는지 보세요! 여길 봐요, 방장님! 여기가 치비타베키아이고, 리보르노이고, 포르토피노예요. 그리고 제노바, 코르니슈, 니스 앞바다(저 안쪽 말이에요), 마르세유를 거쳐, 방장님과 제가 있는 곳이잖아요. 열쇠를 가진 간수가 있는 방은 제가 엄지손가락을 대고 있는 곳이고요. 그리고 여기 제 손목이 있는 곳에 사람들이 국가의 면도칼[3]을 상자에 넣어서 보관해요 – 단두대가 있는 방을 자물쇠로 채워둔다고요."

상대방 사내가 갑자기 바닥에 침을 뱉고 목구멍에서 꼴깍하는 소리를 냈다.

---

[3] 프랑스혁명기에 단두대를 일컫던 속칭 중의 하나.

그 직후 계단 아래쪽에 있는 자물쇠 목구멍에서 꼴깍하는 소리가 나더니 문이 덜그럭거렸다. 계단을 서서히 올라오는 발걸음 소리가 들리기 시작했고, 작게 재잘대는 귀여운 목소리와 뒤섞였다. 그리고 광주리를 하나 든 간수가 서너 살 된 딸아이를 데리고 나타났다.

"자네들, 오늘 오전은 어떤가? 보다시피 내 귀여운 딸내미가 아버지 새장 속의 새들을 보려고 나와 함께 다니는 중이네. 저런, 뭐하는 거니! 새들을 봐, 귀여운 아가, 새들 좀 보라고."

그는 아이를 창살까지 치켜들고는, 죄수들을, 특히 무슨 행동을 할지 경계하듯이 작은 몸집의 죄수를 날카롭게 주시했다. "빵을 가져왔네, 세뇨르 존 밥티스트." 그가 말했다. (모두 프랑스어를 사용했지만 작은 사내는 이탈리아 사람이었던 것이다.) "그리고 내가 내기하지 말라고 충고하면 — "

"방장님께는 충고도 하지 않으시면서!" 존 밥티스트가 이를 드러내고 웃으면서 말했다.

"아! 하지만 항상 방장이 따고," 간수가 별로 좋아하는 기색 없이 다른 사내를 흘긋 보면서 대답했다. "자넨 항상 잃잖아. 그건 전혀 다른 거지. 내기를 해서 자넨 매번 바싹 마른 빵과 신 음료만 먹고, 방장은 리옹산産 소시지, 맛좋은 젤리를 바른 송아지 고기, 흰 빵, 스트라키노 치즈, 그리고 좋은 포도주를 차지하잖아. 새들을 보라니까, 아가!"

"불쌍한 새들!" 아이가 말했다.

아이가 겁을 내며 창살 너머로 안을 살펴볼 때, 성스러운 동정심이 감도는 희고 귀여운 그 얼굴은 마치 감옥을 방문한 천사의 얼굴 같았다. 존 밥티스트는 아이의 얼굴이 자신을 꽤 끌어당기는 것처럼 일어나더니 아이 쪽으로 움직였다. 하지만 다른 사내는 조바심을 내며 간수가 가지고 온 광주리를 한 번 흘겨보고는 전처럼 꼼짝 않고 있었다.

"잠깐!" 간수가 어린 딸을 창살의 바깥쪽 선반에 올려놓았다. "아이에게 새들을 먹이라고 해야겠군. 이 커다란 빵은 존 밥티스트 아저씨 거야. 새장에 넣으려면 빵을 찢어야겠구나. 그렇지, 말 잘 듣는 새 한 마리가 작은 손에 입을 맞추는군! 포도 잎으로 싼 이 소시지는 리고 아저씨 거야. 또 – 맛좋은 젤리를 바른 이 송아지 고기도 리고 아저씨 거고. 또 – 자그마한 흰 빵 세 덩이도 리고 아저씨 거야. 또, 이 치즈도 – 또, 이 포도주도 – 또, 이 담배도 – 모두 리고 아저씨 거란다. 운 좋은 새 같으니!"

아이는 창살 사이로 그 모든 것을 부드럽고 매끈하며 잘생긴 손에 넘겨주었는데 두려워하는 기색이 역력했다 – 손을 뒤로 뺀 채 하얀 이마를 찌푸리면서 공포와 분노가 절반씩 섞인 표정으로 그를 바라본 것이 한두 번이 아니었던 것이다. 반면 존 밥티스트의 거무스름하고 꼭 쥔 마디진 두 손에는(그의 여덟 손가락과 두 엄지손가락에 나 있는 손톱을 모두 합해도 리고 씨의 손가락 하나에 나 있는 손톱보다도 짧았다) 기꺼이 믿는 태도로 조악한 빵 덩어리를 건네주었는데, 그가 자기 손에 입을 맞추자 아이는 사내의 얼굴을 어루만지듯이 쓰다듬었다. 리고 씨는 이런 차별에는 개의치 않고 아이가 자신에게 뭐든 넘겨줄 때마다 아이에게 웃음을 띠고 고개를 끄덕여서 아이 아버지의 기분을 맞춰주었다. 그리고 나서는 누워 있던 선반 구석에 편리하게 진수성찬을 차리자마자 맛있게 먹기 시작했다.

리고 씨가 웃을 때면, 결코 호감을 주지는 못하지만 눈에 확 띄는 변화가 얼굴에 나타났다. 콧수염이 코 아래로 올라가고 코는 콧수염 위로 내려와서 아주 음흉하고 잔인하게 보였다.

"자!" 간수가 광주리를 뒤집어서 부스러기를 털어내며 말했다. "자네에게 받은 돈은 다 썼고, 여기 그 기록이 있네. 그러니 **그 일은** 끝났어. 리고, 어제 내가 예상한 대로 재판관이 오늘 오후 한 시에 자넬 보려고 하더군."

"재판을 하려고요?" 리고가 칼을 손에 들고 한입 문 채 먹던 것을 멈추고 물었다.

"바로 그거야. 자넬 재판하려는 거지."

"제 소식은 없나요?" 흐뭇하게 빵을 씹기 시작했던 존 밥티스트가 물었다.

간수가 어깨를 으쓱했다.

"오오, 신이시여! 아버지시여, 제가 평생 여기서 지내야 하나요?"

"내가 어떻게 알아!" 간수가 남쪽 사람답게 재빨리 밥티스트 쪽으로 향하더니, 그를 갈기갈기 찢으려고 위협하는 것처럼 두 손과 모든 손가락으로 손짓하며 큰 소리로 말했다. "이보게, 자네가 여기서 얼마나 오래 지낼지 내가 어찌 알겠나? 어떻게 알았어, 존 밥티스트 카발레토? 개떡같이! 하기야 여기 수감된 죄수 중에는 재판받는 것을 결코 서두르지 않는 녀석들이 가끔 있긴 하지."

그 말을 하면서 리고 씨를 흘금거리는 것 같았지만, 리고 씨는
잠시 멈췄던 식사를 다시 시작한 다음이었다, 비록 아까처럼 아주
맛있고 재게 먹지는 못했지만 말이다.

"안녕, 내 새들!" 간수가 귀여운 아이를 안고서 그 말을 따라 하라
고 입을 맞췄다.

"안녕, 내 새들!" 귀여운 아이가 따라 했다.

아이가 밝고 순진무구한 얼굴을 하고 아빠의 어깨너머로 뒤를 돌
아보았고, 간수는 아이들이 놀면서 부르는 노래를 딸에게 불러주며
멀어져갔다.

> "누가 늦은 시간에 이 길을 지나가나요?
> 마졸렌[4]의 동무여!
> 누가 늦은 시간에 이 길을 지나가나요?
> 언제나 쾌활하게!"

존 밥티스트는 창살이 있는 곳에서 화답한다는 게 체면 문제라고
생각했다. 그래도 약간 쉰 목소리지만 박자와 가락을 잘 맞춰 답가
를 불렀다.

---

[4] 프랑스 가정에서 창턱에 내놓던 마졸렌 화분을 지칭. 집안의 여자들은 화분에
   물을 준다는 구실로 창가에 나와서 지나가는 사람과 이야기를 할 수 있었다.

"왕의 모든 기사 중 꽃 같은 기사죠,
마졸렌의 동무여!
왕의 모든 기사 중 꽃 같은 기사죠,
언제나 쾌활하게!"

몇 개의 가파른 계단을 다 내려올 때까지도 노래가 들려와서, 간수는 어린 딸이 노래를 마저 다 듣고 새들이 아직 보이는 동안은 후렴구를 따라 할 수 있도록 걸음을 멈춰야만 했다. 그러고 나서 아이의 머리가 사라졌고 간수의 머리도 사라졌다. 그렇지만 밥티스트는 문이 닫힐 때까지 작은 소리로 후렴구를 계속 불렀다.

메아리가 그치기도 전에(메아리조차도 감금되어서 더 약하고 꾸물거리는 것 같았다), 존 밥티스트가 귀를 기울이고 듣느라 앞을 가로막고 있다는 사실을 깨달은 리고 씨가 발로 그를 밀어서 원래 있던 더 어두운 곳으로 돌아가도록 했다. 하지만 존 밥티스트는 바닥에서 지내는 데 완벽하게 익숙해진 사람처럼 아무래도 상관없다는 투로 편안하게 다시 앉았다. 그리고 거친 빵 세 덩어리를 자기 앞에 놓고 네 번째 빵을 집더니 빵을 다 해치우는 것이 일종의 놀이인 양 빵들을 만족스럽게 먹어치우기 시작했다.

어쩌면 그가 리고 씨의 리옹산 소시지를 흘금거렸을 수도 있고, 맛좋은 젤리를 바른 송아지 고기를 흘금거렸을 수도 있지만, 그가 군침을 흘리도록 그것들이 오랫동안 남아있진 않았다. 리고 씨는 재판관과 법정 이야기에도 불구하고 그것들을 재빨리 해치운 다음에 손가락을 가능한 한 깨끗하게 빨아먹고 포도 잎에 문질렀다. 그러고 나서 포도주를 마시다가 동료 죄수를 바라보았는데, 역시 콧수염이 올라가고 코가 내려왔다.

"빵 맛이 어때?"

"목이 조금 마르지만 옛날부터 쓰던 소스가 있어요." 존 밥티스트가 칼을 손에 쥔 채 대답했다.

"어떤 소스?"

"빵을－멜론처럼 잘라서 먹을 수 있으니까요. 또는－오믈렛처럼, 또는－기름에 튀긴 생선처럼, 또는－리옹산 소시지처럼요." 존 밥티스트가 들고 있던 빵을 다양하게 잘라 보이고, 포도주 없이 입안에 든 것을 씹으면서 말했다.

"자!" 포도주 병을 건네며 리고 씨가 큰소리로 말했다. "마셔도 돼. 다 마셔."

남은 포도주가 거의 없었기 때문에 대단한 선물은 아니었다. 그러나 카발레토는 벌떡 일어나서 포도주 병을 감사하게 받더니 병을 거꾸로 세워 입에 대고는 입맛을 다셨다.

"그 병을 다른 것과 함께 치워." 리고가 말했다.

작은 사내는 명령대로 하고 나서 불을 붙인 성냥을 그에게 건넬 준비를 했다. 리고 씨가 작고 네모진 종이에다 담배를 말아서 궐련을 만들고 있었던 것이다.

"자! 너도 한 대 해."

"정말 감사합니다, 방장님!" 존 밥티스트가 이탈리아 말로, 그리고 이탈리아 사람이 재빠르게 회유하는 듯한 어투로 말했다.

리고 씨는 일어나서 궐련에 불을 붙이고 나머지를 가슴주머니에 넣은 후, 긴 의자에 누워 팔다리를 쭉 폈다. 카발레토는 바닥에 주저 앉은 채 발목을 손으로 하나씩 잡고 태평하게 궐련을 피웠다. 간략한 지도에서 엄지손가락이 놓여있던 곳 바로 옆에, 리고 씨의 눈길을 불편하게 잡아당기는 뭔가가 있는 듯했다. 리고 씨가 그쪽에 워낙 눈길을 줘서 놀라게 된 카발레토는 그 눈길을 따라 바닥을 보다가, 다시 리고를 보는 동작을 여러 차례 반복했다.

"지옥 같은 감옥이야!" 리고 씨가 긴 침묵을 깨며 말했다. "햇빛 좀 봐. 빛이라고? 지난 주 어제의 햇빛, 육 개월 전의 햇빛, 육 년 전의 햇빛 같아. 너무 약하고 우중충해!"

햇빛이 계단 벽에 있는 창을 어둡게 만드는 사각의 채광 구멍으로 맥없이 들어왔는데 그 창을 통해서는 하늘이 절대 보이지 않았다 – 그리고 다른 어떤 것도 보이지 않았다.

"카발레토," 리고 씨가 그들이 둘 다 무의식중에 바라보던 그 구멍에서 갑자기 시선을 돌리며 불렀다. "너는 내가 신사인 걸 알지?"

"물론이죠, 그럼요!"

"우리가 여기에 온 지 얼마나 되었니?"

"저는 내일 밤 자정이면 열한 주가 되고, 방장님은 오늘 오후 다섯 시면 아홉 주하고 삼일이 됩니다."

"내가 여기서 어떤 일이든 했어? 빗자루를 잡거나, 매트를 펴고 접거나, 마실 물을 준비하거나, 도미노 패를 정리하거나, 아니면 어떤 일에든 손을 댔어?"

"절대 아니죠!"

"너는 내가 어떤 일이든 직접 하기를 바란 적이 있니?"

존 밥티스트가 오른손의 집게손가락을 어깨 위로 올려서 뒤쪽에다 대고 특이하게 흔드는 걸로 대답을 대신했는데, 그것은 이탈리아 말에서 최고의 부정을 표현하는 것이었다.

"그래! 여기서 나를 처음 본 순간부터 내가 신사라는 걸 알았지?"

"알트로!" 존 밥티스트가 두 눈을 감고 아주 격렬하게 머리를 젖히며 대답했다. 제노바식 강세에 따라 긍정, 부인, 주장, 거부, 조롱, 칭찬, 농담, 그리고 50가지 다른 의미를 지니는 그 낱말이 이 경우에는 글이 표현하는 모든 위력을 뛰어넘는 의미를 지니고 친숙한 우리말로 해서 "그렇다고 해두죠!"라는 의미를 전달했다.

"하하! 정확하군! 나야말로 신사니까! 그리고 신사로 살다가 신사로 죽을 거야! 신사로 지내는 게 내 계획이거든. 재미있는 게임이지. 개떡 같군, 어디를 가든 끝까지 신사로 지내겠어!"

그가 자세를 바꿔서 앉은 자세를 취하더니 의기양양한 태도로 다음과 같이 크게 말했다.

"자! 날 봐! 운명의 주사위통이 흔들리더니 한낱 밀수꾼과 같이 지내게 되었어 ─ 가난하고 작은 밀수꾼과 같은 방에 갇혔는데, 그 녀석은 가짜 서류를 제출했을 뿐 아니라 (국경을 넘어갈 수단이었던) 자기 보트를 가짜 서류를 제출한 다른 작은 녀석들이 처분하도록 했다가 경찰에 체포된 거야. 그런데 그런 녀석이 이런 빛과 이런 장소에서도 내 신분을 본능적으로 알아보는군. 잘 됐어! 그래! 게임이 어떻게 되든 난 이기게 되어있으니까."

다시 콧수염이 올라가고 코가 내려왔다.

"지금 몇 신가?" 목이 타고 흥분한 채로 창백한 기색을 띠는 바람에 흥겹게 떠들고 있다는 사실과 연결시키기가 다소 어렵게 된 그가 물었다.

"정오가 지난 지 반 시간이 조금 넘었습니다."

"좋아! 재판관이 잠시 후면 신사 한 분을 만나겠군. 이봐! 어떤 죄명인지 말해줄까? 지금 들어야 해, 아니면 절대 못 들을 거야. 여기로 돌아오지는 않을 테니까. 무죄 석방되거나 면도할 준비를 하게 되는 거지. 너도 면도칼이 보관되어있는 곳을 알잖아."

카발레토 씨가 입술을 벌리고 궐련을 빼며 순간적으로 당황하는 기색을 예상 이상으로 보였다.

"나는" - 리고 씨가 일어서서 말했다 - "나는 국제적인 신사입니다. 특정 국가에 속하지 않는단 말이지요. 아버지는 스위스 사람으로 - 보 주(州) 출신이고, 어머니는 혈통은 프랑스 사람이지만 태생은 영국 사람입니다. 그리고 나 자신은 벨기에서 태어났으니 나야말로 세계시민인 거지요."

한쪽 손을 망토의 주름 안쪽에 넣어서 엉덩이에 대고 서 있는 그의 연극적인 태도가, 상대를 무시하고 상대가 아니라 맞은편 벽을 향해 이야기하는 그의 방식과 합해져서, 그가 단순히 존 밥티스트 카발레토같이 변변찮은 사람을 가르치려고 수고하는 것이 아니라 곧 받게 될 재판관의 조사에 대비해서 예행연습을 하고 있다는 사실을 암시하는 듯했다.

"날 서른다섯이라고 생각하십시오. 세상을 두루 경험했지요. 여기서도 살고 저기서도 살았는데 어디서든 신사같이 지냈습니다. 예외 없이 신사로 대접받고 존경 받았으니까요. 당신네들이 내가 잔꾀를 부려서 먹고 살았다는 듯이 말을 해서 나에 대해 편견을 갖게 하려고 한다면 - 소위 변호사들은 어떻게 삽니까 - 소위 정치가들 - 소위 음모가들 - 소위 증권거래소 사람들은요?"

그는 자신의 작고 매끈한 손이 이전에 그에게 종종 큰 도움을 주었던 상류계급 태생이라는 사실의 증거라도 되는 양 그 손을 끊임없이 움직였다.

"2년 전에 마르세유에 왔습니다. 내가 가난했다는 사실은 인정하지요. 아팠거든요. 소위 변호사들, 소위 정치가들, 소위 음모가들, 소위 증권거래소 사람들도 아파서 돈을 긁어모으지 못하면 **그들도** 가난해지는 겁니다. 나는 '황금십자가'라는 여관에 숙박하고 있었습니다 - 그때는 앙리 바롱노 씨가 경영했는데 - 나이가 최소 65세는 되었고 건강이 쇠한 상태였습니다. 내가 그 여관에 숙박한 지대략 넉 달이 지났을 무렵 앙리 바롱노 씨가 불행히도 죽었습니다 - 아무튼 드물게 일어나는 불행은 아니지요, 죽는다는 게 말입니다. 내가 가만있어도 불행은 일어나는 법이니까요, 그것도 아주 자주 말입니다."

존 밥티스트가 궐련을 끝까지 다 피우자, 리고 씨가 관대하게도 또 다른 궐련을 던져주었다. 존 밥티스트는 첫 번째 궐련의 담뱃재에 대고 두 번째 궐련에 불을 붙이고 나서 상대를 곁눈으로 보며 계속 피웠고, 리고 씨는 자신의 사건을 설명하는 데 정신이 팔려서 그를 바라보지도 않았다.

"바롱노 씨는 미망인을 남기고 죽었습니다. 스물두 살이었죠. 그녀는 미인이라는 소문이 돌았고 (전혀 다른 경우가 종종 있지만) 실제로도 미인이었습니다. 나는 '황금십자가'에 계속 머물다가 바롱노 부인과 혼인을 했습니다. 그런 결혼이 크게 불공정한 것인지, 내가 말할 만한 처지는 아닌 것 같습니다. 감옥의 오물을 묻힌 채 여기 서 있지만, 그녀에게는 전남편보다 내가 좀 더 적합한 상대라고 선생님이 생각하실 수도 있으니까요."

그는 잘생긴 남자 같은 외모를 약간 지니고 있었으나 – 사실은 그렇지 않았다. 그리고 점잖은 사람 같은 외양도 약간 지니고 있었으나 – 그렇지 않았다. 그건 단지 허세 부리고 시비 거는 것에 불과했다. 그러나 다른 많은 경우처럼 이 특정한 경우에도 스스로 허장성세를 부리며 주장하면 세상의 절반에서는 증명된 사실로 통하는 법이다.

"어쨌든 간에 바롱노 부인이 나를 좋다고 한 겁니다. **그 사실이** 나에 대해 편견을 갖도록 하진 않겠죠?"

그런 질문을 던지며 존 밥티스트를 우연히 바라보자, 그 작은 사내는 부정의 의미로 기운차게 고개를 가로젓고는 논쟁하는 어조로 소곤소곤 되풀이했다. 알트로, 알트로, 알트로, 알트로 – 끝없이 되풀이했다.

"이제 우리 부부가 처했던 어려운 상태를 말씀드리겠습니다. 나는 자존심이 강한 사람입니다. 자존심을 지키기 위한 말은 절대 입 밖에 내지 않지만 자존심이 강하다고요. 남을 지배하는 것이 또한 내 성격입니다. 복종할 수 없어요, 지배해야지요. 불행하게도 재산은 집사람에게 상속되어 있었습니다. 바로 그것이 그녀의 죽은 남편의 말도 안 되는 행동이었지요. 한층 더 불행하게도 그녀에겐 친척들이 있었습니다. 집사람의 친척들이, 신사이고 자존심이 강하고 지배해야만 만족하는 남편을 방해하면 그 결과는 평화에 해로운 거지요. 우리 부부 사이에는 그 밖에도 다른 불화거리가 있었습니다. 집사람이 불행히도 약간 천박한 사람이었거든요. 그녀의 예의범절을 교화하고 전반적인 말투를 개선하려고 했지만 그녀는(그때도 역시 친척들의 지원을 받아서) 내 노력에 대해 도리어 화를 냈습니다. 우리 사이에 말다툼이 생기기 시작했고, 집사람의 친척들이 중상을 해대는 바람에 그 다툼이 늘어나고 악화되어서 이웃에게 악명을 떨치게 되었습니다. 내가 집사람을 잔인하게 다루었다는 말이 있더군요. 그녀의 얼굴을 때리는 모습을 봤을 수도 있지요 – 얼굴 이외에 다른 데까지 건드리진 않았지만요. 나는 손끝이 날렵하거든요. 그리고 그런 식으로 집사람을 교정하는 모습을 분명히 봤다고 하더라도 그건 거의 장난으로 그런 겁니다."

리고 씨의 장난 좋아하는 성격이 그때 그의 얼굴에 어리는 웃음기에 의해 표현되는 것이었다면 리고 부인의 친척들은 그가 그 불행한 여인을 진지하게 교정하기를 훨씬 더 선호했을 것이다.

"나는 예민하고 용감한 사람입니다. 예민하고 용감하다는 것을 장점으로 내세우는 것은 아니지만 내 성격이 그렇습니다. 집사람의 남자 친척들이 터놓고 주제넘게 나섰다면 나는 그런 사람들 다루는 방법을 알고 있으니까 그렇게 했을 겁니다. 그들이 그 사실을 알고 비밀리에 음모를 꾸몄기 때문에, 그래서 집사람과 나는 불행히도 자주 충돌했습니다. 개인적인 용도로 돈이 필요할 때 아무리 적은 액수라도 충돌 없이는 그 돈을 손에 넣을 수 없었으니까요 - 내가, 게다가 지배하는 성격을 지닌 사람이 말입니다! 어느 날 밤 집사람과 바다로 튀어나온 언덕을 유쾌하게 - 연인처럼, 이라고 할 수도 있겠죠 - 산책하던 중이었습니다. 사악한 별의 영향을 받아서인지, 집사람이 친척들 이야기를 꺼냈습니다. 그 문제를 놓고 그녀를 설득하던 중에, 친척들이 남편에 대해 지니고 있는 질투 어린 적개심의 영향을 받는 것은 존경과 애정의 결핍을 드러내는 것이라고 질책했습니다. 집사람이 반박했고 나도 다시 반박했습니다. 집사람이 점차 흥분했고 나도 흥분해서 그녀를 화나게 했습니다. 그 사실은 인정합니다. 솔직하다는 것이 내 성격의 일부니까요. 마침내 집사람이, 내가 앞으로 늘 후회할 수밖에 없는 격분에 사로잡혀서, 격정적으로 절규하며(약간 떨어진 곳에서 들었던 소리는 그 소리가 틀림없습니다) 내게 덤벼들어서는, 내 옷을 잡아 찢고, 내 머리를 쥐어뜯고, 내 손을 할퀴고, 흙먼지가 날 정도로 쿵쿵거리고 돌아다니더니, 마지막에는 울타리 너머로 몸을 던져서 아래에 있는 바위에 부딪쳐 사망했습니다. 사건이 일어난 맥락이 그러한데, 악의를 가진 자들은 내가 집사람에게서 권리를 포기하겠다는 각서를 억지로 받아내려 했다고 왜곡시키더군요. 내가 요구하는 대로 양보하기를 끝까지 거부하자, 그녀와 싸움을 벌인 것이고 – 그녀를 해치운 것이라나요!"

그는 포도 잎들이 아직도 어수선하게 뒤덮여있는 선반으로 가서 포도 잎 두세 장을 집어 들더니 햇빛 쪽으로 등을 돌린 채 양손을 그 잎에 문질렀다.

"자," 그가 침묵을 지키다가 물었다. "얘기를 다 듣고 할 말이 없니?"

"악질이네요." 전부터 일어나 있던 작은 사내가 대답을 했다. 그러고 나서 한쪽 팔을 벽에 기댄 채 신발에 대고 칼을 닦았다.

"무슨 말이야?"

존 밥티스트는 말없이 칼을 닦았다.

"내가 사건을 정확하게 진술하지 않았다는 뜻이야?"

"알-트로!" 존 밥티스트가 대꾸했다. 그 낱말이 이번에는 사죄하는 뜻으로 사용됐으니, "오오, 천만에요!"라는 의미였다.

"그렇다면 뭐야?"

"재판관과 법정이 그런 편견을 갖고 있을 거라는 거지요."

"원 참!" 리고 씨가 욕설을 하며 망토 끄트머리를 집더니 불안스레 어깨 위에 걸쳤다. "실컷 하라지!"

"정말 그럴 거 같아요." 존 밥티스트는 머리를 숙인 채 칼을 허리에 두른 띠에 넣으며 중얼거렸다.

그들이 둘 다 왔다갔다하기 시작해서 방향을 바꿀 때마다 서로 교차할 수밖에 없었지만 누구도 입을 열지 않았다. 리고 씨는 자기 사례를 새로운 관점에서 보거나 아니면 분노의 항의를 하려는 것처럼 가끔씩 발걸음을 어중간하게 멈추었다. 하지만 카발레토 씨는 눈길을 아래로 돌린 채 이상할 정도의 느린 걸음으로 천천히 왔다 갔다만 했으니, 이러한 상황에서는 어떤 말도 나오지 않았던 것이다.

얼마 안 있어 열쇠로 자물쇠를 따는 소리가 둘 다의 관심을 끌었다. 사람들의 목소리가 이어졌고 발걸음 소리도 이어졌다. 문이 덜그럭거렸고 목소리와 발소리가 다가오더니 위병을 대동한 간수가 천천히 계단을 올라왔다.

"자, 리고 씨," 열쇠를 손에 든 간수가 창살 앞에서 잠시 발걸음을 멈추더니 말했다. "나오시오."

"정식으로 떠나려는 거군요?"

"글쎄, 그러지 않으면," 간수가 대꾸했다. "자네는 다시 합칠 수 없을 정도로 수많은 조각으로 찢어져서 출발할 거야. 사람이 많이 모여 있거든, 그리고 사람들은 자네를 사랑하지 않아."

간수가 보이지 않는 곳에서 앞으로 나오더니, 자물쇠를 풀고 방 귀퉁이에 있는 낮은 문의 빗장을 벗겼다. "자," 그가 문을 열고 방 안에 들어와서 말했다. "나오게."

하늘 아래의 모든 빛깔 중에서 그때 리고 씨의 얼굴에 나타난 바와 같은 창백함은 다시없었다. 얼굴에 나 있는 작은 주름 하나에까지 공포에 질려서 떠는 가슴이 엿보이는 표정은 다시없었다. 다 끝난 싸움과 절망의 극치에 이른 싸움은 둘 다 전통적으로 죽음에 비교되지만, 둘 사이에는 아주 깊은 심연이 있는 것이다.

리고 씨는 카발레토 씨의 궐련에 대고 자신의 궐련에 불을 붙이고 나서 이빨 사이에 꽉 물었고, 챙이 처진 중절모자를 썼으며, 망토 끄트머리를 어깨 위에 다시 걸쳤다. 그러고는 카발레토 씨에게 눈길 하나 주지 않고 문과 면하고 있는 한쪽 복도로 걸어 나갔다. 그 작은 사내는 문 가까이 가서 바깥을 내다보는 데 온 정신을 쏟았다. 짐승이 우리의 열린 문으로 다가가서 그 너머의 자유를 살펴보듯이 문이 닫힐 때까지 지켜보고 응시했다.

군인들을 지휘하는 장교는 칼을 뽑아 손에 든 채 여송연을 피우고 있었는데, 뚱뚱하고 쓸 만하며 대단히 조용한 사람이었다. 리고 씨를 부대의 한가운데에 넣으라고 아주 짤막하게 지시한 후, 대수롭지 않다는 듯이 선두에 서더니, "출발!" 하고 명령을 내렸다. 그러자 군인들이 모두 짤랑거리는 소리를 내면서 계단을 내려갔다. 문이 덜그럭거렸고 – 열쇠가 돌아갔으며 – 한 줄기의 특이한 빛과 한 줌의 특이한 공기가 감옥을 빠져나와 여송연에서 나오는 조그마한 연기의 소용돌이 속으로 자취를 감추는 듯했다.

여전히 감금되어 있는 죄수는 혼자 남겨지자 출발하는 모습을 하나도 놓치지 않으려고 하등동물처럼 – 약간 참을성이 없는 원숭이나 자다가 일어난 작은 곰처럼 – 선반 위로 올라갔다. 두 손으로 창살을 쥐고 서 있는데 시끄러운 소리가 뚜렷이 들려왔다. 고함소리, 비명소리, 욕하는 소리, 협박하는 소리, 저주하는 소리, 이 모두가 그 안에 포함되어 있었지만 뚜렷하게 들리는 것은 (폭풍우 속에서처럼) 점점 더 격렬하게 떠드는 소리뿐이었다.

좀 더 알아보고 싶은 열망 때문에 우리에 갇힌 들짐승을 한층 더 닮게 된 죄수는 민첩하게 뛰어내려서 방 안을 빙빙 돌았고, 다시 민첩하게 뛰어올라서 창살을 쥐고 흔들었다. 다시 뛰어내려서 빙빙 돌다가 다시 뛰어올라서 귀를 기울였고, 소리가 점점 멀어져 완전히 사라질 때까지 가만히 있질 못했다. 얼마나 많은 선량한 죄수들이 자신의 고귀한 마음을 그렇게 지치게 했던 것인지, 아무도 생각하지 않았고, 그들의 애인조차도 깨닫지 못했다. 그들을 잡아서 가둔 위대한 왕들과 통치자들은 의기양양하게 햇빛 속을 돌아다녔고, 사람들은 왕과 통치자들에게 만세를 외쳤다. 앞서 말한 높으신 분들도 임종을 맞아 모범적인 최후를 맞이하고 연설을 했으니, 상류사회의 역사는 그들의 앞잡이보다도 얼마나 더 굽실거리고 그들을 미화했던 것인가!

자고 싶을 때 잘 수 있는 자리를 사방의 벽 안에서 이제 맘대로 택할 수 있게 된 존 밥티스트는 마침내 긴 의자에 누워서 교차시킨 두 팔에 얼굴을 묻은 채 잠을 잤다. 복종 속에서, 민첩함 속에서, 쾌활함 속에서, 일시적인 흥분 속에서, 딱딱한 빵과 딱딱한 돌로 쉽게 만족하는 속에서, 언제든 바로 잠드는 속에서, 전체적으로 보아서는 간헐적으로, 그를 낳은 대지의 진정한 아들이 되었던 것이다.

아주 빤히 쳐다보는 시선이 잠시 빤히 쳐다보다가 사라졌다. 태양이 붉은색, 녹색, 황금색의 장관 속에서 졌고, 별들이 높은 하늘에 나타났으며, 인간들이 더 나은 존재계의 덕을 미약하게 모방하는 것처럼 반딧불이들도 낮은 하늘에서 별들을 흉내 내었다. 흙먼지가 이는 긴 길과 끝없이 긴 벌판은 휴식하고 있었다 - 그리고 아주 깊은 침묵이 바다 위에 내려앉은 탓에, 바다는 죽은 자들을 언제 내어 줄 작정인지[5] 그 시간을 속삭이지 않았다.

2 길동무들

"오늘은 어제와 달리 저 너머에서 악쓰는 소리가 더 이상 들리지 않는군요, 그렇죠?"

"아무 소리도 듣지 못했습니다."

"그러면 그런 일이 **없다고** 확신해도 좋아요. 이 사람들이 악을 쓸 때는 들으라고 그러는 거니까."

"대부분의 사람들이 그런 것 같더군요."

"아! 하지만 이 사람들은 항상 악을 써. 그러지 않으면 행복을 느끼지 못하나 봐."

"마르세유 사람들 말씀인가요?"

"프랑스 국민 전부가 그렇다는 거예요. 언제나 소릴 지르잖아. 마르세유에 대해서라면, 마르세유가 어떤 곳인지 우리는 잘 알고 있

---

5   최후심판의 날을 묘사하는 요한계시록 20장 13절 참조.

지. 지금까지 작곡된 노래 중에서 가장 선동적인 곡조[6]를 세상에 내보냈으니까. 마르세유는 이런저런 것들을 위해 알롱하고 마르숑 하지 않으면 존재할 수가 없어 – 승리 아니면 죽음, 혹은 감정의 폭발, 뭐 이런 것들이지."

내내 엉뚱하고 쾌활하게 말을 하던 사람이 마르세유를 최고조로 경멸하면서 흉벽胸壁 너머를 바라보았다. 그러다가 양손을 주머니에 넣고 마르세유를 향해 돈을 짤랑거리고 결연한 자세를 취하더니 짧게 웃으면서 마르세유를 외쳐 불렀다.

"알롱과 마르숑이여. 사람들을 검역소에 가두어두지 말고 그들이 자신들의 합법적인 용무를 알롱하고 마르숑하게 두는 편이 자네에게도 나을 걸세."

"어지간히 따분하네요." 다른 사람이 말했다. "하지만 오늘은 나갈 거예요."

"오늘은 나간다고!" 첫 번째 사람이 따라 했다. "우리가 오늘 나가도 엄청나게 도발한 것과 마찬가지야. 나간다고! 우리가 도대체 어째서 이 안에 있는 거지?"

"아주 확실한 이유는 없다고 해야겠지요. 하지만 우리가 동양에서 왔고, 동양은 전염병이 도는 지역이니까 – "

"전염병이라고!" 다른 사람이 따라 했다. "그게 내 불만이야. 여기에 온 이래 계속해서 전염병을 앓고 있는 셈이니까. 말하자면 정

---

6 프랑스혁명 이후 수립된 공화국의 국가인 '라 마르세예즈'를 의미함.

신 멀쩡한 사람이 정신병원에 갇힌 거나 진배없잖소. 그런 의심을 견딜 수 없어요. 내가 여기에 왔을 때 나는 평생의 어느 순간에 못지 않게 건강했단 말이오. 그런데도 전염병에 걸렸다고 의심하는 것은 내게 전염병을 옮기는 것과 마찬가지란 말이오. 그래서 병에 걸렸고 - 병을 앓고 있어."

"미글스 씨, 당신은 썩 잘 견디고 있어요." 두 번째 사람이 웃으면서 말했다.

"그렇지 않아요. 그쪽이 실상을 안다면 그런 말을 하지 않을 거야. 밤마다 깨어서, **이제** 병에 걸렸어, **이제** 병이 진행되었어, **이제** 병을 앓을 거야, **이제** 이 친구들이 조심한답시고 자신들의 입장을 얘기하겠군, 이라고 중얼거렸단 말이오. 글쎄, 여기서와 같은 삶을 계속 사느니 꼬챙이로 내 몸을 찌르고 곤충표본으로 채집되어서 마분지 위에 붙어있는 게 낫겠지."

"저런, 여보, 그 얘기는 그만 해요, 이제 끝난 걸요." 한 여성이 쾌활한 목소리로 역설했다.

"끝났다고!" 미글스 씨가 따라 했다. 그는 누구든 다른 사람이 마지막으로 던진 말을 새로운 모욕으로 받아들이는 특이한 심리상태를(비뚤어진 성격은 전혀 아니었지만) 지닌 듯했다. "끝났다고! 끝났다고 해서 어째서 내가 그 이야기를 그쳐야 하지!"

미글스 씨에게 말한 사람은 미글스 부인이었다. 미글스 부인은 미글스 씨처럼 단정하고 건강한 모습이었으며, 55년 이상 동안 수수한 물건들을 보아온 탓에 그 물건들을 반사하며 밝게 빛나고 있는 유쾌한 영국인이었다.

"그래요! 신경 쓰지 마세요, 애 아버지,[7] 신경 쓰지 마요!" 미글스 부인이 말했다. "제발 펫이 같이 있는 걸로 만족해요."

"펫이 같이 있는 걸로 만족하라고?" 미글스 씨가 감정이 상한 채 따라 했다. 그러나 바로 뒤에 서 있던 펫이 그의 어깨를 살짝 건드리자 미글스 씨는 곧바로 마르세유를 진심으로 용서했다.

펫은 풍성한 갈색머리를 곱슬곱슬 자연스럽게 늘어뜨리고 있고, 솔직한 얼굴에 멋진 두 눈을 지니고 있는 대략 스무 살 정도의 사랑스러운 처녀였다. 친절하고 훌륭한 머리에 완벽하게 자리 잡은 두 눈은 아주 크고 부드러웠으며 반짝였다. 그녀는 통통하고 신선하고 보조개가 들어가 있었고 응석둥이로 자란 처녀였다. 요컨대, 세상에서 가장 좋은 약점인 소심하고 의존적인 태도를 지니고 있었는데, 이러한 태도가 그녀에게 아름답고 유쾌한 처녀가 지니기 마련인 최고의 매력을 부여했다.

"그렇다면, 그쪽에게 묻겠소." 미글스 씨가 자신은 한 걸음 뒤로 물러나고, 질문하는 데 예로 들기 위해 딸을 한 걸음 나오게 하면서 무척 덤덤하면서도 확신하는 투로 질문했다. "남자 대 남자로 간단히 묻는데, 펫을 검역소에 가두어두는 것처럼 얼토당토않게 허튼짓이 벌어진 적이 있다는 이야기를 들어본 적이 있소?"

"그래서 이 검역소조차도 유쾌한 곳이 되었잖아요."

---

[7] 이 부부가 서로를 부르는 호칭이 애 아버지(Father), 애 엄마(Mother)이다.

"이보시오!" 미글스 씨가 말했다. "그거야 물론 중요한 점이지. 그렇게 말해주니 고맙다고 해야겠군. 자, 펫, 아가, 엄마와 함께 가서 보트에 탈 준비를 하는 게 낫겠구나. 검역관과 삼각모를 쓴 사기꾼들이 마침내 우리를 석방시키려고 하선할 테니까 말이야. 우리 죄수들은 각자의 목적지로 날아가기 전에 기독교식으로 한 번 더 모여서 다 같이 아침 식사를 할 거야. 태티코럼, 젊은 아씨에게 붙어 있어."

그가 검은 머리카락과 검은 두 눈에서 윤기가 흐르고 옷을 아주 단정하게 입은 아름다운 여성에게 분부하자, 그 여성이 무릎을 반쯤 구부려 인사하고는 미글스 부인과 펫을 따라서 지나갔다. 세 사람은 햇볕에 타고 있는, 아무런 장식도 없는 테라스를 건넌 다음에 빤히 쳐다보는 하얀 아치 길을 따라 사라졌다. 미글스 씨의 말동무로 거무스름하며 나이가 마흔인 사내는 그들이 사라진 후에도 미글스 씨가 그의 팔을 가볍게 건드릴 때까지 수심에 잠긴 채 여전히 아치 길 쪽을 바라보았다.

"죄송합니다." 그가 움찔하면서 말했다.

"천만에." 미글스 씨가 말을 받았다.

그들은 아무 말도 나누지 않고 담장 그늘 밑으로 왔다갔다하면서, 검역소의 막사幕舍가 있는 언덕에서 아침 일곱 시의 해풍이 가져다주는 신선한 상쾌함을 몽땅 누렸다. 미글스 씨의 말동무가 입을 열었다.

"진짜 이름이 무엇인지 물어도 되겠습니까?" 그가 말했다.

"태티코럼 말이오?" 미글스 씨가 불쑥 입을 열었다. "전혀 모르겠는데."

"제 생각엔 - " 상대가 말했다.

"태티코럼 말이오?" 미글스 씨가 다시 넌지시 물었다.

"고맙습니다 - 태티코럼이 이름이었군요. 기이한 이름이어서 여러 차례 의아하게 여겼거든요."

"그야, 실은," 미글스 씨가 말했다. "미글스 부인과 내가 현실적인 사람이니까."

"그 얘기는, 우리가 이 돌길을 왔다갔다하면서 유쾌하고 재밌게 이야기를 나누는 동안에 이미 여러 차례 하셨어요." 그는 수심에 잠긴 거무스름한 얼굴 사이로 희미한 미소를 지었다.

"현실적인 사람이란 말이오. 그래서 지금으로부터 5, 6년 전 어느 날 펫을 데리고 성당에서 운영하는 고아원에 갔다가 - 런던의 고아원에 대한 이야기는 들은 적이 있죠? 파리에 있는, 주워 온 아이들을 위한 시설과 비슷한 거 말이오?"

"본 적이 있습니다."

"잘 됐소! 성가를 들으려고 펫을 데리고 거기 성당에 갔던 어느날 - 그 아이가 좋아할 법한 것은 모두 다 보여주는 것이 현실적인 우리에겐 중요한 일이었으니까 - 애 엄마가(내가 보통 집사람을 칭하는 명칭이오) 울기 시작하는 바람에 그녀를 데리고 밖으로 나올 수밖에 없었소. '무슨 일이오?' 그녀를 데리고 잠시 산책을 마친 다음에 물었소. '펫을 놀라게 했잖소.' '그래요, 나도 알아요' 애 엄마가 말했다오. '하지만 아이를 너무 사랑해서 그런 생각이 든 거 같아요.' '대체 무슨 생각이 들었단 거요?' '아, 아가, 아가!' 애 엄마가 다시 울음을 터뜨렸소. '저기 모든 아이들이 층층으로 줄지어 있는 모습을, 아이들이 지상에서 절대 경험하지 못한 자기 아버지 대신에 하늘에 계신 우리 모두의 아버지께 호소하는 모습을 보다가 갑자기 생각이 났어요. 자신이 불행하다고 생각하는 어느 어머니든 여기 와서, 자신이 이 쓸쓸한 세상에 데려온 불쌍한 아이가, 평생 어머니의 사랑과 입맞춤, 얼굴과 목소리, 심지어 이름도 알지 못하는 불쌍한 아이가 저 어린아이 중 어느 아이일지 궁금해하면서 아이들을 본 적은 없었을까! 하는 생각이 났어요.' 그런데 그거야말로 애 엄마의 현실적인 성격 탓이었기 때문에 내가 그렇게 말해주었소. 내가 말했지. '그건 당신의 현실적인 성격 때문인 것 같은데.'"

상대방의 마음이 흔들렸고 곧 동의했다.

"다음날 내가 말했소. 자, 당신이 찬성할 것 같은 계획을 하나 말하리다. 저 올망졸망한 아이 중 하나를 데려다가 펫의 어린 하녀로 삼읍시다. 우리는 현실적인 사람들이오. 그러니 데리고 온 그 아이의 천성에 약간 결점이 있다거나, 그 아이의 습관이 우리와 다소 들어맞지 않는다는 걸 알게 되어도 뭘 고려해야 하는지 아는 셈이오. 우리 자신을 만들어낸 모든 영향과 경험 중에서 얼마나 많은 것을 빼내야 하는지 아는 셈이란 말이오 ─ 부모도 없고, 어린 형제자매도 없고, 자기 집도 없고, 유리 구두나 친절한 아주머니도 없으니 말이오. 그것이 우리가 태티코럼을 데리고 있게 된 과정이오."

"이름 자체는—"

"아이고!" 미글스 씨가 말했다. "이름을 깜빡했군. 글쎄, 고아원에서 그 아이는 해리엇 비들이라고 불리고 있었소—물론 마음대로 정한 이름이었지. 그래서 해리엇을 해티로, 그러고 나서 태티로 바꾼 거요. 현실적인 사람으로서, 농담조의 이름을 붙여도 그 아이에겐 새로운 일일 거고, 오히려 마음을 편안하게 해주고 우리의 사랑을 조금이나마 전할 수 있을 거라고 생각했기 때문이오, 그렇게 생각하지 않소? 비들[8]에 대해선, 논의할 가치조차 없다는 사실을 새삼 말할 필요도 없을 거요. 만일 절대 묵인할 수 없는 어떤 것, 거드름 피우는 하급관리같이 건방지고 불합리한 어떤 것, 모든 사람이 진상을 알게 된 후에도 우리 영국인이 어리석은 생각으로 고집하고 있는 거라는 사실을 외투나 조끼나 큰 지팡이로 나타내는 어떤 것이 있다면, 그게 바로 교구의 하급관리인 거요. 최근에는 교구의 하급관리를 못 보았겠군요?"

"영국인이지만 20년 이상 중국에 머물렀기 때문에 본 적이 없습니다."

"그렇다면," 미글스 씨가 아주 신이 나서 집게손가락을 상대의 가슴에 댄 채 말을 이었다. "하급관리를 보지 마시오, 가능하다면 말이오. 나는 정장을 차려입은 하급관리가 일요일에 자선학교 학생들의 앞에 서서 거리를 내려오는 모습을 볼 때마다 몸을 돌려서 반

---

[8] 비들(beadle)은 교구의 하급관리라는 의미.

대편으로 가버린다오. 그러지 않으면 그를 때릴 것 같으니까. 비들이라는 이름은 생각할 가치도 없었고, 그 불쌍한 고아들을 위한 시설을 세운 고마운 사람의 이름이 코럼이었기에, 그 이름을 펫의 어린 하녀에게 붙인 거요. 어떤 때는 태티로, 또 어떤 때는 코럼이라고 부르다가, 두 이름을 합쳐서 부르는 습관이 생겼고, 이제는 언제나 태티코럼이라고 부른다오."

"선생님의 따님은," 말없이 한 차례 더 왔다갔다하고 담장에 서서 잠시 바다를 내려다보더니 상대가 말을 이었다. "외동딸인가 보군요, 미글스 씨. 여쭤 봐도 되겠습니까 - 주제넘은 호기심 때문이 아니라, 선생님과 함께 있는 것이 대단히 즐거운 데다가, 미로 같은 이 세상에서 선생님과 조용히 이야기 나눌 기회가 다시는 없을지 몰라서, 그리고 선생님과 선생님 가족에 대해 정확히 기억하고 싶어서 드리는 질문입니다 - 훌륭하신 사모님 이야기를 듣자하니, 선생님께 다른 아이들은 없었던 거 같은데, 그렇게 이해해도 되는지 여쭤 봐도 되겠습니까?"

"아니오. 아니오." 미글스 씨가 대답했다. "정확히 말하면, 다른 아이들이 아니라 다른 아이가 한 명 있었소."

"예민한 문제를 경솔하게 언급한 거 같군요."

"괜찮소." 미글스 씨가 대답했다. "그 문제 때문에 침통해하더라도 비탄에 잠기진 않으니까요. 잠시 마음이 가라앉긴 하지만 불행하다고 느끼진 않거든요. 펫의 쌍둥이 여동생은 그 아이가 책상을 잡고 발끝으로 서면 우리가 그 아이의 눈을 - 펫의 눈과 정말 똑같았어요 - 책상 위로 겨우 볼 수 있을만할 때 죽었소."

"아! 저런, 정말요?"

"그렇소. 그리고 현실적인 사람들이어서, 그쪽이 어쩌면 이해할 수도 있는 - 또는 이해하지 못할 수도 있는 - 현상이 점차 집사람과 내 마음속에 생겨났소. 펫과 죽은 아이는 너무나 똑같고 너무나 완벽하게 한 사람이어서 우리 부부는 그 이후로 둘을 떼내어 생각할 수가 없었소. 죽은 아이가 그저 어린애였다고 말해도 소용없소. 그 아이를 우리에게 남아 있고 언제나 함께 있는 아이에게 일어나는 변화에 맞춰서 변화시켜왔으니까. 펫이 성장함에 따라 그 아이도 성장했고, 펫이 좀 더 현명하고 여성스러워짐에 따라 그 애의 여동생도 정확히 똑같은 정도로 현명하고 여성스러워졌단 말이오. 내일 저승에 가면 거기서 펫을 똑 닮은 딸이 주님의 은총으로 나를 맞이할 거라는 믿음을 없앤다는 것은 내 곁에 있는 펫이 실체가 아니라고 납득시키는 것만큼이나 어려운 일일 거요."

"무슨 말씀인지 이해합니다." 상대방이 부드럽게 말했다.

"펫은," 미글스 씨가 말을 이었다. "자신의 어린 쌍둥이이자 놀이 친구를 갑작스레 잃었다는 사실, 우리 모두가 똑같이 공유하는 비밀이지만 어린아이는 진지하게 생각하지 못하는 경우가 종종 있는 그 비밀과 어려서부터 연관되었다는 사실이 그 아이의 성격에 다소나마 영향을 미칠 수밖에 없었소. 아이 엄마와 내가 결혼할 때 이미 적은 나이가 아니었기 때문에, 우리가 펫에게 맞추려고 애쓰긴 했지만 우리와 함께 지내면서 펫은 어른과 같은 삶을 살 수밖에 없었소

펫이 조금이라도 아프면 아이를 위해 가능한 한 자주 기후와 공기를 바꾸어주고 - 특별히 지금 정도의 나이일 때 - 아이를 기쁘게 해주라는 권고를 받은 것도 한두 번이 아니었단 말이오. 그래서 이제는 은행 책상에 붙어 있을 필요가 없기 때문에(젊었을 때는 정말 지독히 가난했소, 그렇지 않았다면 훨씬 이전에 집사람과 결혼했겠지) 여행을 다니고 있는 거요. 이것이 우리가 나일 강과 피라미드와 스핑크스와 사막과 그 밖의 다른 곳들을 빤히 쳐다보고 있는 모습을 그쪽이 보게 된 사정이고, 태티코럼이 언젠가는 쿡 선장[9]보다도 위대한 여행자가 되게 될 사정인 거요."

"속내 이야기를 해주셔서 정말 진심으로 고맙습니다." 그가 말했다.

"천만에," 미글스 씨가 대꾸했다. "별말씀 다 하시는군. 그런데 클레넘 씨, 다음 행선지를 아직도 못 정했나요?"

"글쎄요, 아직 정하지 못했습니다. 저는 아무 데나 떠도는 부랑아여서 해류가 흐르는 곳으로 어디든지 밀려다니기 일쑤거든요."

"이상하군요 - 허물없이 이렇게 말하는 것을 용서하시오 - 그쪽이 런던에 곧장 가지 않는다는 게 말이오." 미글스 씨는 속사정을 터놓을 수 있는 조언자의 어조로 말을 했다.

"어쩌면 갈 겁니다."

"아! 하지만 나는 자신의 의지로 가는 것을 말하는 거요."

---

[9] 제임스 쿡(James Cook, 1728~1779): 여행자 겸 탐험가.

"저에게는 의지가 없습니다. 말하자면," 클레넘 씨가 얼굴을 약간 붉혔다. "지금 실행에 옮길만한 의지가 거의 없다는 말입니다. 강압적으로 훈육되었고, 구부러진 게 아니라 부러졌고, 제 의견이 반영된 적도 없고 제 것도 아닌 목적을 족쇄처럼 무겁게 차고 지냈으니까요. 성인이 되기 전에 세상 반대편으로 보내져서, 일 년 전에 아버지가 그곳에서 돌아가실 때까지 그곳에 유배되어 있었고, 증오하지 않았던 적이 없는 운명의 맷돌에서 항상 갈려 왔거든요. 이렇게 해서 어느덧 중년에 이른 **저에게서** 무얼 기대할 수 있겠습니까? 의지요? 목적이요? 희망이요? 그 불꽃들은 그 낱말들을 소리 내어 발음할 수도 없을 때 모두 다 꺼져버린걸요."

"다시 불을 붙이시게!" 미글스 씨가 말했다.

"아! 말하기야 쉽지요. 미글스 씨, 아버지와 어머니는 엄한 분이었습니다. 저는 모든 것의 무게를 달고 치수를 재고 값을 매기던 그 분들의 외아들입니다. 그분들에게는 무게를 달고 치수를 재고 값을 매길 수 없는 것은 존재하지 않는 거였어요. 말 그대로 엄격한 분들이고 엄격한 종교의 신봉자들이었지요. 그분들의 종교 자체가 자신들이 한 번도 가져본 적이 없는 취향과 공감을 음울하게 희생시키는 것이었고, 재산의 안전을 위해 거래의 일부로 바친 것이었습니다. 엄한 얼굴, 무자비한 규율, 이승의 참회와 내세의 공포 – 어디를 둘러봐도 자비롭거나 부드러운 것은 없었고, 겁에 질린 제 마음은 어디서나 공허함을 느꼈습니다 – 그것이 제 유년기였습니다. 인생의 그러한 시작에다 '유년기'란 단어를 적용할 정도로 그 낱말을 오용해도 된다면 말입니다."

"정말이오?" 그런 광경을 상상으로 그려보고 매우 불편해진 미글스 씨가 말했다. "힘든 시작이었군요. 하지만 이봐요! 이제는 현실적인 사람처럼 그 너머에 있는 것을 모두 다 살펴보고 이득을 구해야죠"

"흔히 현실적이라고 칭해지는 사람들이 선생님 식으로 현실적이라면 –"

"그야 물론이오!" 미글스 씨가 말했다.

"정말 그런가요?"

"글쎄, 난 그렇다고 생각해요." 미글스 씨가 그 문제에 대해 생각하더니 대꾸했다. "그렇잖소? 사람은 그저 현실적일 수 **있을** 뿐이고 집사람과 나도 다른 게 아니니까."

"그렇다면 아직 알지 못하는 제 미래가 이제까지 생각했던 이상으로 편안하고 희망적인 게 되겠네요." 클레넘 씨가 수심에 잠긴 미소를 띠고 고개를 가로저으며 대꾸했다. "저에 대한 얘기는 그만하죠. 보트가 왔어요!"

보트에는 미글스 씨가 국가적 반감을 보이고 있는 삼각모들이 가득 타고 있었다. 삼각모를 쓴 관리들이 보트에서 내려 계단을 올라오자, 갇혀있던 모든 여행객이 한데 모였다. 그리고 나서 삼각모 쪽에서 엄청난 서류들을 꺼내들었고, 이름을 호명했으며, 서명을 하고, 날인을 하고, 도장을 찍고, 잉크를 칠하고, 그 위에 모래를 뿌리는 엄청난 일을 했으니, 글자가 매우 흐릿하고 모래투성이가 되어서

해독할 수 없는 정도가 되어 버렸다. 마침내 모든 것이 규칙에 따라 완료되었고 여행자들은 자신이 가고 싶은 곳 어디로든 마음대로 떠날 수 있게 되었다.

사람들은 새삼 자유를 되찾았다는 기쁨에 젖어서 마르세유의 빤히 쳐다보고 노려보는 시선을 중요하게 여기지 않았다. 그리고 즐겁게 보트를 타고 항구를 재빨리 가로질러서 커다란 호텔에 다시 모였다. 호텔은 격자창을 닫아서 햇볕을 차단했고, 아무 장식 없이 깔아놓은 마루와 높다란 천장, 그리고 소리가 울려 퍼지는 복도가 강렬한 태양열을 진정시키고 있었다. 커다란 호텔 방의 커다란 식탁 위에 멋진 식사가 곧 풍성하게 차려졌다. 검역소의 막사들은 정말로 텅 비었고, 맛좋은 식사와 남부의 과일, 시원하게 식힌 포도주와 제노바에서 도착한 꽃들, 산 정상의 눈과 거울에 비쳐 반짝이는 온갖 무지개 빛깔 속에서 기억될 뿐이었다.

"나는 그 단조로운 담장들을 이제 혐오하지 않소." 미글스 씨가 말했다. "사람은 어떤 장소를 떠나자마자 그 장소를 용서하기 시작하잖아요. 죄수라도 감옥에서 석방된 후에는 감옥에 대한 마음이 누그러질 거요."

모여 있는 사람은 대략 서른 명 정도였고, 모두 수다를 떨었지만 삼삼오오 떼를 지어 잡담을 나눌 수밖에 없었다. 미글스 부부가 딸을 사이에 두고 식탁의 한쪽에 앉았고, 맞은편에는 클레넘 씨와 키가 큰 프랑스 신사 한 명과 당당한 아름다움을 지닌 젊은 영국 여성 한 명이 앉았다. 프랑스 신사의 머리카락과 턱수염은 검고 윤이 났으며, 점잖은 용모였지만 사악하지는 않아도 가무잡잡해서 무서운 느낌을 주었다. 그러나 사실 그는 그 자리에 있는 남자 중 가장 상냥한 사람이었다. 혼자서 여행 중인 영국 여성은 도도하면서도 예리하게 관찰하는 얼굴을 하고 있었고, 스스로 다른 사람들과 거리를 둔채 물러나 앉거나 다른 사람들이 피하거나 하는 여성이었다 - 아마그녀 자신을 제외하면 어느 쪽인지 단정할 수 있는 사람은 아무도 없을 것이다. 다른 무리는 흔히 볼 수 있는 사람들이었다. 업무차 다니는 여행객들과 재미로 다니는 여행자들, 휴가를 얻어 인도에서 온 관리들, 그리스나 터키와 장사를 하는 상인들, 구속복 같은 조끼를 온순하게 입고 젊은 부인과 신혼여행 중인 영국인 성직자가 있었다. 또한 귀족계급에 속하는 위엄 있는 영국인 부부가 동료 여행자들이 혼란스러워 할 정도로 일지를 적는, 성인이 되어가는 세 딸과 동행하고 있었다. 마지막으로 여행을 잘 견디는 귀머거리 영국인 노부인이 완전히 장성한 딸 한 명과 동행하고 있었는데, 노부인은 딸이 자신의 기를 누그러뜨려서 결국은 결혼하기를 기대하며 세상을 스케치하고 다녔다.

말수가 없던 영국 여성이 미글스 씨가 마지막에 한 말을 화제로 삼았다.

"선생님의 말씀은 죄수가 자신을 가뒀던 감옥을 용서할 거라는 뜻인가요?" 그녀가 천천히 그리고 강조를 하며 물었다.

"내 짐작에 그렇다는 거예요, 웨이드 양. 죄수가 어떻게 느끼는지 확실히 알지는 못하지만요. 감옥에 갇혔던 적은 없거든요."

"아가씨께서는 용서하는 것이 그렇게 쉬운 일인지 의심하는 거군요?" 프랑스 신사가 자기 나라 언어로 물었다.

"그래요."

펫이 그 말을 미글스 씨에게 번역해주어야 했다. 미글스 씨는 자신이 여행하는 나라가 어떤 나라이든, 그 나라의 언어에 대해 우연으로라도 전혀 알려 하지 않았던 것이다. "아!" 미글스 씨가 말했다. "저런! 하지만 유감이군요, 그렇지 않나요?"

"제가 남의 말을 잘 믿지 않는다는 사실을 말씀하시는 건가요?" 웨이드 양이 물었다.

"정확히는 그게 아니지요. 다른 식으로 표현하리다. 용서하는 것이 쉽지 않다고 생각한다는 사실을 말하는 거예요."

"제 경험이," 그녀가 조용히 대꾸했다. "지난 몇 년 동안 많은 면에서 제 생각을 바로잡아 주었거든요. 그것이 자연스러운 과정이라고 들었고요."

"글쎄요, 원 참! 그러나 원한을 품는 것이 자연스럽진 않잖아요?" 미글스 씨가 명랑하게 말했다.

"제가 어떤 곳에든 갇혀서 수척해지고 고통을 겪었다면 저는 언제나 그곳을 증오하고, 그곳이 불에 타서 없어지거나 남김없이 파괴되기를 바라겠어요. 다른 것은 모르겠어요."

"강하죠?" 미글스 씨가 프랑스 사람에게 말했다. 모든 국가의 사람들에게 영어다운 영어로 말하는 것이 그의 또 다른 습관이었는데, 모든 사람들이 영어를 어떻게든 이해해야 한다고 굳게 믿었던 것이다. "우리 여성 친구가 약간 강하다는 내 생각에 동의할 것 같습니다만?"

프랑스 신사가 불어로 정중하게 "뭐라고 말씀하셨죠?"라고 되물었다. 그 말을 듣고 미글스 씨는 대단히 만족해하며 대답했다. "내 생각엔, 당신 말이 맞소."

아침 식사가 곧 시들해지기 시작했고 미글스 씨가 사람들에게 연설을 했다. 하여간 연설이었다는 사실을 감안한다면 꽤 짧고 분별 있고 마음에서 우러나온 연설이었는데 그 취지는 다음과 같았다. 우리 모두 우연히 함께 만났고 이야기가 잘 통했는데, 이제 헤어지면 다시 함께 모일 수 있을 것 같지 않으니, 서로 작별을 고하고 다 함께 시원한 샴페인을 한잔하면서 서로에게 행운을 빌어주는 것이 좋지 않겠습니까? 그렇게 했고, 모두 샴페인을 마시고 악수한 후, 모임을 완전히 산회했다.

혼자 있기를 좋아하는 그 젊은 여성은 그동안 내내 아무 말도 하지 않았다. 다른 사람들이 일어날 때 같이 일어나더니 멀리 떨어져 있는 구석진 곳으로 말없이 물러나서, 창문 옆에 놓인 소파에 앉았고, 바닷물이 반사하여 격자창 창살에 은빛 떨림을 만드는 모습을 바라보았다. 그녀는 마치 스스로 선택하여 혼자 있는 것처럼 도도하게 그 방 전체를 외면하고 앉아 있었다. 하지만 그녀가 다른 사람들을 피하는 것인지 다른 사람들이 그녀를 피하는 것인지, 어느 쪽이 사실인지 명확하게 말하기는 여전히 어려운 일이었다.

그녀가 앉아 있는 곳의 그늘이 어두운 면사포처럼 앞이마를 가로질러 드리워져서 그녀가 지닌 미모의 특징과 썩 잘 조화를 이루었다. 반달 모양의 검은 눈썹과 여러 겹으로 말린 검은 머리카락 때문에 두드러진 그 얼굴이 아주 평온하면서도 경멸조의 표정을 띠고 있는 것을 본 사람은 만일 어떤 변화가 그 얼굴에 일어난다면 그 표정이 어떻게 변할지 궁금해했을 것이다. 그녀의 표정이 부드러워지거나 누그러진다는 것은 거의 불가능해 보였다. 도리어 더 심하게 화를 내거나 극단적인 반항을 보일 수 있으리라고, 하여간 바뀐다면 표정이 그렇게 바뀔 수밖에 없으리라고 대다수 사람은 생각할 것이다. 그녀는 표정을 장식하거나 꾸미거나 하여 예의 바른 표정을 짓는 법이 없었다. 비록 솔직한 얼굴은 아니었지만 그 표정에는 거짓으로 꾸며내는 기색이 전혀 없었다. 난 자급자족하고 독립독행하는 사람이에요. 당신들의 의견 따윈 아무래도 상관없어요. 당신들에겐 관심도 없고 조금도 좋아하지 않으니까요. 당신들을 무관심하게 바라보거나 당신들 말을 무관심하게 들을 뿐이죠 – 그녀의 얼굴 표정이 노골적으로 이런 말을 했다. 도도한 두 눈, 치켜 올라간 콧구멍, 매력적이지만 굳게 다물었고 심지어 잔인하기까지 한 입 모양이 그렇게 말을 했다. 표정이 드러나는 그 경로 중 아무거나 두 개를 덮어 보아라, 그래도 세 번째 경로가 여전히 그렇게 말할 것이다. 그것들 모두를 가려보아라, 단순한 고갯짓으로도 도저히 억제할 수 없는 천성이 드러날 것이다.

펫이 그녀 쪽으로 다가가서(그녀 외에 지금 방에 남아있는 사람들은 펫의 가족과 클레넘 씨뿐이었는데, 그들이 주고받는 이야기의 주제가 그녀였던 것이다) 옆에 섰다.

"당신은" - 그녀가 시선을 돌리자 펫은 말을 더듬었다 - "여기서 누군가를 만나기로 했나요, 웨이드 양?"

"내가? 아니."

"아빠가 유치留置 우편과에 사람을 보낼 거예요. 심부름꾼에게 지시해서 당신 앞으로 온 편지가 있는지 물어보게 할까요?"

"고맙지만 편지가 있을 리 없어."

"모두가 떠나면 당신이 완전히 버림받았다는 느낌을 가질까 봐 걱정이에요." 펫이 그녀 옆에 앉아서 수줍게 그리고 약간 상냥하게 말했다.

"설마!"

"우리가 당신에게 친구라거나, 혹은 그럴 수 있다거나, 혹은 당신이 그걸 바란다고 생각해서는 물론 아니에요." 펫이 사과 조로 그리고 그녀의 눈길을 보고 쩔쩔매며 말을 이었다.

"내가 그걸 원한다고 미루어 짐작하도록 할 뜻은 없었는데."

"그래요. 물론이죠. 하지만 - 간단히 말해서," 펫이 그들 사이의 소파 위에 무심하게 놓여있는 그녀의 손을 조심스럽게 만지면서 말을 이었다. "아빠가 작은 도움이나 편의라도 제공할 수 있게 해주세요? 아빠가 매우 기뻐하실 거예요."

"매우 기쁘겠소" 미글스 씨가 부인과 클레넘 씨와 함께 다가오면서 말했다. "그런 표현을 할 것까지는 없지만 틀림없이 뭐든 기꺼이 해드리리다."

"감사합니다." 그녀가 대답했다. "하지만 이미 계획을 세웠으니 제 길을 제 식으로 가고 싶네요."

"그러시겠소?" 미글스 씨가 그녀를 얼떨떨한 표정으로 바라보면서 혼자 중얼거렸다. "원 참! 여기서도 역시 성격이 드러나는군."

"내가 젊은 아가씨들과 어울리는 데 별로 익숙하질 못해서 다른 사람들과 달리 제대로 감사하지 못할 것 같군요. 즐거운 여행이 되길 바랍니다. 잘 가시오!"

웨이드 양이 자기 손을 지나칠 수 없도록 미글스 씨가 그녀 앞으로 손을 곧장 내밀지 않았다면 그녀가 그녀의 손을 내밀었을 것 같지는 않았다. 그녀는 자기 손을 그가 쥐도록 놔뒀는데, 그 손은 소파 위에 놓여있던 것처럼 그냥 거기에 놓여있을 뿐이었다.

"잘 가시오!" 미글스 씨가 말했다. "애 엄마와 내가 여기 있는 클레넘 씨에게 막 작별인사를 했고 그도 펫과 작별하려고 기다리고 있을 뿐이니 마지막 인사요. 잘 가시오! 다신 만나지 못할지도 모르지."

"일평생 사는 동안 우리는 많은 미지의 장소에서 많은 미지의 경로를 통해 **우릴** 만나러 오는 사람들을 만날 겁니다." 그녀가 차분하게 말을 받았다. "우리가 그들에게 하도록 정해져 있는 일과 그들이 우리에게 하도록 정해져 있는 일은 모두 행해지는 것이고요."

그녀가 그런 이야기를 하는 방식에는 펫이 듣기에 뭔가 거슬리는 게 있었다. 그것은 행해지게 되어있는 일은 반드시 악한 일이라는 사실을 암시하는 것이어서, 펫은 "아, 아빠!" 하고 속삭이며 응석둥이 투로 어린애같이 뒷걸음질을 쳐서 미글스 씨에게로 좀 더 물러섰다. 그 모습을 웨이드 양은 놓치지 않았다.

"선생님의 예쁜 따님은," 웨이드 양이 말했다. "그런 일들이 일어날까 봐 움찔하는군요. 하지만," 펫을 정면으로 응시했다. "**너에게 용무가 있고 그 용무를 어떻게든 볼 사람들이 이미 길을 떠났다는 사실은 확신해도 좋단다.** 그들은 틀림없이 자신의 용무를 볼 거야. 그들이 저기 바다 위로 수백, 수천 마일을 헤엄쳐 올 수도 있고, 지금 가까이에 와있을 수도 있어. 그리고 네가 모르더라도, 또는 그런 일이 일어나지 않도록 하려고 네가 무슨 일을 하더라도 그들은 바로 이 도시의 최고로 불결한 쓰레기더미 속에서도 올 수 있어."

최고로 차갑게 작별인사를 하고, 또한 전성기에 속하는 미모는 아니지만 그녀의 미모에 지친 기색을 부여하는 수척한 표정을 약간 띠고 그녀가 방을 나갔다.

웨이드 양이 넓은 호텔의 큰 방에서 나와 자신이 묵으려고 예약해둔 방으로 가려면 계단과 통로를 많이 가로질러야만 했다. 그 여정을 거의 마치고 자기 방이 있는 복도를 지나갈 때, 그녀는 화가 나서 투덜거리며 흐느끼는 소리를 들었다. 문이 열려있어 안을 들여다보니 방금 헤어진 펫을 시중들던 여자아이가 눈에 띄었다. 별난 이름을 가진 하녀 말이다.

그녀는 가만히 서서 하녀를 바라보았다. 부루퉁하고 정열적인 아가씨였다! 풍성하고 검은 머리채가 얼굴을 온통 덮고 있었고, 얼굴이 붉어진 채 달아올라 있었으며, 흐느끼고 날뛰면서 손으로 입술을 마구 뜯어내고 있었다.

"이기적인 짐승들!" 여자아이가 흐느끼는 틈틈이 한숨을 쉬며 말했다. "내가 어찌 되든 상관도 안 해! 배고프고 목마르고 지친 채 굶주리도록 내버려두고 상관도 안 해! 짐승들! 악마들! 철면피들!"

"불쌍한 아가씨, 무슨 일이지?"

여자아이가 충혈된 눈을 별안간 들어 올렸다. 두 손이 목덜미를 꼬집다가 멈췄는데, 목덜미는 새로 생긴 커다란 진홍빛 얼룩 탓에 볼꼴사나운 꼴을 하고 있었다. "무슨 일이든 그쪽과는 상관없잖아요. 누구에게도 대수롭지 않은 일이고요."

"저런, 아니야. 이런 모습을 보아서 유감인걸."

"유감일 리가요." 여자아이가 대꾸했다. "기쁘시겠죠. 기쁘잖아요. 저쪽 검역소에서 두 차례 이랬던 것 빼고는 이랬던 적이 없어요. 그런데 당신은 그때마다 저를 보았어요. 당신이 무서워요."

"내가 무섭다고?"

"그래요. 당신은 저의 분노, 저의 원한을 나타내는 것 같으니까요, 그리고 또 저의 ― 그게 뭐든 ― 뭔지도 모르겠네요. 하지만 전 학대받고 있어요, 학대받고 있다고요, 학대받고 있다니까요!" 그때쯤 해서는 처음에 깜짝 놀랐던 이후로 모두 멈췄던 흐느낌과 눈물과 잡아뜯는 손길이 모조리 다시 시작되었다.

웨이드 양은 방으로 들어가 미소를 띠고 묘하게 관심을 기울이며 하녀를 바라보았다. 하녀가 격분하여 벌이는 소동과 옛날이야기에 나오는 악마가 그녀를 쥐어뜯는 것처럼 몸부림치는 모습을 보자니 놀라웠던 것이다.

"제가 그녀보다 두세 살 어린데도 그녀를 돌보는 것은 저예요, 나이 든 사람이 저인 것처럼 말이에요. 그리고 늘 귀여움을 받고 아가라고 불리는 것도 그녀고요! 전 펫[10]이라는 그녀의 이름이 싫어요. 그리고 그녀를 증오해요. 그들이 그녀를 어릿광대로 삼고 응석둥이로 만들었어요. 펫은 자기 생각만 하고 저에 대해선 나무줄기나 돌멩이 정도로밖에 생각하지 않아요!" 하녀가 그렇게 말을 이어갔다.

"넌 참아야만 해!"

"전 참지 **않을** 거예요!"

"그들이 자신들에게 주로 신경을 쓰고 너에게는 거의 또는 전혀 신경 쓰지 않아도 너는 상관하지 말아야 하는 거야."

"전 상관할 **거예요.**"

"쉿! 좀 더 신중해. 넌 네가 하녀라는 신분을 잊고 있구나."

"전 신경 안 써요. 도망갈 거예요. 피해를 좀 줘야겠어요. 참지 않을 거예요. 참을 수 없어요. 참으려고 하다간 죽을 테니까요!"

웨이드 양은 오랫동안 병에 시달리던 사람이 유사한 사례를 해부하고 설명하는 모습을 호기심 어린 시선으로 바라보는 것처럼 손을 가슴에 댄 채 하녀를 바라보았다.

하녀는 젊음의 모든 기세와 충만한 활력으로 화를 내고 절규했다.

---

[10] 펫(pet)은 '귀염둥이'라는 뜻이 있다.

그러다가 어디 아프기라도 한 것처럼 열렬한 절규가 점차 잦아들더니 단속적으로 중얼대는 소리를 냈다. 그에 상응해서 의자에 주저앉더니, 그다음엔 무릎을 꿇었고, 나중에는 침대 옆 바닥에 쓰러져서 침대보를 당겼다. 한편으로는 수치스런 머리와 젖은 머리카락을 침대보에 숨기기 위해서였고, 다른 한편으로는 후회하고 있는 자신의 가슴에 갖다 댈 것이 아무것도 없느니 침대보라도 껴안고 있기로 했기 때문인 것 같았다.

"저한테서 떠나세요, 떠나시라고요! 분노가 치밀면 미쳐버리거든요. 안간힘을 써야만 분노를 누를 수 있는 것 같아요. 어떤 때는 안간힘을 써서 분노를 누르지만, 또 어떤 때는 쓰지도 않고 쓸 마음도 없어요. 지금까지 제가 무슨 말을 한 거죠! 말을 하면서도 전부 거짓말이라는 사실을 알면서 말이에요. 그분들은 제가 어딘가에서 돌봄을 받고 있는 걸로, 그리고 제가 원하는 것은 모두 다 가진 걸로 생각하세요. 그분들은 제게 친절하게만 해주셨어요. 그분들을 깊이 사랑해요. 어떤 사람도 그분들이 해주었던 이상으로 배은망덕한 아이에게 더 친절하게 해줄 수는 없을 거예요. 당신이 무서우니까 떠나세요, 가세요. 분노가 치미는 걸 느끼면 저 자신이 무서워져요, 그리고 당신도 꼭 그만큼 무서워지고요. 저한테서 멀어지세요, 그리고 제가 더 많이 기도하고 더 많이 울부짖게 내버려두세요."

낮이 지나갔다. 아주 빤히 쳐다보는 시선이 빤히 쳐다보다가 다시 사라졌고 무더운 밤이 마르세유 위에 내려앉았다. 그리고 아침의 여행자 무리는 모두 흩어져서 밤새 각자의 정해진 길을 갔다. 그리

꼼꼼히 살펴보다

고 그런 식으로 늘, 낮이나 밤이나, 태양 아래서나 별 아래서나, 먼지 날리는 언덕을 올라가고 지루한 벌판을 힘들게 걸어가면서, 육로로 여행하고 해로로 여행하면서, 아주 이상하게 왔다갔다하면서, 만나서 서로 작용하고 반작용하면서, 잠 못 이루는 여행자들인 우리 모두가 인생의 순례 길을 가는 것이다.

3 집

어둡고 답답하며 퀴퀴한 냄새가 나는 런던의 일요일 저녁이었다. 반음 높기도 하고 낮기도 하고, 갈라지기도 하고 맑기도 하고, 빠르기도 하고 느리기도 한, 온갖 불협화음으로 미치게 만드는 교회종소리가 회반죽을 바른 벽에 부딪쳐서 불쾌한 메아리를 만들어냈다. 참회의 검댕 옷을 걸친 우울한 거리들이 자신들을 창문으로 보도록 운명 지어진 사람들의 영혼을 지독한 낙담에 빠뜨렸다. 모든 도로에서, 거의 모든 골목길을 따라서, 거의 모든 모퉁이에서 다소 구슬픈 종소리가 진동하면서 급히 움직이고 울렸으니, 마치 역병이 시내에 돌아서 주검을 실은 짐수레가 돌아다니는 것 같았다. 과로로 지친 사람들에게 휴식을 줄 수도 있는 모든 곳이 빗장을 걸어 닫혀있었다. 그림도 없고, 생소한 동물도 없고, 진귀한 식물이나 꽃도 없고, 고대세계의 자연적인 불가사의나 인공적인 불가사의도 없으니 ─ 요컨대, 모든 것이 계몽적인 엄격성을 지닌 **금기**였으니, 대영박물관에 있는 남양제도의 못생긴 신들이 다시 자신들의 고향으로 돌아왔다고 생각할지도 모를 일이었다. 거리, 거리, 거리 외에는 볼 것이 없었고, 거리, 거리, 거리 외에는 숨 쉴 곳이 없었다. 생각에 잠긴 사람의 기분을 전환시켜 주거나 끌어올려 줄 것이 없었다. 지쳐버린 노동자가 일곱 번째 날의 단조로움을 육일간의 단조로움과 비교해 보거나, 자신이 얼마나 피곤한 삶을 살아가는지 생각해보고, 그 삶을 그럭저럭 견뎌 내거나 – 흔히들 그렇듯이, 못 견뎌 내거나 하는 것 외에는 달리 할 일이 없었다.

　종교와 도덕이 이익을 누리기에 아주 알맞은 그 적절한 시간에, 마르세유에서 도버를 거쳐 '푸른 눈의 처녀'라는 도버 역마차를 타고 막 도착한 아서 클레넘 씨가 러드게이트 힐의 커피하우스 창가에 앉아있었다. 만 채의 남부끄럽지 않은 집들이 거리를 향해 심하게 언짢은 얼굴을 하고 그를 둘러싸고 있으니, 얼굴을 검게 하고 밤마다 자신들의 불행에 대해 탄식하는, '캘린더 이야기'[11]에 등장하는 열 명의 젊은이들이 집집마다 살고 있는 것 같았다. 또한 토요일 밤에 깨끗한 물을 넣어주어도 일요일 아침이면 부패될 정도로 복잡한 방에서, 사람들이 건강에 해로운 삶을 살고 있는 오만 채의 짐승 우리가 그를 둘러싸고 있었다. 비록 그들을 대표하는 의원나리는 도살한 짐승고기와 사람들이 함께 살지 못한다는 사실에 몹시 놀라셨지만 말이다. 거주자들이 거칠게 숨을 쉬며 살고 있는 집들이

---

[11] 『아라비안 나이트』에 수록된 이야기로, 열 명의 젊은이가 금지된 방에 들어가지 말라는 공주들의 경고를 어겼다가 한쪽 눈을 잃고 쫓겨난 후 자신들의 불행을 슬퍼하는 이야기.

밀폐된 우물과 구덩이를 지닌 채 몇 마일에 걸쳐 모든 방향으로 멀리까지 뻗어있었다. 맑고 신선한 강물 대신에 치명적인 하수구가 도시의 한복판으로 밀려왔다가 밀려갔다. 주중 엿새 동안 매일 이와 같은 아르카디아의 사물들 속에서 노동하는 백여만 명의 사람들이 어떤 세속의 욕구를 가질 수 있겠는가? 아르카디아의 사물들이 지닌 그 달콤한 단조로움 속에서 태어나서 죽을 때까지 벗어나지 못하는데 말이다ー그들이 일곱 번째 날에 도대체 어떤 세속의 욕구를 가질 수 있겠는가? 그들이 엄격한 경찰관 말고 달리 원하는 것이 있을 수 없다는 사실은 분명했다.

아서 클레넘 씨는 러드게이트 힐의 커피하우스 창가에 앉아서, 가까이 들려오는 종소리 중 하나에 박자를 맞춰보기도 하고, 자기도 모르는 사이에 그 종소리에 맞춰서 노래의 악구와 후렴구를 만들어 보기도 하고, 올 한 해 그 종소리가 병든 사람들을 얼마나 많이 잡았을지 궁금해하기도 했다. 예배시간이 다가옴에 따라 박자의 변화가 종소리를 점점 더 분통 터지는 것으로 만들었다. 예배시간 15분 전이 되자, 종소리는 더욱 활발하게 재촉하는 상태가 되어서 입심 좋게 사람들을 몰아대었다. 교회로 오시오, 교회로 오시오, 교회로 오시오! 10분 전이 되자, 모일 사람이 얼마 안 되리라는 사실을 짐작하고는 의기소침하여 천천히 두드려 대었다. 신도들이 오지 **않아요**, 신도들이 오지 **않아요**, 신도들이 오지 **않아요**! 5분 전이 되자, 종소리는 희망을 버리고 매초마다 침울한 가락을 절망의 신음소리로 내며 300초 동안 인근의 모든 집을 뒤흔들었다.

"하느님 감사합니다!" 정각을 알리는 종이 울리고 종소리가 그치자 클레넘이 중얼거렸다.

그러나 종소리는 비참한 일요일이 길게 이어진 행렬을 기억나게 했으며, 그 행렬은 종소리가 그쳐도 멈추지 않고 계속해서 떠올랐다. "하느님, 저와 저를 훈육시켰던 사람들을 용서하소서." 그가 중얼거렸다. "일요일이 정말로 싫어요!"

클레넘 씨의 유년기 일요일은 음울한 일요일이었다. 양손을 앞에 모으고 앉은 불쌍한 아이에게 '그는 왜 지옥에 떨어질 것인가?'라는 제목의 질문을 던져서 용무를 시작하는 무서운 영송詠誦 때문에 그는 단단히 겁을 먹었다 - 그 질문은 사실 어린이옷과 속바지를 입은 그가 풀만한 위치에 있지 않은 호기심거리였다 - 그리고 그 영송은 그의 어린마음을 더 끌어당길 목적으로 한 줄 건너마다 '살후 3: 6~7'[12]같이 딸꾹질하게 만드는 부호가 들어있는 괄호를 지니고 있었다. 소년기의 일요일은 졸리는 일요일이었다. 그는 정신적으로 다른 소년에게 구속된 채 선생이라는 경계병에 이끌려서 하루에 세 차례 탈영병처럼 교회로 끌려갔고, 소화하기 힘든 설교라는 두 끼의 식사를 빈약한 저녁식탁에 실물로 차려진 1, 2온스의 저급한 양고기와 기꺼이 바꾸고 싶어 했다. 십 대 후반의 일요일은 지루하게 긴 일요일이었다. 그의 어머니는 엄격한 얼굴과 무자비한 마음을 하고 온종일 성서 - 그녀 자신이 해석하는 내용처럼 최고로 딱딱하

---

[12] 데살로니가후서 3장 6~7절.

고 살풍경하며 답답한 판지板紙로 제본되어 있고, 표지에는 쇠사슬로 만든 닻과 같은 장식이 각인되어 있으며, 페이지의 가장자리에는 분노의 붉은색이 뿌려져 있던 성서 - 를 펴놓고 있었으니, 그 성서야말로 상냥한 마음씨와 자연적인 애정, 그리고 부드러운 친교를 차단하는 성채와 같은 것이었다, 모든 서책 중에서 말이다! 조금 더 큰 후에는 분노한 일요일이었다. 하루가 더디게 흘러가 종일 불쾌하고 어두운 얼굴을 하고 지냈는데, 모욕을 받았다는 부루퉁한 감정을 느꼈으며, 신약성서의 유익한 이야기에 대해 모르기로 치면 이교도 틈에서 성장한 거나 진배없었다. 모두 다 부질없는 비통과 치욕으로 가득했던 지난 시절의 수많은 일요일에 대한 기억이 그의 앞을 서서히 지나갔다.

"죄송합니다만, 선생님," 웨이터가 식탁을 닦으며 활기차게 물었다. "침실을 보시겠습니까?"

"그럽시다, 그렇게 하기로 방금 작정했소."

"객실 담당!" 웨이터가 소리쳤다. "7번 자리 신사분이 방을 보자십니다!"

"잠깐!" 클레넘이 정신을 차리고 다시 말했다. "무슨 말을 할지 생각도 안 하고 기계적으로 답을 했군. 여기서 숙박하지 않을 거요. 집으로 가겠소."

"그리시겠습니까, 선생님? 객실 담당! 7번 자리 신사분이 여기서 숙박하지 않고 가시겠답니다."

그는 날이 저무는 동안 같은 장소에 앉아서 맞은편의 우중충한 집들을 바라보며, 육신을 떠난 영혼이 자신이 살던 집에 대해 생각해본다면 감금되었던 옛집을 기억해내고 자기 자신을 얼마나 불쌍하게 여길 것인가, 하는 문제를 생각해보았다. 때때로 어떤 얼굴이 더러운 유리창 뒤에 나타났다가 세상 물정을 충분히 알았으니 사라지겠다는 듯이 어둠 속으로 사라졌다. 얼마 안 있어 빗방울이 그와 그 집들 사이에 비스듬히 내리기 시작했고, 사람들이 맞은편의 공공 통로 덮개 아래에 모여서, 빗방울이 점점 굵고 빠르게 떨어지는 하늘을 절망적으로 내다보기 시작했다. 그다음에 젖은 우산들이 보이기 시작했고, 땅에 끌려서 더러워진 치마와 진창도 보이기 시작했다. 진창이 자신에게 어떤 짓을 했는지, 혹은 진창이 어디에서 왔는지, 누가 알 수 있겠는가? 진창은 대중과 마찬가지로 순식간에 모이는 것 같았고, 5분이 지나자 아담의 모든 아들딸에게 이미 흙탕물을 튀긴 것 같았다. 가로등 점등부가 돌아다녔다. 그가 손을 대서 가스등 불꽃이 피어오를 때, 사람들은 그 불꽃이 그토록 음침한 풍경에 밝게 빛나는 구경거리를 내놓는 데 대해 스스로 깜짝 놀랄 거라고 생각할 수도 있었다.

아서 클레넘 씨는 모자를 들고 외투 단추를 채운 후에 밖으로 나왔다. 시골이라면 비가 천 가지의 신선한 향기를 발달시켰을 것이고, 빗방울 하나하나가 성장하거나 살아 있는 모종의 아름다운 형상과 선명하게 연결되었을 것이다. 그러나 도시에서는 더럽고 썩어가는 냄새만 진동시켰고, 메스껍고 미지근할 뿐 아니라 쓰레기로 오염된 끔찍한 물질을 도랑에 추가했다.

그는 세인트폴 성당 옆으로 길을 건너서 템스 강 가까이에 이를 때까지 크게 돌아서 내려가다가, 강과 칩사이드 사이에 놓여있는 구불구불한 내리막길을(그 당시는 한결 더 구불구불하고 가깝게 있었다) 몇 개 지나갔다. 다소 시대에 뒤진 '고명한 조합'의 곰팡이가 핀 강당을 지나, 다소 모험을 좋아하는 벨초니[13]가 발굴하여 자신의 역사를 발견해 주기를 기다리고 있는 듯한, 신도가 없는 '조합교회'의 조명이 비추는 창을 지나, 조용한 창고와 부두를 지나, 그리고 '익사체로 발견되었음'이라는 글자가 적힌 초라하고 작은 전단이 젖은 벽에서 물방울을 떨어뜨리고 있는, 강으로 통하는 여기저기에 나 있는 좁은 길을 지나, 자신이 찾던 집에 마침내 도달했다. 검은색이라고 할 정도로 거무스레하고 낡은 벽돌집이 입구 안쪽에 홀로 서 있었다. 집 앞에 있는 네모난 마당에는 한두 그루의 관목과 한 떼기의 풀이 (과장해서 말하자면) 그것들을 둘러싼 철제울타리가 녹슨 만큼이나 무성하게 자라있었고, 집 뒤로는 지붕들이 뒤섞여있었다. 그 집은 두 세대 연립주택으로, 길고 좁은 창에는 묵직한 창틀이 달려있었다. 오래전에 미끄러지듯 옆으로 무너질 뻔해서 버팀대가 대어진 집이, 지금은 여섯 개 정도의 거대한 버팀목에 의지하고 있었다. 근처 고양이들의 체육관인 그 버팀목들은 비바람에 변색되고 연기로 검어졌으며 잡초가 무성했기 때문에 근래 들어선 아주 확실하게 의지할 것은 못 되는 것 같았다.

---

[13] 조반니 바티스타 벨초니(Giovanni Battista Belzoni, 1778~1823): 이집트 유적 발굴로 유명세를 떨친 이탈리아의 탐험가.

"변한 게 전혀 없어." 여행객이 걸음을 멈추고 주위를 둘러보며 중얼거렸다. "늘 그랬듯이 어둡고 형편없군. 어머니 방 창가에 불빛이 하나 비추지만, 그 불빛은 내가 일 년에 두 차례 방학을 맞아 이 길 위로 짐을 끌고 오던 시절부터 한 번도 꺼진 적이 없을 거야. 이거 참, 이런, 이런!"

그가 문으로 가서 노크를 했다. 문에는 한때 유행하던 기념비의 무늬를 본떠서 꽃줄처럼 장식된 회전식 타월과 뇌에 물이 찬 아이 머리 모습을 새긴 닫집이 돌출해있었다.[14] 현관의 석재바닥 위로 질질 끄는 발소리가 곧 들리더니, 등이 굽고 바싹 말랐지만 날카로운 눈매를 지닌 노인이 문을 열었다.

그는 양초를 들고 있었는데, 잠시 양초를 들어 올려서 날카로운 눈으로 찾아온 사람을 살펴보았다. 그러고는 "아, 아서 도련님?" 감정을 하나도 드러내지 않고 말을 했다. "드디어 돌아오셨군요? 들어오세요."

아서 도련님이 집으로 들어가서 문을 닫았다.

"살이 붙으셨네요." 노인이 양초를 다시 들어 올리고 몸을 돌려서 그를 본 후 고개를 저으며 말했다. "하지만 도련님 아버님 정도는 아니군요. 마님 정도도 아니고요."

"어머니는 어떠신가?"

---

[14] 회전식 타월 모양의 무늬를 꽃줄처럼 옆으로 늘어뜨리는 것은 로코코식 장식이다. 뇌에 물이 차 있는 아이는 큐피드를 지칭하는데, 그것은 큐피드의 불거져 나온 이마가 뇌수종에 걸린 모양을 연상시키기 때문이다.

"늘 그러시지요. 실제 몸져누워있지 않을 때도 방 안에만 계시고, 15년 동안 열다섯 번도 밖으로 나오시지 않은 걸요." 그들은 빈약하고 보잘것없는 식당으로 들어갔다. 노인이 식탁 위에 촛대를 내려놓고 왼손으로 오른손 팔꿈치를 받친 채 가죽과 같은 턱을 쓰다듬으며 방문객을 주시했다. 방문객이 악수를 청했다. 노인이 그 손을 꽤나 차갑게 잡았는데, 자기 손을 최대한 빨리 턱에 다시 갖다 대는 걸 보면, 자기 턱을 더 좋아하는 것 같았다.

"도련님이 안식일에 돌아온 걸 마님께서 좋아하실지 모르겠어요." 그가 고개를 조심스레 가로저으며 말했다.

"내가 다시 떠나기를 바라는 건 아니지?"

"이거 참! 제가요? 제가 말인가요? 주인은 제가 아니잖아요. 그건 **제가** 바랄 수 있는 게 아니죠. 오랫동안 도련님의 아버님과 마님 사이에 끼어있었습니다. 이제 또 마님과 도련님 사이에 주제넘게 끼어들 수는 없어요."

"내가 왔다는 사실을 어머니께 말해주겠어?"

"예, 도련님, 그러지요. 아, 그래야지요! 도련님이 오셨다고 말씀 드리겠습니다. 여기서 기다리세요. 보시는 대로 방 안은 변하지 않았습니다." 그가 찬장에서 다른 양초를 꺼내 불을 붙이더니 처음의 양초를 식탁 위에 올려놓고 심부름을 하러 갔다. 키가 작고 머리가 벗겨진 노인인 그는 어깨 부분이 올라간 검정색 외투와 조끼, 칙칙한 황갈색의 반바지를 입고 있었고, 칙칙한 황갈색의 긴 각반을 하고 있었다. 옷차림새로는 직원이나 하인 같았으며, 실제로도 둘 다를 오랫동안 겸하고 있었다. 시계 말고는 장식 삼아 지닌 게 없었는데, 시계를 낡은 검정색 끈에 매달아서 호주머니 깊숙한 곳에 정확히 넣어두었고, 그 위에는 색이 바랜 구리열쇠를 달아서 시계 넣어둔 곳을 표시하고 있었다. 머리는 비스듬했고 한쪽으로만 다니는 게와 같은 습관이 있었으니, 집이 기울 때 그도 같이 기울어져서 그 역시 집과 마찬가지로 버팀목으로 떠받쳐야 하는 것 같았다.

"참으로 물러." 그가 사라지자 아서 클레넘이 중얼거렸다. "이런 대접을 받았다고 눈물이 돌다니! 다른 대접은 받아본 적도 없고, 다른 대접은 기대해본 적도 없는 내가 말이야."

눈물이 돌려고 했을 뿐 아니라 실제로도 눈물이 돌았다. 그것은 지각이 싹틀 때부터 실망을 겪었지만 희망을 갈망하는 마음을 아직 완전히 버리지는 못한 본성이 순간적으로 낳은 것이었다. 감정을 누르고, 양초를 집어 들고서 방 안을 살펴보았다. 옛날 가구들이 예전 자리에 그대로 있었다. 런던의 날벌레와 연기라는 재앙 탓에 한결 더 칙칙해진 '이집트의 재앙들'[15]이 액자에 넣어 유리가 끼워진 채 벽에 걸려있었다. 안쪽에 납이 붙어있는 낡은 술병용 선반은 칸이 나뉜 관과 마찬가지였으며 안에는 아무것도 들어있지 않았다. 그가 벌을 받을 때 혼자 들어가 있곤 했던 낡고 어두운 벽장도 있었는데, 그 안도 역시 비어있었다. 그 당시 그는 그 벽장이, 영송에 의하면 자신이 전속력으로 달려가는 곳인 경계[16]로 통하는 진짜 입

---

[15] 출애굽기 7~12장에 기록된, 이집트 사람들에게 내려진 여호와의 징벌을 그려 놓은 그림.

구라고 생각했다. 찬장 위에는 험상궂게 생긴 큰 괘종시계가 걸려있는데, 예전에 그의 성경봉독이 밀리면 그 시계는 야만적인 기쁨을 표현하며 무늬가 그려진 이맛살을 찌푸리곤 했다. 쇠로 된 자루로 한 주에 한 차례씩 태엽을 감을 때, 그 시계는 그를 고난 속으로 데려갈 것을 예상하고서 잔인하게 으르렁대는 소리를 내곤 했었다. 그때 노인이 돌아와서 "도련님, 제가 앞장서서 촛불로 안내해드리겠습니다,"라고 했다.

아서는 그를 따라 판벽 널이 수많은 위패位牌처럼 자리한 계단을 올라갔고, 이내 어둑한 침실로 들어갔다. 침실 바닥이 점차 가라앉고 주저앉아서 벽난로가 골짜기에 들어있는 형국이었다. 그 골짜기에 자리한 검은 관대와 같은 소파 위에, 좋았던 옛날, 공식 처형식에서 사용하던 받침나무를 닮은, 크고 각이 진 검은 받침대가 뒤에서 받치고 있는 소파 위에, 미망인 복장을 한 그의 어머니가 앉아있었다.

어머니와 아버지는 그가 기억하는 아주 어린 시절부터 사이가 안 좋았다. 딱딱한 침묵 속에 말 한 마디 하지 않고 앉아서, 서로 외면하고 있는 두 사람의 얼굴을 두려워하며 번갈아 흘금거리던 것이 그의 유년기에서 그나마 최고로 평화로운 순간이었다. 어머니는 무표정하게 딱 한 번 입맞춤을 하더니, 소모사로 싸고 있는 딱딱하게 굳은 네 개의 손가락을 내밀었다. 포옹이 끝나자 그는 어머니 앞에

---

[16] 지옥을 의미.

놓인 작은 탁자 맞은편에 앉았다. 15년 동안 밤낮으로 그랬던 것처럼 벽난로에서는 모닥불이 타고 있었다. 15년 동안 밤낮으로 그랬던 것처럼 벽난로 시렁 위에는 주전자가 올려져 있었다. 15년 동안 밤낮으로 그랬던 것처럼 모닥불 위에는 축축해진 재의 작은 무더기가 쌓여 있었고 또 다른 작은 무더기는 벽난로 밑에 모아져 있었다. 모닥불이 15개월 동안 미망인 옷에 달린 상장喪章과 직물에서, 그리고 15년 동안 관대와 같은 소파에서 뽑아내었던 검은 염료 냄새가 바람 한 점 통하지 않는 방 안에 가득했다.

"어머니, 옛날의 활동적인 습관이 변하셨네요."

"세상이 이 방 크기로 줄어들었어, 아서." 어머니가 방 안을 둘러보며 대답했다. "세상의 공허하고 허황된 것에 마음을 주지 않았다는 것이 내겐 다행이지."

어머니의 존재와 엄하고 큰 목소리가 가진 해묵은 영향력이 점점 증가하자 아서는 유년기의 소심하고 으스스한 기분과 망설임이 되살아나는 느낌이었다.

"방 바깥으로는 나가지 않으시나요?"

"류머티즘에다, 거기에 따라오는 허약 또는 신경쇠약 – 명칭은 중요하지 않아 – 때문에 두 발을 못 쓴단다. 방을 비우는 법이 없어. 이 문 바깥으로 나가지 않은 지 – 얼마나 되었는지 말해주게." 어머니가 어깨너머로 뒤를 향해 말했다.

"돌아오는 크리스마스면 12년째입니다." 어둑한 방 뒤쪽에서 누군가가 갈라진 목소리로 대답했다.

"거기 애프리야?" 아서가 그쪽을 보며 물었다.

갈라진 목소리가 애프리라고 대답했다. 그리고 나서 한 노파가 어정쩡하게 밝은 곳으로 나와서 그의 손에 한 차례 입을 맞추더니 다시 어둑한 곳으로 가라앉았다.

"나는 일을 할 수 있어서," 클레넘 부인이 소모사로 싼 오른손을 꽉 닫힌 필기용 키 큰 장 앞에 놓여 있는 휠체어 쪽으로 조금 움직이면서 말했다. "즉, 사무를 볼 수 있어서 주님의 은혜에 감사한단다. 그건 큰 혜택이지. 하지만 오늘은 더는 일을 안 할 거야. 날씨가 안 좋구나, 그렇지?"

"예."

"눈이 내리니?"

"눈이라고요? 이제 겨우 9월인 걸요?"

"모든 계절이 내겐 마찬가지야." 어머니가 냉혹하고 약간 제멋대로인 태도로 대꾸했다. "여기 갇혀서 여름인지 겨울인지 전혀 모르니까. 주님께서 그 모든 것이 미치지 않는 곳에 날 놓으신 거지." 차가운 회색 눈과 차가운 백발 탓에, 그리고 무자비하게 여러 겹으로 접어 올린 머리 장식물처럼 딱딱하고 요지부동인 얼굴 탓에 - 계절의 변화가 미치지 않는 곳에 있다는 사실이 감정의 변화가 미치지 않는 곳에 있다는 사실에 아주 잘 어울리는 결론인 듯했다.

어머니 앞의 작은 탁자 위에는 두세 권의 책과 손수건, 방금 벗어 놓은 철제 안경 한 쌍, 그리고 무거운 이중상자 안에 들어있는 구식 금시계가 놓여있었다. 두 사람의 시선이 그 마지막 물건에 쏠렸다.

"아버지가 돌아가신 후 제가 보내드린 소포를 무사히 받으셨나 보네요."

"네가 보는 대로다."

"제가 알기론 아버지는 어떤 문제도 당신의 시계를 곧장 어머니께 보내야 한다는 사실만큼 그렇게 염려한 적이 없었어요."

"나는 이 시계가 네 아버지를 기억하게 해주는 물건이어서 갖고 있는 거야."

"아버지는 마지막 순간이 닥쳐서야 소망을 말하셨어요. 그때 아버지가 상자에 겨우 손을 대고 '네 어머니께'라고 아주 희미한 소리로 말씀했거든요. 그 직전까지도 저는 아버지가 많은 시간 그러셨던 것처럼 정신이 오락가락한다고 생각했어요 - 순식간에 질병에 걸린 탓에 고통을 의식하지 못하는 거 같았거든요 - 마지막 순간에 병상에서 몸을 돌리고 상자를 열려고 하시더라고요."

"그렇다면 네 아버지가 상자를 열려고 했을 때는 정신이 오락가락하지 않았구나?"

"네. 그때는 의식이 뚜렷했어요."

클레넘 부인이 고개를 가로저었다. 망자에 대한 이야기를 그만하라는 것인지, 아들의 생각에 반대한다는 것인지는 뚜렷하지 않았다.

"아버지가 돌아가신 후 그 안에 어쩌면 메모가 있을지도 모른다는 생각이 들어서 상자를 열어보았어요. 하지만 말씀드릴 필요도 없다시피 묵주 모양이 바느질되어있는, 낡은 비단으로 만든 원반 圓盤 뿐이더군요. 어머니도 제가 그것을 보고 다시 놓아둔, 상자 속 그 자리에서 (틀림없이) 그것을 보셨을 테지요."

클레넘 부인이 그렇다는 뜻을 표하고 나서, "오늘은 일을 그만하겠다."라고 말했다. 또 덧붙여, "애프리, 아홉 시다."라고 했다.

그 말을 듣자 애프리가 작은 탁자를 치우고 밖으로 나갔다가, 약간의 비스킷이 든 접시와 버터를 똑같은 크기로 잘게 잘라 놓은 쟁반을 들고 재빨리 돌아왔는데, 버터는 신선하고 좌우 대칭이었으며 흰색이고 속이 꽉 차 있었다. 모자가 이야기를 주고받는 내내, 한결같은 태도로 문간에 서서 아래층에서 아들을 보던 것처럼 어머니를 바라보던 노인이, 애프리와 동시에 나갔다가 한참 지난 후에 다른 쟁반을 갖고 돌아왔다. 그 쟁반 위에는 대부분이 남아있는 포트와인 한 병과(그가 헐떡거리는 걸로 봐서는 지하실에서 가져온 것이었다) 레몬 한 개, 설탕그릇과 양념그릇이 한 개씩 놓여있었다. 그가 이런 재료와 주전자의 물을 섞어서 뜨겁고 향기로운 혼합물 - 의사의 처방약처럼 아주 꼼꼼하게 계량하고 뒤섞은 혼합물 - 을 큰 컵 가득 만들었다. 클레넘 부인은 그 혼합물 속에 비스킷 일부를 담갔다가 먹었고, 따로 먹을 다른 비스킷에는 애프리가 버터를 발라놓았다. 병자가 비스킷을 다 먹고 혼합물을 다 마시자, 두 개의 쟁반이 치워졌다. 그리고 책들과 양초, 시계, 손수건, 안경이 탁자 위에 다시 놓였다. 그러자 부인은 안경을 끼고 책의 몇몇 구절을 큰소리로 - 엄하게, 사납게, 분노에 차서 - 읽으면서, 그녀의 적들이(어조와 태도로 자신의 적이라는 사실을 확실히 나타냈다) 칼로 베여 죽임을 당하고 불에 완전히 타버리고 역병과 나병에 걸리기를 기원했고, 적들의 뼈가 가루가 되도록 갈리기를, 적들이 완전히 멸절되기를 기원했다. 그녀가 책을 읽는 동안, 그간의 세월이 꿈속의 환상처럼 아서에게서 멀어지는 것 같았고 순진한 아이가 잠자리에 들려고 할 때 보통 느끼던 옛날의 어두운 공포 전부가 다시 그를 우울하게 만드는 것 같았다.

어머니는 책을 덮고 손으로 얼굴을 가린 채 잠시 그대로 있었다. 그녀가 그렇게 하지 않았으면 여전히 태도를 바꾸지 않았을 노인이 그대로 따라 했다. 애프리 역시 아마도 그 방의 좀 더 어둑한 곳에서 그대로 따라 했을 것이다. 그러고 나서 병든 어머니는 잘 채비를 했다.

"잘 자라, 아서. 애프리가 네 잠자리를 봐줄 거야. 내 손은 만지면 아프니까 살짝 건드리기만 하렴." 그는 소모사로 싼 어머니의 손을 살짝 건드렸다 - 그건 별거 아니었다. 그의 어머니가 놋쇠 칼집에 들어가 있더라도 그들 사이에 장벽이 새로 생기는 것은 아니었던 것이다 - 그러고는 노인과 애프리를 따라 아래층으로 내려갔다.

식당의 짙은 어둠 속에 단둘이 있을 때 애프리가 물었다. 저녁을 좀 드실래요?

"아니, 애프리, 저녁은 필요 없어."

"원하시면 드실 수 있어요." 애프리가 말했다. "식품저장실에 마님이 내일 드실 자고 고기가 있거든요 - 올해 들어 마님이 처음 드실 자고예요. 말만 하세요, 제가 요리해드릴게요."

그는 식사한 지 오래되었지만 먹을 수가 없다고 했다.

"그럼 마실 것을 좀 드세요." 애프리가 말했다. "원하시면 마님의 포트와인을 조금 마실 수 있어요. 도련님이 가져오라고 했다고 제가 제러마이어에게 말할게요."

그는 그것도 생각이 없다고 했다.

"제가 그들을 두려워한다고 해서 도련님이 그러실 까닭은 없어요." 애프리가 몸을 앞으로 숙이고 속삭였다. "재산의 절반을 받으셨죠?"

"그래, 받았어."

"그렇다면 겁먹지 마세요. 도련님은 영리하시잖아요?"

그녀가 긍정적인 대답을 기대하는 것 같았기에 그는 고개를 끄덕였다.

"그렇다면 그들에게 맞서세요! 마님은 지독히 영리한 분이세요, 그리고 영리한 사람만이 마님에게 뱃심 좋게 말할 수 있고요. **그도** 영리한 사람이에요 ‒ 오오, 영리해요! ‒ 하고 싶은 말이 있을 때 마님에게 한마디씩 하거든요, 그가 말이에요!"

"자네 남편이 그렇게 한단 말인가?"

"그렇게 하느냐고요? 그가 마님에게 말하는 것을 듣노라면 온몸이 떨릴 정도인 걸요. 제 남편, 제러마이어 플린트윈치는 도련님의 어머니조차도 압도할 수 있어요. 그렇게 할 수 있는 그가 영리한 사람이 아니면 뭐겠어요!"

남편이 그들 쪽으로 발을 끌며 오는 소리가 들리자 그녀는 방의 반대편 끄트머리로 물러났다. 젊었을 때에는 근위보병연대에 입대해도 발각될 염려가 없을 정도로 키가 크고 인상이 험상궂고 근골이 건장한 노파였지만, 작고 눈매가 날카로우며 게와같이 한쪽으로만 다니는 노인 앞에서 약해지는 것이었다.

"자, 애프리," 제러마이어가 말했다. "자, 부인, 뭐 하고 있어? 아서 도련님에게 드실 것 좀 이것저것 갖다 드리지 않고?"

아서 도련님은 아무것도 먹지 않겠다는 좀전의 거절을 되풀이했다.

"좋아요, 그렇다면," 제러마이어가 말했다. "잠자리를 준비해. 움직이라고." 목이 심하게 뒤틀려있는 탓에 묶어놓은 하얀 크러뱃의 양 끝이 늘 한쪽 귀 아래에서 달랑거렸다. 천성적으로 타고난 신랄한 태도와 에너지가 습관적인 억압 본능이라는 제2의 천성과 늘 다투면서 잘난 체하는 표정이 얼굴 가득 퍼졌다. 전체적으로 그는 옛적 언젠가 목을 매단 적이 있었는데, 어떤 손길이 때마침 밧줄을 끊어주어서, 그 이후 밧줄 등속을 목에 매달고 돌아다니는 듯한 이상한 모습이었다.

"도련님, 내일은 마님과 심한 말을 나누게 될 겁니다." 제러마이어가 말했다. "아버님이 돌아가시고 나서 도련님이 사업을 그만둔 것이 - 도련님이 직접 말씀드리도록 제가 아직 말씀드리지 않았지만 마님은 짐작하고 계시거든요 - 별문제가 아니라는 듯이 지나가지는 않을 테니까요."

"이제까지 나는 사업을 위해 인생의 모든 것을 포기했어. 이제는 사업을 포기할 때가 된 거야."

"좋아요!" 제러마이어가 소리쳤는데 안 좋다는 뜻을 명백히 나타내는 것이었다. "아주 좋아요! 다만 제가 도련님과 도련님의 어머님 사이에서 거들기를 기대하진 마세요. 저는 도련님의 아버님과 어머님 사이에서 이것저것 막다가 뭉개지고 가루가 되었거든요. 그런 일은 그만두겠습니다."

"날 위해 그런 일을 다시 해달라고 부탁하진 않겠네, 제러마이어."

"좋습니다, 그 말씀을 들으니 기쁘네요. 부탁을 받았으면 거절해야 했을 테니까요. 이쯤 하죠 - 도련님 어머님의 말씀마따나요. 안식일 밤에 사업 얘기를 너무 많이 했군요. 애프리, 부인, 필요한 걸 이제 다 찾았소?"

애프리가 큰 이불장으로 가서 시트와 담요를 급히 챙기며 "다 됐어요, 여보,"라고 했다. 아서 클레넘이 애프리를 도와 시트와 담요를 직접 운반하면서, 제러마이어에게 잘 자라고 하고 애프리와 함께 꼭대기 층으로 올라갔다.

그들은 낡고 바람이 통하지 않는 집의 곰팡내를 뚫고 거의 사용하지 않았던 커다란 다락방의 침실까지 계속해서 올라갔다. 그 방은 다른 모든 방처럼 보잘것없고 빈약했을 뿐 아니라 낡아서 못 쓰게 된 가구를 추방해두던 곳이어서 다른 방보다 한층 더 추하고 음산했다. 가재로는 앉는 부분이 낡아빠진 오래되고 추한 의자들과, 그마저도 없는 오래되고 추한 의자들, 닳아서 올이 드러나고 무늬가 없어진 카펫 한 장, 불구가 된 식탁 한 개, 병신이 된 옷장 한 개,

뼈대만 남기고 죽은 것처럼 야윈 난로용 철물 한 짝, 빗발치는 더러운 비누거품을 오랜 세월 맞은 것 같은 세면대 한 개, 그리고 뾰족한 것에 찔리기 원하는 사람을 무시무시하게 숙박시키려는 것처럼, 끝이 못같이 뾰족하게 마무리되어있는 네 개의 기둥이 헐벗은 뼈대 모양으로 붙어있는 침대 틀 한 개가 있었다. 아서는 좌우로 여닫는 낮은 창을 열고, 칙칙하고 황량하며 검게 변해버린 굴뚝 숲과 칙칙한 붉은색으로 노려보는 하늘을 마주 보았다. 어린 시절 그는 그 하늘이 어디를 바라보든 사방팔방이 불에 타고 있는 주변을 밤마다 반사하는 것에 불과하다고 생각했었다.

클레넘 씨는 머리를 다시 집어넣고 침대 옆에 앉아서 애프리 플린트윈치가 잠자리를 준비하는 모습을 바라보았다.

"애프리, 내가 떠날 때는 미혼이었잖아."

그녀가 입을 오므려서 "그래요,"라고 말하는 모양을 취하고 고개를 가로젓더니 베개를 베갯잇에 넣었다.

"어떻게 된 거야?"

"글쎄요, 제러마이어가, 물론." 애프리가 베갯잇의 한쪽 끄트머리를 이빨로 물고서 중얼거렸다.

"물론 그가 청혼했겠지. 하지만 대체 어떻게 된 거야? 당신네 둘 다 결혼하지 않으리라고 생각했었거든. 둘이 부부가 되리라는 생각은 꿈에도 못했어."

"저도 그래요." 플린트윈치 부인이 베개를 베갯잇에 단단히 묶으면서 대꾸했다.

"내 말이 그거야. 언제 생각이 바뀐 거야?"

"생각이 바뀐 적은 없어요." 플린트윈치 부인이 대답했다.

그녀는 베개를 받침 위에 제대로 놓으려고 가볍게 토닥이다가, 클레넘 씨가 나머지 답변을 기다리며 여전히 자신을 바라보고 있다는 사실을 깨닫자, 베개 가운데를 손가락으로 세게 한 번 찌른 다음에 되물었다. "제가 어떻게 할 수 있었겠어요?"

"결혼하는 것 말고 어떻게 할 수 있었겠냐고?"

"물론이죠." 플린트윈치 부인이 대꾸했다. "그건 제가 한 일이 아니거든요. **전** 그런 생각은 해본 적도 없어요. 생각하지도 못했던 일을 해야 했던 거예요, 정말로요! 마님은 그 일을 시작할 수 있게 되자 절 벗어나지 못하게 했고, 일에 착수했어요."

"그래서?"

"그래서라뇨?" 플린트윈치 부인이 반문했다. "그게 제가 했던 말이에요. 그래요! 생각해본들 무슨 소용이겠어요? 그들 두 영리한 사람이 그렇게 하기로 작정했는데 **제가** 할 수 있는 일이 뭐가 더 있겠어요? 없는 거죠."

"그렇다면 그게 어머니의 계획이었단 말이야?"

"도련님께 신의 가호가 있기를, 그리고 저의 소원을 용서하소서!" 항상 작은 소리로 말을 하던 애프리가 크게 소리쳤다. "그들이 둘 다 같은 생각이 아니었다면, 도대체 어떻게 그런 일이 일어났겠어요? 제러마이어는 제게 청혼하지도 않았어요. 같은 집에 살면서 같이 살았던 그만큼의 햇수 동안 저를 마구 부려먹은 후인데 청혼할 것 같지도 않았고요. 하루는 그가 말하길, '애프리, 그대에게 할 이야기가 있소. 플린트윈치라는 이름에 대해 어떻게 생각해?' '어떻게 생각하느냐고요?' 제가 물었죠. '그래, 그대 이름이 그렇게 될 테니까.' 그가 말했어요. '그렇게 될 거라고요?' 제가 물었죠. '제러-**마이**-어?' 아! 그는 영리한 사람이에요!"

플린트윈치 부인은 할 이야기를 다 마쳤다는 듯이, 침대 위에 시트를 깐 뒤 그 위에 담요를 펼치고 담요 위에 침대보를 덮기 시작했다.

"그래서?" 아서가 다시 물었다.

"그래서라뇨?" 플린트윈치 부인이 다시 반문했다. "제가 어떻게 할 수 있었겠어요? 그가 말했어요. '애프리, 그대와 나는 결혼해야 해. 내가 이유를 말해주지. 마님의 건강이 나빠져서 위층에 있는 마님의 방에서 꾸준하게 간호받기를 원하셔. 우리가 마님과 자주 같이 있어야 할 거야, 우리가 마님을 떠나면 주위에 아무도 없잖아. 그러니 우리 둘이 결혼하는 게 좀 더 편리할 거야. 마님도 나와 같은 생각이시고.' 그가 말했어요. '그래서 다음 주 월요일 아침 여덟 시에 그대가 보닛을 쓰면 되는 거야.'" 플린트윈치 부인이 침대 끝을 접어 올렸다.

"그래서?"

"그래서라뇨?" 플린트윈치 부인이 되물었다. "그런 것 같아요! 제가 주저앉은 채 말했죠. 글쎄요! - 그때 제러마이어가 말하길, '결혼 예고를, 돌아오는 일요일이면 세 번째 하는 것이어서(2주 전부터 예고했거든) 내가 월요일로 정했어. 애프리, 마님이 결혼에 대해 그대에게 직접 말씀하실 텐데, 그러면 그대가 작정했다는 걸 아실 테지.' 바로 그날 마님이 제게 말씀하셨어요. '그래, 애프리, 너와 제러마이어가 혼인하기로 했다는 얘기를 들었다. 기쁘구나, 너도 당연히 기쁘겠지. 너한테는 아주 좋은 일이고, 나도 사정이 사정이기 때문에 대단히 환영하는 바다. 그는 현명하고 믿을 수 있는 사람이며, 뚝심 있고 독실한 사람이야.' 일이 그렇게 되었는데 제가 무슨 말을 할 수 있었겠어요? 글쎄요, 설령 그것이 – 결혼하는 게 아니라 질식시키는 것이었다 해도," 플린트윈치 부인이 고심 끝에 그런 표현 방식을 궁리해냈다. "그들 두 영리한 사람에 맞서서는 제가 한마디도 못했을 거예요."

"정말 그랬을 거 같군."

"도련님도 마찬가지일 텐데요."

"애프리, 방금 어머니 방에 있던 여자아이가 누구야?"

"여자아이라고요?" 플린트윈치 부인이 다소 날카로운 어조로 말했다.

"내가 당신 옆에서 봤던 사람은 분명히 여자아이였어 – 어두운 귀퉁이에 거의 숨어있다시피 했잖아?"

"아! 그 애요? 작은 도릿요? **그 아인** 별것 아니에요. 그 아인 – 마님의 변덕이죠." 애프리 플린트윈치의 특이한 면은 클레넘 부인의 이름을 절대 입에 올리지 않는다는 점이었다. "하지만 주위에 다른 아가씨가 있잖아요. 옛날 애인을 잊으셨어요? 아주 오래전에는 틀림없이 있었잖아요."

"어머니가 우릴 갈라놓아서 많은 고통을 받았기 때문에 그녀를
잊을 순 없지. 아주 잘 기억해."

"다른 애인은 없었나요?"

"없었어."

"그렇다면 알려드릴 게 있어요. 그녀는 지금 부자이고 과부예요.
그리고 만일 도련님이 그녀와 결혼하고 싶다면, 그야, 그러실 수 있
어요."

"그걸 어떻게 알지, 애프리?"

"그들 두 영리한 사람이 그 문제에 대해 얘기하는 걸 들었거든요.
저기 계단에 제러마이어가 왔어요!" 노파는 바로 사라졌다.

플린트윈치 부인이 그의 젊은 시절의 직조기가 놓여있는 그 오래
된 작업장에서 그의 마음이 바쁘게 짜고 있던 피륙에 그 무늬를 완
성시키는 데 필요한 마지막 실을 끼워 넣은 셈이었다. 소년의 사랑
이라는 들뜬 바보짓이 이 집에조차 들어왔고, 실연의 절망감 때문
에 그는 이 집이 로맨스에 나오는 성채인 것처럼 비참해했었다. 불
과 일주일 전에 마르세유에서 그가 애석해하며 헤어졌던 그 예쁜
여자아이의 얼굴이 그에게 별난 흥미를 불러일으키고 상처 입기 쉬
운 그의 마음을 사로잡았던 것도, 그 아이의 얼굴이 그의 음울한
삶에서 상상의 빛나는 광휘로 날아올랐던 첫사랑의 얼굴과 실제든
상상이든 약간 닮았기 때문이었다. 클레넘 씨는 좌우로 여닫는 낮은
창의 창턱에 기대서, 검게 변해버린 굴뚝 숲을 보면서 몽상에 잠기

기 시작했다. 그를 결국 몽상가로 만드는 것이, 그의 인생─생각할 거리가 워낙 없는 인생, 좀 더 잘 지도를 받고 좀 더 행복하게 생각할 수 있는 것들을 원래부터 가지지 못한 인생─의 한결같은 성향이었기 때문이다.

4 플린트윈치 부인이 꿈을 꾸다

플린트윈치 부인은 꿈을 꿀 때 늙은 여주인의 아들과는 달리 보통 두 눈을 감은 채 꿈을 꿨다. 그녀는 그날 밤에 기이할 정도로 생생한 꿈을 꾸었는데, 늙은 여주인의 아들과 헤어진 지 몇 시간 되지 않아서였다. 사실, 그것은 전혀 꿈같지 않았고 모든 면에서 아주 현실적이었다. 다음과 같은 식이었던 것이다.

플린트윈치 부부가 사용하는 침실은 클레넘 부인이 오랫동안 간혀있던 방에서 몇 걸음 걸으면 닿는 거리에 있었다. 그 침실은 집의 측면에 있어서 클레넘 부인의 방과 다른 층에 있는 셈이었고, 클레넘 부인의 방과 거의 맞은편에 있는 큰 계단에서 갈라진 다음에 몇 개의 이상한 단段을 가파르게 내려가야 닿을 수 있는 곳에 있었다. 부르면 들리는 곳이라고 말할 수도 없었으니, 낡은 집의 벽들과 문들과 판벽 널을 끼운 부분들이 몹시 방해되었기 때문이다. 하지만 아무 잠옷이나 입고 밤중 아무 때고 기온에 상관없이 쉽게 갈 수 있는 곳에 있었다. 침대 머리맡, 플린트윈치 부인의 귀에서 1피트도 안 되는 곳에 초인종이 놓여있었고, 그 종에 매단 줄이 클레넘 부인의 손에 달려있었다. 그 종이 울릴 때마다 애프리는 벌떡 일어나서 잠도 깨기 전에 환자 방에 갔다.

플린트윈치 부인은 여주인을 잠자리에 누이고, 등을 밝히고, 안녕히 주무시라고 했다. 그러고 나서 남편이 아직 잠자리에 들지 않았다는 사실만 빼고는 평상시와 다름없이 잠자리에 들었다. 플린트윈치 부인의 꿈에 주제로 등장한 인물은-대다수 철학자의 의견에 따르면 꿈에도 생각한 적이 없는 주제답지 않게-바로 그 남편이었다.

몇 시간을 자다가 깨어보니 제러마이어가 아직 잠자리에 들지 않았다는 사실을 깨달았던 것 같았다. 밝게 타도록 내버려둔 양초를 보고 앨프레드 대왕처럼 시간을 재어보니,[17] 그 소모된 상태로 미루어 볼 때 상당 시간 잠을 잤다고 확신했던 것 같았다. 그 즉시 일어나서 가운으로 몸을 감싸고 신발을 신고, 잔뜩 놀란 채 제러마이어를 찾아 계단으로 나섰던 것 같았다.

나무 계단은 아주 단단했고 애프리는 꿈에 특유한 어떤 일탈도 없이 곧장 내려갔다. 계단을 미끄러지듯 내려가지 않고 걸어서 내려갔는데, 양초가 전부터 꺼져있었기에 난간을 붙잡고 내려갔다. 현관 한쪽 귀퉁이 문짝 뒤로 환기 갱도와 같은 작은 대기실이 있고, 거기에는 잡아 찢은 것처럼 좌우로 여닫는 창이 좁게 나 있었다. 결코 사용한 적이 없는 그 방에서 양초가 밝게 타고 있었다.

---

[17] 앨프레드 대왕(King Alfred the Great)은 양초가 타서 없어지는 정도를 보고 시간이 얼마나 경과했는지 알 수 있는 각등을 발명했다고 한다.

양말을 신지 않은 플린트윈치 부인은 바닥이 차갑다고 느끼며 현관을 가로질러가서 조금 열려있는 문의 녹슨 경첩 사이로 안을 들여다보았다. 제러마이어가 깊이 잠들었거나 졸도했을 줄로 예상했지만 멀쩡히 깨어서 평상시처럼 건강하게 그리고 조용히 의자에 앉아있었다. 그러나, 뭐야— 이건?— 주여 용서하소서!— 플린트윈치 부인은 이와 같이 몇 마디 절규하고 어지럼증을 느꼈다.

깨어있는 플린트윈치 씨가 잠들어있는 플린트윈치 씨를 바라보고 있었기 때문이다. 그는 작은 탁자 한쪽 편에 앉아서, 고개를 떨군 채 코를 골며 자고 있는 맞은편의 자기 자신을 날카롭게 노려보고 있었다. 깨어있는 플린트윈치는 얼굴을 그의 부인에게 정면으로 향하고 있었고, 잠들어있는 플린트윈치는 옆얼굴이 보였다. 깨어있는 플린트윈치는 나이 많은 원본이었고, 잠들어있는 플린트윈치는 똑 닮은 사람이었다. 현실의 대상과 거울 속의 영상을 구별해내는 것처럼, 애프리는 머리가 빙글빙글 도는 가운데서도 이런 차이점을 찾아냈다.

그녀가 어느 쪽이 그녀의 제러마이어인지 미심쩍어했어도 그의 조급증이 그 의심을 해결해 주었을 것이다. 제러마이어가 공격용 무기를 찾아서 주위를 두리번거리다가, 양초의 심지 자르는 가위를 집어 들더니, 윗부분이 양배추처럼 생긴 양초에 대기 전[18]에 잠자는 사람의 몸뚱이부터 찌르려는 것처럼 가위를 잠자는 사람에게 내밀

---

[18] 동물기름으로 만든 양초는 가끔씩 심지를 잘라주지 않으면 끝이 양배추모양으로 둥글게 되었다.

었던 것이다.

"누구야? 무슨 일이야?" 잠자던 사람이 깜짝 놀라며 소리쳤다.

플린트윈치 씨는 심지 자르는 가위로 상대방의 숨통을 끊어서 그에게 침묵을 강요하려는 것처럼 가위를 휘둘렀다. 상대가 정신을 차리고 눈을 비비며 "내가 어디 있는지 깜박 했군,"이라고 중얼댔다.

"넌 두 시간이나 잤어." 제러마이어가 회중시계를 보면서 으르렁거렸다. "잠깐만 자면 충분히 쉬는 거라고 했잖아."

"잠깐 잠들었을 뿐이야." 똑 닮은 사람이 대꾸했다.

"새벽 두 시 반이야." 제러마이어가 중얼거렸다. "모자를 어디 뒀어? 외투는 어디 뒀고? 그 상자는 어디 뒀어?"

"여기 다 있어." 똑 닮은 사람이 졸리는 가운데서도 목 부분을 숄로 용의주도하게 싸매면서 대답했다. "잠깐만. 소매 좀 잡아줘 ─ 그쪽 말고 다른 쪽 말이야. 하아! 내가 옛날만큼 젊진 않군." 플린트윈치 씨가 그를 외투 속으로 아주 힘차게 끌어당겼던 것이다. "쉰 다음에 한 잔 더 주기로 했잖아."

"그걸 마셔!" 제러마이어가 대꾸했다. "그리고 ─ 그만 떠들라고 말하려던 참이야 ─ 떠나라는 뜻이지." 그와 동시에 바로 그 포트와인 병을 꺼내서 잔을 채웠다.

"그녀의 포트와인인가?" 똑 닮은 사람은 출항하기 전에 몇 시간의 여유가 있는 사람처럼 술맛을 음미하며 말했다. "그녀의 건강을 위해."

그가 한 모금 마셨다.

"너의 건강을 위해!"

또 한 모금 마셨다.

"그의 건강을 위해!"

또 한 모금 마셨다.

"세인트폴 성당 주위의 모든 친구를 위해." 그는 잔을 비우며 이 오래된 도시의 건배사를 중간까지 하다가 잔을 내려놓고 상자를 집어 들었다. 상자는 2제곱피트 정도 되는 철제상자였는데, 아주 편안하게 겨드랑이에 끼웠다. 제러마이어는 그가 상자를 끼는 모습을 경계하는 눈으로 지켜보다가, 꽉 끼고 있는지 확인하려고 두 손으로 흔들어보았고, 지니고 있는 것을 목숨 걸고 간수하라고 분부했다. 그러고 나서 문을 열어주려고 발소리를 죽이고 걸어 나왔다. 애프리는 그 마지막 동작을 예상하고 계단 위로 물러나 있었다. 일련의 일들이 워낙 평상적이고 당연한 것이어서, 그녀는 계단에 서서도 문이 열리는 소리를 들을 수 있었고, 밤 공기를 느낄 수 있었으며, 바깥의 별들을 볼 수 있었다.

그때 꿈속에서 가장 놀랄만한 일이 벌어졌다. 그녀는 남편을 워낙 두려워한 탓에 계단 위에 있으면서도 방으로 돌아갈 힘이 없었고(그가 문을 잠그기 전에 쉽게 돌아갈 수 있었는데 말이다) 빤히 쳐다보며 그 자리에 그냥 서 있었다. 그 결과, 제러마이어가 잠자리에 들려고 양초를 손에 들고 계단을 올라오다가 그녀와 정면으로 마주치게 되었다. 그는 깜짝 놀란 듯했지만 한마디도 하지 않았다.

그가 그녀를 주시하면서 계속 다가왔고, 그녀는 그의 영향력에 완전히 압도된 채로 그의 면전에서 계속 뒤로 물러났다. 그런 식으로, 그녀는 뒤로 걷고 그는 앞으로 걸으면서, 그들은 방으로 들어왔다. 방문을 닫고 안에 들어서자마자 플린트윈치 씨가 그녀의 목을 움켜쥐고 얼굴이 파랗게 질릴 때까지 흔들어댔다.

"아니, 애프리, 여보 – 애프리!" 플린트윈치 씨가 말했다. "무슨 꿈을 꾸는 거야? 일어나, 일어나라고! 무슨 일이야?"

"무슨 – 무슨 일이냐고요, 제러마이어?" 플린트윈치 부인이 눈알을 굴리며 헐떡거렸다.

"아니, 애프리, 여보 – 애프리! 잠든 채로 침대 밖에 나와 있으면 어떡해, 여보! 아래층에서 잠들었다가 올라와 보니, 당신이 여기서 가운으로 몸을 감싼 채 악몽을 꾸고 있더군. 애프리, 여보, 당신이 이와 같은 꿈을 또 꾼다면 그거야말로 약을 먹을 필요가 있다는 징조일 거야." 플린트윈치 씨가 얼굴 표정을 풍부하게 짓고 친근하게 싱긋 웃으며 말했다. "그러면 내가 당신에게 잔뜩 약을 먹일 거야, 부인 – 잔뜩 말이야!"

플린트윈치 부인은 고맙다는 말을 하고 슬며시 침대로 들어갔다.

***

5 가업

월요일 아침 시내의 시계가 아홉 시를 치자, 클레넘 부인은 왜소한 용모의 제러마이어 플린트윈치가 미는 휠체어에 앉아서 키 큰 장 앞으로 이동했다. 그녀가 자물쇠를 벗기고 장을 연 후에 장에 붙어있는 문갑 앞에 자리를 잡자, 제러마이어가 ─ 좀 더 효과적으로 목을 매달려는 듯이 ─ 물러났고 그녀의 아들이 나타났다.

"오늘 아침엔 좀 나아지셨어요, 어머니?"

클레넘 부인은 날씨 얘기를 하던 전날 밤과 마찬가지로 냉혹하고 제멋대로인 태도로 고개를 가로저었다. "절대 나아지지 않을 거야. 내가 그 사실을 알면서도 견딜 수 있어서 다행이지."

두 손을 문갑 위에 각각 따로 올려놓고 앉았는데, 키 큰 장이 그녀 앞에 우뚝 솟아있으니 마치 교회오르간을 소리가 안 나게 연주하고 있는 것처럼 보였다. 문갑 옆에 앉으면서 그녀의 아들은 그런 생각을 했다. (그런 생각을 한 건 오래전부터였다.)

클레넘 부인은 서랍을 한두 개 열어서 사업상의 서류를 살펴본 후에 다시 제자리에 넣었다. 그녀의 엄한 얼굴에는 엄한 기색이 완화되는 실마리가, 어떤 탐험가든 그녀 생각의 어두운 미로로 안내받을 수 있는 실마리가 하나도 보이지 않았다.

"가업에 대해 이야기할까요, 어머니? 이야기를 시작하시겠어요?"

"시작하겠느냐고, 아서? 그렇고말고, 너는 어떠냐? 아버지가 돌아가신 지 일 년 이상 지났어. 그동안 나는 네 뜻을 따라서 줄곧 널 기다려왔고."

"출발하기 전에 정리할 일이 많았거든요, 그리고 출발한 다음에는 휴식과 기분전환 겸해서 여행을 조금 했고요."

그녀는 아들의 마지막 말을 듣지 못했거나 이해하지 못했다는 듯이 아들 쪽으로 얼굴을 돌렸다.

"휴식과 기분전환 겸해서요."

클레넘 부인은 어둠침침한 방 안을 둘러보았다. 입술 움직이는 걸 보아하니, 그 방에게 자신이 둘 중 어느 것이든 얼마나 누리지 못했는지 증언하라고 요구하는 것처럼 그 낱말을 되뇌는 걸로 보였다.

"그뿐만 아니라 어머니가 유일한 유언집행인이고 재산의 관리와 경영을 맡아왔기 때문에 어머니가 시간을 갖고 일들을 마음에 들게 정리하기 전까지는 제가 처리할 수 있는 일이 거의 없었잖아요, 전혀 없었다고도 할 수 있겠네요."

"계산서를 작성했다." 클레넘 부인이 대답했다. "여기 있어. 증거 서류는 모두 검토하고 확인했으니까 네가 원할 때 점검하면 된다, 아서. 하고 싶으면 지금 해도 좋고."

"일이 마무리된 것을 안 걸로 충분해요. 그럼 용무를 마저 이야기할까요?"

"좋아!" 그녀가 특유의 냉담한 어조로 말했다.

"어머니, 지난 몇 년 동안 우리 상사는 일이 점점 줄어들었고 거래도 점차 감소했어요. 신뢰를 별로 보여주지 못했고 새로운 신뢰를 얻지도 못했으니까요. 주위에 사람들이 없잖아요. 우리가 고수했던 길은 시대의 흐름에 맞는 길이 아니에요. 많이 뒤처진 거지요. 그 점에 대해서는 길게 얘기할 필요도 없어요. 어머니도 물론 아실 테니까요."

"무슨 얘길 하는 건지 알아." 그녀가 누그러진 어조로 대꾸했다.

"우리가 지금 이야기를 나누고 있는 이 낡은 집조차도" 아서가 이야기를 계속했다. "제가 이야기하는 내용의 한 가지 예예요. 아버지가 젊었을 때, 그리고 그 전에 아버지의 삼촌 시절에, 이 집은 사업소였어요 – 진짜 사업소였고, 사무를 보러온 사람들로 붐비는 곳이었죠. 그런데 지금은 시대와 용도에서 벗어난 채 그저 이례적이고 모순적인 곳으로 남아 있잖아요. 우린 오랫동안 모든 위탁판매를 중매상인 로빙엄스 사社에 맡겨서 해왔어요. 그리고 그들을 점검하고 아버지의 재산을 관리할 겸해서 어머니가 판단력과 주의력을 활발히 발휘했던 거지만, 어머니는 여느 집에 살았더라도 똑같은 자질을 갖고 아버지의 운수에 마찬가지로 영향을 미쳤을 거예요. 그러지 않았을까요?"

"집이 너의 허약하고 병에 걸린 어머니에게 – 허약하고 병에 걸린 것이 지당하고 당연한 어머니에게 – 피난처를 제공해주는데도 어떤 용도에도 안 맞는다고 생각하는 거니?" 아서의 질문에는 답변하지 않고 클레넘 부인이 되물었다.

"전 사업상의 용도에 대한 얘기만 하는 거예요."

"뭐 하려고?"

"그 얘길 하려던 참이에요."

"무슨 얘긴지 알겠다." 그녀가 아서를 뚫어져라 바라보다가 대꾸했다. "하지만 내가 천벌을 받는다고 해도 불평하지 않을게. 죄지은 게 있으니 쓰라린 실망을 겪어도 싸지. 그 사실은 인정하마."

"어머니, 어머니가 그렇게 말씀하는 걸 들으니 마음이 아파요. 염려하고는 있었지만 어머니가 혹—"

"너도 내가 혹 그럴지 모른다는 것은 알았을 거야. **나를** 잘 아니까." 그녀가 말 중간에 끼어들었다.

아서는 잠시 말을 멈췄다. 자신의 말을 듣고 어머니가 흥분하는 바람에 깜짝 놀랐던 것이다. "좋아!" 그녀가 다시 돌처럼 굳어지며 말했다. "계속해. 들어보자꾸나."

"어머니가 예상하신 대로 저는 가업을 포기하기로 작정하고 그만뒀어요. 어머니께 충고드리는 일은 없을 거예요. 어머니야 가업을 계속하실 테니까요. 제게 어머니를 움직일 힘이 조금이라도 있다면, 그 힘을 그저, 이런 실망을 안겨드린 절 나쁘게 여기지 않도록 하는 데 쓰고 싶어요. 기나긴 일생의 절반을 살아오는 동안 전에는 어머니의 의사에 맞선 적이 없다는 사실을 되새겨드리는 데 쓰고 싶다고요. 제가 마음과 영혼을 다해서 어머니의 규칙에 순응했다고 말씀드릴 수는 없겠죠. 저의 40년 인생이 저에게든 누구에게든 유익했다거나 유쾌한 것이었다고 말씀드릴 수도 없고요. 하지만 늘 복종해 왔으니까, 어머니가 그 사실을 기억해 주십사고 부탁드릴 뿐이에요."

장 앞에 앉아있는 냉혹한 얼굴이 조금이라도 누그러지기를 기대하는 탄원자가 있다면, 혹은 있었다면, 그 탄원자에게 화 있을진저. 그처럼 엄한 눈빛이 주재하는 법정에 호소하고자 하는 규율위반자에게 화 있을진저. 이 엄격한 여성은 어둠과 암흑에 싸여있는 종교를, 저주와 복수와 파괴의 번갯불이 칠흑 같은 구름을 뚫고 번쩍이는 불가사의한 종교를 무척이나 필요로 했던 것이다. 우리가 우리에게 죄지은 자를 사하여 준 것같이 우리 죄를 사하여 주옵시고, 라는 구절[1]은 그녀가 생각하기에 너무나 기백이 없는 기도문이었다. 주여, 저에게 죄지은 자를 때려 주옵소서, 그들을 시들게 하여 주옵소서, 그들을 뭉개어 주옵소서, 제가 한 것처럼 하여 주옵소서, 그러면 저의 숭배를 받으오리다. 이것이 그녀가 하늘에 오르려고 쌓아올린 불경한 돌탑이었다.

"얘기 다 했니, 아서? 아니면 할 얘기가 더 있니? 더는 없을 것 같구나. 짧게 말했지만 실속이 있어!"

"어머니, 드릴 얘기가 아직 남았습니다. 오랜 시간 밤낮으로 품고 있던 생각이에요. 지금까지 한 이야기보다 말씀드리기가 한층 더 어려운 이야기고요. 지금까지 한 이야기는 저와 관계된 거였지만, 이제부터 하려는 이야기는 우리 모두와 관계된 거니까요!"

"우리 모두라니! 우리 모두가 누굴 말하는 거니?"

"어머니와 저, 그리고 돌아가신 아버지요."

클레넘 부인이 문갑 위에 두었던 두 손을 내려서 무릎 위에 놓고

---

[1] 주기도문의 일부. 마태복음 6장 12절 참조.

는 깍지를 꼈다. 그러고는 고대이집트의 조각상처럼 불가해하게 난롯불을 바라보았다.

"아버지에 대해선 저보다 어머니가 훨씬 잘 아세요. 아버지가 제게는 숨겼지만 어머니께는 털어놓았으니까요. 어머니는 훨씬 강한 분이셨고 아버지를 좌지우지하셨잖아요. 어렸을 때도 그 점은 지금처럼 잘 알고 있었어요. 어머니가 주도권을 가지신 결과, 어머니가 이곳 사업을 맡고 아버지는 중국에 가서 그곳 사업을 맡으신 거잖아요. (그것이 두 분이 합의한 별거의 진짜 조건이었는지는 지금도 모르겠지만요.) 또한 제가 스무 살이 될 때까지 어머니와 지내다가, 그다음에는, 실제 그랬던 것처럼, 아버지께 가야 한다는 것이 어머니의 뜻이었다는 사실도 알고 있었어요. 20년이 지난 다음에 제가 이런 일을 기억해낸다고 해서 화내시는 건 아니죠?"

"네가 그 일을 기억해낸 이유를 들으려고 기다리고 있어."

아서는 목소리를 작게 하고 말을 했는데 분명히 마지못해서 그리고 억지춘향식으로 말하는 것이었다.

"어머니께 여쭙고 싶어요, 의심스러웠던 적이 없었는지 – "

의심이란 낱말을 듣자 클레넘 부인은 음울하게 눈살을 찌푸리면서 순간적으로 아들을 바라보았다. 곧바로 난롯불을 다시 응시했지만 눈살은 여전히 찌푸리고 있어서, 고대이집트의 조각가가 딱딱한 화강석 표면에 자국을 내서 영원히 찌푸리도록 만든 것 같았다.

"– 아버지를 양심의 가책 – 자책에 빠지도록 한 어떤 비밀스러운 기억이 아버지에게 있다는 의심을 해본 적이 없으세요? 아버지의 행동에서 그런 사실을 암시하는 것을 뭐든 본 적이 없으시냐고요? 아니면 그런 의심에 대해 아버지께 얘기한도 적 없으세요? 그런 일을 아버지가 넌지시 비치는 얘기를 들은 적은요?"

"네 아버지가 어떤 비밀의 기억에 사로잡혔었다고 추측하는 건지 모르겠구나." 클레넘 부인은 잠시 침묵을 지키다가 대꾸했다. "아주 알쏭달쏭한 얘기를 하는군."

"혹시, 어머니," 이야기를 하면서 아서는 상체를 구부려 어머니에게 그만큼 더 가까이 다가갔고 어머니의 문갑 위에 초조하게 손을 올려놓았다. "혹시 아버지가 불행히도 누군가에게 해코지를 하고 보상을 하지 않은 적은 없을까요?"

클레넘 부인은 노기등등하여 아서를 바라보았다. 그리고 휠체어에 앉은 채 몸을 뒤로 젖혀서 아서에게서 더욱 멀리 떨어졌고 아무 대답도 하지 않았다.

"어머니가 그런 생각을 하신 적이 한 번도 없었다면, 이런 얘기를 아무리 둘만의 비밀로 하더라도 입 밖에 내었다는 사실부터가 저의 잔인하고 냉혹한 면을 보여주는 것이 틀림없다고 여기시리라는 점을 잘 알아요. 하지만 그 생각을 도저히 떨칠 수가 없어요. 시간이 흐르고 여러 변화가 있었지만(입 밖에 내기 전에 둘 다 시험해보았거든요) 그런 생각이 없어지질 않더라고요. 제가 아버지와 함께 있었다는 걸 명심하세요. 아버지가 그 시계를 제가 간수하도록 맡기고, 어머니가 이해할 수 있는 유물로서 어머니에게 보내는 거라는 사실을 표현하려고 애쓰실 때, 제가 아버지의 얼굴을 똑똑히 보았다는 사실을 명심하세요. 아버지가 힘이 빠져가는 손에 연필을 쥐고, 실제 적지는 못했지만 어머니가 읽을 수 있도록 모종의 글을 적으려 한 마지막 순간에, 제가 아버지의 모습을 보았다는 사실을 명심하시라고요. 제가 가진 막연한 의심이 개연성이 떨어지고 잔인한 것이라는 생각이 들수록 정황상 그 의심이 들어맞을 가능성은 더 큰 것으로 여겨지더라고요. 우리가 바로잡아야 할 잘못이 혹 있는지, 부디 경건하게 살펴봐요. 어머니 말고는 아무도 그쪽으로 도움을 줄 수 없으니까요."

클레넘 부인이 휠체어에 앉은 채 몸을 자꾸 뒤로 젖히는 바람에 무게가 더해진 휠체어가 이따금씩 조금 움직였고, 사나운 표정을 한 유령이 그에게서 멀리 미끄러져 갔다. 그러는 동안 클레넘 부인은 팔꿈치를 구부려 손등을 자기 얼굴 쪽으로 둔 왼손을 아들 앞으로 내민 채 아무 말도 하지 않고 아들을 뚫어져라 노려보았다.

"돈을 벌려고 세게 밀어붙이다가 ─ 어머니, 이왕 말이 나왔으니 얘기해야겠어요 ─ 누군가를 심하게 기만하고 상처를 입히고 파멸시켰을 수 있잖아요. 어머니는 제가 태어나기 전부터 이 모든 기계장치를 움직이는 힘이었고 어머니의 강한 정신이 40년 이상 아버지의 모든 거래에 영향을 미쳤어요. 제가 진실을 알 수 있도록 정말로 도와주시면 이런 의심을 해소할 수 있을 거 같아요. 도와주실 거죠?"

아서는 어머니가 입을 열지 모른다는 기대를 하며 말을 끊었다. 그러나 그녀의 꽉 다문 입술은 두 겹으로 접어 올린 백발보다도 요지부동이었다.

"누구에게든 보상하고 배상할 수 있다면, 우리가 그걸 알아보고 그렇게 해요, 어머니. 아니, 제 돈으로 할 수 있다면 **제가** 할게요. 행복이 돈에서 나오는 경우를 별로 보지 못했거든요. 제가 아는 한, 이 집에든 이 집에 속하는 누구에게든 돈은 평화를 가져다준 적이 없어요. 그래서 누구보다도 제게 돈의 가치가 적은 거고요. 돈이 아버지의 마지막 순간을 자책으로 어둡게 만들었다는 의심과, 그 돈이 정직하고 공정하게 말해서 제 것이 아니라는 의심이 머리에서 떠나지 않는다면, 돈으로 살 수 있는 것은 그것이 무엇이든 수치와 고통만 안겨줄 거예요."

장에서 대략 2, 3야드 떨어진 곳에, 판벽 널을 끼운 벽에 초인종 줄이 매달려 있었다. 클레넘 부인은 한쪽 발을 재빠르고 갑작스레 움직여서 휠체어를 줄 있는 곳으로 순식간에 후진시키더니 난폭하게 줄을 잡아당겼다 – 자신을 때리려는 아서를 막아내는 것처럼 팔을 방패와 같이 여전히 치켜든 채.

여자아이가 겁에 질려서 서둘러 들어왔다.

"플린트윈치를 들여보내!"

여자아이가 곧 사라졌고 플린트윈치가 문 안쪽에 나타났다. "이런! 두 분이 벌써 격렬히 다투셨나 봐요?" 그가 침착하게 얼굴을 쓰다듬으며 말했다. "제가 생각한 대로네요. 아주 확신했거든요."

"플린트윈치!" 클레넘 부인이 말했다. "내 아들을 봐. 그를 보라고!"

"이거 참! 아드님을 보고 **있습니다만**." 플린트윈치가 대답했다.

클레넘 부인은 방패로 삼았던 팔을 쭉 펴서 분노의 대상을 지목했다.

"아들이란 자가 돌아오자마자 – 신고 있던 신발이 마르기도 전에 – 제 어머니에게 아버지를 헐뜯고 있어! 자기와 한편이 돼서 아버지의 평생에 걸친 거래를 몰래 조사해보자고 부탁하는군! 우리가 헤어지고 수고하고 자제하며 아침 일찍부터 밤늦게까지 힘들게 모은 이승의 재산이 단지 약탈물일 뿐이라는 의심을 하고는, 그 재산을 보상 겸 배상으로 누구에게 양도해야 하는지 묻는군!"

그녀가 격노하여 그런 얘기를 했지만, 통제하지 못하는 외침과는 전혀 다른 소리였고 평상시 그녀의 어조보다도 훨씬 더 작았다. 그러면서도 아주 뚜렷하게 말했다.

"보상이라!" 클레넘 부인이 말했다. "그래 맞아! 이국땅을 돌아다니며 호화 여행을 하고 허영과 환락의 삶을 살던 아들이 돌아오자마자 보상에 관해 이야기하기는 쉬운 일이지. 그러나 감옥에 갇혀있는 나를, 이 방에 속박되어있는 나를 보라고 해. 내가 투덜거리지 않고 견디는 것은 내 죄에 대해 그렇게 보상하도록 정해져 있어서야. 보상이라니! 이 방에 아무도 없니? 지난 15년 동안 이 방에 아무도 없었니?"

클레넘 부인은 늘 이런 식으로 하늘의 신과 거래의 셈을 맞추었으니, 대변貸邊에 항목을 적고 엄격하게 계산하고 자기 몫을 청구했던 것이다. 수많은 사람이 그들 나름의 다양한 방식으로 매일 그렇게 청구하는데, 그녀에게 특별한 점은 자기 몫을 단호하고 힘차게 청구한다는 사실이었다.

"플린트윈치, 그 책을 주게!"

플린트윈치가 탁자 위에 있던 책을 그녀에게 건네주었다. 클레넘 부인은 두 손가락을 책 사이에 끼운 채 책을 덮고는 위협조로 아들에게 치켜들었다.

"아서, 이 주석서에서 다루는 옛날에 주님의 사랑을 받는 독실한 사람들이 있었어. 그들은 자식들이 너보다 덜한 잘못을 저질러도 자식들을 저주했고, 자식들과 부족 전체를 추방하는 행동이 자신들의 믿음을 뒷받침한다면 그들을 추방해서 젖먹이까지 하느님과 인간의 기피대상이 되고 멸망하도록 만들었지. 그렇지만 나는 이 말만 하마. 네가 그 문제를 다시 꺼낸다면 너와는 의절하겠다. 저 현관으로 널 내쫓아서 어려서부터 어미 없이 자라는 게 나았을 정도로 만들겠어. 다신 널 보거나 아는 체하지 않겠어. 그리고 네가 이 어두운 방에 들어와서 죽어있는 날 보더라도, 네가 가까이 오면, 내 몸뚱이는 할 수만 있다면 피를 흘릴 거야."[2]

한편으로는 이처럼 맹렬한 협박을 가했기 때문에, 다른 한편으로는 (기괴한 사실이지만) 약간은 종교적인 행동을 했다는 막연한 느낌 때문에 불쾌감을 덜게 된 그녀가 노인에게 책을 돌려주고 침묵을 지켰다.

---

[2] 살인자가 가까이 다가오면 피살자의 몸뚱이가 다시 피를 흘린다는 얘기가 있었다.

플린트윈치 씨가 이 가족의 친구로서 중재를 하다

"자," 제러마이어가 말했다. "앞으로 두 분 사이에 끼지 않겠다는 걸 전제로 하고 (제가 불러서 **왔고**, 이 방에 있는 세 명 중 한 명이니까) 도대체 무슨 일인지 여쭤 봐도 되겠습니까?"

"어머니께 여쭈어 보게." 대답하는 일이 자신에게 맡겨졌다는 사실을 깨달은 아서가 대꾸했다. "어머니께 들어. 내가 했던 말은 어머니께만 했던 거니까."

"오오!" 제러마이어가 말을 받았다. "어머님께요? 어머님께 여쭈어 보라고요? 글쎄요! 하지만 도련님의 어머님은 도련님이 아버님을 의심한다고 하셨어요. 그건 예의에 어긋나는 거예요, 아서 도련님. 다음엔 누구를 의심하실 건가요?"

"그만해." 클레넘 부인이 제러마이어에게만 향하도록 잠시 얼굴을 돌리고 말했다. "그 문제는 더 말하지 마."

"예, 하지만 잠깐만요, 잠깐만요." 제러마이어가 말을 계속했다. "우리가 어떤 상태에 있는지 보자고요. 잘못을 아버님 탓으로 돌려서는 안 된다는 얘기를 아서 도련님에게 하셨나요? 그렇게 할 권리가 없다는 말씀을 하셨느냐고요? 그렇게 판단할 근거가 없다는 말씀을요?"

"지금 그 말을 하려던 참이야."

"아아! 그렇군요." 제러마이어가 말했다. "지금 그 말을 하려던 참이라고요. 전에 말하지 않고 이제 말하려던 참이라고요. 아, 예! 좋습니다! 제가 워낙 오랫동안 안주인과 바깥주인 사이에 끼어있었던 탓에, 바깥주인이 돌아가셨어도 변화가 없는 것 같고, 지금도 여전히 두 분 사이에 끼어있는 것 같네요. 앞으로도 그러겠지요, 그러니 공평하게 말해서 저도 솔직하게 주장할 필요가 있겠습니다. 아서 도련님, 아버님을 의심할 권리가 없다는 말과 그렇게 판단할 근거가 없다는 말에 귀 좀 기울이세요."

그는 휠체어의 뒷면에 양손을 얹고 혼잣말로 중얼거리며 여주인을 장이 있는 곳까지 천천히 밀고 갔다. "자," 여주인 뒤에 선 채 말을 다시 시작했다. "제가 일을 어중간하게 마치고 돌아갔다가, 두 분이 나머지 절반이 떠올라서 절 다시 찾고, 두 분이 멀리 쏘는 화살 중 하나에라도 맞을 때를 대비해서 여쭙겠습니다. 아서 도련님이 가업을 어떻게 하겠다고 하시던가요?"

"포기하겠다고 하는군."

"누구에게도 넘기지 않고요?"

클레넘 부인이 창틀에 기대어있는 아들을 바라보았다. 아서가 그 눈빛을 알아채고 말을 했다. "물론 어머니께 넘기는 거야. 어머니가 원하는 대로 하시겠지."

"만일 얼마간의 즐거움이," 클레넘 부인은 잠시 숨을 돌렸다가 말했다. "인생의 한창때에 있는 아들이 가업에 새로운 원기와 힘을 불어넣어서 커다란 이윤과 영향력을 안겨 주리라고 기대했다가 실망을 맛본 데에서 얼마간의 즐거움이 생겨날 수 있다면, 그건 늙고 충직한 하인을 승진시키는 것일 거야. 제러마이어, 선장이 배를 버렸어, 그렇지만 자네와 나는 배와 함께 가라앉거나 떠 있거나 할 걸세."

돈을 바라보고 있는 것처럼 두 눈을 반짝이던 제러마이어가 아서에게 눈길을 휙 던졌는데, 그 눈길은 "이 일에 대해 **그쪽에게** 감사할 건 없어. **그쪽이** 한 일은 없으니까!"라고 말하는 듯했다. 그러고 나서 마님에게 감사드린다고, 애프리도 감사할 거라고 했다. 그 눈길은 또한 자기는 결코 마님을 버리지 않을 거라고, 애프리도 결코 마님을 버리지 않을 거라고 했다. 최종적으로 그는 호주머니 깊숙한 곳에서 시계를 꺼내더니 "열한 십니다. 굴 드실 시간입니다!"라고 했다. 표정이나 태도의 변화 없이 그런 식으로 주제를 바꾼 후에 종을 울렸다.

그러나 자신이 보상이라는 생각을 못 했던 것으로 간주되었다고 생각해서 자기 자신을 한층 더 엄격하게 다루기로 작정한 클레넘 부인은 굴이 왔는데도 먹기를 거부했다. 둥글게 차려진 여덟 개의 굴이 하얀 접시 위에 놓여서 흰 냅킨이 덮인 쟁반 위에 올려져 있었고, 그 옆에는 버터를 바른 프랑스식 롤빵 한 조각과 물을 탄 차가운 포도주가 작고 아담한 잔에 담겨서 올려져 있었으니, 구미가 당기는 간식이었다. 그러나 그녀는 온갖 설득을 뿌리치고 그것들을 다시 아래로 내려보냈다 ─ 그리고 그 행위를 영원한 거래장부의 대변에 틀림없이 적었을 것이다.

굴로 만든 그 간식은 애프리가 준비한 게 아니고 종이 울렸을 때 나타났던 여자아이가 준비한 것이었다. 지난밤 촛불이 희미하게 비추던 방 안에 있었던 바로 그 여자아이 말이다. 그 아이를 관찰할 기회를 얻게 된 아서는 왜소한 체구와 자그마한 이목구비, 약간 여원 몸집 때문에 실제보다 그녀가 훨씬 더 어려 보인다는 것을 깨달았다. 아마 최소한 22세는 되었겠지만, 거리에서 보면 그 나이의 절반을 조금 넘긴 정도로 여겼을 것이다. 그녀의 얼굴이 아주 앳돼서는 아닌데, 사실 그 얼굴에는 나이를 최대한으로 늘려 잡더라도 그 나이에 자연스러운 정도보다 훨씬 더 많이 생각하고 걱정하는 기미가 어려 있었다. 그러나 그녀는 대단히 작고 기민해서, 또한 대단히 조용하고 수줍어서, 그리고 세 명의 엄한 어른 틈에 어울리지 않게 끼어있다는 사실을 무척 의식하고서 조용한 아이라는 태도와 모습으로 잔뜩 굳어 있었다.

클레넘 부인은 하녀 역할을 하는 그녀에게 은인인 체할 것인지 억압할지, 물뿌리개로 조금씩 흩뿌릴 것인지 수압을 이용해 콸콸 뿌릴 것인지 사이에서 동요하는 것처럼 모호하게 그러면서도 빈틈없이 관심을 보였다. 요란하게 울리는 종소리를 듣고 그녀가 방에 들어온 그 순간에도, 그리고 독특한 동작으로 아들에게서 자기 자신을 보호하던 그 순간에도 클레넘 부인은 그녀를 각별히 여기는 모종의 눈빛을 띠었는데, 그것은 그녀를 위해 따로 떼어놓은 듯한 눈빛이었다. 아무리 단단한 금속이라도 단단함의 등급이 있고 검정색이라도 농담濃淡의 차이가 있는 것처럼, 클레넘 부인이 작은 도릿을 대할 때의 태도와 다른 사람들을 대할 때의 태도는 똑같이 무뚝뚝하더라도 미묘한 차이가 있었던 것이다.

작은 도릿은 바느질을 하려고 밖으로 나갔다. 하루에 얼마씩 받고 - 또는 그 정도밖에 못 받고 - 아침 여덟 시에서 저녁 여덟 시까지 고용되어 있었던 것이다. 그녀는 어김없이 정각에 나타났다가 어김없이 정각에 사라졌다. 밤 여덟 시와 아침 여덟 시 사이에 그녀에게 무슨 일이 일어나는지는 수수께끼였다.

작은 도릿에게는 이상하다고 여겨지는 일이 하나 더 있었다. 그녀의 하루 단위 계약은 보수 이외에 식사를 포함하는 것이었다. 그런데 그녀는 남과 어울려서 식사하는 것에 대해 이상한 반감이 있었으며, 피할 수만 있다면 같이 식사하려고 하지 않았다. 먼저 해야 할 이 일이 있다거나 먼저 마무리해야 할 저 일이 있다고 언제나 핑계를 대었으니, 식사를 혼자 하려고 계획하고 궁리하는 것이 틀림없었다 – 그러나 아무도 속이지 못하는 걸 보면 아주 교묘하게 계획하고 궁리하는 것 같진 않았다. 혼자 식사하는 데 성공하면 접시를 아무 데나 가져가면서 다행이라고 생각하고, 무릎이든 상자든 바닥이든 식탁으로 삼거나, 심지어는 발끝으로 선 채 벽로선반에서 적당히 식사하는 걸로 추정되었다. 그렇게 해서 작은 도릿의 하루의 커다란 걱정은 해결되는 것이었다.

작은 도릿의 얼굴 표정을 읽는 것은 쉬운 일이 아니었다. 매우 내향적이었고, 바느질을 아예 떨어진 구석에서 부지런히 했으며, 계단에서 마주치기라도 하면 몹시 겁에 질린 채 움찔하고 뒤로 물러났기 때문이다. 그러나 창백하고 투명한 얼굴 탓에 표정이 빨리 나타났는데, 수수하고 엷은 갈색의 두 눈을 예외로 하면 이목구비가 예쁜 편은 아니었다. 살짝 숙인 머리, 자그마한 체격, 분주하게 움직이는 민첩하고 작은 두 손, 그리고 허름한 옷 – 아주 깨끗하게 손질

했는데도 어쨌든 그렇게 보이는 걸 보면 매우 허름한 옷이 분명했다 - 이것이 앉아서 바느질하고 있는 작은 도릿의 모습이었다.

아서 도련님이 작은 도릿에 대해 이처럼 세세한 사실 또는 일반적인 사실을 하루 만에 알게 된 것은 자신의 두 눈으로 보거나 애프리 부인이 해준 말을 들어서였다. 애프리 부인이 그녀 나름의 의지나 방식을 조금이라도 고집했다면 작은 도릿에게는 불리했을 것이다. 그렇지만 '그들 두 영리한 사람' - 애프리 부인이라는 존재를 삼켜버린 그녀의 종신보증인들 - 이 작은 도릿을 두말없이 받아들이기로 합의했기에, 그녀로서는 그들을 따르는 외에 다른 도리가 없었다. 마찬가지로 두 영리한 사람이 작은 도릿을 촛불 밑에서 살해하기로 동의했다면, 애프리 부인은 양초를 들고 있도록 요구받았을 것이고, 틀림없이 들고 있었을 것이다.

환자가 있는 방에 들일 자고를 굽고 식당에 들일 쇠고기와 푸딩 요리를 하는 틈틈이 애프리 부인이 앞서 진술한 정보들을 설명했는데, 두 영리한 사람에게 들킬까 봐 문밖을 살펴본 뒤에야 설명을 했다. 플린트윈치 부인은 이 집의 외아들을 그들과 대립시키기를 더할 나위 없이 열망하는 것 같았다.

아서는 낮에 집안 전체를 다시 한 번 살펴보았다. 집안이 우중충하고 어두웠으며, 여러 해 동안 사람이 드나들지 않았던 황량한 방들은 오래전에 도저히 다시 깨울 수 없는 음울한 혼수상태로 가라앉은 것 같았다. 방에는 빈약하고 볼품없는 가구가 비치되어 있다기보다 숨겨져 있었고, 어디를 보나 어떠한 빛깔도 없었으니, 일찍이 방 안에 있었던 빛깔이란 빛깔은 모두 다 길을 잃은 햇살에 실려서 오래전에 뛰쳐나간 것 같았다 – 아마도 꽃으로, 나비로, 새의 깃털로, 보석 등으로 흡수되었을 것이다. 바닥부터 지붕에 이르기까지 제대로 정리된 층이 하나도 없었다. 천장은 연기와 먼지로 터무니없이 더럽혀져서 나이 든 여성들이 점을 칠 때 찻잔에 가라앉은 침전물이 아니라 천장을 보고 운수를 봤을지도 모를 일이었다. 완전히 차가워진 난로가 한 번이라도 따뜻하게 불을 땠던 흔적을 보여주는 것은 굴뚝 아래로 떨어졌다가 문이 열리면 음침하게 불어오는 약간의 회오리바람에 실려서 소용돌이치는 검댕더미뿐이었다. 한때 응접실이었던 곳에는 변변찮은 거울 한 쌍이 걸려있는데, 그 테두리에는 검은 화환을 든 검은 형상들이 쓸쓸한 행렬을 이루고 걸어가는

초상화가 걸려 있는 방

모습이 새겨져 있었다. 그러나 이들 형상조차도 머리와 다리가 없었다. 그리고 장의사처럼 까맣게 된 큐피드 상 하나가 뒤집혀서 거꾸로 매달려있었고, 또 다른 큐피드 상은 행렬에서 완전히 떨어져 있었다. 돌아가신 아버지가 업무를 보던 방은(아버지와 관련해서 아서가 기억하는 최초의 순간이었다) 하나도 변하지 않아서, 눈에 보이는 미망인이 위층에 있는 그녀의 방을 차지하고 있는 것처럼 눈에 안 보이는 아버지가 여전히 그 방을 차지하고 있는 것 같았고, 제러마이어 플린트윈치가 중재를 하며 두 분 사이를 여전히 오가는 것 같았다. 벽 위에는 어둡고 음울한 아버지의 초상화가 진지하게 입을 다문 채 두 눈은 죽을 때 보았던 대로 아들을 뚫어져라 바라보며 걸려있었다. 그리고 그 초상화는 아들에게 남겨준 과제를 처리하라고 무시무시하게 재촉하는 것 같았다. 하지만 그로서는 어머니가 조금이라도 양보할 가능성에 대해 희망이 없었을뿐더러 자신의 의심을 해결할 다른 방법에 대해서도 희망을 버린 지 오래였다. 지하실로 내려가 보니, 위층에 있는 침실에서와 마찬가지로, 선명하게 기억하고 있는 옛날 물건들이 세월과 부식에 의해 변하긴 했지만, 거미줄이 하얗게 덮여있는 텅 빈 맥주 통과 털이나 곰팡이가 주둥이를 막고 있는 텅 빈 포도주 병에 이르기까지 여전히 옛날 자리에 그대로 있었다. 사용하지 않은 병을 얹어두는 시렁과 위층의 마당에서 비스듬히 들어오는 창백한 빛줄기가 뒤섞여 있는 그곳에는 또한 오래된 회계장부들을 보관해두는 귀중품 보관 상자가 있었는데, 그 장부에서는 늙은 장부계원이 적막한 오밤중에 밤마다 부활해서 꼬박꼬박 장부를 결산했던 것처럼 곰팡내와 썩은 냄새가 진동하고 있었다.

두 시가 되자 무슨 참회라도 하는 분위기 속에서 식탁 끄트머리의 쪼그라든 식탁보 위에 구운 요리가 차려졌고, 아서는 어머니의 새 파트너가 된 플린트윈치 씨와 함께 식사를 했다. 플린트윈치 씨가 마님이 이제 평정을 되찾았고, 오전에 오갔던 일을 다시 언급할까 봐 두려워할 필요가 없다는 얘기를 해주었다. "그리고 잘못을 아버님 탓으로 돌리지 마세요, 아서 도련님." 제러마이어가 덧붙였다. "절대 그러지 마세요! 자, 그 얘기는 그만하죠."

플린트윈치 씨는 새로 높은 위치에 오른 것에 경의를 표하려는 것처럼 자신의 작은 사무실을 벌써 다시 정리하고 먼지를 털던 중이었다. 그는 쇠고기로 배를 채우고 요리접시에 남아있는 모든 고기 국물을 나이프의 편평한 면으로 훑어 먹고 부엌방에 있는 약한 맥주 한 통을 맘껏 먹고 나서 청소를 다시 시작했다. 그렇게 해서 원기를 회복하고 와이셔츠 소매 끝을 접어 올리고 다시 일을 시작했던 것이다. 아서가 일에 착수한 그를 지켜보다가 분명히 깨달은 바는 제러마이어가 아버지의 초상화나 아버지의 무덤만큼이나 속내를 드러내지 않을 거라는 사실이었다.

"그런데, 애프리, 여보," 애프리가 홀을 가로질러갈 때 플린트윈치 씨가 말했다. "내가 마지막으로 올라갔을 때 아서 도련님의 잠자리가 마련돼 있지 않았어. 움직여. 서두르란 말이야."

하지만 아서 도련님은 집안이 공허하고 음울하다고 생각한 데다가 어머니의 적을(자신도 아마 그중의 하나일 텐데) 또다시 인정사정없이 치명적으로 망가뜨리고 영원히 멸망시키는 데 일조하고 싶지 않았기에, 짐을 두고 온 커피하우스에서 숙박하겠노라고 했다. 그를 내쫓을 구실이 생겨 플린트윈치 씨가 좋아했고, 그의 어머니는 구원의 문제 외에는 사방이 벽으로 둘러싸인 자기 방 바깥에서 일어나는 대부분의 집안일에 무관심했기에, 아서는 감정을 새로 상하지 않고도 목적을 쉽게 달성했다. 어머니와 플린트윈치 씨, 그리고 자신이 장부와 서류를 같이 검토하기 위해 평일에 만나야 할 업무시간을 정한 후, 아서는 얼마 전에 겨우 찾아왔던 자신의 집을 무거운 마음으로 떠났다.

그러나 작은 도릿에 대해서는 어떠한가?

환자가 굴과 자고 고기로 섭생하는 동안 클레넘이 산책을 하고 기운을 차릴 틈을 감안해서 업무시간은 두 주간 열 시에서 여섯 시까지로 잡았다. 작은 도릿은 때로 바느질을 하기도 했고, 손을 놓고 있기도 했다. 그리고 또 때로는 미천한 방문자처럼 나타나기도 했으니, 클레넘이 도착했을 때 그녀의 모습이 그랬던 것은 틀림없다. 처음에 그녀에 대해 가졌던 호기심이 그녀를 주시하고 있을 때나, 만나거나 만나지 않을 때나, 그리고 그녀에 대해 곰곰 생각할 때나 매일같이 증가했다. 그는 자신을 사로잡고 있는 생각에 영향을 받아서 그녀가 어떤 식으로든 그 생각과 연관되어있을 가능성을 혼자 곰곰이 따져보곤 했다. 그러다가 마침내 작은 도릿을 지켜보기로, 그리고 그녀의 내력을 좀 더 알아보기로 작정했다.

6 마셜시의 아버지

30년 전, 서더크 구역에서 남쪽으로 뻗어있는 길 좌측에, 세인트 조지 성당[3]에서 몇 집 못미처, 마셜시 감옥이 서 있었다. 그 감옥은 오래전부터 그곳에 있었고, 이후로도 얼마간은 그곳에 더 있었지만, 지금은 사라지고 없다. 그리고 감옥이 없어졌다고 해서 세상이 더 나빠진 것은 아니다.

막사식 건물이 장방형으로 줄지어있는 감옥은 배면을 맞대고 있는 누추한 옥사獄舍들로 분할되어 있었기 때문에 옥사에는 뒷방이 없었다. 포장된 좁은 마당이 감옥 안을 빙 둘러있었고, 긴 못이 제대로 위에 박혀있는 높다란 담장이 감옥을 에워싸고 있었다. 채무자를 가둬두는 갑갑하고 좁은 감옥인 그곳 안에는 밀수업자를 가둬두는 한층 더 갑갑하고 좁은 감옥이 있었다. 소득세법을 위반한 죄인들과, 소비세나 관세를 체납해서 벌금형을 받고도 벌금을 납부하지 못한 체납자들은, 쇠로 덮인 문 뒤에 가려져 있는 보조감옥에 갇히게 되어 있었는데, 그 보조감옥은 튼튼한 감방 한두 개와 폭이 대략 1.5야드 되는 막다른 샛길로 이루어져 있었다. 그리고 그 샛길은 마셜시의 채무자들이 그들의 고민을 공으로 쳐서 넘어뜨리는 대단히 좁은 구주희[4] 경기장의 끄트머리와 묘하게 닿아있었다.

---

[3] 1733~1736년에 세워진 성당으로, 마셜시 감옥과 면해 있어서 그 감옥에서 사망한 죄수들이 묻히기도 했다.
[4] 구주희는 볼링 경기의 원조에 해당하는 놀이이다.

그곳에 갇히게 되어 있었다, 라고 한 까닭은 튼튼한 감방과 막다른 샛길을 사용하던 시절이 지나갔기 때문이다. 그것들은 이론상으론 언제나 아주 훌륭했지만 실제론 꽤 나쁘다고 생각되었는데, 이론과 실제의 이와 같은 괴리는 오늘날 전혀 튼튼하지 않은 다른 감방이나 완전히 막다른 다른 골목에도 해당된다고 할 수 있다. 그래서 누군가가 그 자신이든 다른 누구든 아는 바가 전혀 없는 뭔가를 감시하는 모종의 관례를 지키기 위해 헌법에 따라 모종의 관청에서 파견되어 나오는 몇몇 순간을 빼곤 밀수업자들은 늘 채무자들과 어울렸다. (그리고 채무자들은 기꺼이 그들을 맞이했다.) 관리가 정말로 파견되어 나올 때면, 그 관리가 그의 뭔가를 하는 체하는 동안, 밀수업자들은 – 혹시 있었다면 – 튼튼한 감방과 막다른 샛길로 걸어 들어가는 체했으며, 그 관리가 그 뭔가를 그만두자마자 다시 걸어 나왔다. 요컨대 우리 아주 작고 정말 작은 섬[5]에서 대부분의 공공 업무가 시행되는 방식을 깔끔하게 요약하는 것이었다.

이 이야기의 서두에서 태양이 마르세유를 비추던 날보다 훨씬 전에 이 이야기와 약간의 관련이 있는 어떤 채무자가 마셜시 감옥에 투옥되었다.

그 당시 그는 대단히 상냥하지만 아주 무기력한 중년신사였고 곧 다시 나갈 거라고 했다. 마셜시가 나가지 않을 채무자를 가두는 곳은 아니기 때문에 필연적으로 곧 다시 나갈 거라는 거였다. 커다란

---

[5] 찰스 딥딘(Charles Dibdin, 1745~1814)의 애국적인 노래 「아늑하고 작은 섬」(The Snug Little Island)의 가사를 조롱조로 인용한 것.

여행 가방을 갖고 왔지만 그것을 풀 가치가 있는지 미심쩍어했으니, 자신이 곧 다시 나갈 거라는 사실을–자물쇠 당번인 간수의 말에 따르면 다른 모든 죄수들처럼–확신했기 때문이었다.

그는 숫기가 없고 내향적인 사람이었다. 잘생겼지만 여자 같았고, 목소리가 부드러웠으며, 머리는 곱슬곱슬했다. 양손을 초조해하고 우물쭈물하면서–그때는 반지를 여러 손가락에 끼고 있었다–감옥에 처음 들어온 지 반 시간도 지나기 전에 떨리는 입술에 백번은 갖다 대었다. 그의 주된 걱정은 부인에 대한 것이었다.

"집사람이 내일 아침 감옥에 오면 충격을 많이 받겠지?" 그가 간수에게 물었다.

간수가 그간 경험한 결과에 비추어서, 어떤 사람들은 충격을 받고 어떤 사람들은 그러지 않은데, 일반적으로는 충격을 받는 경우보다 받지 않는 경우가 더 많다고 대답했다. "사모님이 어떤 사람이라고 생각하시죠?" 그가 철학적으로 물었다. "거기에 달려있습니다."

"집사람은 아주 섬약하고 정말 세상 물정 모르는 사람이야."

"그건 불리한 일인뎁쇼." 간수가 말했다.

"혼자는 외출한 적이 거의 없어서," 채무자가 말했다. "걸어서 온다면 어떻게 여기까지 찾아올지 모르겠어."

"어쩌면," 간수가 말했다. "전세마차를 타겠죠."

"어쩌면이라." 채무자는 우물쭈물하면서 손가락을 떨리는 입술에 댔다. "마차를 탔으면 좋겠는데, 그 생각을 못 할지도 모르겠어."

"아니면 혹시," 간수가 낡아빠진 목제걸상의 맨 위에 앉은 채로 동정심을 불러일으키는 저능아에게 말하듯이 넌지시 말했다. "혹시 남동생이나 여동생이 함께 올지도 모르죠."

"남동생이나 여동생은 없어."

"조카딸이든 조카든, 사촌이든 하인이든, 젊은 농군이든 야채장 수든요. 제기랄! 그중 누구라도 올지 모르잖아요." 간수는 이 사람들을 채무자가 모두 다 부인하고 퇴짜 놓았다는 사실을 받아들이지 않고 선수를 치며 말을 이었다.

"집사람이 아이들을 데려올 것 같아서 걱정이야 ─ 규정에 어긋나는 게 아니면 좋겠는데."

"아이들이라고요?" 간수가 말했다. "그리고 규정이라고요? 이런, 아주 불안하신가 보군요. 여기에는 아이들이 뛰놀 수 있는 정식 운동장이 있어요. 아이들이라고요? 이런, 여긴 아이들로 붐비는 곳이에요. 아이가 몇이나 되죠?"

"둘이오." 채무자는 대답한 후 우물쭈물하면서 다시 손을 들어 입술에 댔다가 감방으로 들어갔다.

간수가 눈으로 그의 뒤를 좇았다. "그러면 당신이 또 한 명의 아이니까," 그가 혼자 중얼거렸다. "아이가 셋이군. 그리고 당신의 부인이 또 한 명의 아이일 거라는 데에 1크라운[6]을 걸겠어. 그러면 아이들이 넷이 되는군. 그리고 또 한 명의 아이가 태어날 거라는 데에 반 크라운을 걸겠어. 그러면 다섯이 되는 거야. 7실링 6펜스가

---

[6] 1크라운은 5실링에 해당하는 액수임.

되는군, 이걸 다시 걸고 말해볼까, 아직 태어나지 않은 아이와 당신 중에서 누가 최고로 의지할 데 없는 아이일지 말이야!"

간수의 예측은 모든 점에서 정확했다. 부인이 다음날 세 살짜리 남자아이와 두 살짜리 여자아이를 데리고 왔기에 그 예측이 전적으로 맞았던 것이다.

"이제 방을 잡으셨지요?" 간수가 한두 주 후에 채무자에게 물었다.

"그렇소, 아주 좋은 방을 잡았소."

"방에 작은 가구라도 몇 점 들여놓을 건가요?" 간수가 물었다.

"오늘 오후에 필요한 가구 몇 점이 심부름꾼 편에 배달되어 올 거요."

"사모님과 어린아이들은 함께 지낼 건가요?" 간수가 물었다.

"글쎄, 그래야지. 고작 몇 주라도 흩어지지 않는 게 낫다고 생각하거든."

"고작 몇 주라고요, **물론이죠.**" 간수가 대꾸했다. 그러고 나서 간수는 눈으로 채무자를 다시 좇았고 채무자가 사라지자 고개를 일곱 차례나 끄덕였다.

이 채무자의 문제는 어떤 합명회사 때문에 복잡하게 꼬였는데, 그 회사에 대해 그는 자신이 돈을 투자했다는 사실 외에는 아는 게 없었다. 양도와 지불이라는 법적인 문제, 여기저기 흩어져있는 양도 증서, 채권자들이 한쪽을 불법적으로 선호해서 자산을 비밀리에 다른 쪽으로 치웠다는 의심 등이 문제를 복잡하게 만들었다. 그리고 산더미 같은 혼란 속에서 채무자 자신이 단 한 가지도 제대로 설명하지 못했기에 그의 경우는 도저히 이해할 수 없는 일이 되었다. 그에게 세부적인 질문을 한 후 그의 대답을 서로 짜 맞추어보려고 시도하거나, 그를 지불불능과 파산의 사기술에 정통한 회계사들이나 날카로운 변호사들과 밀담을 나누게 하는 것은, 사건의 불가해성을 복리로 증가시킬 뿐이었다. 그럴 때마다 우물쭈물하는 손가락은 떨리는 입술 주위에서 점점 더 쓸데없이 떨렸고, 최고로 날카로운 변호사조차도 그의 사건을 가망 없는 일이라고 단념했다.

"나간다고요?" 간수가 말했다. "**그 사람은** 나가지 않을 겁니다. 채권자들이 그의 어깨를 잡고 밀어내지 않는다면 말입니다."

그가 감옥에 들어온 지 대여섯 달이 지났을 무렵 하루는 아침나절에 그가 간수에게 달려와서 집사람이 아프다고[7] 숨을 헐떡이며 창백한 얼굴로 말했다.

"사모님이 그럴지도 모른다고 생각한 대로네요." 간수가 말했다.

"집사람을 내일 막 시골집으로 보낼 작정이었어." 그가 대답했다. "어떻게 하지! 아, 하느님, 어떻게 하죠!"

"두 손을 움켜쥐고 손가락을 물어뜯으며 시간을 허비하지 말고 나와 함께 가시죠." 현실적인 간수가 그의 팔꿈치를 잡아끌었다.

간수는 그를 – 우물쭈물하는 손가락이 얼굴을 눈물로 더럽히는 동안, 전신을 떨며 어떻게 하지! 라고 작은 소리로 계속 흐느끼는

---

[7] 진통 중이라는 사실을 완곡하게 표현한 말.

그를 – 감옥에 있는 평범한 계단 중의 하나를 통해 꼭대기 층에 있는 방으로 안내했다. 간수가 열쇠 손잡이로 방을 노크했다.

"들어오시오!" 안에서 소리치는 음성이 들렸다.

간수가 문을 여니, 초라하고 악취가 나는 작은 방에서 목이 쉬고 숨을 헐떡이며 붉은 얼굴을 한 두 사람이, 곧 무너질 것 같은 식탁 앞에 앉아서 파이프 담배를 피우고 브랜디를 마시며 올 포스[8]를 하는 모습이 시야에 들어왔다.

"의사 선생님," 간수가 말했다. "여기 이 신사분의 사모님을 지금 당장 보셔야 합니다!"

의사의 친구 역시 목이 쉬고, 숨을 헐떡이고, 붉은 얼굴을 하고, 올 포스에 빠져있고, 담배를 피우고, 더럽고, 브랜디를 마시고 있었지만, 의사는 그보다 더 심했다 – 요컨대, 좀 더 목이 쉬고, 좀 더 숨을 헐떡이고, 좀 더 붉은 얼굴을 하고, 좀 더 올 포스에 빠져있고, 좀 더 담배를 피우고, 좀 더 더럽고, 좀 더 브랜디를 마시는 것이었다. 의사는 놀랄 정도로 초라한 행색이었다. 지독한 악천후가 닥쳤을 때 선원들이 입는 재킷[9]을 걸치고 있었는데, 온통 찢어졌고 양쪽 팔꿈치는 불룩 나와 있었으며 단추는 엄청나게 모자랐다. (젊었을 때는 여객선을 타는 노련한 선의였다.) 흰 바지는 사람이 상상할 수 있는 최대한으로 더럽혀져 있었고 모직 슬리퍼를 신고 있었으며

---

[8] 올 포스(all-fours): 둘 또는 넷이 하는 카드놀이.
[9] 리퍼 재킷. 단추가 두 줄로 달린 재킷이기 때문에 단추가 없어질 가능성이 그만큼 많았다.

속옷은 안 입은 것 같았다. "분만 중인가?" 의사가 물었다. "바로 내 일이군!" 그 말을 하며 의사가 벽난로 선반에서 빗을 집어 들더니 머리에 꽂아서 머리를 곧추세웠다 - 그것이 얼굴을 씻는 그만의 방법인 것 같았다. 그러고 나서 겉보기에 아주 보잘것없는 구급상자 내지 구급 통을 컵과 받침과 석탄을 넣어둔 찬장에서 끄집어내고, 목에 너저분한 보자기를 둘러서 턱을 감싸니, 유령 같은 의사 허수아비가 되었다.

의사와 채무자는 간수를 자기 위치로 돌려보내고 아래층에 있는 채무자의 감방으로 달려 내려갔다. 감옥 안의 모든 부인들이 벌써 소식을 듣고 마당에 나와 있었고, 그중 일부가 이미 두 아이를 맡아서 친절하게 데려가고 있었다. 자신들의 빈약한 창고에서 가져온 자잘한 생활상의 이기利器들을 빌려주겠노라고 나서는 부인네들도 있었고, 동정하는 말을 최고로 수다스럽게 늘어놓는 부인네들도 있었다. 남자 죄수들은 자신들이 불리한 입장에 있다고 느끼고는 대부분 자신들의 방으로, 몰래 내뺐다고는 못해도, 물러났다. 남자 중 일부는 열린 창문에 서서 의사가 아래로 지나갈 때 휘파람을 불어서 그에게 경의를 표했다. 반면에, 감옥에 퍼져있는 흥분에 대해 이러저러한 냉소조의 이야기를 주고받는 남자들도 있었다.

무더운 여름날이었고 감방이 높다란 담장 사이에서 구워지고 있었다. 채무자의 좁은 방 안에서는 청소부 겸 심부름꾼인 뱅엄 부인이 자원해서 파리도 잡고 잡다한 시중을 들고 있었는데, 그 부인은 죄수가 아니라(비록 한때 죄수였지만) 바깥세상과의 연락을 담당하는 인기 높은 중개인이었다. 사방의 벽과 천장에는 파리가 새까맣게 앉아있었다. 임기응변의 명수인 뱅엄 부인은 한 손에 양배추 잎을 들고 환자에게 부채질을 해주면서 다른 손으로는 작은 질그릇에 식초와 설탕으로 파리덫을 만들어 놓았다. 그와 동시에 상황에 맞추어 격려하고 축하하는 취지의 말들을 해주었다.

"파리들이 성가시게 하지 않나요, 부인?" 뱅엄 부인이 물었다. "하지만 그게 부인의 관심을 딴 데로 돌리게 할지 모르니 부인에게 도움이 될 거예요. 매장지埋藏地다, 식료품점이다, 마구간이다, 양을 파는 노점이다, 해서 마셜시의 파리들은 아주 커요. 파리들은 우리가 위안거리로 받아들이기만 한다면 위안거리로 보내진 걸 수도 있죠. 지금은 어떠세요, 부인? 좀 나아지지 않았나요? 그래요, 부인, 그걸 기대할 수는 없죠. 더 나빠진 다음에야 좋아지는 거니까요, 부인도 그걸 아시잖아요? 그래요. 좋아요! 감옥 안에서 태어날 사랑스럽고 귀여운 아기를 생각해보세요! 자, 아기가 예쁘지 않나요? **그 덕에** 부인이 감옥생활을 즐겁게 버틸 수 있지 않나요? 어머, 여기서는 아기가 태어난 적이 없군요. 그때가 언제였는지 말할 수도 없으니까요. 그런데 부인도 소리를 지르시네요?" 뱅엄 부인은 환자가 점점 더 힘을 내도록 이야기를 계속했다. "부인! 아주 유명해지셨어요! 파리가 50마리는 질그릇에 빠져있군요! 모든 일이 아주 잘 진행되고 있어요! 그리고 여기에 남편분이 해기지 선생님을 모시고 오지 못해도!" 뱅엄 부인이 말을 할 때 감방의 문이 열렸다. "이제는 정말로 다 **갖춘 것 같아요!**"

유령 같은 모습의 의사가 환자에게 절대적 완벽성이라는 느낌을 줄 정도는 결코 아니었다. 그러나 그가 곧바로 "뱅엄 부인, 우린 더 없이 알맞은 사람들이니 불타는 집에서 벗어나듯 이 상황에서 벗어날 겁니다,"라는 의견을 피력했을 때, 그리고 그와 뱅엄 부인이 다른 모든 사람들이나 다른 누군가가 항상 손에 넣었던 것처럼 그 불쌍하고 의지할 데 없는 부부를 손에 넣었을 때, 그들이 사용할 수 있는 수단은 대체로 더할 나위 없이 훌륭한 것이었다. 의사 해기지가 환자를 치료하는 데 있어 특별한 점은 뱅엄 부인을 자신이 기대하는 대로 행동하게 만들겠다는 결심이었다, 다음과 같은 식으로 말이다.

"뱅엄 부인," 의사가 방에 들어온 지 20분도 채 안 돼서 말했다. "밖에 가서 브랜디를 조금 갖고 오시오, 아니면 부인 것을 내놓아야 할 거요."

"감사합니다, 선생님. 하지만 저는 필요 없습니다." 뱅엄 부인이 말했다.

"뱅엄 부인," 의사가 말을 받았다. "내가 의사로서 이 산모를 돌보고 있는 거니까 부인은 토론하려고 하지 마시오. 밖에 가서 브랜디를 조금 갖고 오라니까, 아니면 내 예언컨대 부인은 정신없이 울게 될 거야."

"분부대로 따르지요." 뱅엄 부인이 일어나면서 말했다. "선생님이 술을 입에 댄다 해도, 이미 형편없어 보이니 더 나쁠 것 같지도 않으니까요."

"뱅엄 부인," 의사가 대꾸했다. "고맙소만 나에 대해서는 부인이 관여할 바가 아니오, 부인이야 내가 관여할 바지만 말이오. 부인은 부디 **내게** 신경 쓰지 마시오 부인이 해야 하는 일은 들은 대로 행하는 거고, 가서 내가 시킨 것을 가져오는 거요."

뱅엄 부인이 지시에 복종했다. 의사는 산모에게 브랜디를 약간 마시게 한 후 나머지는 자신이 마셨다. 그리고 매시간 이 치료를 되풀이했고 뱅엄 부인에게는 매우 단호하게 행동했다. 서너 시간이 흘렀고 수백 마리의 파리가 덫에 빠졌다. 그리고 마침내 파리의 목숨보다도 튼튼하지 않은 하나의 작은 생명이 다수의 더 작은 시체 사이에서 태어났다.

"정말로 아주 예쁘고 작은 여자아이군." 의사가 말했다. "작지만 잘생겼어. 이봐, 뱅엄 부인! 당신 이상해 보이는데! 지금 당장 가서 브랜디를 좀 더 갖고 와, 아니면 히스테리를 일으키게 하겠어."

그때쯤 채무자의 반지들은 겨울나무에서 낙엽이 떨어지듯 그의 양손에서 이미 우물쭈물 벗겨지기 시작한 다음이었다. 그날 밤 그가 의사의 미끈미끈한 손바닥에 쨍그랑 울리는 뭔가를 쥐여주었을 때, 그의 양손에는 반지 하나 남아있지 않았다. 그동안 뱅엄 부인은 황금빛 공이 세 개 장식되어있는 근처 가게[10]로 심부름하러 다녔고, 거기에서 아주 잘 알려지게 되었다.

"고맙습니다," 의사가 말했다. "고마워요. 사모님이 대단히 침착

---

[10] 전당포를 의미함.

하시더군요. 썩 잘하셨어요."

"그렇다니 정말 다행이고 감사하군요." 채무자가 말했다. "전에는 별로 생각해본 적이 없지만—"

"아이가 이런 곳에서 태어나리라는 생각을 못 했다는 말씀인가요?" 의사가 물었다. "체, 이봐요, 그게 뭐가 중요하죠? 조금 더 넓은 활동공간이 여기서 우리가 원하는 전부잖아요. 우리는 여기서 평화롭게 지내요. 괴롭힘을 받지도 않고요. 채권자들이 두들겨 대서 채무자를 조마조마하게 만드는 쇠고리도 여기엔 없단 말입니다. 여기까지 와서 채무자가 안에 있는지 물어보고, 돌아올 때까지 현관 깔개에 앉아서 기다리겠노라고 우기는 작자도 없고요. 돈을 갚으라는 협박조의 편지를 이곳에다 써 보내는 작자도 없어요. 자유예요, 선생님, 자유란 말입니다! 이제까지 나는 오늘 했던 의술을 국내에서도 외국에서도, 행진 중에도, 선상에서도 펼쳐왔는데, 다음과 같이 말하겠습니다. 오늘 여기에서처럼 이렇게 편안한 환경에서 일했던 적이 있는지 모르겠다고 말입니다. 다른 곳에서는 사람들이 초조해하고 걱정하며, 이리저리 허둥대고 이 일 저 일에 불안해하죠. 여기서는 그런 일이 없잖아요. 우리는 그 모두를 이미 겪었어요—최악의 경우도 알고 있고요. 이미 바닥을 쳤으니 더 아래로 추락할 수도 없고요. 그런데 우리가 찾은 게 뭐죠? 평화를 찾았잖아요. 바로 그거예요. 평화를 찾았단 말입니다." 오래된 죄수이고, 평상시보다 술에 더 절었으며, 돈이라는 특별하고 유다른 흥분제를 주머니에 넣은 의사가 자신의 믿음을 그처럼 고백한 후에, 목이 쉬고, 숨을 헐떡이고, 붉은 얼굴을 하고, 올 포스에 빠져있고, 담배를 피우고, 더럽고, 브랜디를 마시는, 그의 친구이자 동료에게 돌아갔다.

채무자는 의사와는 아주 다른 사람이었지만 원의 반대편 둘레를 통해 이미 동일한 지점으로 움직이기 시작했다. 감옥에 갇혀있다는 사실 때문에 처음에는 좌절했지만 그 사실에서 곧 흐릿한 위안거리를 찾아냈던 것이다. 자물쇠를 채워서 갇혀있었지만 그를 안에 가둬둔 자물쇠가 수많은 골칫거리를 밖에 내놓은 것이었다. 만일 그가 그러한 골칫거리들과 맞서 싸울 강한 의지를 가진 사람이었다면, 자신을 잡고 있는 그물을 찢든가, 자신의 심장을 찢든가 했을 것이다. 그러나 그러한 사람이 아니었으므로 매끄러운 내리막길로 맥없이 미끄러져서 다시는 한 걸음도 올라오지 않았다.

그는 도저히 명료하게 이해할 수 없는 복잡한 문제, 문제든 그의 처지든 시작도 중간도 끝도 어림하지 못하는 대리인 열두 명이 연속해서 그의 책임으로 돌렸던 그 복잡한 문제에서 벗어나게 되자, 자신의 형편없는 피난처가 이전보다 좀 더 평화로운 곳이라는 생각을 하게 되었다. 그가 여행용 가방을 푼 것은 오래전의 일이었다. 나이가 위인 두 자식은 마당에서 자주 놀았고, 모두가 갓난아이를 알고 있었으며 그 아이에 대해 일종의 소유권을 내세웠다.

"저, 선생님이 자랑스럽습니다." 어느 날 그의 친구인 간수가 말했다. "곧 감옥의 최고령자가 되실 거예요. 마셜시에 선생님과 선생님 가족이 없다면 지금의 마셜시 같지는 않겠죠."

간수는 실제로 그를 자랑스러워했다. 그가 등을 돌리고 나가면 간수는 새로 온 죄수에게 그에 대해 찬양 조로 말하곤 했다. "방금 이 방에서 나간 분을 눈여겨봤어?" 그가 물었다.

새로 온 죄수는 대개 그렇다고 대답했다.

"만일 신사로 자란 사람이 있다면 저분이야말로 신사로 자란 거야. 엄청나게 많은 비용을 들여서 교육받은 분이지. 한번은 소장님이 새 피아노를 사서 저분이 그걸 연주하러 그 집에 갔다네. 내가 판단하기에는 활발하게 연주하더군 — 아름다웠어! 언어에 대해서는 — 어느 나라 말이든 할 줄 안다네. 옛날에 프랑스 사람이 한 명 들어왔는데, 프랑스 사람보다도 프랑스 말을 잘하는 거 같더군. 이탈리아 사람도 한 명 들어온 적이 있었는데, 곧바로 **그를** 입 다물게 하였어. 다른 감옥에도 인물은 있어, 없다고는 하지 않아. 그러나 내가 말한 그런 점에서 윗길인 사람을 찾으려면, 마셜시 감옥에 와야 하는 거야."

막내가 여덟 살이 되었을 때, 오랫동안 서서히 활기를 잃어가던 — 숙소에 대해 남편보다 더 예민해서가 아니라 그녀 자신의 타고난 허약함 때문에 활기를 잃어가던 — 그의 아내가 시골에 사는 가난한 친구 겸 늙은 유모를 방문하러 갔다가 그곳에서 사망했다. 그 후 2주일간 그는 꼼짝하지 않고 방 안에서만 지냈다. 파산자 재판소에서 재판을 받고 있던 어떤 변호사의 사무원이 그에게 애도의 편지를 큰 글씨로 정서해서 보냈는데, 그 편지는 임대계약서 같았고 감옥의 모든 죄수들이 서명한 것이었다. 그가 다시 모습을 나타냈을 때는 (감옥에 온 직후부터 하얘지기 시작했던) 머리가 더욱 하얘져 있었다. 그리고 간수는 그가 처음 감옥에 왔을 때 그랬던 것처럼 떨리는 입술에 양손을 자꾸 갖다 댄다는 사실을 눈치챘다. 그러나 한두 달 후에 그는 썩 잘 이겨냈으며, 그 사이에도 아이들은 늘 그랬듯이 마당에서 놀았다, 검은색 옷을 입은 채로.

그 무렵, 오랫동안 바깥세상과의 연락을 담당했던 인기 높은 중개인인 뱅엄 부인이 쇠약해져서 인도에 혼수상태로 쓰러져있는 경우가 평상시보다 자주 눈에 띄기 시작했다. 그때마다 구입한 물건들을 담은 바구니가 옆에 엎질러져 있었고 의뢰인의 거스름돈에서는 9펜스[11]가 부족했다. 채무자의 아들이 뱅엄 부인을 대신해서 임무를 영악하게 수행하기 시작했고, 감옥과 거리에 정통하게 되었다.

시간이 흘러 간수도 쇠약해지기 시작했다. 가슴이 부어올랐고 두 다리에는 힘이 빠졌으며 숨을 헐떡거렸다. 낡아빠진 목제걸상에 "올라앉을 수 없다"고 불평을 했다. 쿠션이 있는 안락의자에 앉았고, 몇 분 동안 계속해서 숨을 헐떡이느라 열쇠를 돌릴 수 없는 경우도 있었다. 간수가 그러한 발작 때문에 꼼짝할 수 없을 때면 채무자가 대신 열쇠를 돌려주는 경우가 종종 있었다.

"선생님과 내가," 난롯불이 밝게 비추는 간수실에 사람들이 아주 많이 들어와 있던 어느 눈 내리는 겨울날 밤에 간수가 말했다. "감옥의 최고령잡니다. 선생님이 여기 처음 왔을 때는 내가 감옥에 근무한 지 칠 년이 채 안 됐을 시점이었습니다. 나는 오래 살지 못할

---

[11] 9펜스는 진 세 잔에 해당하는 가격임.

거예요. 내가 감옥을 영원히 떠나면 선생님이 마셜시의 아버지가
되는 겁니다."

　간수는 다음날 이승의 감옥을 떠났다. 그의 마지막 말이 기억되
고 되풀이되었다. 이후 전통이 대대로 계속 대물림되어서 ─ 마셜시
의 한 세대는 대략 삼 개월로 계산될 수 있었다 ─ 부드러운 태도에
백발을 하고 있는 초라한 차림의 늙은 채무자는 마셜시의 아버지가
되었다.

　그리고 그는 그 호칭을 자랑으로 여기게 되었다. 만일 어떤 사기
꾼이 나타나서 그 호칭이 자기 것이라고 주장했다면 그는 자기의
권리를 빼앗아가려는 시도에 대해 분개하며 눈물을 흘렸을 것이다.
자신이 감옥에 있었던 햇수를 과장하려는 경향이 그에게서 감지되
기 시작했고, 사람들은 그의 계산에서 몇 년을 감해야 한다고 대체
로 생각했다. 저 양반은 허황된 사람이야, 라고 잠깐 머물렀다 가는
채무자들이 말했다.

　새로 온 모든 죄수들이 그에게 인사를 했다. 그가 꼼꼼하게 그런
의식을 요구했던 것이다. 재치 있는 사람들은 과다할 정도의 겉치레
와 공손함을 갖춰서 인사를 했지만 그 의식의 중요성에 대해 그가
지니고 있는 느낌을 충족시킨다는 게 쉬운 일은 아니었다. 그는 그
들을 자신의 초라한 방에서 풀이 죽은 채, 이른바 은혜를 베풀어
맞이했다. (마당 같은 곳에서 인사받는 것은 격식에 맞지 않는다고
싫어했다 ─ 누구나 받을 수 있는 인사라는 것이었다.) 마셜시에 온
것을 환영하네, 라고 그가 말하곤 했다. 그렇소, 내가 이곳의 아버지

요. 세상 사람들이 친절하게도 나를 그렇게 부르지. 그리고 20년 이상 이곳에 살았다는 사실이 그런 호칭을 받을 자격을 부여하는 것이라면, 내가 마셜시의 아버지인 거요. 감옥이 처음엔 작아 보이지만 아주 훌륭한 동료들이 있고 - 이런 사람, 저런 사람 섞여 있소 - 불가피한 일이지 - 공기도 아주 훌륭하다오.

마셜시의 아버지를 위해 반 크라운 동전 한두 개, 때때로 간혹가다 있는 일이지만 심지어 반 파운드 금화 한 개를 동봉한 편지들이 밤중에 그의 문 아래에 놓이는 일이 드물지 않았다. "작별을 고하는 학생[12] 근정." 그는 그런 선물을 숭배자들이 유명인에게 바치는 공물供物 같은 것으로 받아들였다. 편지를 쓴 사람이 벽돌 같은 놈, 풀무 같은 놈, 오래된 구스베리 같은 놈, 완전히 잠이 깬 놈, 시시한 놈, 자루걸레 같은 놈, 모닝코트를 입은 놈, 개고기를 파는 놈같이 우스운 이름을 사용하는 때가 있었는데, 그는 그것을 천하다고 여겼고 언제나 약간은 불쾌해했다.

한참 후에 이런 편지가 그걸 쓰는 사람 편에서 보자면 급하게 떠나는 마당에 감당할 수 없는 수고를 요구하는 것이어서 퇴조하는 것 같은 기미를 보이자, 그는 일정한 신분 이상의 학생과 출입문까지 동행한 후 거기서 작별하는 것을 관행으로 삼았다. 대접을 받은 학생이 악수를 한 다음에 발걸음을 멈추고 뭔가를 종이쪼가리에 싼 후 다시 돌아와서 "저기요!" 하고 그를 부르는 경우가 가끔 있었다.

---

[12] 학교가 감옥을 지칭하는 은어이므로 학생은 감옥의 죄수를 의미함.

그는 깜짝 놀라서 주위를 살펴보며 "나 말이오?"라고 미소를 띤 채 대답하곤 했다.

학생이 그와 나란히 섰을 때쯤에 그가 아버지처럼 덧붙였다. "뭐 잊은 게 있소? 뭘 해드릴까?"

학생은 보통 "마셜시의 아버지께 이걸 드리는 것을 깜빡했습니다,"라고 대답했다.

"아이고, 대단히 고맙소." 그가 답했다. 그러나 옛날부터 우물쭈물하던 손은 마당을 두세 바퀴 산책하는 동안에도 돈을 슬쩍 넣어 두었던 주머니에서 끝까지 빼지 않고 있었으니, 그 일이 일반 학생 대중의 눈에 너무 띄지 않도록 하기 위해서였다.

어느 날 오후, 출소하게 된 다소 많은 수의 학생들에게 마셜시의 주인 노릇을 하고 돌아오다가, 한 주 전에 소액 때문에 강제집행처분을 받았지만 그날 오후에 "해결"을 봐서 다시 나가게 된 빈민가 출신의 한 사내와 그가 마주치게 되었다. 그 사내는 작업복을 걸친 미장이에 불과했고, 아내가 함께 있었으며, 보따리를 하나 갖고 있었다. 그리고 기분이 매우 좋은 상태였다.

"신의 가호를 빕니다, 선생님." 지나가던 그가 말했다.

"자네에게도." 마셜시의 아버지가 상냥하게 답했다.

각자 다른 방향으로 가던 그들이 상당히 멀어졌을 때 미장이가 소리를 질렀다. "저기요! − 선생님!" 그리고 그에게 돌아왔다.

"큰돈은 아닙니다." 미장이가 반 페니 동전 몇 개를 그의 손에 쥐여주며 말했다. "하지만 좋은 뜻으로 드리는 겁니다."

마셜시의 아버지는 그때까지 페니 동전으로 공물을 받은 적이 없었다. 아이들은 종종 페니 동전을 받았지만, 그 동전은 그의 완벽한 묵인하에 공동기금으로 잡혀서 그가 먹는 고기와 마시는 술을 사는 데 쓰였다. 그러나 하얀 석회가 온통 튀어있는 퍼스티언 천으로 앞치마를 해서 입은 주제에, 반 페니 동전을 주다니, 면전에서, 처음 있는 일이었다.

"어떻게 감히!" 그가 사내에게 말을 하고 약하게 울음을 터뜨렸다.

미장이는 그의 얼굴이 보이지 않도록 담장 쪽으로 그를 돌려세웠다. 그 행동이 매우 자상한 것이었을 뿐만 아니라 사내가 사무치게 후회하면서 아주 솔직하게 용서를 구했기에, 그는 "자네가 친절한 의도로 그랬다는 것을 아네. 더 이상 말하지 말게,"라고 할 수밖에 없었다.

"감사합니다, 선생님. 정말 그렇습니다. 선생님께 다른 사람들이 해드리는 이상으로 해드리고 싶은 게 제 마음입니다." 미장이가 강조했다.

"어떻게 하려고?" 그가 물었다.

"석방된 후에도 선생님을 뵈러 오겠습니다."

"그 돈을 다시 주게." 그가 간절히 말했다. "내가 간직하고 쓰지는 않겠네. 고맙네, 고마워! 자넬 다시 보겠지?"

"제가 한 주를 살아도 다시 볼 겁니다."

그들은 악수를 나누고 헤어졌다. 그날 밤 술집의 아늑한 방에서 열린 주연에 모인 학생들은 그들의 아버지에게 무슨 일이 있었는지 궁금하게 여겼다. 그가 마당 그늘을 아주 늦게까지 산책했고, 상당히 풀이 죽은 것 같았기 때문이다.

7 마셜시의 아이

태어나서 처음 마신 공기에 의사 해기지의 브랜디 냄새가 섞여 있었던 아이가 학생들 사이에서 공통의 부모라는 전통이 대물림되듯이 여러 세대에 걸쳐 대물림되었다. 아이 삶의 초기 단계에서는 글자 뜻 그대로 산문적인 의미에서 대물림되었으니, 학교에서 태어난 아이를 돌보는 것이 모든 신입생이 납부하는 입학금에서 중요한 부분이었던 것이다.

"당연히," 간수가 아이를 처음 보고 말했다. "아이의 대부는 내가 되어야지요."

채무자가 우물쭈물하며 잠시 생각에 잠겼다가 말했다. "정말로 아이의 대부가 되는 데 반대하지 않는 거요?"

"아! **난** 반대하지 않아요." 간수가 대꾸했다. "선생님이 반대하지 않는다면요."

그리하여 간수가 교대를 해서 자물쇠를 담당하지 않아도 되었던 어느 일요일 오후에 아이는 세례를 받게 되었다. 간수가 돌아와서, 자기는 "착한 사람처럼" 세인트조지 성당의 성수반까지 올라가서 약속을 하고 맹세를 하고 아이를 위해 세상을 버렸다고 설명했다.

그 일로 간수에게는 아이에 대해 전부터 갖고 있던 공식적 몫에 더하여 새로운 몫이 추가되었다. 아이가 걷고 말을 시작하자 그는 아이를 좋아하게 되었다. 그래서 작은 안락의자를 사서 그것을 간수실의 높다란 난로 울 곁에 놓고는, 자물쇠 당번으로 근무할 때 아이와 같이 지내는 걸 좋아했고, 아이가 자기에게 찾아와서 말을 걸도록 싸구려 장난감으로 아이를 꾀곤 했다. 아이도 간수를 곧 좋아하게 되어서 시도 때도 없이 자진해서 간수실의 계단을 올라갔다. 아이가 높다란 난로 울 곁의 작은 안락의자에서 잠이 들면 손수건으로 아이를 덮어주었고, 아이가 인형에게 옷을 입혔다 벗겼다 하면서 앉아있으면 - 그 인형은 간수실 맞은편에 있는 인형들과는 금방 달라졌고, 뱅엄 부인과는 소름 끼칠 정도로 가족적인 유사성을 지니게 되었다 - 걸상 위에서 매우 온화하게 응시하곤 했다. 이와 같은 일들을 목격한 학생들은 간수가 미혼이지만 선천적으로 가정적인 남자가 되기에 적합하다는 의견을 피력했다. 하지만 간수는 그들에게 감사하다고 말한 후, "아니야, 여러 가지를 고려할 때 다른 사람들의 아이를 보는 것으로 충분하네,"라고 했다.

긴 못이 위에 박혀있는 높다란 담장이 둘러싸고 있는 좁은 마당에 갇힌 채 살아가는 것이 세상 모든 사람들의 관례는 아니라는 사실을 어린아이가 몇 살쯤에 깨닫기 시작했는가, 하는 것은 답하기 어려운 문제이다. 그러나 자신이 아빠의 손을 잡고 있다가도 커다란 열쇠로 여는 문 앞에 이르면 늘 그 손을 놓아야 한다는 사실과, 자신의 가벼운 발걸음은 자유롭게 문을 통과할 수 있지만 아빠는 절대 그 선을 넘을 수 없다는 사실을 그럭저럭 깨닫게 되었을 때, 그녀는 정말로 작고 작은 어린애였다. 그녀가 여전히 아주 어렸을 때 아빠를 연민에 차서 애처로운 시선으로 바라보기 시작했다는 것이 그러한 깨달음의 일부였을 것이다.

마셜시의 아이요, 마셜시의 아버지의 아이인 그 아이는 사실 모든 것을 연민에 차서 애처로운 시선으로 바라보았지만, 아빠에게만은 보호하는 시선 같은 뭔가를 추가로 띤 채, 인생의 처음 여덟 해동안 간수실에서 친구인 간수 곁에 앉아있거나 자기 가족의 방을 지키거나 감옥의 마당을 돌아다녔다. 제멋대로인 언니와 게으른 오빠, 출입구가 없는 높다란 담장들과 그것이 가두고 있는 창백한 군중, 감옥에서 지내는 아이들이 함성을 지르며 달려가고 숨바꼭질을 하고 안쪽 출입구의 쇠창살을 "집" 삼아 하는 놀이를 연민에 차서 애처로운 시선으로 바라보면서 말이다.

무더운 여름날에 아이는 생각에 잠긴 채 의아해하면서, 그리고 창살이 쳐져 있는 창밖으로 하늘을 올려다보면서, 간수실의 높다란 난로 울 옆에 앉아 있곤 했다. 그러다가 아이가 시선을 돌리면 아이와 아이의 친구 사이에 창살 무늬의 빛이 피어올랐고, 아이는 자기 친구 역시 그 창살을 통해 바라보곤 했다.

"들판을 생각하고 있니?" 간수가 아이를 바라보다가 물은 적이 있었다.

"거기가 어디에요?" 아이가 물었다.

"글쎄, 거긴 ─ 저 너머란다." 간수가 열쇠를 모호하게 흔들면서 말했다. "바로 저기 근처야."

"누군가가 거길 여닫나요? 거기를 자물쇠로 채워두나요?"

간수가 당황했다. "글쎄!" 그가 말했다. "보통은 그렇지 않아."

"거기는 아주 예쁜가요, 봅?" 아이는 그를 봅이라고 불렀는데, 그 것은 간수의 특별한 부탁과 가르침을 받아서였다.

"멋지지. 꽃이 가득 피어있으니까. 미나리아재비가 있고, 데이지 가 있고, 그리고 또"─간수는 꽃 이름을 잘 몰라서 말을 더듬었다─ "민들레도 있고, 온갖 재미있는 일이 있어."

"거기 가면 아주 즐거운가요, 봅?"

"최고라니까." 간수가 답했다.

"아빠도 거기 가보신 적이 있나요?"

"에헴!" 간수가 헛기침을 했다. "아, 물론이야. 가끔씩 갔단다."

"지금은 가지 못해서 섭섭할까요?"

"아─아니, 특별히 그렇진 않을 거야." 간수가 말했다.

"다른 사람들은요?" 아이가 안에 갇힌 채 생기를 잃고 있는 무리 를 흘긋 보면서 물었다. "오, 그럴 거라고 정말로 굳게 믿으세요, 봅?"

대화가 그처럼 어려운 지점에 이르자, 봅이 이야기를 그치고 화 제를 사탕과자로 바꿨으니, 그 과자는 어린 친구가 그를 정치적, 사 회적, 신학적 궁지에 빠뜨리면 그가 늘 의지하는 마지막 수단이었 다. 하지만 그 일을 계기로 별난 두 친구는 일요일 소풍을 자주 떠나 게 되었다. 그들은 한 주 걸러 일요일 오후마다 간수가 공들여서 주중에 정해놓은 풀밭이나 숲 속 오솔길을 향해 아주 엄숙하게 간수실을 나섰고, 목적지에 도착해서는 그가 담배를 피우는 동안 아이는 집에 가져갈 풀과 꽃을 뜯었다. 그 후에 그들은 차, 새우, 맥주, 그리고 다른 맛있는 것들을 먹었고, 아이가 보통 때보다 더 피곤을 느끼는 바람에 그의 어깨 위에서 잠든 경우가 아니라면 손을 맞잡고 돌아오곤 했다.

아이가 어렸을 때, 간수는 죽는 날까지도 결정을 내리지 못했을 정도로 엄청난 정신적 수고를 기울이게 만든 문제를 처음으로 심각하게 고민하기 시작했다. 저축해두었던 얼마 안 되는 재산을 유언장에 명시하여 대녀代女에게 물려주기로 작정하자, 다음과 같은 문제가 대두했다. 유산에 어떻게 "조건을 붙여서" 그 아이만 혜택을 누리도록 할 것인가? 감옥에서의 경험을 통해 유산에 얼마간이라도 단단하게 "조건을 붙이기"는 엄청나게 어렵고, 반대로 유산이 달아나기는 엄청나게 쉽다는 사실을 아주 예리하게 인식하게 되었기 때문에, 그는 파산법 대리인들과 변호사들이 새로 감옥을 드나들 때마다 그 곤란한 문제를 몇 해 동안 어김없이 문의했다.

"만일," 그가 변호사의 양복 조끼에 열쇠를 댄 채 문제를 설명했다. "만일 어떤 사람이 재산을 여자아이에게 물려주면서 다른 사람은 도저히 가로챌 수 없도록 조건을 붙이고자 한다면, 어떻게 조건을 붙여야겠습니까?"

"재산을 정확히 그녀에게 양도하게." 변호사가 무관심하게 대답했다.

"하지만 이보세요," 간수가 말했다. "여자아이에게 예컨대, 오빠나 아버지나 남편이 있어서 그녀가 재산을 물려받는 경우 그들이 그 유산을 가로챌 것 같다면－그렇다면 어떻습니까?"

"재산이 여자아이에게 양도되었으면 그들은 법적으로 그것을 요구할 권리가 당신만큼이나 없는 거야." 변호사가 대답했다.

"잠깐만요." 간수가 말했다. "그녀가 인정이 많고 그들이 그녀를 속인다면요. 그럴 때 재산을 임의로 처분할 수 없게 하는 그런 법률은 없나요?"

간수가 의견을 물은 인물은 아무리 열심히 생각해도 매듭을 그렇게 묶는 법률을 제시할 수가 없었다. 그래서 간수는 평생 생각만 하다가 결국 유언을 남기지 못하고 죽었다.

하지만 그것은 그의 대녀가 열여섯 살을 넘어선 한참 뒤의 일이었다. 그녀 인생에서 그 기간의 전반기가 막 지났을 때, 그녀는 홀아비가 된 아빠를 연민에 차서 애처로운 시선으로 바라보았다. 그 순간부터 의아해하는 시선이 그를 향해 표현했던 보호의 눈길이 행동으로 구체화되었고, 마셜시의 아이는 마셜시의 아버지에 대해 새로운 관계를 떠맡게 되었다.

처음에 어린아이가 할 수 있는 일이라곤 높다란 난로 울 옆의 생기 넘치는 자리를 버리고 아빠 곁에 앉아서 조용히 아빠를 바라보는 것뿐이었다. 하지만 아이의 이러한 행동으로 인해 아이의 아빠는 아이를 무척 필요로 하게 되었다. 그는 아이가 옆에 있는 데 익숙해졌고 아이가 옆에 없을 때는 아이를 그리워하게 되었다. 이처럼 작은 문을 통해 아이는 유년기를 지나서 걱정 가득한 세상으로 나갔다.

연민에 찬 아이의 시선이 그 어린 시절에 아빠나 언니나 오빠나 감옥에서 뭘 보았는가. 그리고 비참한 진실이 그녀의 눈에 얼마나 많이, 또는 얼마나 적게 보이도록 하는 것이 신의 뜻이었는가. 이와 같은 문제는 다른 많은 비밀과 함께 수수께끼로 남아있다. 그녀가 그들과는 다른 어떤 존재가 되도록, 그들을 위해 부지런히 노력하는 다른 어떤 존재가 되도록 영감을 받았다는 것으로 충분하다. 영감을 받았다고? 그렇다. 우리는 시인이나 성직자의 영감에 대해서만 말하고, 사랑과 헌신으로 가장 천한 생활에서 가장 천한 일을 하도록 하는 마음씨에 대해서는 영감을 말하지 않을 것인가!

마셜시의 아이는 아주 이상하게 어울리게 된 그 간수 친구 말고 그녀를 도와주거나 보아주기라도 하는 세상 친구가 하나도 없었고, 감옥에 갇혀있지 않은 자유로운 사회의 평범한 사람들이 지니고 있는 평범하고 일상적인 말투와 습관에 대해서도 아는 바가 전혀 없었다. 담장 바깥의 최고로 거짓된 환경과 비교해 봐도 거짓에 불과한 환경 속에서 태어나고 자랐으며, 특유의 오물로 더럽혀져있고 해롭고 이상한 맛이 나는 샘물을 어릴 때부터 마셔왔던 것인데, 그런 아이가 이제 여자로서의 삶을 살아가기 시작했던 것이다.

아무리 많은 실수와 좌절을 겪더라도, 나이가 어리고 몸집이 작다는 이유로 아무리 많은 조롱을 겪더라도(불친절한 의도는 없어도 그 조롱은 그녀에게 깊은 상처를 주었다), 물건을 들고 운반하는 문제에서조차 자신이 어리다는 사실에 대해 그리고 힘이 부족하다는 사실에 대해 아무리 많은 열등감을 느끼더라도, 아무리 지치고 절망하더라도, 그리고 남몰래 아무리 많은 눈물을 흘리더라도, 그녀는 유용한 아이로, 심지어 없어서는 안 될 아이로 인정받을 때까지 꾸준하게 정진했다. 그리고 그런 때가 마침내 왔다. 그녀는 나이를 제외한 모든 면에서 세 자녀 중에 맏이가 되었고, 영락한 가족의 어른이 되었으며, 가족의 걱정과 수치를 마음속으로 감당했다.

열세 살 때 그녀는 글자를 읽고 회계를 맡을 수 있을 정도가 되었다─다시 말해, 가족에게 필요한 기본적인 생필품값을 얼마나 치러야 하는지, 그리고 얼마나 덜 사야 하는지를 글자와 숫자로 기입할 수 있게 되었다. 그녀는 한 번에 몇 주씩 감옥 바깥의 야간학교에 다녔고, 되는대로 시작해서 언니와 오빠가 주간학교에 다니게 한 지도 3, 4년이 되었다. 감옥에서는 아무도 가르쳐주는 사람이 없었지만, 마셜시의 아버지가 될 정도로 영락한 사람이면 자기 자식들에게도 아버지 노릇을 할 수 없다는 사실을─누구보다도─잘 알았던 것이다.

이처럼 삶을 개선시키기 위한 얼마 안 되는 수단에 그녀는 자신이 고안해낸 또 다른 수단을 더했다. 감옥에 갇힌 온갖 종류의 사람 중에 댄스교사가 있었는데, 언니가 댄스교사의 기술을 몹시 배우고 싶어 했고, 그쪽으로 취미도 있는 것 같았다. 열세 살 된 마셜시의 아이가 작은 가방을 손에 들고 댄스교사에게 자신을 소개하며 겸손하게 청원했다.

"저는 여기서 태어났습니다, 선생님."

"아! 네가 바로 그 아가씨구나, 그렇지?" 댄스교사가 자그마한 체구와 올려다보는 얼굴을 바라보며 물었다.

"네, 선생님."

"그런데 뭘 해드릴까?" 댄스교사가 물었다.

"저를 위해서는 해주실 게 없습니다." 그녀는 작은 가방의 끈을 불안하게 풀었다. "하지만 여기 계시는 동안 친절을 베푸셔서 사례금을 조금만 받고 언니를 가르쳐주신다면 – "

"애야, 무료로 가르쳐줄게." 댄스교사가 가방을 닫으며 말했다. 그는 파산자 재판소의 결정에 맞춰서 춤을 췄던 댄스교사 중 가장 마음씨 좋은 사람이었고 자기가 한 약속을 잘 지켰다. 언니는 아주 총기 있는 학생이었고 댄스교사는 그녀에게 쏟을 여가 시간이 풍부했기 때문에(그가 채권자들과 마주 서서 리드하고 감독관들을 돌리고 좌우로 스텝을 밟아서 원래 직업으로 돌아가는 데 대략 10주가 걸렸기 때문에) 놀라운 진보가 이루어졌다. 실제로 댄스교사는 그 발전을 몹시 자랑으로 여겼을 뿐 아니라 떠나기 전에 학생 중 몇몇 정선한 친구들 앞에서 그것을 과시하고 싶어 했기에, 어느 쾌청한 날 아침 여섯 시에 '궁정의 미뉴엣'[13]이 마당에서 – 학교의 교실은 그 용도로 사용하기에는 너무 좁았다 – 공연되었다. 공연할 때 움직이는 범위가 워낙 넓었고 아주 공을 들여 스텝을 밟았을 뿐 아니라

---

[13] 미뉴엣은 18세기의 궁정댄스로 3박자의 느린 춤.

소형 바이올린까지 연주해야 했기 때문에 댄스교사는 숨을 몹시 몰아쉬었다.

이와 같은 성공적인 시작이 댄스교사가 석방된 후에도 계속해서 지도하는 것으로 이어지자 불쌍한 그 아이는 용기를 내서 또 다른 시도를 했다. 침모가 들어오기를 기대하면서 몇 달을 기다렸던 것이다. 그리고 때가 차서 여성용 모자를 만드는 사람이 들어오자 자기 자신을 위해 그 사람에게 찾아갔다.

"죄송합니다, 부인," 침대에서 눈물을 흘리고 있는 그 부인의 방을 머뭇머뭇 살펴보다가 말했다. "저는 여기서 태어났습니다."

여성용 모자를 만드는 사람이 눈물을 닦고 침대에 앉아서는 댄스교사가 이전에 말했던 것과 똑같이 말하는 걸 보면, 모든 사람이 감옥에 도착하자마자 그녀에 대한 얘기를 듣는 것 같았다.

"아! **네가** 바로 그 아이구나, 그렇지?"

"네, 부인."

"유감스럽게도 네게 줄 것이 없구나." 여성용 모자를 만드는 사람이 고개를 가로저으며 말했다.

"그 때문에 온 게 아닙니다, 부인. 괜찮다면 바느질을 배우고 싶습니다."

"네 앞에 있는 날 보면서도 왜 그런 일을 하려고 하니?" 여성용 모자 만드는 사람이 대꾸했다. "내게 별 도움도 못되었는데 말이야."

"어떤 일도 – 그게 뭐든 – 여기 오는 사람에게 별 도움은 못되었던 것 같아요." 그녀가 아주 천진난만하게 답했다. "하지만 그래도 배우고 싶습니다."

"너는 너무 약한 것 같은데." 모자 만드는 사람이 반대하는 또 다른 이유를 말했다.

"제가 약하다고 생각하진 않아요."

"그리고 넌 너무, 너무, 작아." 모자 만드는 사람이 반대하는 이유를 말했다.

"그래요, 사실 너무 작아서 저도 걱정이에요." 마셜시의 아이가 대답했다. 그러고는 너무나 자주 자신의 앞길을 가로막는 불행한 단점에 대해 흐느껴 울기 시작했다. 모자 만드는 사람 - 그녀는 성미가 까다롭다거나 냉혹한 게 아니라 그저 최근에 파산한 사람일 따름이었다 - 의 마음이 움직여서 기꺼이 그녀를 떠맡았고, 그녀가 굉장히 끈기 있고 진지한 학생이라는 사실을 알게 되었다. 그리고 머지않아 그녀를 솜씨 좋은 여성노동자로 만들었다.

머지않아, 정말로 머지않아, 마셜시의 아버지는 점차 새로운 성격을 꽃피우게 되었다. 그가 마셜시에 대해 아버지가 되면 될수록, 그리고 역할을 바꾼 그의 가족이 벌어오는 돈에 의존하게 되면 될수록, 그는 불쌍하게 양반티를 내서 점점 더 저항했다. 딸들이 생계를 꾸려간다는 사실이 언급이라도 되면, 반 시간 전에 어떤 학생이 바친 반 크라운을 호주머니에 집어넣었던 바로 그 손으로 두 볼에 흘러내리는 눈물을 닦아내는 것이었다. 그래서 마셜시의 아이는 다른 일상적인 걱정에 더해서 자신들이 모두 게으른 거지라는 고상한 허구를 유지해야 한다는 걱정을 언제나 떠안고 있었다.

　언니는 댄서가 되었다. 파산한 삼촌 역시 – 삼촌은 그의 형인 마셜시의 아버지 때문에 파산했다. 어떻게 된 일인지는 그를 파산시킨 사람만큼이나 아는 바가 없었지만 파산했다는 사실은 피할 수 없이 확실한 것으로 받아들였다 – 가족의 일원이었기에 그녀의 보호는 삼촌에게도 향했다. 본래 비사교적이고 단순한 사람이었던 그는 충격적인 소식을 듣자 씻기를 그만두었고 더 이상 그런 사치에 빠지지 않았다는 것 말고는, 불행이 닥쳤을 때도 파산했다는 사실을 특별히 의식하지는 않았다. 형편이 좋았던 시절에는 매우 평범한 음악 애호가였던 그는, 형을 따라 몰락한 다음에는 가족을 부양하기 위해 작은 '극장 오케스트라'에서 자신만큼이나 더러운 클라리넷을 연주했다. 바로 그 극장에서 그의 조카딸이 댄서가 되었는데, 그가 자리 잡은 지 한참이 지난 후에 조카딸이 보잘것없는 자리를 잡았던 것이다. 그리고 그는 이전에 질병이든 유산이든, 잔치든 기아든 – 비누 이외에는 뭐든 – 받아들였던 것과 마찬가지로 조카딸의 호위병 겸 보호자의 임무를 받아들였다.

　언니가 몇 실링의 주급을 벌 수 있게 하려고 마셜시의 아이는 마셜시의 아버지와 복잡한 절차를 거쳐야 했다.

　"아빠, 패니가 이제는 우리와 같이 살지 않을 거예요. 낮에는 자주 찾아오겠지만 삼촌과 같이 밖에서 살 예정이거든요."

　"놀라운 소식이구나. 왜 그러는 거니?"

　"아빠, 삼촌에게도 동무가 필요한 것 같아요. 삼촌을 돌보고 보살펴야 하잖아요."

"동무라고? 그는 여기서 많은 시간을 보내는데. 그리고 에이미, 네가 네 언니보다 훨씬 더 그를 돌보고 보살피잖니. 너희 모두 외출을 너무 자주 하는구나, 너무 자주 해."

그 말은 에이미가 낮에 일하러 외출한다는 사실에 대해 격식을 갖춰서 모르는 체하려고 하는 말이었다.

"하지만 저흰 집에 오는 게 언제나 즐거운걸요, 아빠. 그렇게 보이지 않으세요? 그리고 패니는, 삼촌의 동무가 되어서 그를 돌보는 게 아니라도 여기서 계속 살진 않는 게 언니에게도 좋을지 몰라요. 언니가 저처럼 여기서 태어난 건 아니잖아요, 아빠."

"글쎄, 에이미, 글쎄. 네 말은 잘 알아들을 수가 없구나. 하지만 패니가 바깥에 있는 걸 더 좋아하는 걸로, 그리고 심지어는 너도 역시 종종 그런 걸로 당연히 생각해야겠지. 그러면 너와 패니와 너의 삼촌이 네 뜻대로 하는 거구나. 그래, 그렇게 해. 참견하지 않으마. 내게는 신경 쓰지 말아라."

오빠를 감옥에서 벗어나게 하고, 뱅엄 부인을 이어서 심부름 하는 데에서 벗어나게 하는 것이, 그리고 둘 다의 결과로 생겨난 일인 바, 아주 수상쩍은 친구들과 바람직하지 못한 교제를 하는 데에서 벗어나게 하는 것이 그녀에게는 가장 힘든 일이었다. 열여덟인 오빠는 여든이 될 때까지 하루살이같이, 시시각각, 한 푼씩 벌면서 살아갈 것 같았다. 감옥에 들어온 죄수에게서 오빠가 유용하거나 좋은 것을 하나도 배우지 못했기에, 그녀가 그를 위해 찾을 수 있었던 유일한 후원자는 그녀의 오래된 친구이자 대부뿐이었다.

"봅," 그녀가 물었다. "가엾은 팁이 장차 어떻게 될까요?" 오빠의 이름은 에드워드였고, 테드[14]가 감옥에서 팁으로 바뀌었던 것이다.

간수는 가엾은 팁이 어떻게 될지에 대해 개인적인 확신이 있었기에, 그 소견이 실현되는 것을 피할 목적으로, 감옥을 떠나서 조국에 봉사하는 방편에 대해 팁의 속을 떠보기까지 했었다. 그러나 팁은 고맙다고 한 다음에, 자기는 조국을 좋아하는 것 같지 않다고 했다.

"글쎄," 간수가 말했다. "팁도 뭔가를 하긴 해야지. 법조계에 종사하도록 해볼까?"

"그렇게 해주신다니 정말 친절하세요, 봅!"

간수는 이제 변호사들이 감옥을 드나들 때 그들에게 문의할 사항을 한 가지 더 갖게 되었다. 그가 이 새로운 항목을 아주 끈기 있게 문의해서, 팁은 마침내 팰리스 코트라고 불리는 위대한 '국립 팔라디움' 소속 변호사 사무실에서 주급 12실링을 받고 일하게 되었다.[15] 팰리스 코트는 그때 앨비언[16]의 위엄과 안전을 지키는 다수의 영원한 성채 중 하나였지만, 앨비언의 고위층은 성채에 대해 아는 바가 없었다.

팁은 클리포즈 인[17]에서 6개월을 괴롭게 지내다가 기한이 만료되

---

[14] 테드는 에드워드의 애칭.
[15] 마셜시에 투옥된 채무자들은 먼저 팰리스 코트에서 재판을 받았으므로, 채무자의 아들인 팁이 그곳에서 일한다는 것은 아이러니하다고 할 수 있다.
[16] 앨비언은 그레이트 브리튼 섬을 지칭하는데, 잉글랜드 자체를 시적으로 칭할 때도 이따금 사용한다.

자 어느 날 저녁 양손을 주머니에 넣은 채 느릿느릿 돌아와서 자기는 다시 돌아갈 마음이 없노라고 불쑥 동생에게 말했다.

"다시 돌아가지 않을 거라고?" 자신이 보호하는 인물 중에서 첫 손에 꼽히는 사람 중 하나인 팁을 위해 언제나 셈을 하고 계획을 세우는 불쌍하고 작고 걱정 많은 마셜시의 아이가 물었다.

"너무 싫증이 나서 그만두었어." 팁이 말했다.

팁은 만사에 싫증을 냈다. 그가 마셜시에서 빈둥거리고 뱅엄 부인을 이어서 심부름을 하는 사이사이에, 그의 작은 제2의 어머니는 믿음직한 친구의 도움을 받아, 그를 상점에, 농원에, 맥주가게에, 다시 법조계에, 경매인사무실에, 양조장에, 주식중매인사무실에, 다시 법조계에, 역마차매표소에, 짐마차매표소에, 다시 법조계에, 일용잡화상에, 증류주공장에, 다시 법조계에, 모직물가게에, 포목점에, 생선가게에, 외국과일을 판매하는 상점에, 그리고 조선소에 취직시켰다. 그러나 팁은 어디에 취직하든 싫증을 느끼고 나와서는 그만두었다고 했다. 운명이 이미 정해져 있는 그는 꼼짝달싹 않는 실제의 마셜시 담장이 자기를 매혹해서 다시 데려갈 때까지 어디에 취직하든 감옥의 담장을 갖고 다니는 듯했고, 장사를 하든 직업을 갖든 그 담장을 세워놓고 있는 듯했다. 그리고 감옥이라는 좁다란 경계 안에서 원래 지니고 있던 단정치 못하고 무의미하며 초라한 차림새로 어슬렁거리는 듯했다.

---

[17] 런던의 법학생용 숙사 중 제일 오래된 숙사.

그럼에도 용감한 작은 아이는 오빠를 구출해내는 데에 마음을 쏟았고, 그가 그토록 슬픈 변화들을 알리는 동안에도 그를 캐나다행 선박에 태우려고 돈을 절약했다. 그가 할 일이 없는 데에 싫증이 나서 이번에는 싫증 내는 것마저 그만두고 싶어졌을 때, 그는 자비롭게도 캐나다로 가는 데 동의했다. 그녀의 가슴속에는 오빠와 헤어지는 것에 대한 슬픔 못지않게 오빠가 마침내 직선코스에 들어섰다는 희망으로 기쁨이 생겼다.

"오빠, 신의 축복을 빌어. 성공해도 우릴 보러 오지 않을 정도로 너무 잘난 체하진 마."

"알았어!"라고 하고는 팁이 출발했다.

하지만 캐나다까지 다 가지는 않았으니, 사실은 리버풀까지밖에 가지 않았던 것이다. 런던에서 출발해 그 항구까지 갔다가 승선하지 말아야겠다는 생각이 강하게 들었고, 걸어서 다시 돌아오기로 작정했던 것이다. 그 생각을 실행에 옮겨서, 한 달이 지날 무렵 누더기차림으로 신발도 신지 않은 채 이전 어느 때보다도 훨씬 더 피곤해하면서 그녀 앞에 모습을 나타냈다.

뱅엄 부인을 이어서 심부름하는 막간을 또다시 거친 후, 마침내 그가 스스로 일자리를 찾아냈다고 말했다.

"에이미, 일자리를 얻었어."

"정말로 얻은 거야, 팁?"

"그럼. 이제 일을 해야지. 나를 더 이상 걱정스레 볼 필요는 없어, 누이야."

"무슨 일인데, 팁?"

"글쎄, 너도 슬링고를 본 적이 있지?"

"판매업자라는 그 사람은 아니지?"

"바로 그 녀석이야. 월요일에 자리가 비기 때문에 나에게 한자리 주기로 했어."

"그가 거래하는 게 뭔데, 팁?"

"말을 거래해. 그래! 이제부터 일할 거야, 에이미."

그 이후 몇 달 동안 오빠를 보지 못했고 편지만 한 통 받았다. 팁이 도금한 물건을, 은을 듬뿍 발랐다는 이유로 사는 체하면서 아주 후하게 값을 쳐줄 듯이 행동하는 모습을 무어필즈의 사기 경매에서 목격했다는 수군거림이 나이 든 학생들 사이에 퍼졌으나, 에이미의 귀에까지 닿지는 않았다. 어느 날 저녁 그녀가 – 담장 위에 남아 있는 박명을 아끼기 위해 창가에 서서 – 혼자 바느질을 하고 있는데 팁이 문을 열고 들어왔다.

에이미는 그에게 입을 맞추고 기쁘게 맞이했지만 어떤 질문이든 하기가 두려웠다. 그도 동생이 몹시 걱정하고 주저하는 모습을 보고는 미안하게 생각하는 듯했다.

"에이미, 네가 이번에는 화를 낼까 봐 걱정이다. 정말 나도 화가 났으니까!"

"오빠가 그렇게 말하는 것을 들으니 유감인걸. 돌아온 거야?"

"글쎄 – 그래."

"오빠가 찾아냈던 일이 썩 도움될 거라곤 생각하지 않았기 때문에 심하게 놀랍거나 아쉽진 않아."

"아! 하지만 최악인 건 그게 아니야."

"그게 최악이 아니라고?"

"그렇게 놀란 눈으로 보지 마. 그래, 에이미, 최악이 아니야. 보다시피 돌아왔어. 하지만 – 그렇게 놀란 눈으로 보지 **말라니까** – 새롭다고 할 수도 있는 방식으로 돌아왔어. 자원자 목록에서 완전히 제외되었고, 정식 죄수 중의 한 명으로 들어왔으니까."

"오! 죄수라는 말을 하지 마, 팁! 하지 마, 하지 말라고!"

"글쎄, 나도 그런 말 하고 싶진 않아." 그가 내키지 않는 말투로 대꾸했다. "하지만 내가 말하지 않으면 네가 이해하질 못하는데 난 들 어떻게 하겠니? 난 40파운드 남짓한 돈 때문에 들어왔어."

그 모든 세월을 겪는 동안 처음으로 그녀는 걱정을 감당하지 못했다. 마주 쥔 양손을 머리 위까지 치켜든 채 아버지가 이 소식을 들으면 돌아가실 거라고 울부짖었다. 그리고 나서 염치없는 팁의 발치에 푹 쓰러졌다.

마셜시의 아버지가 이 소식을 들으면 미쳐버릴 거라는 사실을 **팁에게** 이해시키기보다 팁이 그녀를 정신 차리게 하기가 더 수월했으니, 팁에게는 그것이 이해 불가능한 말이었을 뿐 아니라 완전히 비현실적인 생각이었던 것이다. 삼촌과 패니의 간청에 뒷받침을 받아서 팁이 그녀의 간청대로 하기로 했을 때는 그런 관점에서만 그 생각에 따르기로 했던 것이다. 그가 돌아온 것이 선례가 없는 일은 아니어서 아버지에게는 보통 때 하던 대로 설명했다. 그리고 학생들은 효성스러운 기만을 팁보다는 잘 이해해서 충실하게 그 생각을 지지했다.

이것이 스물 둘이 된 마셜시의 아이의 삶이었고 기구한 운명이었다. 그녀는 비참한 마당과 옥사들에 대해 태어난 곳이고 집이기 때문에 여전히 애착을 느끼면서도, 자신이 모든 사람들의 주목을 받는 존재라는 사실을 여자답게 의식하고서 움츠린 채 드나들었다. 담장 바깥에서 일을 시작한 이래 그녀는 자신이 사는 곳을 숨길 필요를 느꼈고, 자유로운 시내와 철문 사이를 가능한 한 은밀하게 다닐 필요를 느꼈기에, 철문 바깥에서는 한 번도 잠을 잔 적이 없었다. 그녀의 타고난 소심증이 그런 은폐와 함께 증가했고, 그녀의 작은 발걸음과 작은 체구는 길을 갈 때도 사람들로 붐비는 거리를 피해서 다녔다.

사는 데 필요한 힘들고 천한 일에서는 세상사에 밝은 그녀가 다른 모든 일에서는 순진했다. 아버지와 감옥과 그 감옥을 관통해서 계속 흘러가는 혼탁한 삶의 강물을 안개 속에서 바라본다는 점에서 순진했던 것이다.

이것이 우중충한 9월의 저녁에, 아서 클레넘이 멀리서 주시하는 가운데 집으로 돌아가고 있는 작은 도릿의 삶이었고 기구한 운명이었다. 이것이 런던브리지 끄트머리에서 방향을 돌려 다리를 건너왔다가 다시 돌아오고, 세인트조지 성당까지 갔다가 다시 한 번 갑자기 방향을 틀어서 마셜시의 열려있는 바깥쪽 문과 작은 마당으로 쑥 들어간 작은 도릿의 삶이었고 기구한 운명이었다.

8 감옥의 자물쇠

아서 클레넘은 지나가는 사람에게 그곳이 어떤 곳인지 물어보려고 거리에 멈춰 섰다. 물어보라고 격려하는 빛이 표정에 전혀 보이지 않는 사람들을 그냥 보내고 나서 여전히 주저하며 거리에 서 있는데, 어떤 노인이 다가오더니 마당으로 들어갔다.

그 노인은 상체를 잔뜩 웅크리고 천천히 터벅터벅 걸었는데 뭔가에 정신이 팔린 채 걸었기 때문에 떠들썩한 런던의 거리가 그에게는 그다지 안전한 곳이 아니었다. 더럽고 초라한 차림새였으며, 한때 푸른색이었지만 지금은 그 빛깔이 벨벳 칼라에 희미한 얼룩을 남기고 사라져버린 다 해진 외투를 턱까지 단추를 채운 채 발목까지 내려오게 입고 있었다. 그 유령 같은 사람이 평생 고집 세게 두르고 있었던 붉은색 천 조각이 외투 바깥으로 드러나 있었는데, 그 조각은 노인의 목 뒤로 모습을 내밀어서 백발과 색 바랜 깃 및 쫌쇠와 뒤섞였으며, 그것들이 다 합세해서 그의 모자를 쑤셔대어 모자를 땅바닥에 떨어뜨리기 직전이었다. 기름때가 묻은 그의 모자는 닳아서 올이 드러나 있었다. 모자는 눈 있는 데까지 내려 썼고 가장자리는 갈라지고 구겨진 상태였으며 손수건 한 가닥이 아래로 달랑거리고 있었다. 바지가 길고 헐렁했을 뿐 아니라 신발은 신기 불편할 정도로 컸기 때문에 코끼리처럼 발을 끌며 걸었다. 비록 얼마큼이 걸어가는 걸음이고, 또 얼마큼이 옷과 가죽을 끌며 가는 것인지는 아무도 알 수 없었지만 말이다. 한쪽 겨드랑이에는 관악기가 들어있는 휘주근하고 낡은 가방을 끼고 있었고, 같은 쪽 손에는 소량의 코담배가 들어있는 희끄무레하게 갈색을 띤 작은 종이 갑을 쥐고 있었다. 아서 클레넘이 눈길을 주었을 때 그는 푸른색을 띤 불쌍하고 늙은 콧구멍으로 담배연기를 조금씩 천천히 내뿜고 있었다.

아서가 마당을 가로질러가는 그 노인의 어깨를 살짝 건드리고서 질문을 했다. 노인이 걸음을 멈추고 주위를 둘러보았는데, 허약하고 회색빛을 띤 두 눈은 생각이 먼 곳에 가 있어서 잘 알아듣지 못하는 사람의 표정을 하고 있었다.

"이보세요," 아서가 다시 물었다. "여기가 어떤 곳이죠?"

"아아! 이곳 말이오?" 노인이 소량의 코담배를 피우다가 멈추고는, 쳐다보지도 않고 손가락으로 가리키기만 하면서 대답했다. "여긴 마셜시 감옥이오."

"채무자 감옥 말입니까?"

"선생," 노인이 그런 명칭을 딱히 강조할 필요는 없다고 생각한다는 투로 말했다. "채무자 감옥이 맞소."

노인이 몸을 돌려서 가던 길을 계속 갔다.

"죄송하지만," 아서가 다시 한 번 그를 세우고 나서 물었다. "한 가지 더 여쭙겠습니다. 아무나 들어갈 수 있나요?"

"아무나 **들어갈 수** 있소." 노인이 대꾸한 후 의미심장하게 강조하며 덧붙였다. "하지만 모든 사람이 나올 수 있는 건 아니오."

"하나만 더요. 이곳을 잘 아세요?"

"선생," 노인이 손에 들고 있던 작은 코담배 갑을 꾸긴 다음에, 그런 질문이 자신에게 상처를 준다는 듯이 질문자에게 얼굴을 돌리면서 대꾸했다. "그렇소."

"너그럽게 봐주시기 바랍니다. 주제넘게 알고 싶은 게 아니고 좋은 목적이 있거든요. 여기 있는 사람 중에 도릿이라는 이름을 가진 사람을 아세요?"

"내 이름이," 노인이 천만뜻밖의 대답을 했다. "도릿이오."

아서가 모자를 벗고 그에게 인사했다. "조금만 더 질문 드리겠습니다. 뜻밖의 말씀을 하시는군요. 그리고 뜻밖이라는 말이 실례를 무릅쓰고 질문했던 것에 대해 충분한 변명이 되었으면 좋겠습니다. 저는 오랫동안 고국을 떠나 있다가 최근에 돌아왔습니다. 어머니 – 시내에 사는 클레넘 부인입니다 – 집에서 작은 도릿이라고 불리거나 말해지는 걸 들었을 뿐인 젊은 여성이 바느질하는 걸 봤습니다. 그녀에 대해 진심으로 관심을 갖게 되어서 좀 더 알아보고 싶은 거고요. 당신이 오기 일 분도 채 되기 전에 그녀가 저 문으로 들어가는 걸 봤습니다."

노인이 그를 주의 깊게 바라보다가 "뱃사람이오?" 라고 물었다. 질문에 대한 답으로 고개를 가로젓자 약간 실망한 것 같았다. "뱃사람이 아니야? 얼굴이 햇볕에 탔기 때문에 그럴지도 모른다고 짐작했었소. 지금 진심이죠?"

"분명히 진심이라는 걸 확언하고, 믿어달라고 부탁드립니다."

"난 세상을 잘 몰라요." 노인이 약하고 떨리는 목소리로 대답했다. "해시계의 그림자처럼 지낼 뿐이니까. 날 나쁜 일에 꾀어 들여봤자 그럴 가치가 없어요. 그리고 그런 욕구를 아무리 달성해봤자 정말 너무나 쉽고 - 너무나 보잘것없는 성공인 거지요. 당신이 여기로 들어가는 걸 본 젊은 여성은 내 형의 자식인데, 형은 윌리엄 도릿이고 난 프레드릭이오. 당신이 그 아이를 당신 어머니의 집에서 보았고(당신 어머니가 그 아이를 돕고 있다는 건 알고 있소) 그 아이에게 관심이 있다고 했을 뿐 아니라 그 아이가 여기서 어떤 일을 하는지 알고 싶다고 했으니까, 가서 봅시다."

그가 다시 걸어갔고 아서는 뒤따라갔다.

"내 형은," 노인이 계단에서 발걸음을 멈추더니 얼굴을 다시 천천히 돌리고 나서 말했다. "여기 있은 지 오래되었소. 그리고 우리는 우리가 감옥 바깥에서 겪은 일을 지금 말할 필요는 없는 이유 때문에 그에게는 대부분 감추고 있소. 조카딸이 바느질 일을 한다는 말은 부디 하지 마시오. 우리끼리 주고받은 말 이외에 다른 얘기는 안 했으면 좋겠소. 당신이 한계를 지킨다면 틀릴 일은 없을 거요. 자! 가서 봅시다."

아서가 그를 따라서 좁은 입구로 들어갔다. 끄트머리에 이르니, 열쇠가 돌아갔고 튼튼한 문이 안쪽에서 열렸다. 들어가니 간수실 내지는 넓은 방이었고, 거기를 가로질러서 그리고 또 다른 문과 창살을 지나서 감옥 안으로 들어갔다. 언제나 앞장서서 터벅터벅 걷던 노인이 근무 중인 간수 앞에 이르자 자기 동료를 소개하기라도 하는 것처럼 상체를 굽힌 채로 뻣뻣하게 그리고 천천히 뒤를 돌아다 보았다. 간수가 고개를 끄덕였고, 노인과 같이 왔던 사람은 누굴 면회할 건지 질문도 받지 않고 통과했다.

어두운 밤이었다. 감옥마당에 있는 등잔과 창가에 있는 양초가 감옥을 더 밝게 만드는 기색 없이 비틀어지고 낡은 온갖 커튼과 덧문 뒤에서 희미하게 빛났다. 주위를 어슬렁거리는 사람이 몇몇 있었지만 더 많은 다수는 실내에 머물러 있었다. 마당의 오른쪽으로 걷던 노인이 세 번째인가, 네 번째인가의 문간에서 방향을 바꾸더니 계단을 오르기 시작했다. "다소 어둡소만, 앞을 가로막는 건 없을 거요."

잠시 머뭇거리다가 그가 3층의 문을 열었다. 그가 문고리를 돌리자마자 방문객은 작은 도릿을 알아보았고 그녀가 혼자 식사하는 것을 그토록 중시했던 이유를 알게 되었다.

그녀는 자기가 먹었어야 하는 고기를 집으로 가져와서, 낡은 회색 옷을 걸치고 검정색 캡을 쓴 채 식탁에 앉아서 저녁을 기다리고 있는 아버지를 위해 난로 위 석쇠에서 벌써 데우고 있었던 것이다. 그의 앞에는 깨끗한 천이 나이프, 포크, 스푼과 함께, 그리고 소금그릇, 후추통, 잔, 백랍제의 맥주용 큰 컵과 함께 펼쳐져 있었다. 특별히 작은 병에 들어있는 고춧가루와 접시에 담겨있는 소량의 오이절임같이 음식물의 맛을 더해주는 것도 놓여있었다.

그녀는 소스라치게 놀라서 얼굴이 잔뜩 상기되었다가 창백하게 변했다. 방문객이 그녀에게 안심하라고, 자신을 믿으라고 부탁했는데, 손을 순간적으로 약간 움직이기보다 눈빛을 통해서 부탁했다.

"이 신사분을," 삼촌이 말했다 - "윌리엄, 에이미가 아는 분의 자제인 클레넘 씨야 - 바깥 출입문에서 만났어. 지나가다가 경의를 표하고 싶지만 들어갈까 말까 망설이고 있더군. 이 사람이 내 형인 윌리엄이오."

"희망컨대," 아서가 무슨 말을 해야 할지 몰라서 몹시 망설이다가 입을 열었다. "따님에 대한 나의 관심이 당신께 인사를 드리고 싶다는 나의 욕구를 설명하고 정당화하는 것이었으면 좋겠습니다."

"클레넘 씨," 상대방은 캡을 벗어 손바닥에 놓았다가 언제라도 다시 쓸 수 있도록 쥐고는 일어나면서 대답했다. "당신이 나의 체면을 세워주는군. 환영하오." 그러고 나서 깍듯이 인사하며, "프레드릭, 의자 좀 가져와. 앉으시오, 클레넘 씨,"라고 했다.

그는 검정색 캡을 벗었던 것처럼 다시 쓰더니 자기 자리에 앉았다. 그의 태도에는 놀라울 정도로 자비롭고 은혜를 베푸는 기미가 있었다. 이것이 그가 학생들을 맞이하는 격식이었던 것이다.

"마셜시에 잘 오셨소. 난 이 담장 안에 온 많은 신사분들을 기쁘게 맞이해왔소. 어쩌면 당신도 알 거요 — 내 딸인 에이미가 이미 말했을지도 모르지 — 내가 이곳의 아버지라는 사실을 말이오."

"나는 — 나도 그렇게 알고 있습니다." 아서가 그런 주장으로 단숨에 내달렸다.

"내 딸 에이미가 여기서 태어났다는 건 당신도 아마 알 거요. 착한 아이이고 소중한 아이일 뿐 아니라 오랫동안 내게 위로와 격려를 주었던 아이요. 에이미, 얘야, 음식을 그냥 둬. 클레넘 씨는 감옥에서 우리가 따를 수밖에 없는 미개한 풍습을 양해할 거야. 정중히 묻는데, 같이 — ?"

"고맙습니다만," 아서가 대답했다. "괜찮습니다."

아서는 딸이 집안내력에 대해 감추었을 개연성을 꿈에도 생각하지 않는 그 사람의 태도 때문에 놀라고 아주 당황했다.

작은 도릿은 아버지의 잔을 채우고 바로 쓸 수 있도록 자잘한 물건을 식탁 위에 모두 올려놓은 다음에 아버지가 식사하는 동안 그의 옆에 앉아있었다. 그녀가 자기 앞에 약간의 빵을 놓고 그의 잔에 들어있는 음료를 조금 마신 것도 부녀가 밤마다 하는 관례를 따라서 그대로 하는 것이 분명했다. 아서는 그녀가 걱정 때문에 아무것도 먹지 못한다는 사실을 눈치챘다. 한편으론 존경하고 자랑스러워하면서, 다른 한편으론 부끄러워하면서, 그러나 완전히 헌신하고 사랑하면서 아버지를 바라보는 그녀의 시선을 가슴속 깊이 느꼈다.

마셜시의 아버지는 동생이 마음씨 곱고 선의를 가졌지만 사교적이지 못하고 저명하지도 않은 사람이라고 내려다보는 태도를 취했다. "프레드릭," 그가 말했다. "너와 패니가 오늘 밤에는 네 하숙집에서 식사하는 줄로 알고 있었어. 패니는 어떻게 했니?"

"그 아인 팁과 산책 중이야."

"팁은 – 아시겠지만 – 내 아들이오, 클레넘 씨. 그 아이는 조금 제멋대로여서 자리 잡게 하는 데 애먹고 있지. 세상에 입문시키기가 꽤" – 그가 낮게 한숨을 쉬며 어깨를 으쓱했고 방 안을 둘러보았다 – "어렵구려. 여기는 처음이오?"

"처음입니다."

"어렸을 때 이후로 여기에 있었던 적이 있었다면 내가 모를 리

없겠지. 누구든ー아무리 허세를 부리는 사람이더라도ー아무리 부리는 사람이더라도 말이오ー여기 들어왔는데 나에게 소개되지 않는 일은 좀체 없으니까."

"하루에 사오십 명이나 되는 사람들이 내 형께 인사를 드린다오." 프레드릭이 약간의 자긍심으로 살짝 활기를 띠며 말했다.

"맞아!" 마셜시의 아버지가 인정했다. "그보다 많기도 하지. 법정이 개정 중일 때 날씨 좋은 일요일이면 사실상 접견을 하는 셈이오ー접견이나 다름없지. 에이미야, 캠버웰 출신의 신사 이름을 생각해내려고 반나절을 애썼는데도 생각나질 않는구나. 6개월간 구금당했던 그 유쾌한 석탄상인이 지난 크리스마스 주간에 내게 소개했던 사람 말이야."

"저도 그분 이름이 기억나지 않아요, 아빠."

"프레드릭, **너는** 기억하니?"

프레드릭은 그 이름을 들었는지조차 미심쩍어했다. 프레드릭에게 질문할 때는 어떤 정보든 얻으리라는 희망을 갖고 질문하는 것은 아니었다.

"내 말은," 그의 형이 말했다. "그 훌륭한 행동을 대단히 우아하게 했던 신사 말이야. 하아! 체! 이름이 전혀 기억나지 않는군. 클레넘 씨, 훌륭하고 우아한 행동이라고 우연히 얘기했기 때문에 당신은 그 행동이 무얼 말하는 건지 어쩌면 알고 싶어 할지도 모르겠군요."

"대단히 알고 싶습니다." 아서가 민감하게 아래로 숙이기 시작하는 머리와 근심이 새로 어리는 창백한 얼굴에서 시선을 거두고 대답했다.

"그것이 아주 관대한 행동이었고 훌륭한 감정을 아주 많이 보여주는 행동이었기 때문에 그걸 언급하는 건 의무사항이나 마찬가지요. 난 개인적인 민감성에 상관없이 적합할 때는 언제든지 그 사실을 언급하겠노라고 그때 약속했소. 어-글쎄-어-사실을 감춰봤자 쓸데없는 짓이지-클레넘 씨, 당신은 여기에 오는 사람들이-이곳의 아버지에게 모종의 작은-선물을 바치고 싶어 할 때가 있다는 사실을 알아야 하오."

그의 팔을 잡고 있던 그녀의 손이 반쯤 억누른 간청을 침묵으로 행하는 모습을 보는 것, 그리고 소심하고 작은 그녀가 움츠리면서 고개를 돌리고 외면하는 모습을 보는 것은 슬프고 슬픈 광경을 보는 것과 마찬가지였다.

"어떨 때는," 그가 흥분해서 그리고 가끔 헛기침을 하면서 작고 부드러운 소리로 말을 이었다. "어떨 때는-에헴-선물이 이런 형태를 하고, 또 어떨 때는 다른 형태를 하지만, 일반적으로는-하아-돈을 선물한다오. 그리고 그것이, 인정하지 않을 수가 없는데, 보통은 그것이-에헴-무난하더군. 내가 말했던 그 신사는, 클레넘 씨, 아주 흐뭇한 기분이 들게끔 소개되었고, 아주 공손하게 그리고 아주-으흠-세련되게 말을 건넸소." 그는 이야기를 하는 내내, 이미 식사를 마쳤지만 일부가 아직 앞에 남아있는 것처럼 나이프와 포크를 갖고 초조하게 접시를 계속 건드렸다. "그의 얘기를 듣자니 정원을 갖고 있는 것 같았소. 정원이란 것이-에헴-내가 접근할 수 있는 것이 아니어서, 처음에는 이야기하기를 어려워했지만 말이오. 하지만 그가 온실에서 갖고 온 아주 멋진 제라늄 다발을—확실히 아름다운 제라늄 다발이었소—내가 황홀하게 바라보니, 그 얘기가 나온 거요. 내가 제라늄의 진한 색깔에 주목하자 겉을 싸고 있는 종이를 그가 내게 보여주었소. 그 위에는 '마셜시의 아버지에게,'라고 쓰여 있었고, 그가 꽃다발을 내게 선물했소. 하지만 그것이—에헴—다가 아니오. 헤어지면서 그가 반 시간 후에 종이를 벗겨보라고 특별히 부탁했소. 나는—하아—그대로 했고, 안에—으흠—2기니가 들어있는 걸 알았소. 클레넘 씨, 내가—에헴—여러 방식으로 그리고 다양한 값어치가 나가는 선물을 받아봤다는 것은 틀림없소. 공교롭게도 그것들은 언제나—하아—괜찮은 거였지. 그러나 그보다—으흠—그 특별한 선물보다 더 마음에 드는 선물은 받아본 적이 없소."

아서가 그 주제에 대해 몇 마디라도 하려는 순간, 종이 울리더니 문으로 다가오는 발소리가 들렸다. 둘을 함께 관찰하면 얼굴이 훨씬 어려 보였지만, 작은 도릿보다 훨씬 더 아름답고 훨씬 더 발육상태가 좋은 아가씨가 낯선 사람을 보고는 문간에서 멈춰 섰다. 그리고 그녀와 함께 있던 젊은 사내도 멈춰 섰다.

"패니야, 클레넘 씨야. 클레넘 씨, 맏딸과 아들이오. 종소리가 방문객들에게 돌아가라는 신호이기 때문에 아이들이 작별인사를 하러 온 거요. 하지만 시간은 많소, 많고말고. 얘들아, 클레넘 씨는 너희가 어떤 집안일을 보든 양해할 게다. 방이 하나뿐이라는 사실을 알 테니까."

"에이미한테서 깨끗이 세탁한 옷을 받으려는 것뿐이에요, 아빠." 에이미 말고 다른 여자아이가 말했다.

"저도 제 옷을 받으려고요." 팁이 말했다.

에이미가 위는 장롱이고 아래는 침대 틀인 낡은 가구의 서랍을 열더니 두 개의 작은 보따리를 꺼내서 언니와 오빠에게 넘겨주었다. "고치고 수선한 거니?" 아서는 언니 되는 여자가 작은 소리로 묻는 걸 들었다. 그 말에 에이미가 "그래,"라고 대답했다. 그때쯤 클레넘은 일어나서 방 안을 둘러보았다. 장식이 없는 사방의 벽은 분명히 미숙한 손길에 의해 초록색으로 칠이 되어있었고, 몇 가지 인쇄물로 볼품없이 장식되어있었다. 창에는 커튼이 쳐져 있었고 바닥에는 카펫이 깔려 있었으며, 선반과 걸이못 등 오랜 세월 모아온 편리한 물품들이 놓여있었다. 좁고 갑갑하고 가구가 빈약하게 비치된 방이었다. 게다가 굴뚝은 그을려있었고 난로 꼭대기에 있는 양철 가리개는 불필요했다. 하지만 끊임없이 노력하고 관리를 해서 방 안은 깔끔했으며 그 나름으로 편안하기도 했다.

그동안 내내 종소리가 울려대었고 삼촌은 나가지 못해 안달했다. "자, 패니, 서둘러." 초라한 클라리넷 가방을 겨드랑이에 낀 채 그가 말했다. "감옥 문이, 문이 닫힌단 말이야!"

패니가 아버지에게 작별인사를 하고 쾌활하게 사라졌다. 팁은 이미 아래층에서 요란한 소리를 내며 움직이고 있었다. "이봐요, 클레넘 씨," 삼촌이 그들을 따라 발을 끌고 가다가 뒤를 돌아보며 말했다. "감옥 문이, 문이 닫힌단 말이오!"

클레넘 씨는 따라가기 전에 두 가지 할 일이 있었다. 하나는 마셜
시의 아버지의 자식에게 고통을 주지 않으면서 그에게 선물을 바치
는 것이었고, 다른 하나는 자신이 거기에 왔던 까닭을 설명할 겸해
서 그 자식과 단 한 마디라도 얘기를 조금 나누는 것이었다.

"아래층에서 배웅하리다." 그 아버지가 말했다.

작은 도릿이 다른 사람들을 따라 빠져나간 다음이어서 단둘이 남
아 있었다. "아무래도 그럴 수 없겠습니다." 방문객이 다급하게 말했
다. "제발 받아주십시오 - " 짤랑짤랑 소리가 났다, 짤랑짤랑, 짤랑
짤랑.

"클레넘 씨," 그 아버지가 말했다. "깊이, 깊이 - " 그러나 그의
방문객은 짤랑짤랑하는 소리를 멈추기 위해 손을 오므렸고, 아래층
으로 아주 빨리 내려갔다.

내려가는 도중에도 마당에서도 작은 도릿을 보지 못했다. 마지막
낙오자 두세 명만이 간수실로 서둘러 가고 있었는데, 그들을 따라가
다가 입구에서 첫 번째 집 문간에서 그녀를 보았고 서둘러 발걸음
을 돌렸다.

"용서해줘." 클레넘 씨가 말했다. "이런 데서 그쪽에게 말하는 걸.
그리고 어쨌든 여기까지 따라온 걸 봐줘! 오늘 밤에 그쪽을 따라온
것은 그쪽과 가족에게 도움을 좀 줄까하고 그랬던 거야. 나와 어머
니의 관계는 그쪽도 알 테니, 내 뜻과 달리 어머니가 시샘을 하거나
분개를 하거나 나쁘게 생각할까 봐 집에서는 소원하게 대했던 거라

고 해도 놀랄 거야 없겠지. 짧은 시간이었지만 여기서 본 모든 것 때문에 그쪽을 도와주고 싶다는 소망이 굉장히 커졌어. 많이 실망했지만 그쪽의 신뢰를 얻을 수 있다면 정말 기쁠 거 같아."

작은 도릿이 처음에는 겁을 먹었지만 그의 이야기를 듣고 용기를 얻은 것 같았다.

"선생님은 아주 친절하세요. 그리고 제게 아주 진심으로 말씀하시는군요. 하지만 - 하지만 선생님이 절 지켜보지 않았으면 좋았을 거예요."

그는 그녀가 그런 말을 하는 까닭이 아버지를 생각해서 생겨난 감정 때문이라는 사실을 깨닫고 그 감정을 존중하여 침묵을 지켰다.

"클레넘 부인은 제게 큰 도움을 주셨어요. 부인이 절 고용하지 않았으면 우리 가족이 어떻게 되었을지 모를 지경이거든요. 부인이 모르는 비밀을 따로 간직하는 게 적절한 보답은 아닌 것 같아요. 오늘 밤에는 더 이상 드릴 말씀이 없네요. 선생님이 저희 가족에게 친절을 베푸시려고 했다는 말씀은 믿어요. 고맙습니다, 정말 고맙습니다."

"떠나기 전에 한 가지만 물어볼게. 어머니를 오래전부터 알고 있었니?"

"2년 정도 된 것 같아요 - 종소리가 멈췄어요."

"처음에 어떻게 알게 된 거지? 여기로 사람을 보냈니?"

"아뇨. 부인은 제가 여기에 사는지조차 모르시는걸요. 아버지와 제게는 친구가 한 분 있어요 - 가난한 노동자지만 최고로 훌륭한 친구지요 – 제가 바느질 일을 하고 싶다고 그에게 편지를 보냈어요. 제가 써 보낸 글을 그가 비용이 안 드는 몇몇 장소에 게시했고요. 클레넘 부인이 그렇게 해서 절 알게 되었고 사람을 보내서 절 불렀어요. 문이 곧 닫힐 거예요."

작은 도릿이 아주 전전긍긍하고 흥분했기 때문에, 그리고 그녀에 대한 동정심으로 마음이 몹시 흔들렸을 뿐 아니라 이야기를 듣고 깊은 관심이 동했기 때문에 그로서는 그녀를 놔두고 떠날 수가 없었다. 그러나 종소리가 그친 것과 감옥 안의 정적은 떠나라는 경고였다. 그는 다정한 말을 몇 마디 급히 한 다음에 조용히 아버지에게 돌아가는 그녀와 헤어졌다.

하지만 너무 늦게까지 머물렀다. 안쪽 문에는 자물쇠가 채워져 있었고 간수실은 닫혀있었다. 몇 번 쓸데없이 두들겨본 다음에 자신이 그날 밤을 이곳에서 보내야 한다는 고약한 확신을 갖고 서 있자니, 뒤에서 누군가가 말을 걸어왔다.

"잡혔군요, 그렇죠?" 그 목소리가 물었다. "아침까지는 집에 돌아가지 못할 겁니다 – 아! 당신이군요. 클레넘 씨죠?"

팁의 목소리였다. 그들이 감옥마당에 서서 서로 바라볼 때 비가 내리기 시작했다.

"실수를 하셨어요." 팁이 말했다. "다음번에는 이보다 빨라야합니다."

"하지만 그쪽도 갇혔잖아." 아서가 말했다.

"그런 것 같군요!" 팁이 냉소적으로 대꾸했다. "방향을 바꿨죠!

하지만 당신 쪽은 아니에요. 저는 감옥에 갇혀 있거든요. 그런데 누이만이 아버지가 그걸 알아서는 안 된다는 이론을 갖고 있어요. 왜 그래야 하는지 모르겠지만요."

"내가 잠자리를 좀 얻을 수 있겠나?" 아서가 물었다. "어떻게 하는 게 좋을까?"

"먼저 에이미와 연락하는 게 좋아요." 어떤 난제이든 에이미에게 맡기는 것을 당연시하는 팁이 말했다.

"그런 폐를 끼치느니 밤새 거닐겠어 - 대단한 일도 아닌걸 뭐."

"숙박료를 낼 거라면 그럴 필요 없고요. 숙박료를 내면 사정이 사정이니까 사람들이 술집의 아늑한 방에 있는 테이블에 잠자리를 준비해줄 거예요. 따라오면 제가 소개해드리죠."

함께 마당을 지나가면서 아서가 조금 전에 나온 방의 창문을 올려다보았는데 창에서는 양초가 여전히 타고 있었다. "그래요." 팁이 그의 시선을 따라 바라보다가 말했다. "저 방이 아버지 방이에요. 동생이 한 시간 더 아버지와 같이 있으면서 어제 신문이나 그런 나부랭이를 읽어드리거든요. 그리고 나서 작은 유령처럼 방을 나와 소리도 없이 사라지지요."

"그쪽 말은 이해 못 하겠는걸."

"저 방에서는 아버지가 지내시고 동생은 간수 집에서 지내거든요. 저기 첫 번째 건물이죠." 팁이 동생이 사라졌던 문간을 가리키면서 말했다. "첫 번째 건물, 하늘 객실[18] 말이에요. 동생은 외관이 두 배는 좋은 방에 지불할 돈의 두 배를 방세로 지불하고 있어요.

그러면서도 밤낮으로 아버지 곁에 있어요, 가엾은 동생이 말이에요."

그런 말을 나누다가 그들은 감옥 북쪽 끄트머리에 있는 술집에 도착했다. 학생들이 저녁 사교모임을 마치고 해산한 직후였고, 모임이 열렸던 일층 방이 팁이 말했던 그 아늑한 방이었다. 의장이 주재하는 높은 자리, 백랍제의 용기, 유리잔, 담뱃대, 담뱃재, 그리고 회원들의 잡다한 냄새가 연회모임을 산회하고 자리를 뜬 다음에도 여전히 남아있었다. 그 방은 얼얼하면서도 강렬한 맛을 지니고 있다는 점에서 여성용 그로그주酒[19]에 핵심적이라고 흔히 간주되는 두 가지 특징을 지닌 셈이었다. 그러나 다량으로 꼭 필요한 세 번째 유비사항에서 그 방은 결점이 있었으니, 비좁은 방에 불과했던 것이다.

감옥에 익숙하지 않은 방문객이 방에 있는 사람들 ─ 주인장, 웨이터, 여급, 사환 등 ─ 을 모두 다 죄수라고 간주하는 것은 당연한 노릇이었다. 그들이 죄수인지 아닌지는 분명치 않았지만 모두가 마른 모습이었다. 남자 하숙인을 치면서 앞쪽 객실에 잡화상을 내고 있는 가게 주인이 잠자리 마련하는 것을 도와주었다. 자기가 젊었을 때에는 양복점을 했고 사륜마차를 갖고 있었다고 했다. 또한 학생들의 이익을 옹호하기 위해 소송을 건 적이 있다고 자랑했으며, 교도소장이 학생들의 몫이어야 할 '기부금'을 가로채 갔다는 막연하고 말로

---

[18] 다락방을 지칭.
[19] 그로그주는 원래 물을 탄 럼주를 지칭하지만, 이 시대의 여성들은 진 같은 화주(火酒)에 설탕과 레몬조각을 넣어서 마셨다.

표현하기 힘든 생각을 갖고 있었다. 그는 그렇게 믿고 싶어 했으며, 새로 온 죄수나 낯선 사람에게 실체가 없는 그런 불평을 강하게 털어놓았다. 비록 어떤 기부금을 말하는 건지, 그리고 그런 생각을 어떻게 하게 되었는지에 대해 결코 설명할 수 없었지만 말이다. 그럼에도 그는 기부금 중에서 자신의 몫이 한 주에 3실링 9펜스이며, 한 명의 학생으로서 매주 월요일마다 그만큼의 액수를 교도소장에게 사취당하는 셈이라고 굳게 믿고 있었다. 그가 잠자리 마련하는 데 거들고 나선 것도 그 사실을 설명할 수 있는 기회를 놓치지 않기 위해서라는 게 분명했다. 그는 마음에 담고 있던 이야기를 해서 짐을 던 후에, 그리고 신문사에 편지를 보내서 교도소장의 정체를 폭로할 거라고 떠벌린 후에(언제나 그렇게 떠벌렸지만 아무 결과도 얻지 못하는 것 같았다) 다른 사람들과 잡다한 이야기를 시작했다. 모인 사람들이 나누는 얘기의 일반적인 논조를 보면, 그들은 지불불능을 인간의 정상적 상태로, 그리고 부채상환을 가끔 생기는 질병으로 간주하는 것이 분명했다.

이와 같은 이상한 장면 속에서, 그리고 유령같이 낯선 그런 사람들이 주위를 돌아다니는 가운데, 아서 클레넘은 잠자리 준비하는 것을 꿈속의 일부분인 양 바라보았다. 그러는 동안 이 방 모임에 입회한 지가 오래된 팁은 술집의 자원을 심하게 즐기면서, 학생들의 기부금으로 유지하는 공동주방의 불과, 마찬가지 방식으로 유지되는 온수용 보일러, 그리고 건강하고 부유하고 지혜로워지려면 마셜시로 와야 한다는 추론을 내리게 하는 경향이 있는 다른 사항들을 알려주었다.

한쪽 구석에 모여 있던 두 개의 테이블이 마침내 아주 그럴싸한 침상으로 바뀌었고, 방문객은 윈저 의자[20], 의장이 앉아있던 연단, 딸기 냄새가 나는 공기, 톱밥, 담뱃불, 타구唾具, 그리고 수면에 맡겨졌다. 그러나 마지막 항목은 다른 것들과 좀처럼, 좀처럼, 좀처럼, 연결되지 않았다. 낯선 장소, 준비 없이 맞닥뜨린 일들, 감금되었다는 의식, 위층에 있는 그 방과 두 형제에 대한 기억, 무엇보다도 어린아이 같은 외모를 하고 자리에서 물러나던 인물과 음식을 아예 안 먹은 건 아니지만 오랫동안 불충분하게 섭취한 얼굴에 대한 기억이 그를 계속 깨어있게 했고 슬프게 했다.

감옥과 아주 이상하게 관계되어있긴 해도 언제나 감옥과 관련하여 떠오르는 이러저러한 추측 역시 그가 깨어있는 동안 악몽같이 그의 마음을 떠나지 않았다. 감옥에서 죽을 수도 있는 사람들을 위해 관은 준비되어있는지, 어디에 보관하고 있는지, 어떻게 보관하고 있는지, 감옥에서 죽은 사람들은 어디에 묻히는지, 어떻게 밖으로 내보내는지, 어떤 절차를 따르는지, 무자비한 채권자라면 죽은 사람이라도 체포할 수 있는 것인지? 탈출에 관해서는, 탈출의 가능성은 얼마나 있는지? 죄수가 밧줄을 잡고 담장을 올라갈 수 있는지, 반대편으로 어떻게 내려가는지? 죄수가 지붕 위에 내려서 계단을 살금살금 내려오고, 문으로 나가서 군중 속으로 자취를 감출 수 있는지?

---

[20] 가느다란 나무로 등받이를 댄 나무의자.

감옥에서 화재가 일어나는 것에 관해서는, 죄수가 자고 있는데 화재라도 일어난다면?

이와 같은 공상을 자기도 모르게 시작했다는 것은 결국 세 사람이 그려져 있는 초상화를 자기 앞에 세워놓은 것에 다름없었으니, 그 세 사람은 돌아가실 때의 단호한 표정을 지닌 채 초상화 속에서 예언자같이 음울하게 누워있는 아버지, 팔을 치켜들어서 그의 의심을 물리치고 있는 어머니, 그리고 어머니의 타락한 팔에 손을 올린 채 아래로 숙인 고개를 돌려서 외면하고 있는 작은 도릿이었다.

그 불쌍한 소녀를 부드럽게 대할만한, 어머니가 잘 아는 오래된 이유가 있다면 어떻게 되는 것인가! 지금 편안히 잠들어있는 - 하늘이여 편안한 잠을 허락하소서! - 그 죄수의 몰락 원인이 위대한 최후심판 날의 빛에 비추어 볼 때 어머니에게까지 거슬러 올라가는 것이라면 어떻게 되는 것인가! 어머니나 아버지의 어떤 행동이 머리가 희끗희끗한 그들 두 형제가 몰락하는 데 조금이라도 관여되었다면 어떻게 되는 것인가!

한 가지 생각이 문득 클레넘의 마음을 쏜살같이 지나갔다. 죄수가 이 감옥에 오랫동안 감금되어있는 것에 대해, 어머니는 그녀의 방에 오랫동안 갇혀있는 것으로 균형을 맞추는 것 아닌가? 내가 그 사내에게 포로로 잡혀있는 종범從犯이라는 걸 인정해. 나도 같은 방법으로 고통을 받아왔어. 그는 그의 감옥에서 썩는 거고, 나는 나의 감옥에서 썩는 거지. 난 죗값을 치르는 거야, 라고 생각하면서 말이다.

다른 모든 생각들이 희미해지자 그와 같은 생각이 그를 사로잡았다. 그가 잠이 들자 어머니가 휠체어에 앉은 채 그의 앞에 나타나서 그런 식의 정당화로 그의 의심을 물리치는 것이었다. 그가 잠에서 깨어 아무 이유 없이 겁을 먹고 벌떡 일어났을 때도, 어머니의 목소리는 그의 휴식을 방해하기 위해 머리맡에서 천천히 말하고 있는 것처럼 귓가를 맴돌았다. "그는 그의 감옥에서 시드는 거고, 난 나의 감옥에서 시드는 거야. 정의가 거침없이 이루어진 거지. 그 점에 관해 내게 무슨 빚이 남아있겠어!"

***

9 작은 엄마

아침햇살은 감옥의 담장을 기어올라서 술집의 창을 들여다보는 일을 서두르지 않았다. 그리고 햇살이 비쳤을 때 빗줄기를 동반하지 않고 혼자 왔다면 좀 더 환영받았을 것이다. 하지만 추분 때 불어오는 강풍이 바다에서 불어오고 남서풍이 공평하게 일면 협소한 마셜시라도 빠뜨리는 법이 없었다. 남서풍이 세인트조지 성당의 뾰족탑에서 요란하게 윙윙거리고 근처의 모든 집풍기集風器들을 빙빙 돌릴 때, 바람은 서더크도 급습해서 그 구역의 연기를 감옥 안에 불어넣었다. 그리고 일찍 일어나서 난롯불을 벌써 붙이고 있는 몇몇 학생들의 굴뚝 아래로 돌진해서 그들을 반쯤은 질식시켰다.

아서 클레넘은 그의 잠자리가 사람들의 눈에 띄지 않는 조용한 곳에 있었기 때문에, 어제의 난롯불을 청소하고 학교의 보일러를 이용해 오늘의 난롯불을 붙이고 스파르타식의 간소한 그릇에 펌프 물을 받고 공동주방을 쓸고 톱밥을 뿌리는 등의 이런저런 준비에 영향을 덜 받는 위치에 있었지만, 침대에서 꾸물거리고 싶은 마음이 별로 없었다. 밤새 별로 쉬지는 못했어도 아침햇살을 보고 진심으로 기뻤다. 그래서 주위의 사물을 분간할 수 있게 되자마자 자리에서 일어났고, 감옥 문이 열릴 때까지 두 시간 동안 마당을 느릿느릿 걸어 다녔다.

담장들이 서로 아주 가까이 붙어있고, 사나운 구름들이 담장 위로 아주 빨리 흘러갔기 때문에, 강풍이 불어오는 하늘을 올려다보노라니 뱃멀미가 시작될 것 같은 느낌이 들었다. 돌풍 탓에 비스듬히 내리는 빗줄기가 어젯밤에 찾아갔던 중앙건물의 측면을 어둡게 만들었지만, 담장에서 바람을 받지 않는 쪽 아래로는 빗줄기가 들이치지 않아서 마른 땅이 좁게 남아있었다. 밀짚과 먼지와 종이가 떠돌아다니고, 쓰다 남은 펌프물이 똑똑 떨어지고, 어제의 푸른 잎이 길을 잃고 방황하는 그곳을 아서는 왔다갔다했다. 그것은 사람이 봐야 하는 인생의 풍경 중에서 가장 초췌한 풍경이었다.

그 초췌한 풍경이 그를 그리로 오게 만든 작은 여자를 본다고 해서 완화될 것은 아니었다. 그가 다른 곳을 보는 동안 그녀가 자기 방에서 조용히 나와 아빠가 지내는 곳으로 조용히 들어간 것인지 모르겠지만 그녀의 그림자도 보이지 않았다. 그녀의 오빠가 나타나기에는 너무 이른 시간이었다. 그를 한 번 보았을 뿐이었지만 아무리 너저분한 침대에서 잤더라도 잔뜩 게으름을 피우다가 일어날 인간이 바로 그라는 사실은 충분히 알 수 있었다. 그래서 아서 클레넘은 문이 열리기를 기다리며 왔다갔다하는 동안, 이러저러한 일들을 계속 알아볼 당장의 수단보다는 미래의 수단을 마음속으로 따져보았다.

마침내 간수실의 문이 열렸고, 간수가 계단에 서서 아침 일찍 머리를 빗질하며 그를 내보낼 준비를 했다. 그는 석방된다는 유쾌한 기분을 느끼며 간수실을 지나갔다. 그리고 어젯밤에 동생 되는 사람[1]에게 말을 걸었던 바깥쪽 작은 마당에 다시 섰다.

감옥의 평범한 전령이자 중개자이고 심부름꾼이라는 사실을 어렵지 않게 확인할 수 있는 사람들이 벌써 돌아다니고 있었다. 그중 일부는 문이 열릴 때까지 빗속을 어슬렁거리고 있었고, 아주 정확하게 도착시간을 맞춘 다른 사람들은 희끄무레하게 갈색을 띤 식품점의 축축한 종이봉지와 빵 덩어리, 버터 덩이, 계란, 우유 등을 들고 그때 도착해서 안으로 들어가고 있었다. 허름함을 시중드는 이 사람들의 허름함과, 지불불능을 시중드는 이 지불불능자들의 빈곤은 볼 만한 광경이었다. 아주 닳아 해진 코트와 바지들, 심하게 곰팡내가 나는 겉옷과 숄들, 아주 납작해진 모자와 보닛들, 지독한 반장화와

---

[1] 윌리엄의 동생인 프레드릭 도릿을 지칭.

신발들, 형편없는 우산과 지팡이들은 헌 옷 시장에서도 볼 수 없는 것들이었다. 그들 모두 다른 남자나 여자들이 내다 버린 헌 옷을 입고 있었다. 즉, 각각 다른 사람들이 입던 헌 옷의 조각과 파편들을 이리저리 이어서 걸치고 있었으니, 옷차림에 대해 자신들만의 고유한 삶을 갖고 있지는 못했던 것이다. 그들의 걸음걸이는 독특한 인종의 걸음걸이였다. 마치 언제나 전당포업자에게 가는 것처럼 악착같이 모퉁이를 돌아서 살금살금 다니는 묘한 버릇이 있었다. 그리고 기침을 할 때는, 색 바랜 잉크로 쓴 편지에 대한 답장을 문간이나 바람이 잘 통하는 복도에 서서 기다리고 있지만 답장을 받지 못하는 데 익숙해진 사람처럼 기침을 했다. 사실, 색 바랜 잉크로 쓴 편지는 그 편지를 받는 사람에게 정신적 혼란만 잔뜩 안겨주고 만족은 조금도 주지 못했다. 지나가는 낯선 사람을 볼 때 그들은 돈을 빌리고자 하는 눈으로 보았다 ─ 굶주리고 날카로운 눈으로 보았고, 자기들 말을 그 사람이 과연 믿어줄 것인지에 대해 그의 상냥함을 가늠해보고, 그의 인심이 좋을지를 가늠해보는 눈으로 보았다. 구걸을 해서 수수료를 받는 생활이 그들의 높은 어깨를 웅크리게 했고, 불안정한 발걸음을 비틀거리게 했다. 또한 옷에 단추를 채우고 핀으로 고정하고 구멍 난 곳을 꿰매고 질질 끌게 만들었고, 단춧구멍을 닳게 했으며, 몸뚱이에서 더럽고 작은 끈의 양쪽 끝이 삐져나오게 했고, 입에서는 숨 쉴 때마다 술 냄새를 내뿜게 만들었다.

마당에 가만히 서 있는 그를 지나쳤다가 그중 한 명이 돌아와서 도와줄 게 있는지 물었을 때, 아서 클레넘은 떠나기 전에 작은 도릿과 한 번 더 이야기를 나누고 싶다는 생각이 들었다. 그녀가 처음의 경악에서 회복되었을 테고 자신에 대해 좀 더 편하게 생각할지도 모르는 일 아닌가. 그중 한 명에게(손에는 두 마리의 붉은 청어를 들고 있고, 겨드랑이에는 빵 한 덩어리와 구두 닦는 솔을 끼고 있는 사람에게) 커피를 마실 수 있는 가장 가까운 곳이 어디인지 물었다. 별 특징이 없는 그 사람이 힘을 북돋아 주는 말을 하면서 아주 가까운 곳에 있는 길가의 커피가게로 안내했다.

"도릿 양을 아시오?" 그 사람의 새로운 고객이 물었다.

별 특징이 없는 그 사람은 도릿 양을 두 명 안다고 했다. 한 명은 감옥 안에서 났어요 – 바로 그 사람이오! 그 사람이라고요? 별 특징이 없는 그 사람은 그녀를 안 지 오래되었다고 했다. 또 다른 도릿 양에 대해선, 별 특징이 없는 그 사람이 그녀와 그리고 그녀의 삼촌과 같은 집에서 하숙한다고 했다.

그 고객은 작은 도릿이 거리로 나섰다는 소식을 별 특징이 없는 그 사람이 전해줄 때까지 커피가게에서 기다리려고 했었지만 그 말을 듣고 대충 세웠던 자기의 계획을 수정했다. 어젯밤에 그녀의 아버지에게 문안드렸던 방문객이 그녀 삼촌 집에서 그녀와 몇 마디 나누고 싶어 한다는 취지로 그녀에게 보내는 친서를 작성해서 그 사람에게 맡기고, 그 집으로 찾아가는 길에 대한 안내를 바로 그 사람에게서 충분히 들었다. 들어보니, 그 집은 아주 가까운 곳에 있었다. 반 크라운을 받고서 기뻐하는 그 사람을 출발시켰다. 그리고 아서는 커피가게에서 서둘러 식사를 한 다음에 클라리넷 연주자의 집으로 급히 갔다.

그 집에는 하숙하고 있는 사람이 워낙 많아서 문설주에 종을 울리는 손잡이가 가득 달려있는 것이 성당오르간이 음전音栓으로 가득 차 있는 것과 마찬가지였다. 어느 것이 클라리넷 연주자의 음전인지 자신이 없어서 망설이고 있는데, 깃털 공이 객실 창에서 날아오더니 그의 모자에 내려앉았다. 그 창에 달려있는 덧문에 '크리플스 선생의 학교'라고, 그리고 그다음 줄에는 '야간수업'이라고 적힌 글자가 붙어있었다. 안색이 창백한 작은 소년이 버터 바른 빵조각과 배틀도어² 채를 든 채 덧문 뒤에 서 있는 모습이 보였다. 창이 보도에서 쉽게 접근할 수 있는 곳에 있었기 때문에, 아서가 덧문 위로 들여다보고 깃털 공을 돌려주면서 질문했다.

"도릿을 찾아오셨다고요?" 안색이 창백한 작은 소년이(사실은 크리플스 도련님이었다) 물었다. "도릿 **씨요**? 세 번째 종을 한 번 두드리세요."

크리플스 선생의 학생들은 정문을 습자교본으로 삼고 있는지, 문은 연필로 온통 휘갈겨져 있었다. "도릿 영감"과 "더러운 놈"이라는 글자가 빈번하게 합해져 있어서 크리플스 선생의 학생들이 작은 도릿의 삼촌을 비난하려는 의도로 그랬다는 것을 알 수 있었다. 불쌍한 노인이 직접 문을 열기 전까지 그런 사항들을 관찰할 시간은 충분했다.

---

² 배틀도어는 오늘날의 배드민턴과 유사한 운동이다.

"하아!" 불쌍한 노인이 아서를 아주 천천히 기억해내며 말했다. "어젯밤에 갇혔었나 보군요?"

"그렇습니다, 도릿 씨. 여기서 곧 조카 따님을 만날 겁니다."

"아!" 그가 곰곰이 생각하다가 말했다. "형이 없는 곳에서 만나려는 거군? 틀림없어. 올라와서 기다리겠소?"

"감사합니다."

그는 듣고 말했던 것을 하나도 빼놓지 않고 마음속으로 숙고하는 것처럼 천천히 몸을 돌려서 좁은 계단을 올라갔다. 집은 아주 갑갑했고 병자 같은 냄새를 풍기고 있었다. 계단의 작은 창을 통해 마찬가지로 병자 같은 다른 집의 뒤창을 볼 수 있었다. 장대와 줄들이 창에서 튀어나와있었고 그 위에는 보기 흉한 아마포가 걸려있었으니, 마치 거주하는 사람들이 옷들을 낚시질하지만 정성을 들일 가치가 없는 형편없는 입질만 받는 것 같았다. 뒤쪽에 있는 다락방에는 ─ 접을 수 있는 침대가 놓여있는 혐오스러운 방이었는데, 방금 급히 접은 탓에 담요가 말하자면 끓어 넘치는 것 같았고 뚜껑은 열려있는 것 같았다 ─ 아침으로 반쯤 먹다가 만 이 인분의 커피와 토스트가 흔들흔들하는 탁자 위에 되는 대로 뒤범벅되어 있었다.

방 안에는 아무도 없었다. 노인이 잠시 생각에 잠겼다가, 패니가 달아났다고 중얼거리더니 그녀를 데리러 옆방으로 갔다. 그녀가 안쪽에서 문을 잡고 있다는 사실과, 삼촌이 방문을 열려고 하자, "열지 마, 바보같이!"라고 날카로운 소리로 외쳤을 뿐 아니라 양말과 속옷이 흩어져있다는 사실에 주목한 방문객은, 젊은 아가씨가 알몸이나 마찬가지 상태라고 결론지었다. 어떤 결론에도 도달하지 못한 것처럼 보이는 삼촌은 다시 발을 끌며 돌아와서 의자에 앉았고, 양손을 난롯불에 쬐어 따뜻하게 했다. 추웠기 때문이라거나 또는 추운지 아닌지에 대해 어떤 느낌이 갑자기 들었기 때문은 아니었다.

"형에 대해 어떻게 생각하시오?" 자신이 어떤 행동을 하고 있는지 점차 깨닫게 된 그가 불 쬐기를 그만두고 벽난로 선반 위로 손을 뻗어서 클라리넷 가방을 내리면서 물었다.

"기뻤어요," 아서는 자기 앞에 있는 그의 동생을 생각하고 있었기 때문에 몹시 당황해하면서 말했다. "그분이 아주 건강하게 그리고 쾌활하게 지내는 것을 봐서요."

"하아!" 노인이 중얼거렸다. "맞아, 맞아, 맞아, 맞아, 맞아!"

아서는 그가 클라리넷 가방으로 과연 뭘 하려고 하는지 궁금했다. 그가 원했던 것은 그 가방이 아니었는데 말이다. 오래지 않아 그는 그것이 코담배가 들어있는 작은 종이 갑이 아니라는 사실을 깨닫고 (종이 갑 역시 벽난로선반 위에 놓여있었던 것이다) 그걸 다시 올려놓은 후에, 대신 코담배 갑을 내리고 한 자밤 집어서 자신을 위로했다. 그는 담배를 집을 때도 다른 일을 할 때와 마찬가지로 나약하고 검소하고 더뎠다. 하지만 담배를 즐기는 모종의 기운이 눈과 입 가장자리에서 엿보이는 불쌍하게 쇠약해진 신경에서 조금씩 풍겨 나왔다.

"에이미 말이오, 클레넘 씨. 그 아이에 대해 어떻게 생각하시오?"

"그녀에 대해 내가 본 모든 것과 생각한 모든 것 때문에 깊이 감동하였습니다, 도릿 씨."

"내 형은 에이미가 없었다면 아주 당황해서 어쩔 줄 몰랐을 거야." 그가 말을 받았다. "우리 모두가 에이미가 없었다면 아주 당황해서 어쩔 줄 몰랐겠지. 에이미는 아주 착한 아이요. 자기 본분을 다하는 아이지."

아서는 그런 칭찬을 들으면서 어젯밤에 작은 도릿의 아버지 말을 들을 때 속으로 이의를 제기하고 적대감을 느끼도록 만들었던 어떤 습관적인 말투를 듣고 있다는 생각이 들었다. 그들이 그녀에 대한 칭찬을 아낀다거나 그녀가 자신들을 위해 해주는 일에 무감각해서가 아니라, 자신들의 다른 모든 조건에 익숙해져 있듯이 그녀에게 게으르게 익숙해져 있기 때문이었다. 그들이 그녀와 서로서로를 그리고 그들 자신을 비교해 볼 수단을 매일같이 자신들 앞에 갖고 있으면서도, 그녀가 피할 수 없는 제자리에 있는 것으로, 그리고 그들 모두에 대해 그녀의 이름이나 나이처럼 그녀에게 본질적으로 속하는 자리를 차지하고 있는 것으로 여긴다는 생각이 들었다. 그녀를 감옥의 공기를 극복하고 솟아오른 존재가 아니라 감옥에 속하는 존재로, 즉 막연하지만 그들이 기대할 권리를 가진 존재이고 그 이상은 아닌 존재로 여긴다는 생각이 들었다.

그녀의 삼촌이 방문객의 존재를 잊어버린 채 아침을 다시 들고 커피에 적신 토스트를 먹고 있을 때 세 번째 종이 울렸다. 그가 에이미구나, 라고 하더니 그녀를 들어오게 하기 위해 아래층으로 내려갔다. 그렇지만 방문객은 그가 의자에 앉아서 여전히 고개를 숙이고 있는 것처럼 그의 더러운 두 손과 때에 찌든 얼굴과 쇠약해진 모습을 마음속으로 생생하게 그려볼 수 있었다.

작은 도릿이 삼촌을 따라 올라왔는데 평상시대로 수수한 옷차림에 평상시대로 머뭇거리는 태도였다. 입술이 약간 벌어져 있는 걸 보니 평상시보다 심장이 빨리 뛰는 것 같았다.

"에이미, 클레넘 씨가," 삼촌이 말했다. "기다린 지 조금 되었단다."

"결례를 무릅쓰고 전갈을 보냈어."

"예, 받았습니다."

"오늘 아침에도 어머니 집에 가니? 보통 때보다 늦은 걸 보면 안 갈 것 같은데."

"오늘은 가지 않아요. 오늘은 절 찾지 않았거든요."

"어느 쪽으로 가든 내가 조금 동행해도 되겠니? 그러면 그쪽을 여기에 잡아두지 않고, 그리고 내가 여기서 더 이상 방해하지 않고 걸어가면서 얘기할 수 있을 거야."

작은 도릿은 당황한 듯했으나, 원하신다면요, 라고 대답했다. 아서는 지팡이 둔 곳을 잊은 체하면서, 그녀가 침대 틀을 바로 잡고, 참을성 없이 벽을 두드려대는 언니에게 응답하고, 삼촌에게 부드럽게 인사할 시간을 주었다. 그다음에 지팡이를 찾고 그녀와 같이 아래층으로 내려갔다. 그녀가 앞장서고 그가 뒤따랐다. 삼촌은 계단꼭대기에 서 있었지만 그들이 일 층에 도달하기도 전에 그들을 잊어버렸을 것이다.

그때 등교하고 있던 크리플스 선생의 학생들은 가방과 책으로 서로 때리는 아침 오락을 그만두고, '더러운 놈'을 만나러 왔던 방문객을 말똥말똥 쳐다보면서, 불가사의한 방문객이 멀리 안전한 거리에 있게 될 때까지 그 구경거리를 힘들게 침묵으로 지켜보았다. 안전하게 멀어지자 학생들은 자갈을 던지고 큰소리를 지르기 시작했으며 또한 춤을 추고 욕설을 했다. 요컨대, 야만적인 의식을 수없이 치르며 모든 면에서 평화를 깨뜨렸으니, 크리플스 선생이 물감을 칠하고 싸움터에 나가는 크리플웨이부 부족의 족장이었다고 해도 자신들이 받은 교육을 더 공정하게 보여줄 수는 없었을 것이다.

이와 같은 경의가 바쳐지는 가운데 아서 클레넘 씨가 작은 도릿에게 팔을 내밀었고 작은 도릿이 그 팔을 잡았다. "거리의 소음에서 벗어날 수 있는 아이언브리지[3]로 갈까?" 그가 물었다. 작은 도릿이 원하신다면요, 라고 하면서, 크리플스 선생의 학생들은 '신경 쓰지 말라'고 했다. 그녀 자신이 크리플스 선생의 야간학교에서 변변치 못하지만 교육을 받았다는 거였다. 그는 크리플스 선생의 학생들을 진심으로 용서했노라고, 세상에서 가장 큰 선의를 갖고 답했다. 그래서 이들의 대화에서 크리플스는 자기도 모르는 사이에 진행자가 되었으며, 진행하러 육두마차를 타고 달려온 전성기 때의 멋쟁이 내쉬[4]보다도 둘을 더욱 자연스럽게 가까워지도록 만들었다.

---

3 서더크브리지를 일반적으로 칭하는 명칭. 통행료를 내야 했기 까닭에 상대적으로 조용했다.

4 리처드 내쉬(Richard Nash, 1674~1762): 전문 도박꾼이고 유행을 선도했던 인

오전 내내 돌풍이 불었고 거리는 구질구질하게 진창을 이루고 있었지만 아이언브리지로 가는 동안 빗방울이 떨어지지는 않았다. 아서 클레넘에게는 작은 도릿이 아주 어린아이로 보여서 그녀에게 어린아이를 대하듯이 말을 하진 않더라도 그녀를 어린아이로 생각하는 순간이 가끔 있었다. 어쩌면 그녀가 그에게 어린아이로 보이는 만큼이나 그가 그녀에게는 나이 든 사람으로 보였을지도 모른다.

"유감스럽게도 어젯밤에 안에 갇히는 불편을 겪었다고 들었습니다. 아주 불운하셨어요."

아무것도 아니라고 대답했다. 썩 잘 잤다고 했다.

"아, 예!" 그녀가 재빨리 대답했다. "커피하우스의 잠자리는 멋질 테니까요." 그는 커피하우스가 그녀에게는 아주 훌륭한 호텔이고 그녀가 그 명성을 높이 평가한다는 사실을 알아차렸다.

"제 생각에 그곳은 아주 비쌀 것 같아요." 작은 도릿이 말했다. "하지만 그곳에서는 아주 멋진 식사를 할 수 있다고 아버지가 말씀하신 적이 있어요. 포도주를 마시면서요." 그녀가 머뭇거리며 말을 보탰다.

"거기에 가본 적이 있니?"

"아뇨! 뜨거운 물을 가지러 부엌에만 가본 적이 있어요."

그곳 마셜시 호텔에 대해 사치품이 즐비한 훌륭한 시설이라는 막연한 경외감을 느끼며 자랐다는 사실을 생각해보라!

물. 온천도시인 바스가 휴양지로 유명세를 떨치기까지 진행자로서 그의 능력이 단단히 한몫했다.

"어머니와 어떻게 알게 되었냐고 내가 어젯밤에 물었었지." 클레넘이 말했다. "어머니가 부르기 전에도 어머니의 이름을 들은 적이 있었니?"

"없었는데요."

"아버지는 들은 적이 있을 것 같니?"

"아뇨."

자기를 올려다보는 그녀의 시선이 아주 이상하게 여기는 빛을 담고 있었기 때문에(그녀는 눈빛이 마주치자 겁을 먹었고 다시 움츠러들었다) 그는 다음과 같이 설명할 필요를 느꼈다.

"설명을 잘할 수는 없지만 물어볼 만한 이유가 있단다. 그렇지만 그것이 최소한으로라도 너에게 불안이나 걱정을 끼칠 이유가 있을 것으로 생각할 필요는 전혀 없어, 오히려 정반대야. 그러면 네 아버지는 평생 클레넘이라는 이름을 들었던 적이 없을 것 같다는 거니?"

"네."

그는 그녀의 어조를 통해 그녀가 입을 벌린 채 자신을 올려다보고 있다는 사실을 직감했다. 그래서 그녀를 다시 당황하게 해 심장이 더 빨리 뛰게 만드는 대신 앞을 바라보았다.

그런 식으로 이야기하다보니 떠들썩한 거리를 지난 후여서 널따란 시골같이 조용하게 여겨지는 아이언브리지에 도달했다. 바람이 거칠게 불었고, 비를 동반한 돌풍이 요란한 소리를 내며 그들을 지나쳐서 길과 보도에 있는 물웅덩이를 스쳤다. 그리고 물웅덩이가 넘쳐서 강으로 쏟아지게 했다. 구름이 납빛 하늘을 맹렬하게 질주했고 연기와 안개가 그것을 쫓았으며 검은 조수가 같은 방향으로 맹렬하게 그리고 거세게 흘렀으니, 작은 도릿은 하늘의 피조물 중에서 가장 작고 조용하고 연약한 존재인 것 같았다.

"마차에 태워줄게." 아서 클레넘이 말했다. "불쌍한 아이야,"라고 거의 덧붙일 뻔했다.

작은 도릿은 비가 오나 오지 않으나 자기에게는 별 차이가 없다고 하면서 황급히 거절했다. 날씨에 상관없이 돌아다니는 게 보통이라고 했다. 그러리라고 짐작했지만, 자기 옆에 있는 작은 아이가 축축하고 어둡고 시끄러운 거리를 지나 밤마다 그런 휴식처로 걸어간다고 생각하니 좀 더 연민에 사로잡히게 되었다.

"어젯밤에 선생님이 제게 아주 다정하게 말씀하셨을 뿐 아니라 아버지께도 아주 관대하게 행동하셨다는 얘기를 나중에 들었기 때문에, 그냥 감사를 표하기 위해서라도 선생님의 전갈을 거부할 수 없었습니다. 그리고 특별히 선생님께 드리고 싶은 말씀이 있었기 때문에―" 그녀가 주저하면서 목소리를 떨었다. 두 눈에 눈물이 맺혔으나 흘러내리지는 않았다.

"내게 할 말이 있다고―?"

"선생님이 아빠에 대해 오해하지 않았으면 좋겠다는 말씀을 드리고 싶었습니다. 아빠를 감옥 바깥의 다른 사람들을 평가하듯이 평가하진 마세요. 감옥에 정말 오래 계셨거든요! 바깥세상에서의 아빠를 본 적은 없지만, 감옥에 계신 이후로 어지간히 변했을 것이 틀림없다는 사실은 알 수 있으니까요."

"그에 대해 부당하거나 가혹하게 생각하지는 않아, 정말이야."

"물론," 아빠를 포기하는 걸로 보일까하는 우려가 분명 들었기 때문에 그녀는 한층 자랑스러워하는 태도로 말했다. "아빠가 자기 자신 때문에 부끄럽게 여길 뭐가 있다거나, 제가 아빠 때문에 부끄럽게 여길 뭐가 있다는 말은 아니에요. 그저 아버지를 이해할 필요가 있다는 거지요. 아버지를 위해 그의 삶이 공정하게 기억되어야 한다고 요구할 뿐이에요. 아빠가 한 이야기는 전부 다 전적으로 사실이었어요. 모든 일이 아빠가 말했던 대로 일어났으니까요. 아빠는 대단히 존경받고 있어요. 감옥에 들어오는 사람들 모두가 아빠를 알게 되어 기뻐하거든요. 사람들은 누구보다도 아빠의 환심을 사려고 해요. 교도소장님보다도 훨씬 더 배려를 받는걸요."

자부심에 도대체 순진한 것이 있다면 작은 도릿이 자신의 아버지를 자랑하는 것이야말로 그녀의 순진성이었다.

"아빠의 태도가 진짜 신사다운 태도이고 정말 주목할 만한 태도라는 얘기를 자주 들었어요. 감옥에서 그와 같은 태도를 또 본 적은 없지만 아빠는 다른 모든 사람보다 훌륭한 분으로 인정받고 계세요. 사람들이 아버지께 선물을 바치는 것은 아버지의 궁핍한 사정을 알기 때문이기도 하지만 바로 그러한 이유 때문이기도 해요. 아버지가 가난하다고 해서 비난받아야 하는 것은 아니잖아요. 불쌍한 분이세요. 그 누가 사반세기를 감옥에 있었으면서 부자일 수 있겠어요!"

그녀의 말에서 엿보이는 사랑과 눈물을 참는 데서 드러나는 연민은 대단하도다! 그녀가 지닌 효심 어린 영혼은 위대하도다! 아버지를 둘러싼 거짓된 광휘를 비추는 그녀의 빛은 얼마나 참된 것인가!

"제가 집이 어디인지를 감추는 게 최선이라고 생각했어도 아버지를 부끄럽게 여겼기 때문은 아니에요. 천만에요! 또한 저는 흔히들 생각하는 것처럼 그곳을 부끄럽게 여기지도 않아요. 사람들이 그곳에 잡혀 왔다고 해서 나쁜 건 아니잖아요. 착하고 끈기 있고 정직한 사람들도 불운한 탓에 수없이 거기 잡혀 오니까요. 그 사람들은 서로에게 대부분 친절하게 대해요. 그리고 제가 그곳에서 평화롭고 편안한 시간을 수없이 보냈다는 사실을 잊는다면 정말로 배은망덕한 거겠죠. 제가 아주 어린아이였을 때 저를 아주 많이 귀여워해주던 훌륭한 친구가 그곳에 있었다는 사실을, 그리고 제가 그곳에서 교육을 받고 일을 했고 그곳에서 곤히 잠잤다는 사실을 잊는다면 말이에요. 그 모든 걸 경험하고도 그곳에 대해 약간의 애착이나마 느끼지 않는다면 그것은 비열하고 무정한 거나 마찬가지예요."

마음속에 가득한 생각을 솔직하게 다 털어놓은 후에 그녀가 새로운 친구를 호소 조로 올려다보며 겸손하게 덧붙였다. "이렇게 많이 말하려던 게 아니었고, 이런 문제를 전에 입에 올렸던 적도 한 번뿐이었어요. 하지만 어젯밤보다는 제대로 정리한 것 같네요. 어젯밤에는 선생님이 절 따라오지 않았으면 좋았겠다고 했지만, 선생님이 제 말을 이해할 수 있으시다면 – 그런데 이해하지 못하실까 봐 걱정이에요 – 이제 그런 걸 바라진 않아요. 사실, 어젯밤에 혼란스럽게 말하지만 않았어도 전혀 바라지 않을 거예요."

그는 이해한다고 아주 솔직하게 말한 다음에 그녀를 날카로운 비바람으로부터 할 수 있는 한 최대로 막아주었다.

"네 아버지에 대해 좀 더 물어봐도 될 것 같구나." 그가 말했다. "채권자가 많니?"

"아! 엄청나게 많아요."

"그를 그곳에 가둬두는 채권자 말이야."

"아, 예! 엄청 많아요."

"채권자 중 제일 영향력 있는 사람이 누구인지 말해줄 수 있겠니? 네가 말해줄 수 없어도 다른 곳에서 틀림없이 정보를 얻을 수 있겠지만 말이야."

작은 도릿이 잠시 생각하더니, 타이트 바너클 씨가 대단한 영향력을 지닌 사람이라는 얘기를 오래전에 들었다고 했다. 그는 감독관이거나 위원이거나 피신탁인이거나 '상당한 사람'이라고 해요. 그가 그로브너 스퀘어나 그곳에서 아주 가까운 곳에 산다는 사실을 그녀가 기억해냈다. 그가 내각에 ─ 에돌림청의 고위직을 차지하고 있다고 하더라고요. 그녀는 어렸을 때부터 그로브너 스퀘어나 그곳에서 아주 가까운 곳에 살고 있는 무시무시한 타이트 바너클 씨의 영향력에 대해, 그리고 에돌림청의 영향력에 대해 대단한 인상을 받았던 것 같았다. 그런 사정 때문에 그를 언급하면서 그녀의 희망이 완전히 꺾였다.

'내가 그 타이트 바너클 씨를 만나도 해가 될 것 같지는 않군.' 아서가 혼자 생각했다.

그녀가 민첩하게 그 생각을 가로막지 않았다면, 그가 그 생각을 속으로만 하지는 않았을 것이다. "아!" 작은 도릿이 평생 동안 절망을 겪은 탓에 가볍게 고개를 가로저으며 말했다. "많은 사람들이 예전에 불쌍한 아버지를 구해낼 생각을 했었어요. 하지만 선생님은 그것이 얼마나 절망적인 일인지 모르세요."

작은 도릿은 그가 끌어올리려고 하는 가라앉은 난파선을 멀리하라고 진지하게 경고하느라 그 순간에는 주뼛거리는 습성도 잊은 채 그를 바라보았다. 그러나 그 눈빛이 그녀의 참을성 있는 표정, 연약한 외모, 빈약한 옷차림, 비바람과 합해지니, 그녀를 도와주겠다는 의도를 단념하지 못하게끔 만드는 게 틀림없었다.

"구해낼 수 있다 하더라도," 그녀가 말했다 – "지금은 구해내면 안 돼요 – 아빠가 어디서 사실 수 있겠어요, 또는 어떻게 사실 수 있겠어요? 그런 변화가 일어나도 이제는 아빠에게 도움이 되지 못할 수도 있겠다는 생각이 종종 들었어요. 감옥에서 나가면 아빠에 대해 사람들이 안에서만큼 좋게 생각하지 않을 수도 있잖아요. 안에서만큼 친절한 대접을 받지 못할 수도 있고요. 바깥에서의 생활을 안에서의 생활만큼 감당해낼 수 없을지도 몰라요."

그녀는 그때 처음으로 눈물이 떨어지는 것을 억제할 수 없었다. 바쁘게 움직이는 모습을 그가 지켜보았던 그녀의 작고 가는 두 손이 깍지를 낀 채 떨렸다.

"저와 패니가 각각 약간의 돈을 벌고 있다는 사실을 알게 되는 것조차 아빠에게는 새로운 고통일 거예요. 당신이 무기력하게 갇혀 있다고 생각하기 때문에 저희를 대단히 걱정하시거든요. 훌륭하고,

훌륭한 아빠니까요!"

아서 클레넘은 입을 열기 전에 감정의 짧은 폭발이 지나가기를 기다렸고, 그 폭발은 금방 지나갔다. 그녀는 자기 자신을 생각하거나 자기의 감정 때문에 누구에게든 폐를 끼치는 데 익숙하지 않았던 것이다. 그는 그저 고개를 돌려서 짙은 연기가 올라오고 있는 시내의 지붕과 굴뚝들을 바라보았고, 강에 떠 있는 황량한 돛대들과 기슭에 있는 황량한 뾰족탑들이 모진 비바람과 뒤섞인 연무 속에서 희미하게 뒤버무려지는 모습을 바라보았다. 그러노라니 그녀가 어머니의 방에서 부지런히 바느질하던 때처럼 다시 조용해졌다.

"오빠가 석방되면 기쁘겠구나?"

"아, 아주 많이 기쁠 거예요!"

"글쎄, 최소한 희망을 품을 수야 있겠지. 너는 어젯밤에 친구가 한 명 있다고 했는데?"

이름이 플로니쉬예요. 작은 도릿이 말했다.

플로니쉬가 어디 살지? 블리딩 하트 야드에 살아요. 그는 "그저 미장이예요." 작은 도릿이 플로니쉬에 대해 높은 사회적 신분을 기대하지 말라고 경고 삼아 말했다. 그는 블리딩 하트 야드의 맨 끝 집에 살고, 이름은 작은 대문 위에 쓰여 있어요.

아서가 그 주소를 받아 적은 후, 그녀에게는 자기 주소를 적어서 건네주었다. 이제 그는 당장에 하려고 했던 일 중에서, 그녀에게 자신에 대한 신뢰를 심어주고 그것을 소중히 간직하겠다는 약속 비슷한 것을 받아내고 싶다는 소망을 빼면 모두 마친 셈이었다.

"친구가 한 명 있는 거구나!" 아서가 수첩을 집어넣으며 말했다. "데려다 줄 테니 — 돌아갈 거지?"

"아, 예! 곧장 집에 갈 거예요."

"데려다 줄 테니," 집이라는 낱말이 귀에 거슬렸다. "친구가 한 명 더 생겼다고 생각해. 공언하는 것은 아니니 더 이상 말하지 않을게."

"선생님은 정말 친절하세요. 더 이상은 정말 필요 없어요."

구질구질한 진창길과 보잘것없고 초라한 가게를 지나서 돌아오다가 가난한 동네에 흔히 있는 더러운 행상인 무리에 떼밀리기도 했다. 지름길로 오자니, 오감 중 어디에도 유쾌하게 여겨지는 것이 없었다. 그러나 작고 호리호리하며 신중한 이 여성과 팔짱을 끼고 걷는 아서 클레넘에게는 그것이 평범한 비와 진흙과 소음을 지나가는 평범한 길이 아니었다. 이들의 이야기가 숙명적으로 얽히게 되어 있는 이 시작단계에서, 그녀가 그에게 얼마나 어려 보였는가, 혹은 그가 그녀에게 얼마나 나이 들어 보였는가, 혹은 한 쪽이 다른 한 쪽에게 얼마나 비밀스러운 존재였는가, 하는 문제는 여기서 중요한 게 아니다. 그는 이런 장면 속에서 태어나서 자란 그녀에 대해, 그리고 익숙하지만 부적절한 장면 때문에 움츠러드는 그녀에 대해 생각했다. 그녀가 삶에 필요한 누추한 물건들에 대해 오래전부터 잘 알아왔다는 사실을, 그리고 그녀의 순진성을 생각했다. 또한 다른 사람들에 대한 그녀의 오래된 염려와 얼마 안 되는 그녀의 나이와 아이 같은 외모를 생각했다.

그들이 감옥이 있는 큰 거리에 들어섰을 때 "작은 엄마, 작은 엄마!" 하고 부르는 소리가 들렸다. 작은 도릿이 걸음을 멈추고 돌아볼 때, 이상하게 생겼고 흥분한 어떤 인물이 ("작은 엄마,"라고 여전히 부르며) 그들에게 부딪쳤다가 넘어졌고, 감자가 가득 들어있는 커다란 광주리의 내용물을 진창에 쏟았다.

"아, 매기구나." 작은 도릿이 말했다. "너 참 꼴사납구나!"

매기가 다치지는 않았다. 즉시 일어나서 감자를 줍기 시작했고, 작은 도릿과 아서 클레넘이 도와주었다. 매기는 감자를 조금 줍고 진흙을 잔뜩 집었지만 그래도 감자를 모두 회수해서 광주리에 넣었다. 그다음에는 숄로 문질러서 더럽힌 진흙투성이 얼굴을 클레넘 씨에게 청결의 모범으로 드러냈고 그가 자기의 외모를 볼 수 있게 해주었다.

뼈대가 굵고 이목구비를 포함하여 손과 발, 눈이 컸지만 머리카락은 없는 스물여덟 가량의 여성이었다. 커다란 두 눈은 투명하면서도 핏기가 거의 없었고, 빛의 영향을 거의 받지 않았으며, 이상할 정도로 움직이지 않는 것 같았다. 그녀의 얼굴에는 또한 맹인의 얼굴에서 보이는 것과 같이 주의 깊게 귀를 기울이는 표정이 어려 있었다. 하지만 그녀가 맹인은 아니었으니, 한쪽 눈은 꽤 쓸 만한 것이었다. 얼굴이 아주 못생긴 것도 아니었다, 비록 미소 짓는 표정 덕분에 못생긴 것에서 겨우 구제되었지만 말이다. 상냥하고 그 자체로는 싹싹한 미소였지만 늘 그러고 있어서 불쌍하게 보이는 미소였다. 매기의 크고 하얀 모자에는 우중충한 주름장식이 언제나 늘어진 채

작은 엄마

로 잔뜩 달려있었는데, 머리가 벗겨져 있다는 사실에 의해 변명이 되었다. 그 모자 탓에 검정색의 낡은 보닛이 머리 위의 원래 자리를 지키기가 심히 어렵게 되었고, 목 주위에 집시의 아이처럼 매달려 있었다. 잡화상위원회의 위원이라면 그녀의 나머지 초라한 옷이 무엇으로 만들어져있는지 단독으로라도 보고할 수 있었을 것이다. 그러나 대체적으로는 해초와 대단히 닮아있었고, 여기저기에 커다란 찻잎이 붙어있었다. 그녀의 숄은 특히 오랫동안 우려냈다가 건져낸 찻잎같이 보였다.

아서 클레넘이 "이 사람이 누구지?" 하는 표정으로 작은 도릿을 바라보았다. 작은 도릿이 자신을 작은 엄마라고 여전히 부르는 매기를 손으로 어루만지며 대답했다. (그때 그들은 대부분의 감자가 굴러갔던 출입구 아래에 서 있었다.)

"이 아이는 매기예요."

"매기예요." 소개받은 인물이 따라 했다. "작은 엄마!"

"얘는 손녀예요" – 작은 도릿이 말했다.

"손녀예요." 매기가 따라 했다.

"오래전에 죽은 늙은 유모의 손녀예요. 매기, 너 몇 살이니?"

"열 살, 엄마." 매기가 말했다.

"선생님은 얘가 얼마나 착한지 상상도 못 하실 거예요." 작은 도릿이 아주 다정하게 말했다.

"**이분이** 얼마나 착한지." 매기가 대단히 의미심장하게 대명사를 자기 자신에게서 작은 엄마에게 옮기면서 따라 했다.

"또는 얼마나 영리한지." 작은 도릿이 말했다. "얘는 누구 못지않게 심부름을 잘 다녀요." 매기가 웃었다. "그리고 영국은행만큼 신뢰할 수 있고요." 매기가 웃었다. "얘는 자기 생활비를 전적으로 벌어요. 전적으로요!" 작은 도릿이 한층 더 작고 의기양양하게 말했다. "정말로요!"

"이 애의 내력이 어떻지?" 클레넘이 물었다.

"생각해봐, 매기!" 작은 도릿이 그녀의 커다란 두 손을 쥐고 함께 손뼉을 치며 말했다. "수천 마일 밖에서 온 신사분이 너의 내력을 알고 싶어 하시는구나!"

"**내** 내력을요?" 매기가 소리쳤다. "작은 엄마."

"얘는 절 얘기하는 거예요." 작은 도릿이 약간 당황하며 말했다. "제게 대단한 애정이 있거든요. 얘의 늙은 할머니는 의당 그래야 하는 만큼 손녀에게 친절하지 않았어요, 그렇지, 매기?"

매기가 고개를 가로젓고는 왼손을 쥐어서 술잔을 만들고 술잔을 비운 후에 말했다. "진을 더 줘." 그러고는 가상의 아이를 때리면서 말했다. "빗자루 대와 부지깽이를 갖고 와."

"매기가 열 살이었을 때," 작은 도릿은 이야기하는 동안 그녀의 얼굴을 꼼꼼히 살펴보면서 말했다. "지독한 열병을 앓았고, 그 이후론 나이를 먹지 않았어요."

"열 살 때요." 매기가 고개를 끄덕이며 말했다. "하지만 괜찮은 병원이었어요! 아주 편했거든요? 아, 정말 괜찮았어요. 아주 훌륭한 곳이었죠!"

"얘가 그전에는 편하게 지낸 적이 없었거든요." 작은 도릿이 잠시 아서 쪽으로 몸을 돌리고 나지막한 소리로 말했다. "그리고 열 살이 되자마자 도망쳤어요."

"거기는 잠자리가 멋졌어요!" 매기가 소리쳤다. "레모네이드도 멋졌고요! 오렌지도 멋졌죠! 수프와 포도주도 맛있었고요! 병아리 요리도 좋았어요! 아, 가서 묵기에 쾌적한 곳 아니겠어요!"

"그래서 매기는 머물 수 있는 한 오랫동안 그곳에 머물렀어요." 작은 도릿이 아이의 신상내력을 이야기하던 처음의 어조로 말을 했는데, 그것은 매기가 들으라고 그러는 것이었다. "그리고 마침내 더 이상 머물 수 없게 돼서 나온 거예요. 그때 얘는 열 살 이상으로 성장할 수 없었거든요, 아무리 오래 머물더라도—"

"아무리 오래 머물더라도." 매기가 따라 했다.

"또한 아주 약했거든요. 사실 너무 약해서 웃기라도 시작하면 멈출 수가 없었어요—정말 딱한 일이었죠—"

(갑자기 굉장히 침통한 표정을 짓는 매기.)

"매기의 할머니는 매기를 어떻게 해야 할지 몰랐고, 몇 년 동안 매기에게 정말로 대단히 몰인정했어요. 얼마 지나지 않아서 매기가 자기를 개선하려고, 그리고 매우 친절하고 근면한 사람이 되려고 마침내 애쓰기 시작했어요. 원하는 만큼 자주 드나들어도 좋다는 허락을 점차 받았고, 자신의 생활비를 벌 정도로 일했어요. 그리고 자신의 생활비를 벌고 있고요. 이것이," 작은 도릿이 매기의 커다란 두 손을 쥐고 다시 손뼉을 치며 말했다. "매기가 알고 있는 자신의 내력이에요!"

아! 그러나 아서는 그 내력을 완성하는 데 빠진 것이 무엇인지 알 수 있었을 것이다. 비록 작은 엄마라는 말을 듣지 못했더라도, 그리고 작고 여윈 손이 어루만지는 모습을 보지 못했더라도 말이다. 또한 지금 핏기 없는 두 눈에 맺혀있는 눈물을 보지 못했더라도, 그리고 어색하게 웃는 것을 가로막는 흐느낌 소리를 듣지 못했더라도 말이다. 비바람이 몰아치는 더러운 출입구와 다시 엎질러져서 줍기를 기다리고 있는 진흙투성이의 감자 광주리가, 그런 관점에서 그 곤경을 바라보니 절대 실제와 같은 평범한 곤경으로 여겨지지는 않았다. 절대, 절대로 그렇지 않았다!

거의 산책의 막바지에 도달한 그들이 출입구 바깥에서 걸음을 멈췄다. 그들이 목적지 못미처 있는 식품점 창가에 멈춰 서서 매기가 자신의 학식을 과시할 수 있게끔 하지 않았다면 매기는 만족하지 않았을 것이다. 그녀는 그럭저럭 글자를 읽을 수 있었고, 가격표의 굵은 숫자를 대부분 정확하게 이해했다. 매기는 또한 꽃향기가 나는 차들 앞에서 경쟁적으로 자극하고 있는 여러 인정 많은 권고문에 걸려서, 즉 '우리 집의 섞은 차를 시음해보세요,' '우리 집의 블랙커피를 시음해보세요,' '오렌지 향이 나는 홍차를 시음해보세요,'라는 권고문에 걸려서, 그리고 가짜 찻집과 불량 차에 대해 대중의 주의를 환기시키는 여러 문구에 걸려서 말을 더듬기는 했지만, 실패하는 경우보다 성공하는 경우가 훨씬 더 많았다. 아서는 매기가 알아맞힐 때마다 작은 도릿의 얼굴이 기쁨 때문에 장밋빛으로 물드는 것을 보고서, 비바람이 지칠 때까지 식품점 창을 도서관으로 삼고 거기에 서 있을 수도 있겠다는 기분이 들었다.

감옥의 안마당이 마침내 그들을 맞아들였고, 거기서 아서는 작은 도릿에게 작별을 고했다. 그녀는 항상 작아 보였지만, 큰 아이를 대동한 작은 엄마가 마셜시 간수실의 출입구로 들어가는 모습을 보 노라니 그 어느 때보다도 작아 보였다.

새장의 문이 열렸다. 아서는 감금된 채 키워졌던 작은 새가 날개 를 퍼덕이며 온순하게 안으로 들어가자 문이 다시 닫히는 것을 지 켜보았다. 그러고 나서 감옥을 떠났다.

10 정치학의 전부

에돌림청은 (듣지 않고도 모든 사람이 아는 대로) 정부의 최고 중요한 부서였다. 어떤 종류의 공적 업무든 에돌림청의 동의 없이는 절대 행해질 수 없었다. 아무리 큰 공적 파이든 아무리 작은 공적 타트⁵든 에돌림청은 관여했다. 마찬가지로 에돌림청의 명시적 허가 없이는 아무리 명백히 옳은 일이라도 실행할 수 없었고, 아무리 명 백히 그른 일이라도 취소할 수 없었다. 만약 또 다른 화약음모사건⁶

---

5 타트는 과일을 위에 얹거나 속에 싼 작은 파이.
6 1605년 11월 5일에 가이 폭스(Guy Fawkes)가 주도하여 영국 의회를 폭파하려
   고 했던 사건.

이 성냥을 긋기 반 시간 전에 발각되었다 하더라도, 에돌림청에서 열 개의 위원회를 개최하고, 의사록 반 부셸, 공적 비망록 몇 자루, 그리고 그 집단의 둥근 천장에 가득할 정도로 문법에 어긋나는 서한을 작성하기 전까지는 의회를 폭발에서 구하는 행위가 정당화되지 못했을 것이다.

이 훌륭한 부서는 정치가들이 국가를 통치하는 난해한 기술에 대한 단 하나의 숭고한 원칙을 처음 분명하게 깨닫기 전부터 이미 활동 중이었다. 드러난 그 훌륭한 원칙을 연구하고 공적인 절차 전반에 걸쳐 빛나는 그 영향력을 관철하는 것이 이 부서의 중요한 일이었다. 어떤 일을 할 필요가 있든 에돌림청은 – 일 안 하는 법을 인식하는 기술에서 모든 공공부서를 앞질렀다.

그와 같은 미묘한 인식을 통해, 그러한 인식을 반드시 해내는 재주를 통해, 그리고 언제나 그러한 인식에 따라 행동하는 재능을 통해, 에돌림청이 솟아올라 모든 공공부서 위에 우뚝 섰고, 공중의 상태가 솟아올라 – 현재의 상태가 되었다.

일 안 하는 법이 에돌림청 주변의 모든 공공부서와 직업 정치인들에게 커다란 연구거리요 목표였다는 것이 사실이다. 어떤 일을 반드시 해야 한다고 지지했기 때문에 정권을 잡은 모든 신임수상과 새 정부가 막상 정권을 잡자마자 일 안 하는 법을 발견하는 데 전력을 기울였다는 것이 사실이다. 어떤 일이 이루어지지 않고 있다며 연단에서 열변을 토하고, 반대편에 있는 의원 동료들에게 말 안 할 경우 탄핵받을 위험을 각오하고 어째서 그 일이 행해지지 않는지 자신에게 설명하라고 요구하고, 그 일은 반드시 행해져야 한다고 주장하고, 그 일을 반드시 이루겠다고 맹세했던 모든 국회의원 당선자들이 총선이 끝난 순간부터 그 일을 어떻게 안 할 것인가를 궁리하기 시작했다는 것이 사실이다. 회기 내내 상하 양원의 토론이 한결같이 일 안 하는 법을 질질 끌며 숙고하는 쪽으로 향했다는 것이 사실이다. 회기를 시작할 때, 의원 여러분, 해야 할 일이 잔뜩 있으니 각자 회의실로 가서 일 안 하는 법에 대해 토론하기를 바랍니다, 라고 국왕이 실제 연설했다는 것이 사실이다. 회기가 끝날 때, 의원 여러분, 여러분들이 대단한 충성심과 애국심으로 일 안 하는 법을 몇 달 동안 열심히 궁리했고 마침내 발견했습니다, 고로 (정치적인 것이 아니라 자연적인) 결과에 대한 신의 축복을 전하면서 폐회를 선언합니다, 라고 국왕이 실제 연설했다는 것이 사실이다. 이 모든 것이 사실이다. 그러나 에돌림청은 그 이상을 했다.

에돌림청은 일 안 하는 법이라는 이 경이적이고 아주 충분한 정치적 수완의 수레바퀴를 굴리면서 매일같이 기계적으로 행동했기 때문이다. 에돌림청은 어떤 일을 하려고 하거나 놀라운 우연에 의해서라도 그 일을 할 위험성이 조금이라도 있는 지각없는 공무원에게 그가 누구든 그를 압도하는 의사록, 비망록, 지시서를 가지고 덤벼들었기 때문이다. 에돌림청이 모든 일에 점차 관계하게 된 것은 바로 이와 같은 국가적 효율성의 정신 때문이었다. 기계공들, 물리학자들, 군인들, 선원들, 청원자들, 진정인들, 불만거리를 가진 사람들, 불만거리를 예방하고 싶은 사람들, 불만거리를 고치고 싶은 사람들,

직권을 이용하여 자기편에게 한자리 주는 사람들, 그 때문에 피해를 본 사람들, 공功이 있어도 보상받지 못하는 사람들, 과過가 있어도 처벌받지 않는 사람들, 이들 모두가 에돌림청의 풀스캡지[7] 서류 아래 마구잡이로 쑤셔 넣어졌다.

수많은 사람이 에돌림청에서 길을 잃었다. 오해를 받았거나 공공복지를 위한 계획을 지닌 불운한 사람들이(그들은 틀림없이 오해를 받게 되는 그 쓰라린 영국식 처방전을 따르느니 아예 처음에 오해받는 게 더 나았다) 에돌림청에서 길을 잃었으니, 시간과 고통이 더디게 지나는 가운데 다른 공공부서들을 무사히 겪고 나서, 규정에 따라 여기서 위협을 받고 저기서 기만을 당하고 또 다른 곳에서 회피대상이 되었으며, 마침내 에돌림청에 보내졌다가는 햇빛 속에 다시 나타나지 못했다. 위원회가 그들을 조사하고, 비서들이 그들에 대해 의사록에 기록하고, 위원들이 그들에 대해 빠르게 지껄여대고, 서기관들이 등록하고 기재하고 대조하고 확인했으니, 그들은 서서히 사라지는 것이었다. 요컨대, 나라의 모든 일이 에돌림청을 빠져나가지 못한 것 말고는 에돌림청을 거쳐 갔다. 그런데 **빠져나가지 못한 일이** 무수히 많았다.

가끔 분노한 영혼들이 에돌림청을 공격하는 경우가 있었다. 가끔 정치의 진짜 처방전은 일하는 법이라고 주장할 정도로 저급하고 무지한 선동가가 의회에서 에돌림청에 대해 질의를 하고, 심지어는

---

[7] 가로가 16 내지 17인치, 세로가 13 내지 13.5인치 크기인 대판양지(大版洋紙).

동의안을 제출하거나 동의안을 제출하겠다고 위협하는 경우가 있었다. 그때는 에돌림청을 지키는 일을 하는 상원의원이나 하원의원이 주머니에 오렌지 하나를 넣고 와서[8] 그 경우를 마음껏 떠들며 즐겼다. 그때는 그가 테이블을 손바닥으로 치며 의사당까지 내려와서 선동하는 그 의원과 직접 접촉했다. 그때는 그가 그 의원에게 그 자리에서 에돌림청은 본건에서 죄가 없을 뿐 아니라 본건에서 칭찬할 만하고 본건에서 극구 찬양할 만하다고 했다. 그때는 그가 그 의원에게 그 자리에서 에돌림청이 변함없이 그리고 전적으로 옳지만 본건에서만큼 그렇게 옳았던 적은 없노라고 했다. 그때는 그가 그 의원에게 그 자리에서 에돌림청을 그냥 내버려두고 본건을 다시 거론하지 않는다면, 당신이 명예를 좀 더 누리고 칭찬을 좀 더 받을 만하게 될 뿐 아니라 고상한 안목과 양식을 좀 더 보여주게 되는 거라고, 즉 그런 진부한 것들의 대부분을 좀 더 과시하게 되는 거라고 했다. 그때는 그가 난간 아래에 앉아있는, 에돌림청에서 파견되어 나온 지도자나 교사를 한쪽 눈으로 주시하면서 본건에 대한 에돌림청의 설명으로 그 의원을 박살 냈다. 그리고 언제나 두 경우 중 하나였지만, 즉 에돌림청이 할 말이 없어서 없다고 말하는 경우와, 에돌림청은 할 말이 있지만 그 말을 상원의원이나 하원의원이 반은 실수하고 나머지 반은 깜빡하는 경우 중 하나였지만, 남의 말을 잘 듣는 다수는 표결을 해서 언제나 에돌림청이 흠 하나 없다고

---

[8] 극장 같은 곳에서 원기를 회복하기 위해 오렌지를 먹었는데, 본문에서는 의회의 일을 극장에 가는 정도로 하찮게 여기는 태도를 나타낸다.

결론지었다.

에돌림청이 장기간 이러한 특징을 발휘한 덕에 정치가의 굉장한 양성소가 되어서 몇몇 근엄한 상원의원은 에돌림청의 상석에서 순전히 일 안 하는 법을 실천한 결과로 일에 있어서 완전히 초현실적인 천재라는 평판을 획득하게 되었다. 그 신전의 하위 성직자와 복사服事는 이 모든 과정의 결과로 두 분류로 나뉘게 되었는데, 하급의 심부름꾼에 이르기까지, 에돌림청에 대해 원하는 것은 무엇이든 할 수 있는 절대적 권리를 지닌 천상의 기관으로 신봉하거나, 아니면 완전한 불신앙으로 피난해서 악명 높게 골치 아픈 기관으로 간주하거나 했다.

바너클 일족이 에돌림청을 운영하는 데 한동안 공헌했다. 사실, 타이트 바너클 일파는 대체로 자신들이 에돌림청에 기득권이 있다고 생각했으며 다른 가문이 에돌림청 이야기를 많이 하면 화를 냈다. 바너클 일족은 매우 지체가 높은 가문이었고 친척이 매우 많은 가문이었다. 그들은 공공부서 위에 온통 퍼져있었고 온갖 종류의 공직을 맡고 있었다. 국가가 바너클 일족에 대해 의무를 가득 지고 있거나, 바너클 일족이 국가에 대해 의무를 가득 지고 있거나, 둘 중의 하나였다. 어느 쪽인지 완전히 만장일치로 결정 나지는 않았는데, 바너클 일족은 그 나름의 의견이 있었고 국가는 또 그 나름의 의견이 있었던 것이다.

지금 이야기되는 그 시기에, 상원의원이나 하원의원이 자신에 대한 비판을 신문에 늘어놓는 무뢰한 때문에 권좌에 다소 불편하게 앉아있으면, 에돌림청의 상석에 앉아서 그 정치가를 보통 지도하거나 가르치던 타이트 바너클 씨는 돈보다는 피를 많이 갖고 있었다. 그는 바너클 가家의 사람으로서 한자리 차지하고 있었는데, 충분히 편안한 자리였다. 그리고 바너클 가의 사람으로서 아들 바너클 2세를 당연히 공직에 임명했다. 그는 부동산이나 동산보다는 혈통이라는 관점에서 더 잘 타고난 스틸츠토킹 일파와 혼인을 했었고, 그 결혼에서 자식을 낳아 바너클 2세와 세 명의 젊은 숙녀를 두고 있었다. 바너클 2세의 귀족적 필수품이다, 젊은 숙녀 셋의 귀족적 필수품이다, 구성舊姓이 스틸츠토킹인 타이트 바너클 부인의 귀족적 필수품이다, 그리고 그 자신의 귀족적 필수품이다, 해서 타이트 바너클 씨는 분기지불일[9]과 분기지불일 사이의 기간이 자신이 바라는 이상으로 길다고 여겼고, 그런 사정을 언제나 국가의 인색함 탓으로 돌렸다.

아서 클레넘 씨는 전에도 타이트 바너클 씨를 만나기 위해, 홀에서, 유리로 된 방에서, 대기실에서, 그리고 에돌림청의 향기를 지니고 있는 듯한 방화防火 복도에서 연달아 기다린 적이 있었는데, 어느 날 에돌림청으로 그를 다섯 번째 찾아갔다. 에돌림청의 상석을 차지하고 있는 바너클 씨는 전처럼 천재 상원의원과 약속이 잡혀있지는

---

[9] 중세 이후 관습적으로 각각의 분기를 나타내던 날로, 집세나 각종 공과금의 납기일이 보통 이 날짜에 맞춰져있었다. 일반적으로 성모 영보 대축일인 3월 25일, 세례 요한 축일인 6월 24일, 미가엘 축일인 9월 29일, 성탄절인 12월 25일을 지칭한다.

않았지만 부재중이었다. 바너클 2세는 더 작은 별이라고 알려져 있었으나 그래도 사무실 창 위로 모습이 보였다.

아서 클레넘은 바너클 2세와 상의하고 싶다고 했다. 그 젊은 신사는 아버지의 난롯불에 대고 두 다리의 종아리를 지지고 있었고 벽난로선반에 등을 기대고 있었다. 안락한 그 방은 고위층의 사무실답게 상당한 가구가 비치되어 있었으며, 두꺼운 카펫, 앉아서 사무를 보는 가죽덮개책상, 서서 사무를 보는 가죽덮개책상, 커다란 안락의자, 난롯가의 깔개, 사이에 있는 칸막이, 찢어진 서류들, 작은 꼬리표가 약병이나 죽은 사냥감처럼 삐죽 나와 있는 문서 송달함, 방 전체에 퍼져있는 가죽과 마호가니 냄새, 그리고 일 안 하는 법이라는 전반적인 속임수의 기미 등이 합해져서, 지금 부재하는 바너클을 위풍당당하게 암시하고 있었다.

목하 클레넘 씨의 명함을 손에 들고 있는 그 바너클은 젊은 사람이었고, 솜털 같은 구레나룻이 조금 나 있었는데, 어쩌면 이제까지 본 중에서 최고로 솜털 같은 구레나룻이었을지 모르겠다. 솜털 끝이 깃털도 안 난 턱에 붙어있으니, 부등깃이 덜 난 새끼 새 같았다. 인정 많은 관찰자라면 그가 두 다리의 종아리를 지지지 않으면 추워서 죽었을지도 모른다고 주장했을 것이다. 목에는 최고급의 외알 안경을 매달고 있었지만, 불운하게도 눈구멍이 워낙 납작하고 작은 눈꺼풀은 워낙 힘이 없어서 안경을 써도 눈에 끼워지지 않았다. 오히려 자꾸만 굴러떨어져서 딸깍하는 소리를 내며 양복조끼의 단추에 부딪혔고 바너클 2세를 대단히 불안하게 만들었다.

"아, 이봐요. 있잖아요! 아버지는 먼 데 가셨어요. 그래서 오늘 안으로는 돌아오지 않을 거예요." 바너클 2세가 말했다. "내가 할 수 있는 일인가요?"

(딸깍! 외알 안경이 떨어졌다. 바너클 2세는 아주 소스라쳐 놀라며 주변을 온통 더듬었지만 안경을 찾을 수가 없었다.)

"아주 친절하시군요." 아서 클레넘이 말했다. "그러나 바너클 씨를 뵙고자 합니다."

"하지만 이봐요. 있잖아요! 약속을 한 건 아니잖아요." 바너클 2세가 말했다.

(그때쯤 그는 외알 안경을 찾아서 다시 썼다.)

"맞아요." 아서 클레넘이 대답했다. "내가 원하는 게 약속을 잡는 거예요."

"그렇지만 이봐요. 있잖아요! 공적인 일인가요?" 바너클 2세가 질문을 했다.

(딸깍! 외알 안경이 다시 떨어졌다. 바너클 2세가 안경을 찾느라 정신이 없었기 때문에 아서는 지금 대답해봤자 쓸데없는 일이라고 여겼다.)

"그게," 바너클 2세가 방문객의 볕에 탄 얼굴을 주시하면서 말을 이었다. "그러니까−톤 세[10]−또는 그와 같은 일에 대한 것인가요?"

(그는 답변을 듣기 위해 잠시 멈추었다가 오른쪽 눈을 손으로 벌

---

[10] 상품의 톤수에 따라 매기는 세금. 바너클 2세는 아서가 세금에 대해 항의하고자 찾아온 걸로 생각하고 있다.

리고 안경을 끼워 넣었다. 염증을 일으킬 정도로 끼워 넣어서 엄청나게 눈물을 쏟기 시작했다.)

"아뇨, 톤 세에 대한 게 아닙니다." 아서가 대답했다.

"그러면 있잖아요. 사적인 용무인가요?"

"사실 잘 모르겠어요. 도릿 씨라는 사람에 대한 겁니다."

"이봐요, 좋은 생각이 있어요! 가는 방향이라면 우리 집에 들르는 게 낫겠군요. 그로브너 스퀘어 뮤즈 가 24번지에요. 아버지가 가벼운 통풍痛風 기가 있어서 거기 계시거든요."

(잘못 생각한 바너클 2세는 외알 안경을 낀 쪽이 분명히 안 보였지만 그쪽을 고통스럽게 매만지고 자꾸만 이리저리 바꿔보는 것이 수치스러웠다.)

"고맙습니다. 지금 가보지요. 안녕히 계세요." 바너클 2세는 아서가 갈 거라고는 전혀 예상하지 못했던 것처럼 그 말을 듣자 당황하는 것 같았다.

"톤 세에 대한 게 아니라는 건 확실한 거죠?" 바너클 2세는 아서가 문으로 가자 뒤에서 그를 부르고 자신이 생각해낸 사업상의 빛나는 의견을 완전히 버리기는 싫다는 듯이 질문을 했다.

"확실합니다."

그렇게 확인을 해주고, 만일 톤 세에 대한 **것이었다면** 어떻게 되었을지 다소 궁금해하며 클레넘 씨는 조사를 계속하기 위해 물러났다.

그로브너 스퀘어 뮤즈 가는 온전히 그로브너 스퀘어에 속하지는 않았지만 아주 가까이에 있었다. 그곳은 창문 하나 없는 온벽, 마구간, 똥 더미로 이루어진 흉측하고 작은 거리였다. 마차 차고 위의 다락방에는 마부의 가족이 살았는데, 그들은 옷가지를 말리고 창턱을 통행료 징수소의 모형으로 장식하는 것을 매우 좋아했다. 그 상류층 구역의 우두머리 굴뚝청소부는 뮤즈 가의 막다른 끄트머리에 살고 있었고, 내내 같은 모퉁이에는 이른 아침과 해질녘이면 술과 요리재료를 사기 위해 사람들이 뻔질나게 들락거리는 가게가 하나 있었다. 인형 주인이 다른 곳에서 식사하는 동안 펀치 쇼[11]에 사용되는 인형들이 뮤즈 가의 온벽에 기대있었고, 근처의 개들은 그곳에서 만나자고 약속을 잡았다. 그래도 뮤즈 가의 입구 쪽 끄트머리에는 두세 채의 작고 바람도 통하지 않는 집들이 있었는데, 그 집들은 상류층의 집터에 영락한 채로 매달려있는 군식구들이라는 이유로 상당한 집세를 받고 거래되었다. 그리고 이처럼 지독히 작은 우리 중의 하나라도 셋집으로 나오면(수요가 많았기 때문에 좀처럼 없는 일이었다), 복덕방업자는 그 집을, 상류사회의 엘리트들만이 살고 있는, 시내에서 가장 귀족적인 구역에 위치한 신사의 주택이라고 언제나 광고했다.

엄밀히 말해서 아슬아슬하게 그 구역에 속하는 신사의 주택이 바너클 집안에 꼭 필요한 게 아니었다면 그 일족은 그 주택을 3분의 1 가격에 쉰 번은 내놓았을 것이고, 이를테면 만 채의 주택 중에서

---

[11] 『펀치와 주디』라는 인형극.

아주 자유롭게 선택했을 것이다. 바너클 씨는 자신의 주택이 대단히 불편하고 대단히 비싸다고 생각하면서도, 공복公僕답게 그것을 언제나 국가 탓으로 돌렸고, 그것을 국가의 인색함의 또 다른 사례로 제시했다.

아서 클레넘은 주소를 억지로 알아낸 집에 가서, 활 모양을 한 정면은 쓰러져가고 창문은 작고 때가 묻어있으며 지하실 출입구는 축축한 조끼주머니처럼 작고 어두운 그 집이 그로브너 스퀘어 뮤즈가 24번지라는 사실을 확인했다. 냄새를 맡아보니 그 집은 마구간을 증류해낸 강렬한 악취가 가득 들어차 있는 병과 같았고, 제복을 입은 하인이 문을 열자 병마개를 뽑은 것 같았다.

그 하인과 그로브너 스퀘어 하인들의 관계는 그 집과 그로브너 스퀘어 집들의 관계와 같았다. 그 나름으로는 훌륭한 하인이었으나 그가 다니는 길은 뒷길과 샛길이었다. 그의 화려함은 오물과 섞여 있었으며, 안색과 일관성 둘 다에 있어 그는 밀폐된 식료품 저장실 때문에 고생을 했다. 그가 병마개를 뽑아서 병을 클레넘 씨의 코에 들이대었을 때 그의 안색은 창백했고 맥은 하나도 없었다.

"부디 그 명함을 타이트 바너클 씨에게 전해주고, 방금 바너클 2세를 만나고 왔는데 그가 여기 들르라고 권했다고 해주게."

하인이(그 집안의 금고여서 금은제의 식기류와 보석을 단추로 채운 채 갖고 다니는 것처럼 바너클 문장紋章이 그려진 커다란 단추를 호주머니 뚜껑에 잔뜩 그려 넣고 있는 사람이었다) 명함을 보고 잠시 생각에 잠기더니 "들어오십쇼."라고 했다. 안쪽의 현관문을 밀쳐서 열어놓지 않고 들어가려니, 그리고 당연한 결과로서 부엌 계단을 미끄러져 내려갈 때의 정신적 혼란과 물리적 어둠 속에서 들어가려니, 상당한 분별력이 필요했다. 그러나 방문자는 현관 매트 위에 안전하게 멈춰 섰다.

하인이 여전히 "들어오십쇼,"라고 해서 방문자는 그를 따라갔다. 안쪽의 현관문에 서니, 또 다른 병을 디밀은 것 같았고 또 다른 병마개를 뽑은 것 같았다. 그 두 번째 유리병에는 식료품을 농축한 냄새와 식료품 저장실의 하수구에서 추출한 냄새가 가득 들어있는 듯했다. 하인이 음침한 식당 문을 자신 있게 열었다가 누군가를 발견하고 깜짝 놀라서 그가 있는 쪽으로 혼란스럽게 물러서는 바람에 아서는 좁은 복도에서 하인과 살짝 부딪쳤으며, 자신이 찾아왔다는 사실이 고지되는 동안 좁은 뒷방에 갇히게 되었다. 거기서 아서는 두 개의 병을 한꺼번에 마셔서 원기를 회복하고, 3피트 떨어져 있는 낮고 눈부신 뒤쪽 벽의 바깥을 내다볼 수 있었다. 또한 그들 자신이 아첨꾼으로서 원하는 대로 선택한 우리 같은 곳에 살다가 사망자명부에 이름을 올리는 바너클 일족의 숫자를 헤아려볼 수 있었다.

바너클 씨가 나를 만나줄까. 위층으로 올라가시겠습니까? 그는 그러겠다고 했고 또 그리했다. 그리고 일 안 하는 법의 명백한 화신이자 초상인 바너클 씨 본인이 응접실에서 한쪽 발을 발판에 올린 채 서 있는 모습을 보게 되었다.

바너클 씨의 기원은 국가가 그다지 인색하지 않고 에돌림청이 심하게 괴롭힘을 받지 않던 좋은 시절로 거슬러 올라간다. 바너클 씨는 국가의 목덜미 주위에 끈과 서류를 여러 번 접어서 둘둘 감아놓은 것처럼, 자신의 목덜미 주위에 하얀 크러뱃을 여러 번 접어서 둘둘 감고 있었다. 그의 소맷부리와 깃은 억압적이었고 목소리와 태도 역시 억압적이었다. 커다란 시곗줄과 한 묶음의 인장을 갖고 있었고, 단추를 불편할 정도로 채운 외투와 단추를 불편할 정도로 채운 조끼를 걸치고 있었으며, 주름을 쫙 편 바지를 입고 뻣뻣한 반장화를 신고 있었다. 전체적으로 보아 그는 화려하고 육중하며 위압적이고 고집 센 인상이었다. 토머스 로런스 경[12]이 초상화를 그리도록 평생 동안 자세를 취하고 있는 것 같았다.

"클레넘 씨요?" 바너클 씨가 물었다. "앉으시오."

클레넘 씨가 자리에 앉았다.

"그쪽이 나를 에돌림 - 청으로 찾아갔었다면서요." 바너클 씨는 에돌림이 대략 스물다섯은 되는 음절을 가진 단어인 양 발음했다.

"제가 그런 실례를 저질렀습니다."

바너클 씨가 "그게 실례라는 사실은 부정하지 않겠어. 계속해서 또 다른 실례를 범하고 용건을 말해보시지,"라고 하는 것처럼 근엄하게 고개를 숙였다.

"제가 상당 기간 중국에 있었던 탓에 본국 사정에는 아주 문외한이라는 점과 이제부터 알아보려는 일에 대해 개인적인 동기나 이해관계가 있는 건 아니라는 점을 먼저 말씀드리고자 합니다."

---

[12] 토마스 로런스(Thomas Lawrence, 1769~1830): 조지 3세를 비롯하여 귀족들의 초상화를 그렸던 화가.

바너클 씨가 손가락으로 탁자를 두드렸다. 마치 새로 온 낯선 화가가 초상화를 그리도록 자세를 취하고 있는 것처럼, 찾아온 사람에게 "당신이 내가 지금 취하고 있는 고상한 표정을 그릴 수 있을 만큼 훌륭하다면 좋겠소,"라고 말하는 듯했다.

"도릿이라는 이름을 가진 채무자를 마셜시 감옥에서 보았는데 거기에 갇힌 지 오래 되었더군요. 세월이 많이 지났지만 그의 불행한 처지를 개선할 수 있을지 확인하기 위해 얽히고설킨 사건을 알아보고자 합니다. 타이트 바너클 씨의 이름이 그의 채권자 중에서 대단히 유력한 이해관계를 대표한다고 하더라고요. 제가 제대로 알고 있는 건가요?"

어떤 일이 있어도 절대 시원시원하게 답변하지 않는 것이 에돌림청의 원칙 중의 하나였기 때문에 바너클 씨는 "어쩌면,"이라고 했다.

"정부를 대표하여 말씀하시는 건지, 개인 자격으로 말씀하시는 건지, 물어도 되겠습니까?"

"에돌림청이 그 사내가 관계되었을 수도 있는 상사 또는 합명회사의 지불불능재산에 대해 공적인 청구가 좀 강제되어야 한다고 어쩌면 – 어쩌면 – 확언할 순 없소 – 권고했을 수 있겠죠." 바너클 씨가 대답했다. "공무를 집행하다가 그 문제를 심리해보도록 에돌림청에 넘겼을지도 모르고요. 에돌림청이 그런 권고를 담은 의사록을 먼저 생각해냈을 수도 있고, 아니면 추인했을 수도 있겠죠."

"그렇다면 저는 후자가 사실일 거로 추정합니다."

"에돌림청이 신사의 추정에 대해 책임을 지진 않소." 바너클 씨가 말했다.

"사건의 실상에 대한 공식적인 정보를 어떻게 하면 얻을 수 있을까요?"

"어떤 ─ 대중도," 바너클 씨는 대중이라는 그 미천한 무리를 불구대천의 원수인 양 마지못해 들먹이며 말했다. "에돌림청에 진정할 권한이 있소. 진정할 때 준수해야 하는 정식절차는 그 관청의 적절한 부서에 문의하면 알 수 있을 거요."

"적절한 부서가 어디죠?"

"그 질문에 대해 공식적 답변을 들으려면 그 관청에다 직접 문의하도록 하시오." 바너클 씨가 벨을 울리며 대답했다.

"들먹여서 죄송합니다만 ─ "

"그 관청은 ─ 대중이 쉽게 접근할 수 있는 곳이오." 바너클 씨는 버릇없다는 의미를 지니는 대중이라는 단어를 말할 때면 언제나 말을 조금 멈추었다. "만일 ─ 대중이 관청의 서류양식에 따라 접근한다면 말이오. 만일 ─ 대중이 관청의 서류양식에 따라 접근하지 않는다면 ─ 대중은 자신을 탓해야지."

바너클 씨는 마음에 상처를 입은 명문가의 사람, 마음에 상처를 입은 지위가 높은 사람, 그리고 마음에 상처를 입고 신사의 주택에 사는 사람이 모두 합해져 하나가 된 사람으로서 엄숙하게 작별인사를 했다. 아서 클레넘은 바너클 씨에게 인사하고 맥없는 하인에게 이끌려 뮤즈 가로 내쫓겼다.

그런 형세에 처하자 아서는 인내력을 연습할 겸 에돌림청에 다시 가서 거기서 알아볼 수 있는 만족스러운 정보는 뭐든 알아보기로 작정했다. 그래서 그는 에돌림청으로 돌아갔고, 심부름꾼 편에 바너클 2세에게 명함을 한 번 더 내놓았다. 넓은 방의 칸막이 뒤에 있는 난로 옆에서 감자 으깬 것과 고깃국을 먹고 있던 심부름꾼은 그가 다시 돌아왔다는 사실을 정말 아주 고약한 일로 받아들였다.

아서 클레넘은 바너클 2세 앞으로 다시 안내받았다. 그 젊은 신사가 이번에는 두 무릎을 지지며 네 시가 될 때까지의 따분한 시간을 하품을 하며 보내고 있었다.

"이봐요. 있잖아요. 우리한테 지독히도 매달리는군요." 바너클 2세가 고개를 돌려서 뒤돌아보며 말했다.

"나는 알고 싶습니다ㅡ"

"있잖아요. 알고 싶다는 얘기를 하러 이곳에 오면 정말로 안 되는 거예요." 바너클 2세가 몸을 돌리고 외알 안경을 쓰며 충고했다.

"나는 알고 싶습니다." 짧고 동일한 표현형식을 완고하게 고집하기로 작정한 아서 클레넘이 말했다. "채무 때문에 갇혀있는 도릿이라는 이름을 가진 죄수에 대해 정부가 청구한 내용의 정확한 진상을 말입니다."

"이봐요. 있잖아요. 앞뒤 생각 없이 정말 엄청나게 서두르는군요. 젠장, 약속도 안 하고는." 바너클 2세는 그 일의 중요성이 점점 커지는 것처럼 말했다.

"나는 알고 싶습니다." 아서가 말했다. 그리고 사건을 다시 되풀이했다.

바너클 2세가 그를 빤히 쳐다보는데 외알 안경이 굴러떨어졌다. 그래서 안경을 다시 쓰고 그를 빤히 쳐다보는데 안경이 또다시 굴러떨어졌다. "당신은 이렇게 행동할 권리가 없어요." 그러고 나서 최고로 심약하게 말했다. "이봐요. 무슨 말을 하는 거예요? 그것이 공적인 일인지 아닌지도 모른다고 해놓고서."

"그것이 공적인 일이라는 사실을 이제 확인했습니다." 청원자가 대꾸했다. "나는 알고 싶습니다" – 그리고 질문을 단조롭게 다시 반복했다.

청원자의 질문이 바너클 2세에게 미친 영향은 무방비 상태에서 "있잖아요! 알고 싶다는 얘기를 하러 이곳에 오면 정말로 안 되는 거예요!"라고 되풀이하게 하는 것이었다. 바너클 2세의 말이 아서 클레넘에게 미친 영향은 앞서와 정확히 똑같은 언어와 똑같은 어조로 질문을 되풀이하게 하는 것이었다. 그것이 바너클 2세에게 미친 영향은 그를 실패와 무기력의 경이적인 구경거리로 만드는 것이었다.

"자, 좋은 생각이 있어요. 이봐요. 당신은 비서실에 알아보는 편이 낫겠어요." 마침내 그가 옆걸음질로 벨이 있는 곳에 가더니 벨을 울리고는 감자 으깬 것을 먹던 심부름꾼에게 말했다. "젠킨슨, 워블러 씨께 안내하도록!"

자신이 전력을 다해 에돌림청을 몰아쳤던 것이고 이제는 끝까지 가보는 수밖에 없다는 사실을 깨달은 아서 클레넘은 심부름꾼을 따라서 다른 층으로 갔다. 그 직원이 워블러 씨의 방을 손가락으로 가리켰다. 아서가 방에 들어가니 두 명의 신사가 크고 편안한 책상에 마주 보고 앉아있는 모습이 눈에 들어왔다. 한 신사는 손수건에 총신을 닦고 있었고, 다른 신사는 봉투 칼로 마멀레이드 잼을 빵에 바르고 있었다.

"워블러 씬가요?" 청원자가 물었다.

두 신사가 아서를 바라보았고 그의 확신에 깜짝 놀라는 듯했다.

"그래서 그 사람이," 총신을 든 신사가 입을 열었다. 그는 말을 대단히 신중하게 하는 사람이었다. "사촌 집에 가는데 기차[13]에 개를 데리고 탄 거야. 아주 귀한 개였던 게지. 그는 개를 태우는 칸에 태워지자 짐꾼 놈에게 덤벼들었고, 쫓겨나자 보초 놈에게 덤벼들었다고 하더군. 결국엔 곡물이나 건초 같은 것을 운반하는, 쥐들이 득시글대는 칸에 여섯 사람과 함께 타게 되었고, 개가 경주하는 시간을 쟀다고 해. 자기 개가 경주를 아주 잘하는 것을 알고는 시합을 벌였고, 자기 개에게 큰돈을 걸었다고 하더군. 경주가 열렸고 어떤 나쁜 놈이 매수당했대요, 개가 술에 취했고 개 주인이 빈털터리가 되었다더군."

"워블러 씬가요?" 청원자가 물었다.

마멀레이드 잼을 바르던 신사가 시선을 떼지 않은 채 물었다. "그 개 이름이 뭔가?"

---

[13] 작품의 시간적 배경은 1825~1826년이고 런던을 출발하는 최초의 여객철도는 1836년에 개통되었으므로 디킨스의 착오임.

"러블리래." 다른 신사가 답했다. "그 개가 자신이 유산을 물려받을 가능성이 있는 나이 든 숙모를 꼭 닮았다고 했다더군. 술에 취해서 그 개가 특별히 숙모와 닮았다는 사실을 알게 된 게지."

"워블러 씬가요?" 청원자가 물었다.

두 신사가 한동안 소리 내어 웃었다. 총신을 들고 있던 신사는 총신을 살펴본 후 그것이 만족스럽게 닦였다는 생각이 들자 상대방 신사에게 확인해보라고 넘겨주었다. 자기 생각을 확인받은 신사가 총신을 자기 앞에 있는 케이스의 제자리에 끼워 넣더니, 개머리판을 꺼내 들었고, 부드럽게 휘파람을 불며 그것을 닦았다.

"워블러 씬가요?" 청원자가 물었다.

"무슨 일이오?" 그러자 워블러 씨가 큰소리로 물었다.

"나는 알고 싶습니다―" 아서 클레넘은 자신이 알고 싶은 바를 기계적으로 다시 설명했다.

"당신에게 알려 줄 수 없소." 워블러 씨는 분명히 자기 도시락에다 대고 대답했다. "그런 얘기는 들어본 적도 없고 그 일과는 하등의 관련도 없소. 옆 복도 왼쪽 두 번째 방에 있는 클라이브 씨에게 물어보는 게 나을 거요."

"그 사람도 내게 같은 대답을 할 것 같은데요."

"그럴 가능성이 높겠지. 그 일에 대해서는 아는 게 없으니까." 워블러 씨가 말했다.

청원자가 몸을 돌려서 방을 나가려고 할 때 총을 들고 있던 신사가 큰소리로 그를 불렀다. "선생! 이봐요!"

아서가 다시 안을 들여다봤다.

"나갈 때 문 좀 닫으시오. 엄청난 바람이 여기로 들어오고 있단 말이오!"

몇 걸음 더 가니, 옆 복도 왼쪽 두 번째 방에 다다랐고, 세 명의 신사가 보였다. 1번은 특별히 하고 있는 일이 없었고, 2번도 특별히 하고 있는 일이 없었으며, 3번도 특별히 하고 있는 일이 없었다. 그러나 그들은 이 관청의 대원칙을 효율적으로 수행하는 데 누구보다도 좀 더 직접적으로 관여하고 있는 것 같았다. 방 안쪽에는 양쪽으로 여닫는 문이 달린 굉장히 비밀스러운 방이 있었고, 에돌림청의 현자들이 거기에 모여서 회의를 하는 듯했으며, 그 안으로 거의 계속해서 서류들이 위압적으로 들어갔다가 위압적으로 나왔기 때문이다. 그 방에서 또 다른 신사인 4번은 활동적인 일꾼이었다.

"나는 알고 싶습니다." 아서 클레넘이 말했다 – 그리고는 손풍금을 연주하듯이 사건을 동일하게 다시 연주했다. 1번이 그를 2번에게 넘겼고, 2번이 그를 3번에게 넘겼기 때문에, 그들 모두가 그를 4번에게 넘겼을 때, 그는 이미 사건을 세 차례나 연주했지만 4번에게 다시 연주해야 했다.

4번은 활발하고 잘생겼으며 옷도 잘 입었고 상냥한 젊은이였다 – 바너클 가의 사람이지만 그 가문에서 좀 더 원기 왕성한 쪽이었던 것이다 – 그가 느긋하게 말했다. "이런! 그 문제에 대해 신경 쓰지 않는 편이 낫겠는데요."

"신경 쓰지 말라고요?"

"그렇습니다! 신경 쓰지 말라고 충고드립니다."

그 얘기는 아주 새로운 관점을 나타내는 것이어서 아서 클레넘은 그걸 어떻게 받아들여야 할지 당황스러웠다.

"신경 쓰고 싶으면 신경 쓰실 수 있습니다. 채워 넣어야 할 서류 양식을 잔뜩 드릴 수도 있고요. 여기 많으니까요. 가져가고 싶다면 서류를 열두 종류는 가져가실 수 있어요. 그러나 계속하지 마세요." 4번이 말했다.

"그렇게 가망 없는 일일까요? 죄송합니다, 영국 사정에 익숙하지 않아서요."

"**내가** 가망 없는 일이라고는 하지 않았습니다." 4번이 솔직하게 미소를 지으며 대답했다. "그 문제에 대해 의견을 말하는 대신 선생님에 대한 의견만 말하겠습니다. **나는** 선생님이 계속하지 않았으면 합니다. 그러나 물론 하고 싶은 대로 하실 수 있습니다. 계약이나 그와 같은 뭔가를 하는 데 실수가 있었으리라고 생각합니다만, 그런 가요?"

"사실 잘 모르겠어요."

"이것 참! 그건 알아낼 수 있습니다. 그러면 그 계약서가 어느 관청에 있는지 알 수 있고, 그러면 또 그 관청에서 그것에 대해 모든 것을 알아낼 수 있을 겁니다."

"미안합니다만, 어떻게 알아낼 수 있죠?"

"글쎄요, 선생님이 ─ 선생님이 그들이 말해줄 때까지 물어봐야죠. 선생님은 이 관청에 진정할 허가를 얻기 위해 저 관청에 (선생님이 갖게 될 정식 서류양식에 따라서) 진정서를 제출해야 합니다. 허가를 얻으면(어느 정도의 시간이 지나면 얻을 수 있을 거예요) 그 진정서를 저 관청에 신고해야 하고, 이 관청에 등록하도록 보내야 하며, 저 관청이 서명하도록 되돌려 보내야 하고, 이 관청이 맞서명하도록 다시 보내야 합니다. 그러면 그 진정서가 저 관청에 정식으로 제출되게 되는 겁니다. 두 관청이 말해줄 때까지 물어보면 언제 그 일이 각 단계를 통과하는지 알 수 있을 겁니다."

"하지만 그건 필요한 일을 하는 방법이 분명히 아니잖아요." 아서 클레넘은 그 말을 하지 않을 수가 없었다.

쾌활하고 젊은 이 바너클은 잠시라도 그것이 필요한 일을 하는 방법이라고 생각했던 상대방의 순진함 때문에 상당히 즐거워했다. 말馬[14]을 쉽게 다루고 나이가 젊은 이 바너클은 그렇지 않다는 사실을 완벽하게 알고 있었던 것이다. 위험한 이 젊은 바너클은 막내 비서로 근무하면서 에돌림청을 '매만져서' 손에 들어오는 아무리 작은 행운이라도 차지할 준비를 하고 있었으며, 에돌림청이 대중이 접근 못 하게 부자들을 돕는 정치외교적인 속임수 기구라는 사실을 충분히 알고 있었다. 요컨대, 이 멋있고 젊은 바너클은 정치가가 되어서 두각을 나타낼 가능성이 높았던 것이다.

"그 일이 정식으로 저 관청에 제출되면 그게 무엇이든," 이 똑똑하고 젊은 바너클이 말을 이어나갔다. "선생님은 저 관청을 통해

---

[14] 여기서의 '말'은 에돌림청을 의미함.

가끔 그것을 지켜보실 수 있습니다. 그것이 정식으로 이 관청에 제출되면, 그때는 이 관청을 통해 가끔 그것을 지켜보셔야 합니다. 우린 그 일을 사방팔방에 조회해야 할 것인데, 어디에 조회하든 그것을 쳐다보아야 할 겁니다. 그것이 언제 우리에게 돌아오든 선생님은 **우리를** 쳐다보는 게 나으니까요. 그것이 어디든 박혀서 움직이지 않으면 그것을 살짝 흔들어봐야 하니까요. 선생님이 그 일에 대해 다른 관청에 편지를 보내고, 그다음에 이 관청에 보내고, 그리고 만족스러운 얘기를 전혀 듣지 못해도, 글쎄요, 그래도 - 계속 편지를 보내는 편이 낫겠죠."

아서 클레넘은 정말 대단히 망설이게 되었다. "정중하게 대해줘서 아무튼 감사드립니다." 아서가 말했다.

"천만에요." 이 매력적이고 젊은 바너클이 대답했다. "한 번 해보고 어떤지 확인해보세요. 싫으면 언제라도 그만둘 수 있으니까요. 서류양식을 많이 가져가시는 게 낫겠습니다. 이분에게 서류양식을 많이 드리세요!" 그러한 말을 2번에게 한 후, 이 재기 넘치고 젊은 바너클은 1번, 3번에게서 새로운 서류를 한 손 가득 받아들고 신전 안쪽으로 가져가서 에돌림청을 통솔하는 우상들에게 바쳤다.

아서 클레넘은 꽤 우울하게 서류양식을 주머니에 집어넣은 다음에 석재로 된 긴 복도와 긴 계단을 따라서 갔다. 거리로 통하는 회전식 문 앞에 서서 자기 앞에 있는 두 사람이 먼저 나가게 하고 자신은 뒤따라가려고 기다리는데 - 지나친 참을성을 발휘하지는 않았다 - 두 사람 중 한 사람의 귀에 익은 목소리가 들려왔다. 이야기하는 사람을 바라보고 미글스 씨라는 사실을 알아보았다. 미글스 씨는 안색이 아주 붉었고 – 여행할 때보다 더 붉었다 – 함께 있는 작은 사내의 멱살을 잡은 채 소리치고 있었다. "나와, 이 악당 놈, 나오라고!"

너무나 뜻밖의 얘기였을 뿐 아니라 미글스 씨가 회전식 문을 열어젖히고 겉으로 보기에는 죄가 없어 보이는 단신의 사내와 함께 거리로 나서는 모습 역시 너무나 뜻밖의 광경이었기 때문에 아서는 짐꾼과 놀란 표정을 교환하고 잠시 가만히 서 있었다. 그러다 재빨리 뒤를 좇아, 미글스 씨가 원수를 옆에 데리고 거리를 내려가는 모습을 바라보았다. 아서는 금방 나이 든 여행 동무를 따라붙었고 그의 등을 살짝 건드렸다. 얼굴을 돌려 아서를 바라보던 미글스 씨의 성난 표정이 상대를 알아보고는 부드러워졌다. 그러고는 정답게 손을 내밀었다.

"안녕하시오!" 미글스 씨가 말했다. "**어떻게 지내시오!** 나는 외국에서 막 돌아왔소. 만나서 반갑소."

"만나서 반갑습니다."

"고맙소. 고마워!"

"부인과 따님도 – ?"

"할 수 있는 한 잘 지내고 있소." 미글스 씨가 대답했다. "다만 내가 열이 식어서 좀 더 보기 좋은 상태에 있었을 때 만났으면 좋았을 텐데."

무더운 날이 전혀 아니었지만 미글스 씨는 지나가는 사람들의 시선을 끌 정도로 뜨거워진 상태였다. 등을 난간에 댄 채 대중의 생각은 조금도 아랑곳없이 모자와 크러뱃을 벗고 김이 나는 머리와 얼굴, 붉어진 두 귀와 목덜미를 열심히 닦았기 때문에 특히 더 시선을 끌었다.

"휴우!" 미글스 씨가 다시 옷을 차려입으며 말했다. "훨씬 편안하군. 한결 시원한걸."

"화가 나셨던데요, 미글스 씨. 무슨 일이죠?"

"잠깐 있어봐, 말해줄 테니. 파크[15]에서 산책할 시간이 있소?"

"얼마든지요."

"그러면 가세. 아! 당신이 이 사람을 쳐다보는 것은 당연하지." 미글스 씨가 몹시 화를 내며 멱살을 잡았던 범죄자를 아서가 마침 쳐다보았던 것이다. "이 사람은 쳐다볼만한 가치가 있는 인물이거든, 이 친구가 말이지."

그는 몸집으로나 옷차림으로나 쳐다볼만한 가치가 많은 인물이 아니었다. 그저 키가 작고 정직하며 현실적으로 보이는 사내였고, 머리는 반백이었으며, 얼굴과 이마에는 단단한 목재에 새겨 넣은 것처럼 생각하느라고 생긴 주름살이 깊게 파여 있었다. 색이 조금 변했지만 검정색 옷을 단정하게 입고 있었고, 손으로 하는 어떤 일에 있어서 명민한 달인의 모습을 하고 있었다. 자신이 이처럼 이야기의 당사자가 되어있는 동안, 그는 연장을 만지는 데 숙련된 손이

---

[15] 런던의 하이드파크를 지칭.

아니라면 결코 할 수 없을 정도로 엄지손가락을 자유자재로 사용해서 손에 들고 있던 안경집을 자꾸 뒤집었다.

"자넨 우리를 따라오게." 미글스 씨가 위협조로 말했다. "내가 금방 소개해줄 테니. 자, 가세!"

그들이 지름길로 파크에 가는 동안 클레넘은 속으로 (최고로 예의 바르게 따라오는) 이 미지의 사내가 무슨 일을 했을까, 하고 이상하게 여겼다. 외모를 볼 때 미글스 씨의 손수건에 꿍꿍이 수작을 벌이다 발각된 게 아닌가 하는 의심은 전혀 할 수 없었을 뿐 아니라 다투기 좋아한다거나 폭력적이라는 인상을 주는 것도 아니었다. 그는 조용하고 솔직하며 침착한 사람이었고, 도망가려는 시도도 하지 않았다. 약간 침울해 보였으나 부끄러워하거나 후회하는 기색은 없었다. 만일 그가 형법상의 죄인이라면 그는 구제불능의 위선자임이 분명했다. 그리고 범죄자가 아니라면 미글스 씨는 에돌림청에서 왜 그의 멱살을 잡은 걸까? 클레넘은 그 사내가 자기에게만 어려운 사람이 아니라 미글스 씨에게도 어려운 사람이라는 사실을 눈치챘다. 지름길로 파크에 가면서 함께 나눈 대화가 제대로 이어지지 않았을 뿐만 아니라 전혀 다른 얘기를 할 때조차도 미글스 씨는 자꾸만 두리번거리며 그 사내를 뒤돌아보았기 때문이다.

마침내 숲 속에 다다르자 미글스 씨가 갑자기 멈춰 서더니 말했다.

"클레넘 씨, 이 사람 좀 봐주시겠소? 이름은 도이스, 대니얼 도이스요. 이 사람이 악명 높은 악당이라고는 생각하지 않을 거요, 그렇죠?"

"분명히 그렇습니다." 그 사내가 함께 있는데 정말로 당황스러운 질문이었다.

"그래. 당신은 그렇게 생각하지 않을 거야. 그렇게 생각하지 않으리라는 걸 내가 알아. 이 사람이 공공의 범죄자라곤 생각하지 않을 거요, 그렇죠?"

"그렇습니다."

"그래. 그러나 이 사람은 범죄자요. 공공의 범죄자란 말이오. 이 사람이 무슨 죄를 범했겠소? 살인이겠소, 과실치사겠소, 방화겠소, 문서위조겠소, 사취겠소, 주거침입이겠소, 노상강도겠소, 절도겠소, 음모겠소, 사기겠소? 이제, 무슨 죄를 택하시겠소?"

"그중 어느 것도 아니라고 대답하겠습니다." 아서 클레넘은 대니얼 도이스의 얼굴에 희미한 미소가 감도는 것을 보면서 대답했다.

"맞소." 미글스 씨가 말했다. "하지만 이 사람은 발명의 재능이 풍부하고 자신의 창의력을 나라에 도움이 되게 쓰려고 했단 말이오. 그래서 곧장 공공의 범죄자가 된 거요."

아서가 그 사람을 쳐다보았으나 그는 도리질할 따름이었다.

"이 사람 도이스는 대장장이 겸 기술자요." 미글스 씨가 말했다. "대규모로 사업을 하는 것은 아니지만 창의력이 대단히 왕성한 사람으로 꽤 유명하지. 열두 해 전에 이 사람이 자기 조국과 동포들에게 대단한 의미를 지니는 발명품을(아주 기묘하고 비밀스러운 공정을 포함하는 발명품이오) 하나 완성했소. 비용이 얼마나 들었는지,

그리고 자기 인생의 몇 년을 거기에 바쳤는지는 모르겠지만, 열두 해 전에 완성했소. 그게 열두 해 전 아닌가?" 미글스 씨가 도이스 씨에게 물었다. "이 사람은 세상에서 최고로 화나게 만드는 사람이야. 불평 한마디 안 한다니까!"

"맞습니다. 십이 년 전이라고 하는 것보다 더 낫네요."

"더 낫다고?" 미글스 씨가 되뇌었다. "더 나쁘단 말이겠지. 이거 원, 클레넘 씨. 이 사람이 정부에 진정을 했소. 정부에 진정하는 순간, 이 사람은 공공의 범죄자가 된 거요!" 미글스 씨가 다시금 과도하게 열을 낼 위험을 감수하며 말을 이어나갔다. "죄 없는 시민이기를 그치고 범죄자가 된 거란 말이오. 그 순간부터 어떤 극악무도한 짓을 저지른 사람처럼 취급받았소. 남에게 떠넘겨지고 기피의 대상이 되는 사람, 위협을 받고 비웃음을 받는 사람, 지체 높은 친척을 둔 젊거나 나이 많은 신사에 의해 지체 높은 친척을 둔 젊거나 나이 많은 다른 신사에게 보내지고, 다시 회피의 대상이 되는 사람이 된 거요. 자신이 들인 시간이나 자신의 재산에 대해 어떠한 권리도 없는 사람, 아무렇게나 해치워도 정당화될 수 있는, 사회에서 그저 버림받은 사람, 가능한 모든 수단을 써서 지치게 만들 사람이 된 거란 말이오."

아침나절의 경험을 한 다음이었기 때문에 미글스 씨가 생각하는 대로 믿는다는 것이 그다지 어렵진 않았다.

"도이스, 거기 서서 안경집이나 자꾸 뒤집지 말고 내게 실토했던 바를 클레넘 씨께도 말해보게." 미글스 씨가 크게 말했다.

"내가 마치 범죄를 저지른 것처럼 느끼게 되었다는 것은 확실하죠." 발명가가 말했다. "여러 사무실에서 비위를 맞출 때면 대체로 지독히 나쁜 범죄를 저지른 것처럼 늘 취급받았으니까요. '뉴깃 캘린더'[16]에 오를 어떠한 짓도 정말 하지 않았으며, 그저 많은 절약과 커다란 개선을 달성하기를 원했을 따름이라고 생각하는 것이, 나 자신을 지탱하기 위해 필요하다는 사실을 자주 느꼈거든요."

"거봐!" 미글스 씨가 말했다. "내가 과장했는지 어쨌는지 판단해 보게! 사건의 나머지를 마저 얘기해도 이제 내 말을 믿을 수 있겠군."

미글스 씨가 그러한 전주곡 다음에, 사실이 이미 밝혀져서 지루하게 된 이야기를, 우리 모두가 당연히 외우고 있는 이야기를 해나 갔다. 한없이 출석하고 편지를 보낸 다음에, 그리고 무례하고 무식하고 모욕적인 언동을 끝없이 겪은 다음에, 상원이 의사록 3472호를 작성해서, 범죄자가 자기 비용으로 발명품을 시험해보도록 어떻게 허용했는지를. 6인위원회 – 나이 많은 두 위원은 눈이 멀어서 볼 수 없고, 나이 많은 다른 두 위원은 귀가 먹어서 들을 수 없으며, 나이 많은 다른 한 위원은 절름발이여서 가까이 갈 수 없고, 마지막 나이 많은 위원은 옹고집이어서 바라보지도 않으려하는 위원으로 구성된 6인위원회 – 앞에서 어떻게 시험을 했는지를. 몇 년이 어떻게 더 흘러갔고, 무례하고 무식하고 모욕적인 언동을 어떻게 더 겪

---

[16] 뉴깃 감옥에 갇혀있는 악명 높은 범죄자의 전기를 다룬 출판물.

었는지를. 그때 상원이 의사록 5103호를 작성해서, 그 일을 에돌림청에 어떻게 위탁했는지를. 머지않아 에돌림청이 그 일을 전에 들어본 적도 없는, 마치 어제 회부된 새로운 일인 양 어떻게 채택하고, 어떻게 엉망으로 만들고, 어떻게 혼란스럽게 만들고, 어떻게 그 일에 찬물을 끼얹었는지를. 무례하고 무식하고 모욕적인 언동이 어떻게 곱절로 거듭되었는지를. 그 발명품에 대해 아무것도 모르고 아무것도 주입될 수 없는 세 명의 바너클과 한 명의 스틸츠토킹에게 그 발명품이 어떻게 위임되었으며, 그들이 권태를 느끼면서 그것이 물리적으로 불가능한 발명이라고 어떻게 보고했는지를. 에돌림청이 의사록 8740호에 "상원이 도달했던 결론을 뒤집을 이유를 찾지 못했음"이라고 어떻게 기록했는지를. 에돌림청이 상원은 어떠한 결론이든 내린 바 없다는 지적을 듣고서 그 일을 어떻게 보류했는지를. 바로 그날 아침에 에돌림청의 우두머리와 어떻게 최종면담을 했고, 그 뻔뻔한 우두머리가 어떻게 말했는지를. 다시 말해서, 그것에 대해 두 가지 방침 중 하나를 택해야 하는 바, 즉 영원히 그것을 가만 내버려두든지 아니면 완전히 새로 시작하든지 해야 한다는 생각을, 그 우두머리가 다양한 관점에서 관찰하고서 대체적으로 그리고 여하한 경우에도 어떻게 피력했는지를 말이다.

"그래서," 미글스 씨가 말을 이었다. "현실적인 사람으로서 그때 그 자리에 있던 내가 도이스의 멱살을 잡고, 내가 보니까 이 작자는 악명 높은 악당이고 정부의 평화를 깨뜨리는 반역자인 게 분명하다고 하면서 데리고 나온 거야. 바로 그 짐꾼이 그런 작자들에 대한 관공서의 평가를 중히 여기는 현실적인 사람이 나라는 사실을 인식할 수 있게끔 이 사람의 멱살을 잡은 채 관청 밖으로 끌고 나온 거고, 여기 우리가 있는 거야!"

만일 그 활발하고 젊은 바너클이 그 자리에 있었다면 에돌림청이 임무를 완수했다고 아마 솔직하게 말했을 것이다. 바너클 일족이 해야 하는 일은 할 수 있는 한 오랫동안 국가라는 선박에 달라붙어 있는 것이라고 했을 것이다. 선박을 손질하는 것, 선박을 가볍게 하는 것, 선박을 청소하는 것은 자신들을 해치우는 것과 마찬가지인데, 자신들은 한 번 해치워질 수 있을 뿐이라고 했을 것이다. 선박이 여전히 달라붙어 있는 자신들과 함께 침몰한다면 그건 선박의 일이지 자신들의 일이 아니라고 했을 것이다.

"자!" 미글스 씨가 말을 이었다. "당신은 이제 도이스에 대해 모든 걸 알게 된 거요. 이 사람이 불평하는 소리를 아직도 듣지 못했다는 걸 빼면 말이오. 그래도 기분이 나아지진 않는군."

"인내심이 대단하군요." 아서 클레넘이 약간 놀란 눈으로 그를 바라보며 말했다. "참을성이 대단해요."

"그렇지 않아요." 그가 대꾸했다. "다른 사람보다 인내심이 더 많은 건 아니에요."

"그래도 나보다 많은 건 틀림없어!" 미글스 씨가 큰 소리로 말했다.

도이스가 미소를 띤 채 클레넘에게 말했다. "있잖아요, 그런 일을 내가 처음 경험한 건 아니거든요. 그런 일을 약간씩 겪는 것이 내

직종에서는 가끔 있는 일이에요. 내 경험이 특별한 사례도 아니고요. 같은 처지에 빠졌던 백 명의 다른 사람들보다 더 부당한 대접을 받았던 건 아니니까요 - 다른 모든 사람들보다, 라고 말할 뻔했군요."

"내가 똑같은 경험을 한다면 그런 사실을 위안으로 삼을 수 있을지 모르겠지만 당신이 그렇게 생각한다니 정말 기쁘군요."

"내 말을 잘 이해해야죠!" 그가 자기 앞의 먼 곳을 회색 눈으로 측량하는 것처럼 주의 깊게 살펴보며, 침착하고 작정한 태도로 말을 받았다. "그것이 사람의 수고와 희망에 대해 보상이 된다고 말하는 게 아니에요. 하지만 내가 그와 같은 생각에 의지했을 수도 있다고 이해하는 게 일정한 위안 같은 것은 되는군요."

그는 아주 꼼꼼하게 바라보고 바로잡는 숙련공에게서 흔히 관찰할 수 있는 차분하고 침착한 태도로 그리고 저음으로 말을 했다. 그런 태도나 저음은 그의 유연한 엄지손가락이나 가끔 뒤쪽을 잡고 모자를 비스듬하게 쓰는 별난 버릇과 마찬가지로 그의 일부를 이루는 것이었는데, 그럴 때면 그는 수작업으로 하고 있는 아직 완성하지 못한 어떤 일을 숙고하며 곰곰이 생각하고 있는 것처럼 보였다.

"실망했나요?" 그가 아서와 미글스 씨 사이에 서서 나무 아래로 걸어가며 말을 이었다. "그래요. 나도 물론 실망했어요. 기분이 나쁜가요? 그래요. 나도 물론 기분 나빠요. 그건 그저 자연스러운 거예요. 그러나 같은 처지에 빠졌던 사람들이 대개 같은 대접을 받았다고 했을 때, 내 말은 - "

"영국에서란 말이겠지." 미글스 씨가 끼어들었다.

"오! 물론 영국에서입니다. 그들이 발명품을 갖고 외국으로 가면 그땐 전혀 달라지거든요. 그리고 수많은 사람들이 외국으로 가는 것도 바로 그 이유 때문이고요."

미글스 씨는 정말로 다시 심하게 달아올랐다.

"내 말은 도대체 어떻게 해서 그것이 영국정부의 통상적인 방식이 되었는지 모르겠으나 그것이 통상적인 방식이라는 겁니다. 정부가 가까이하기 거의 불가능하다는 사실을 알지 못하는 설계자나 발명가에 대한 얘기를, 정부가 좌절시키거나 냉대하지 않은 설계자나 발명가에 대한 얘기를 들어본 적이 있나요?"

"들어본 적이 있다고는 못하겠네요."

"정부가 유용한 안을 받아들이는 데 있어서 앞장선 경우를 아세요? 유용한 모범을 보인 경우를 아시느냐고요?"

"내가 여기 이 친구보다는 훨씬 나이가 많으니까 내가 대답해주지. 전혀 모르겠어." 미글스 씨가 대답했다.

"그러나 정부가 다른 사람들보다 몇 마일이든, 몇 해든 뒤처져 있겠다는 결심을 확고하게 발휘한 사례들이 아주 많다는 사실은 우리 셋 모두 알고 있는 것 아닌가요?" 발명가가 말을 이었다. "그리고 더 나은 방식이 잘 알려지고 일반적으로 채택된 후에도, 정부가 오래전에 폐기된 방식을 고집스레 사용하고 있다는 사실이 밝혀진 사례들이 아주 많다는 것도요?"

세 사람은 그 점에 대해 모두 의견이 일치했다.

"그러면 자," 도이스가 한숨을 쉬며 말을 계속했다. "내가 이러이러한 금속이 얼마 얼마의 온도에서 어떻게 되는지, 그리고 이러이러한 물체가 얼마 얼마의 압력을 받으면 어떻게 되는지 알고 있는 것처럼, 나는(단지 생각만 해도) 그들 상원의원들과 하원의원들이 내 문제와 같은 그런 문제를 어떻게 다룰 것인지도 분명히 알 수 있습니다. 내가 나보다 앞서 갔던 모든 사람들과 같은 줄에 놓인다고 해서, 나도 머리가 있고 기억하는 바가 있는데 깜짝 놀랄 권리는 없는 거지요. 그걸 그냥 놔뒀어야 했어요. 경고도 충분히 받았었는 걸요."

도이스 씨는 그 말을 하며 안경집을 넣어두고 아서에게 말했다. "내가 불평은 하지 않더라도, 클레넘 씨, 감사는 느낄 수 있어요. 우리 친구에게 내가 감사한다는 것은 확실하니까요. 이분이 나를 후원한 지도 오래되었고 후원한 방법도 많거든요."

"쓸데없는 소리." 미글스 씨가 대꾸했다.

아서는 침묵이 이어지는 가운데 대니얼 도이스를 흘긋 보지 않을 수 없었다. 그가 쓸데없이 투덜거리지 않는다는 사실이 그 자신의 성격과 어울리고, 자기 경우에 대한 그 자신의 존중심과도 어울린다는 것은 분명했지만, 오랫동안 노력한 결과로 그가 더 늙었고 더 엄격해졌으며 더 불쌍해졌다는 것 역시 분명했다. 아서는 이 사내가 국사를 책임지실 정도로 친절하신 신사분들께 강습을 받고 일 안 하는 법을 배웠더라면, 그에게 얼마나 다행이었을까, 라는 생각을 하지 않을 수 없었다.

미글스 씨는 달아오른 채 거의 5분 동안 의기소침해 있다가 점차 열기가 가라앉고 명랑해졌다.

"자, 자!" 미글스 씨가 말했다. "우리가 인상 쓴다고 더 나아지진 않아. 어디로 갈 텐가, 댄?"

"공장에 돌아갈 작정입니다." 댄이 대답했다.

"그러면 우리 모두 공장으로 돌아가든가, 그쪽으로 걷든가 하세." 미글스 씨가 쾌활하게 말을 받았다. "클레넘 씨는 공장이 블리딩 하트 야드에 있다고 해서 단념하지는 않을 걸세."

"블리딩 하트 야드라고요?" 클레넘이 말했다. "거기에 가보고 싶습니다."

"그럼 더 잘되었군." 미글스 씨가 큰소리로 말했다. "따라오게!"

그들이 길을 갈 때 셋 중 한 명은 분명히, 그리고 어쩌면 한 명 이상이, 블리딩 하트 야드가 상원의원들 및 바너클들과 공문을 주고받던 사람이 찾아가기에 부적합한 목적지는 아니라는 생각을 했을지 모른다 ― 그리고 또 브리타니아[17]가 에돌림청을 지나치게 사용한다면 험악한 미래 언젠가는 그녀 자신이 블리딩 하트 야드에서 숙소를 찾게 될지 모른다는 걱정을 했을지도 모른다.

---

[17] 대영제국을 상징하는 여성상. 투구를 쓰고 방패와 삼지창을 들고 있는 모습임.

11 풀려나다

우중충한 가을밤이 늦은 시간에 손 강에 다가오고 있었다. 그 강은 어두운 곳에 놓여있는 훼손된 거울처럼 구름을 힘겹게 비췄다. 군데군데 앞으로 기울어져 있는 낮은 강둑은 강물에 어둡게 비치는 자신의 모습을 한편으로는 보고 싶지만 다른 한편으로는 보기가 두려운 듯했다. 샬롱 근처의 광활한 평지에는 줄지어있는 백양나무 때문에 이따금 조금씩 들쭉날쭉하게 된 긴 줄이 분노한 석양을 배경으로 음산하게 뻗어있었다. 손 강의 기슭은 축축하고 울적하고 인적이 없었으며 어둠이 빨리 짙어졌다.

샬롱 쪽으로 천천히 걸어가는 한 사내가 풍경 속에서 유일하게 눈에 띄는 형체였다. 카인이라면 마찬가지로 쓸쓸하게 그리고 사람들이 경원시하는 것으로 보였을 것이다. 등에는 양가죽으로 만든 낡은 배낭을 지고, 손에는 모종의 나무를 깎아서 만든 거칠고 껍질도 벗기지 않은 지팡이를 들고 있었다. 온몸이 진흙투성이이고, 아픈 발을 끌고 있었으며, 신발과 각반에는 진흙이 묻어있고, 머리와 수염은 다듬지 않은 상태였다. 어깨 위에 걸친 망토와 입고 있는 옷은 비에 흠뻑 젖었고, 고통과 곤경 속에서 다리를 절며 걷고 있으니, 구름이 그를 피해 황급히 도망가는 것 같았고, 울부짖듯 윙윙대는 바람과 추워서 벌벌 떠는 풀이 그에게 대항하여 겨눠진 것 같았다. 또한 나지막하고 알쏭달쏭하게 철벅이는 물소리는 그에게 투덜대는 것 같았고, 가을밤이 그 때문에 발작적으로 불안해하는 것 같았다.

그는 부루퉁해서 그렇지만 움츠리면서 여기저기 흘끗거렸고, 가끔 발걸음을 멈추고 돌아서기도 했으며 사방을 살펴보기도 했다. 그리고 나서 다시 절뚝거리며 걸었고 힘들게 움직이며 투덜거렸다.

"빌어먹을 이놈의 벌판은 끝이 없군! 빌어먹을 이놈의 돌들이 살을 에는군! 빌어먹을 이놈의 음침한 어둠이 사람을 냉기로 감싸는군! 정말 싫어!"

그는 할 수만 있다면 얼굴을 찡그려서 자기가 지니고 있는 반감을 그 모든 것에 씌웠을 것이다. 터벅터벅 좀 더 걸었다. 그리고 나서 자기 앞에 놓인 먼 곳을 살펴보며 다시 걸음을 멈췄다.

"배고프고 목마르고 지쳤어. 식사하고 술 마시며 난롯불을 쬐어 몸을 따뜻하게 하는 너희 바보 같은 놈들아, 불빛이 저쪽 어디에 있는 거냐! 너희 마을을 약탈하고 싶구나, 너희 은혜에 보답하겠다, 이놈들아!"

하지만 그가 마을을 향해 이를 악물고 손짓을 해도 마을이 더 가까이 다가오지는 않았다. 돌멩이가 삐죽삐죽 튀어나와있는 길에 서서 주위를 둘러보려니 사내는 한결 더 배가 고팠고 한결 더 목이 말랐으며 한결 더 지쳤다.

마을에는 출입구가 따로 있고 요리를 하는 맛좋은 냄새가 나는 호텔이 있었다. 마을에는 창이 밝게 빛나고 도미노 골패를 굴리는 소리가 나는 카페가 있었다. 마을에는 문설주에 붉은 천 조각을 두른 염색소가 있었다. 마을에는 귀고리와 제단용 봉헌물을 만드는 은세공집이 있었다. 마을에는 군인 손님들이 담뱃대를 입에 물고 쾌활하게 나오는 담배 가게가 있었다. 마을에는 고약한 냄새가 났고, 도랑에는 빗물과 쓰레기가 뒤섞였으며, 희미한 등불이 길 여기저기에 걸려있었다. 또한 커다란 합승마차와 산더미 같은 짐, 그리고 꼬리를 단단히 묶은 여섯 필의 회색 말이 역마차매표소에서 막 출발하려고 하고 있었다. 그러나 형편이 궁색한 여행자를 위한 작은 여인숙은 눈에 띄질 않아서, 그는 어두운 모퉁이를 돌아 여인숙을 찾아야 했다. 모퉁이를 돌아가니 여자들이 아직 물을 긷고 있는 공중 저수조 주변에 양배추 잎들이 아주 두껍게 으깨어져 있었다. 거기 뒷골목에서 '새벽'이라는 여인숙을 발견했다. 커튼을 친 창들이 '새벽'을 어둡게 했으나 '새벽'은 밝고 따뜻해 보였다. 당구봉과 당구공 그림으로 적절히 장식되어있는 글자가 '새벽'에서 당구를 칠 수 있을 뿐 아니라, 말을 타고 왔든 걸어서 왔든 고기와 술을 먹고 숙박을 할 수 있으며, 안에 좋은 포도주와 리큐어[18]와 브랜디가 있다는 사실을 또렷하게 나타냈다. 사내가 '새벽'의 출입구 손잡이를 돌리고 절뚝이며 들어갔다.

　문을 열고 들어간 사내가 실내에 있는 몇몇 사내들을 향해 한쪽이 처져있는 빛바랜 모자를 살짝 건드려서 인사를 했다. 두 명의 사내가 작은 탁자 하나를 차지한 채 도미노 게임을 하고 있었고, 서너 명의 사내가 난로 주위에 걸터앉아서 담배를 피우며 이야기를 하고 있었다. 중앙에 위치한 당구대는 잠시 방치되어있었고, '새벽'

---

[18] 식후에 마시는 독한 술.

의 여주인은 시럽이 들어있는 탁한 병, 과자바구니, 그리고 잔들을 두는 회색의 식기시렁에 둘러싸인 채 작은 카운터 뒤에서 바느질을 하고 있었다.

그는 방 귀퉁이에 놓여있는, 난로 뒤의 비어있는 작은 탁자로 가서 배낭과 망토를 바닥에 내려놓았다. 그 동작을 하기 위해 상체를 숙였다가 고개를 드니 여주인이 옆에 와 있었다.

"오늘 밤에 여기서 숙박할 수 있소?"

"물론이죠!" 여주인이 높고 단조로우며 명랑한 목소리로 대답했다.

"좋소. 식사를 - 저녁을 - 당신이 뭐라 부르든 할 수 있겠소?"

"아, 물론이죠!" 여주인이 전과 같이 큰 소리로 대답했다.

"그럼, 부디 빨리 준비해 주시오. 할 수 있는 한 빨리 먹을 것 좀 가져오고 포도주도 함께 갖고 오시오. 난 완전히 지쳤소."

"아주 험한 날씨에요." 여주인이 말했다

"빌어먹을 날씨 같으니."

"그리고 아주 먼 길을 오셨나 봐요."

"빌어먹을 길 같으니."

쉰 목소리 때문에 말이 제대로 나오지 않았다. 두 손으로 머리를 받치고 있노라니 여주인이 카운터에서 포도주 한 병을 갖고 왔다. 포도주를 작은 잔으로 두 차례 비우고 나서, 식탁보, 냅킨, 수프접시, 소금, 후추, 기름과 함께 자기 앞에 차려져 있는 커다란 빵 덩어리에서 한쪽 끄트머리를 떼어냈다. 그리고 나서는 모서리 벽에 등을 기댄 채 긴 의자를 침상 삼아 몸을 누이고, 식사가 준비되는 동안 빵조각을 씹기 시작했다.

난로 주변의 대화가 잠시 멈추고 서로에 대한 무관심과 주의산만이 일시적으로 생겨났으니, 그것은 그런 무리 사이에 낯선 사람이 새로 도착했다는 사실과 보통은 뗄 수 없는 일이었다. 그때쯤 해서 그런 무관심과 주의산만이 지나갔고 사내들은 그를 흘금거리는 것을 그만두고 다시 대화를 계속했다.

"그게 진짜 이유요." 그중 한 명이 자신이 하던 이야기를 마무리하기 위해 말했다. "그게 사람들이 악마가 풀려났다고 말하는 진짜 이유라니까요." 이야기하는 사내는 키가 큰 스위스 성직자였고 성당의 권위 비슷한 것을 자신의 얘기에 끌어들였다 - 특히 악마 얘기를 하고 있었기에 더욱 그렇게 보였다.

여주인은 '새벽'에서 요리사로 일하는 남편에게 새로 온 손님을 대접하기 위한 지시사항을 전달하고 카운터 뒤에서 바느질을 다시 시작했다. 몸집이 작은 그녀는 눈치 빠르고 단정하고 영리했으며 모자와 양말을 만들어달라는 주문을 잔뜩 받고 있었다. 그녀는 웃음을 터뜨리고 고개를 자꾸 끄덕이며 대화에 끼어들었지만 바느질에서 시선을 떼지는 않았다.

"아, 저런!" 그녀가 말했다. "리옹에서 온 배가 마르세유에서 악마가 정말로 풀려났다는 소식을 전했을 때 파리를 잡던 몇몇 사람들은 그 소식을 곧이들었어요. 그렇지만 나는 어떻게 받아들였을 것 같아요? 아니에요, 난 곧이듣지 않았어요."

"부인, 부인이 언제나 옳아요." 키 큰 스위스 사람이 대꾸했다. "틀림없이 부인은 그 사내에게 화가 났겠죠?"

"아, 예!" 여주인이 바느질하던 시선을 들어 올리고 두 눈을 크게 뜬 채 고개를 한쪽으로 젖히며 큰 소리로 말했다. "물론이죠."

"그는 나쁜 사람입니다."

"나쁜 놈이죠." 여주인이 말했다. "그리고 운 좋게 피한 처벌을 마땅히 받아야 하는 놈이고요. 그만큼 더 나쁜 놈이에요."

"잠깐요, 부인! 어디 봅시다." 스위스 사람이 입술 사이에 문 여송연을 논쟁 조로 돌리면서 대꾸했다. "그의 불운한 운명 탓일 수 있어요. 환경의 영향을 받았을 수 있다는 거죠. 자기 속에 있는 선善을 찾아내는 법을 알기만 했다면, 선할 수 있었을 뿐만 아니라 지금도 선할 수 있다는 가능성은 언제나 있는 거니까요. 철학적 박애주의[19]가 가르치기를―"

난로 주위에 모여 있던 몇 안 되는 다른 사람들이 그런 위협조의 표현을 끌어들이는 데에 반대한다는 투로 중얼거렸다. 도미노 놀이를 하고 있던 두 사람조차도 철학적 박애주의라는 명칭이 '새벽'에 들어오는 데 반대한다는 듯이 하던 놀이를 멈추고 시선을 들어 올렸다.

"잠깐만요, 손님, 그리고 손님의 박애주의도요." 미소를 짓고 있던 여주인이 이전보다 더욱 고개를 끄덕이고 큰 소리로 말했다. "들

---

[19] 공리주의 또는 벤담주의를 지칭.

어보세요. 난 여자이고 철학적 박애주의에 대해 전혀 몰라요. 하지만 내가 살고 있는 이승에서 이제까지 내가 뭘 보았는지, 뭘 똑바로 바라보았는지는 알아요. 당신에게 할 말은, 선하지 않은 - 전혀 그렇지 못한 - 작자들이(불행하게도 남자와 여자 모두에게 해당하는 얘기지요) 있다는 거예요. 타협하지 말고 싫어해야 하는 작자들이 있다는 거죠. 인류의 적으로 다루어야 하는 작자들이 있다는 거예요. 인간의 마음을 갖고 있지 않으니까 사나운 맹수처럼 박멸하고 치워버려야 하는 작자들이 있다는 거라고요. 그런 작자들이 아주 소수이기를 바라지만 그런 작자들이 (내가 살고 있는 이승에도, 그리고 심지어는 자그마한 '새벽'에도) 존재한다는 걸 알고 있다니까요. 그리고 그 사내가 - 사람들이 뭐라 불렀는지 이름은 잊었습니다만 - 그런 작자 중의 하나라는 사실을 의심하지 않아요."

여주인의 활기찬 연설은 그녀가 그렇게도 터무니없이 반대하는 부류를 맘씨 좋게 눈가림해주려는 몇몇 사람들, 즉 영국과 좀 더 가까이 있는 사람들보다는 '새벽'에서 더 큰 지지를 받았다.

"맹세컨대! 만일 당신의 철학적 박애주의가," 여주인이 손님의 수프를 들고 옆문에 나타난 남편에게서 수프를 받아들기 위해 일감을 내려놓고 일어나며 말했다. "그런 사람들과 말로 또는 행동으로 또는 둘 다로 타협해서 아무나 그들의 처분에 맡기는 거라면, 그건 한 푼의 값어치도 없는 거니까 '새벽'에서 그걸 치우세요."

그녀가 누웠다가 고쳐 앉은 손님에게 수프를 내려놓자 그는 그녀의 얼굴을 빤히 쳐다보았다. 콧수염이 코 아래로 올라가고 코는 콧수염 위로 내려왔다.

"글쎄요!" 전에 말을 하던 사람이 입을 열었다. "하던 얘기로 돌아갑시다. 그 모든 걸 제쳐놓더라도, 여러분, 마르세유 사람들이 악마가 풀려났다고 하는 것은 그 사내가 재판을 받고 무죄선고를 받았기 때문이에요. 그것이 그런 표현이 유포되기 시작한 과정이고 그 표현이 의미하는 바이지요, 더 이상 다른 것은 없어요."

"그 사내 이름이 뭐래요?" 여주인이 물었다. "비로 아닌가요?"

"리고랍니다, 부인." 키 큰 스위스 사람이 대답했다.

"리고라! 맞아요!"

나그네는 수프를 먹은 다음에 고기를 먹고 또 야채를 먹었다. 자기 앞에 놓인 모든 것을 먹어치우고 포도주 병을 비운 다음에는 럼주를 한 잔 주문했으며 커피를 마시면서 담배를 피웠다. 원기를 회복한 그는 고압적인 표정을 지었다. 그리고 자신의 신분이 외모보다 훨씬 윗길인 체하며 약간의 잡담을 거들어서 '새벽'에 모여 있는 사람들에게 은혜를 베풀었다.

모여 있던 사람들은 다른 약속이 있어서 그랬을 수도 있고 자신들의 낮은 신분을 절감해서 그랬을 수도 있지만 아무튼 점차 흩어졌다. 그리고 다른 사람들로 대치되지를 않았으니, 새로 온 손님이 '새벽'을 독차지하게 되었다. 집주인은 부엌에서 땡그랑거리는 소리를 냈고, 여주인은 조용히 바느질을 했으며, 원기를 회복한 나그네는 녹초가 된 발에 온기를 쬐며 난롯가에서 담배를 피웠다.

"실례지만 부인 — 그 비로가."

"리고라니까요, 손님."

"리고가 말입니다. 또 실례했군요 - 부인을 불쾌하게 했나 봐요, 어떻게 했죠?"

한번은 사내가 잘생긴 사람이라고 생각했다가, 그 다음번에는 못생긴 사람이라는 생각이 번갈아 들던 여주인은 코가 내려오고 콧수염이 올라가는 모습을 관찰하고는 후자의 판단 쪽으로 강력하게 기울었다. 리고는 자기 마누라를 살해한 범죄자예요, 라고 일러 주었다.

"아, 그런가요? 개떡같이, 정말로 지독한 범죄자군요. 하지만 어떻게 그걸 알죠?"

"온 세상 사람들이 아는 일인걸요."

"하하! 그렇지만 처벌을 면했다면서요?"

"손님, 법률은 그를 처벌하는 정의를 충분히 입증할 수 없었던 거예요. 그래서 그렇게 판결한 거죠. 그럼에도 불구하고 온 세상 사람들이 그가 살인을 저질렀다는 사실을 알고 있어요. 사람들이 그 사실을 너무 잘 알아서 그를 발기발기 찢으려고 들었거든요."

"모두들 자신들의 부인과 더할 나위 없이 화목하게 지낸다는 건가요?" 손님이 물었다. "하하!"

'새벽'의 여주인은 그를 다시 바라보았고 마지막 판단이 옳은 것 같다고 확신했다. 그렇지만 손님은 손이 고왔고 몹시 허세를 부리며 고운 그 손을 뒤집었다. 못생긴 사람이 아니라는 생각이 여주인에게 다시 들기 시작했다.

"그가 어떻게 되었는지 ─ 부인이 말했었나요 ─ 또는 신사분들이 그 얘기를 했던가요?"

여주인이 고개를 가로저었는데, 자신이 하는 얘기에 박자를 맞추면서 쾌활하고 진지하게 얘기하다가 고개를 끄덕이지 않은 것은 그때가 처음이었다. 리고가 안전을 위해 감옥에 갇혀있었다는 말들이 잡지기사에 근거해서 '새벽'에서 있었다고 했다. 사실이 어떻든 간에 그는 당연히 받아야 하는 처벌을 피한 것이고, 그만큼 더 나쁜 거죠.

손님이 그녀를 바라보고 앉아서 마지막 담배를 다 피울 동안 여주인은 고개를 숙인 채 일감에 몰두하고 있었다. 그때 그의 표정은 그녀의 의심을 없앨 수도 있는 표정이었으니, 그녀가 보았다면 그가 잘생긴 사람인지 못생긴 사람인지에 대해 영원한 결론에 도달할 수도 있는 표정이었다. 그녀가 고개를 들어서 그를 바라보았을 때 그 표정은 이미 사라진 다음이었다. 텁수룩한 콧수염을 손으로 매만지고 있었던 것이다.

"부인, 잠자리로 안내해주시오."

물론이죠. 어디 있어요, 여보! 남편이 위층으로 안내할 거예요. 위층에는 나그네 한 명이 잠들어있답니다. 피곤을 못 견뎌서 정말로 아주 일찍 잠자리에 들었거든요. 그러나 그 방은 침대가 두 개 있는 방이고 스무 명은 잘 수 있는 널찍한 방이에요. '새벽'의 여주인이 그와 같은 얘기를 지저귀듯이 설명하는 틈틈이 옆문에 대고 불렀다. 어디 있어요, 여보!

남편이 마침내 "나 여기 있소, 여보!"라고 대답하며 요리사 모자를 쓴 채 나타나서 나그네를 좁고 가파른 계단 위로 촛불을 밝히고 안내했다. 나그네는 망토와 배낭을 들고 여주인에게 내일 다시 뵈면 좋겠다는 말을 듣기 좋게 하면서 잘 자라고 인사했다. 마루는 거칠고 깔쭉깔쭉했고, 머리 위의 서까래에는 회반죽이 발라져 있지 않았으며, 두 개의 침대가 마주 보는 양쪽 벽에 붙여져 있는 커다란 방이었다. 남편이 들고 있던 양초를 내려놓고, 배낭 위로 몸을 굽히고 있는 손님을 곁눈질로 보면서, "오른쪽 침대에서 주무시오!"라고 퉁명스럽게 설명한 다음에 그가 휴식을 취하도록 떠났다. 남자주인은, 그가 훌륭한 관상가든 아니든 간에, 손님이 못생긴 사람이라는 결론에 완전히 도달했다.

투숙객은 자신을 위해 준비돼있는 깨끗하지만 조잡한 침구를 경멸조로 바라보았다. 그러고는 침대 곁에 있는 골풀로 만든 의자에 앉은 채 주머니에서 돈을 꺼내 손바닥에 올려놓고 여러 차례 세어보았다. "사람은 먹어야 해." 혼자 중얼거렸다. "하지만 제기랄, 내일은 다른 사람 돈으로 먹어야겠군!"

그런 생각을 하면서 그리고 손바닥에 놓여있는 돈을 기계적으로 달아보면서 앉아있노라니 맞은편 침대에 누워있는 나그네가 숨을 깊이 들이쉬는 소리가 규칙적으로 들려와서 그쪽으로 눈길을 돌렸다. 사내가 따뜻하도록 홑이불을 완전히 덮고 있었고 머리맡에 하얀 커튼도 치고 있어서 모습은 보이지 않고 숨소리만 들릴 뿐이었다. 하지만 깊고 규칙적으로 숨을 들이쉬는 소리가 그가 낡은 신발과 각반을 벗을 때에도 여전히 계속되었고, 외투와 크러뱃을 옆에 모아 놓을 때에도 여전히 지속되었기 때문에, 자고 있는 사람의 얼굴을 한 번 보아야겠다는 호기심과 동기가 마침내 강하게 들었다.

그래서 깨어있는 나그네가 자고 있는 나그네의 침대에, 살금살금 좀 더, 좀 더, 좀 더, 다가가서 마침내 바로 옆에 섰다. 그때도 그는 상대가 홑이불을 얼굴 위까지 끌어당기고 있었기 때문에 상대의 얼굴을 볼 수가 없었다. 규칙적으로 숨을 내쉬는 소리가 여전히 계속되는 가운데 매끈하고 하얀 손을 홑이불에 뻗어서(살며시 뻗는 폼이 도저히 신뢰할 수 없는 손이었다!) 부드럽게 들추었다.

"개떡같이!" 그가 뒤로 물러나며 중얼거렸다. "카발레토잖아!"

침대 곁에 은밀하게 서 있는 존재에 의해 잠결이지만 이전부터 영향을 받고 있었을지도 모르는 작은 이탈리아 사람이 규칙적으로 숨을 내쉬던 것을 중단하더니 심호흡을 길게 하고 두 눈을 떴다. 처음엔 두 눈을 뜨기는 했지만 깨어있지는 않았다. 옛날의 감옥 동료를 잠시 차분하게 바라보았던 것이다. 그러고 나서 갑자기 경악과 공포가 섞인 소리를 지르며 침대에서 벌떡 일어났다.

"쉿! 왜 그래! 조용히 해! 나야. 날 알아보겠어?" 상대가 가라앉은 소리로 외쳤다.

그러나 존 밥티스트는, 빤히 쳐다보고, 기도와 절규를 수없이 중얼거리고, 몸을 벌벌 떨며 귀퉁이로 뒷걸음질하고, 바지를 급히 입고, 코트의 소매를 목 주위에 묶으면서, 다시 아는 관계로 지내느니 문밖으로 도망가고 싶다는 뜻을 명백하게 표명했다. 옛날 감옥 동료가 그런 모습을 지켜보더니 문으로 뒷걸음질해서 두 어깨를 문에 대었다.

"카발레토! 잠 깨! 두 눈을 비비고 날 쳐다봐. 예전에 부르던 이름으로 부르지 마 – 그 이름을 쓰지 마 – 라니에, 라니에라고 해!"

눈을 최대한으로 크게 뜨고 그를 빤히 바라보던 존 밥티스트는 상대방이 평생 제시할 수도 있는 것을 모조리 거부하기로 전부터 작정하고 있었다는 듯이 오른쪽 집게손가락을 어깨 위로 올려 허공에다 대고 애국적으로 수없이 흔들었다.

"카발레토! 손을 내밀어 봐. 신사 라니에를 알잖아. 신사의 손을 잡으라니까!"

존 밥티스트는 두 발이 아직도 후들거렸지만 거들먹거리고 권위적인 옛날 말투에 복종해서 앞으로 나왔다. 그리고 자신의 손을 내밀어서 보호자의 손을 잡았다. 라니에 씨가 웃음을 터뜨리며 굳은 악수를 한 번 하고는 그 손을 위로 들었다가 놓아주었다.

"그런데 선생님이 – " 존 밥티스트가 말을 더듬었다.

"수염을 안 깎느냐고? 안 깎아. 이봐!" 라니에가 고개를 한 번 돌리며 소리쳤다. "수염이 너처럼 **빽빽**하게 나 있잖아."

존 밥티스트는 몸을 약간 떨며 자신이 어디 있는지를 생각해내려는 듯이 방 안을 여기저기 둘러보았다. 그의 보호자는 그 기회를 이용해서 문의 열쇠를 돌린 다음에 자기 침대에 앉았다.

"자!" 그가 신발과 각반을 집으면서 말했다. "신사치고는 초라한 모습이라고 말하겠지. 상관없어, 내가 얼마나 빨리 나아지는지 보게 될 테니. 와서 앉아. 원래 앉았던 곳에 앉으라고!"

존 밥티스트는 안심을 못 하겠다는 듯이 침대 옆의 마루에 앉으면서도 보호자에게서 내내 눈을 떼지 않았다.

"좋아!" 라니에가 크게 말했다. "자, 옛날 지긋지긋한 감옥에 다시 온 걸지도 몰라, 그렇잖아? 나온 지 얼마나 됐니?"

"방장님이 나가고 이틀 뒤에 나왔습니다."

"여긴 어떻게 왔어?"

"그 도시에 머물지 말라는 주의를 들어서 즉시 떠났고, 그 후로는 방향을 아예 바꿨습니다. 아비뇽에서, 퐁테스프리에서, 리옹에서 잡다한 일을 했고, 론 강변과 손 강변에서도 일을 했습니다." 그는 말을 하면서 햇볕에 그을린 손으로 그 장소들을 마루에 급히 표시했다.

"어디로 갈 건가?"

"갈 거냐고요, 방장님?"

"그래!"

존 밥티스트는 방법은 몰랐지만 그 질문을 피하고 싶어 하는 것 같았다. "맙소사!" 그가 고백할 수밖에 없다는 듯이 마침내 입을 열었다. "파리에 갈까 하고 생각했던 적이 있어요, 어쩌면 영국에 갈지도 모르고요."

"카발레토. 이건 비밀로 하는 얘기야. 나도 파리 아니면 영국에 갈 거야. 같이 가자고."

작은 사내는 고개를 끄덕이면서도 적의를 나타냈다. 그리고 그것이 탁월하게 바람직한 합의인지 전혀 확신하지 못하는 것 같았다.

"같이 가는 거야." 라니에가 다시 말했다. "자넨 사람들이 날 얼마나 빨리 신사로 인정하게 되는지 알게 될 거고, 그 덕에 이익을 볼 거야. 동의한 거지? 같은 편이지?"

"아, 그럼요, 틀림없어요!" 작은 사내가 말했다.

"그렇다면 내가 잠들기 전에 말해봐 - 자고 싶으니까, 여섯 단어로 해 - 자네 눈에 내가 어떻게 보이는지, 나, 라니에가 말이야. 명심해. 다른 이름이 아니야."

"알트로, 알트로! 리 -" 존 밥티스트가 이름을 다 말하기도 전에 그의 동료가 주먹을 그의 턱 밑에 들이대었고 입을 다물라고 사납게 말했다.

"죽고 싶어! 뭐 하는 거야? 넌 내가 짓밟히고 돌멩이에 맞기를 원하니? **너도** 짓밟히고 돌멩이로 맞고 싶니? 그렇게 되고 싶나 보군. 사람들이 날 공격하면서 감옥 친구는 눈감아주리라고 생각하는 거야? 그런 생각은 하지도 마!"

그가 턱을 쥐었다가 놓아줄 때 얼굴에 어리는 표정을 본 그의 친구는, 그가 실제 돌멩이를 맞거나 짓밟히게 된다면, 자신이 자기 몫을 충분히 갖게끔 라니에 씨가 주의를 기울여 자기를 가려내리라는 사실을 짐작할 수 있었다. 그는 라니에 씨가 얼마나 국제적인 신사인지, 그리고 그가 얼마나 잘 가려내는지를 기억했다.

"나는," 라니에 씨가 말했다. "자네와 마지막으로 헤어진 이후에 사회에서 몹시 모욕을 당했어. 자네도 내가 예민하고 용감한 사람이라는 사실과 남을 지배하는 것이 내 성격에 맞는다는 사실은 알겠지. 사회가 나의 그러한 특징을 어떻게 존중했는지 아나? 거리를 다니면 사람들이 내게 비명을 지르더군. 손에 쥘 수 있는 아무 무기로나 무장을 하고 공격을 해대는 남자들, 특히 여자들 때문에 나는 거리를 다닐 때도 보호받았어. 갇힌 곳을 비밀로 한 채 감옥에 갇혔던 것도 감옥에서 끌려 나와 수없이 구타를 당하고 죽을까 봐 안전을 위해 그렇게 했던 거야. 난 한밤중에 짐마차를 타고 마르세유에서 탈출했고, 짚으로 싸서 멀리 떨어진 곳으로 보내졌어. 내가 내 집 근처에 가는 것은 안전하지 않은 일이었지. 그 이후에 거지같이 얼마 안 되는 돈을 갖고 지독한 진창과 험한 날씨를 헤치고 걸었더니 발을 절뚝거리게 된 거야―발 좀 봐! 너도 알다시피 아까 말했던 특징을 갖고 있는 내게 사회가 가했던 굴욕은 터무니없는 거였어. 하지만 사회는 그 값을 치를 거야."

이 모든 얘기를, 라니에는 손으로 입을 가린 채 친구의 귀에다 대고 했다.

"여기서조차," 그가 같은 자세로 이야기를 계속했다. "이 초라한 술집에서조차 사회가 날 쫓아오는군. 여주인이 날 모욕하고 손님들도 날 모욕했어. 나를, 그것도 자신들을 꼼짝 못 하게 만들 예의범절과 교양을 갖춘 신사를 말이지! 하지만 사회가 내게 저지른 숱한 잘못들은 이 가슴속에 고이 간직하고 있어."

존 밥티스트는 가라앉은 목쉰 소리를 주의 깊게 경청하면서 고개를 들어 올리고 두 눈을 감은 채 그 모든 이야기에 대해 가끔씩 "그럼요, 그럼요!"라고 답했으니, 사회에 해가 되는 아주 뚜렷한 사례를 완벽한 정직이 알아보는 것 같았다.

"내 신발을 거기 둬." 라니에가 말을 계속했다. "망토는 말릴 수 있게 저기 문 옆에 걸어두고. 모자를 받아." 그는 지시가 떨어질 때마다 각각의 지시사항을 따랐다. "이것이 사회가 나에게 할당한 침댄가, 그래? 하하. **썩 훌륭하군!**"

그가 다 해진 손수건을 사악한 머리에 동여맨 후 사악한 머리만이 침구 위로 드러나게 하고 침대 위에 길게 눕자, 존 밥티스트는 콧수염이 지금처럼 더 이상 올라가고 코가 지금처럼 더 이상 내려오는 것을 막기 위해 저지를 뻗했던 일이 꽤 강력하게 생각났다.

"운명의 주사위 통이 흔들리더니 다시 자네와 동행하게 됐군, 응? 제기랄! 자네에겐 그만큼 더 좋은 일이지. 그 덕에 이익을 볼 테니 말이야. 난 충분한 휴식이 필요해. 아침까지 자야겠어."

존 밥티스트는 원하는 만큼 충분히 주무시라고 대답하고, 잘 자라는 인사를 한 후에, 촛불을 껐다. 이탈리아 사람이 그다음 행동으로 옷을 벗었을 거라고 상상할지 모르겠지만, 그는 정확히 반대로 행동을 해서 신발만 제외하고 머리에서 발끝까지 옷을 입었다. 그렇게 한 다음에 덮을 것을 약간 덮고 코트는 여전히 목 주위에 묶은 채로 침대에 누워서 밤을 보냈다.

존 밥티스트가 일어났을 때 새벽이라는 대부는 자신과 이름이 같은 여인숙을 들여다보고 있었다. 그는 일어나서 신발을 손에 들고 문의 열쇠를 아주 조심스레 돌린 다음에 아래층으로 살금살금 내려

달아나다

갔다. 커피와 포도주 냄새, 담배와 시럽 냄새 외에는 깨어있는 것이 없었고 여주인의 작은 카운터는 아예 유령 같았다. 그는 소액의 방 값을 어젯밤에 이미 지불했고 누구도 만나고 싶지 않았다 – 단지 신발을 신고 배낭을 지고 문을 열고 달아나고 싶었을 뿐이다.

그의 목적이 달성되었다. 그가 문을 열 때 어떠한 움직임이나 목소리도 들리지 않았고, 다 해진 손수건을 동여맨 사악한 머리가 위층의 창에서 밖을 내다보는 일도 없었다. 태양이 평탄한 지평선 위로 온전히 둥근 모습을 들어 올려서, 작은 나무들이 지루하게 줄지어있는 길과 진흙투성이인 포장된 길을 비췄을 때, 검은 반점 하나가 그 길을 따라 움직이며 빗물이 고인 불타는 웅덩이에서 흙탕물을 튀겼으니, 그 검은 반점은 그의 보호자에게서 도망가는 존 밥티스트 카발레토였던 것이다.

***

12 블리딩 하트 야드

블리딩 하트 야드는 비록 오래된 시골 길에 있었지만 그래도 런던 안에 있었다. 그 길은 작가 겸 배우인 윌리엄 셰익스피어 시절에 왕실사냥터―지금은 인간 사냥꾼을 위한 운동 외에는 어떠한 운동도 할 수 없는 곳이다―가 있던 유명한 교외 쪽으로 뻗어있었다. 그곳은 모습과 운명이 많이 바뀌었으나 옛날에 웅대했던 맛을 어느 정도 지니고 있는 장소였다. 두세 군데 우뚝 솟아있는 거대한 굴뚝들과 옛날 규모를 생각해서 담으로 둘러치고 분할되는 것을 모면한 크고 어두운 몇몇 공간들이 그 야드에 특징을 부여했다. 그곳에는 가난한 사람들이 살고 있었는데, 그들은 사막의 아랍인들이 피라미드의 무너진 돌들 사이에 텐트를 치듯이 그곳의 빛바랜 영광 속에 그들의 안식처를 세워놓고 있었다. 하지만 한 가족 같은 다정다감함이 널리 퍼져있다는 것이 그 야드의 한 가지 특징이었다.

도시가 높이 올라가려고 자기가 위치한 바로 그 자리에서 부풀어 오른 것처럼 블리딩 하트 야드 주변의 지면이 솟아있어서 야드에 들어가려면 원래의 접근로가 아닌 계단으로 내려가야 했다. 또한 야드에서 나오려면 낮은 출입구를 통해 미로같이 초라한 거리로 나와야 했고, 그 거리를 구불구불 돌아 올라와야만 다시 평지로 나올 수 있었다. 그 야드의 끄트머리에 그리고 출입구를 지난 곳에 대니얼 도이스의 공장이 있는데, 그 공장은 쇠로 만들어진 피 흘리는 가슴처럼 금속과 금속이 부딪쳐서 땡그랑거리는 소리를 내며 격렬하게 뛰는 경우가 종종 있었다.

그 명칭의 유래에 대해 야드 사람들의 의견은 둘로 나뉘었다. 거주자 중 좀 더 현실적인 사람들은 살인에 대한 전설을 고수했다. 여성 전부를 포함하여 좀 더 상냥하고 상상력이 풍부한 거주자들은, 애인에게 충실해서 아빠가 골라준 구혼자와 결혼하기를 거부했다가 잔인한 아버지에 의해 꼼짝 못 하고 방에 갇히게 된 옛날 아가씨에 대한 전설을 지지했다. 그 전설은 그 아가씨가 갇힌 방의 창가에서 "피 흘리는 가슴, 피 흘리는 가슴, 피 흘리다 죽네,"라는 후렴구가 들어있는 실연의 노래를 죽을 때까지 중얼거리는 모습을 사람들이 얼마나 올려보았던가를 설명하는 것이었다. 살인에 대한 전설을 고수하는 쪽에서는 그 후렴구가 아직도 그 야드에서 숙박하고 있는 노처녀 겸 몽상가인 북 만드는 사람이 만들어낸 구절로 알려져 있다며 반대했다. 그러나 모두가 다 좋아하는 전설이려면 애정과 관계되어있어야 했고, 살인을 저지르는 사람보다 사랑에 빠지는 사람이 더 많았으므로―우리가 아무리 악하더라도 세상 마지막 날까지 우리가 받들 하늘의 뜻이 그것이었으면 좋겠다―피 흘리는 가슴, 피 흘리는 가슴, 피 흘리다 죽네, 라는 전설이 압도적인 다수로 승리를 거두었다. '피 흘리는 가슴'이 한때 그곳의 토지를 소유했던 오래된 가문의 문장紋章이라고 지적하는, 근처에 사는 골동품수집가의 박

식한 강연에는 어느 쪽도 귀 기울이려고 하지 않았다. 그리고 그들이 해마다 뒤집는 모래시계가 최고로 세속적이고 최고로 굵은 모래로 채워져 있다는 사정을 생각하면, 블리딩 하트 야드의 사람들이 그 시계 안에서 반짝이는 시정詩情의 작은 황금알갱이 하나라도 빼앗기는 데에 반대할만한 이유는 충분했던 것이다.

대니얼 도이스, 미글스 씨, 그리고 아서 클레넘이 계단을 통해 그 야드로 내려갔다. 슬픔에 잠긴 아이들을 쾌활하게 돌보고 있는 아이들로 풍성하게 장식된 문들이 길 양쪽에 활짝 열려있는 가운데로 그 야드를 쭉 따라가서 반대편 경계인 출입구에 도착했다. 아서 클레넘은 거기서 걸음을 멈추고, 런던 사람들의 상례에 따르면 대니얼 도이스가 그 시각까지 그 이름을 보지도 듣지도 못했을 미장이 플로니쉬의 집을 찾아 두리번거렸다.

그렇지만 그 집은 작은 도릿이 말했던 대로 아주 소박한 집이었고 모서리에 석회를 뿌려놓은 출입구를 지나서 있었다. 플로니쉬는 출입구 안쪽에 사다리 하나와 통 한두 개를 걸쳐놓고 있었는데. 그가 거주하는 곳이라고 그녀가 설명했던 블리딩 하트 야드의 맨 끝 집은 여러 사람에게 세를 놓은 커다란 집이었다. 그러나 플로니쉬는 자신의 이름 아래에 손을 그려 넣어서 자신이 거실에 살고 있다는 사실을 재치 있게 암시했다. 그리고 그 손의 집게손가락은(손가락에는 그 화가가 반지뿐 아니라 최고로 품위 있는 모습의 손톱을 아주 정교하게 그려 놓았다) 물어볼 게 있는 사람들은 모두들 그 방에 문의하라는 뜻을 전달했다.

미글스 씨와 다시 만날 약속을 잡고 일행과 헤어진 클레넘은 홀로 입구로 들어가서 주먹으로 거실 문을 두드렸다. 아이를 안고 있던 어떤 여성이 곧 문을 열었고, 그녀는 비어있는 손으로 옷의 윗부분을 급히 매만졌다. 그 여성이 플로니쉬 부인이었다. 어머니로서의 그러한 동작이 플로니쉬 부인이 깨어있는 순간의 대부분을 차지하는 동작이었다.

플로니쉬 씨가 집에 있나요? "글쎄요," 예의 바른 여성인 플로니쉬 부인이 대답했다. "솔직하게 말씀드리면, 일자리를 알아보기 위해 나갔습니다."

솔직하게 말씀드리면, 이라고 하는 게 플로니쉬 부인이 말하는 방법이었다. 그녀는 어떤 상황에서도 상대를 속이지 않겠지만, 그 같은 조건절의 형식으로 대답하는 버릇이 있었다.

"기다리면 곧 돌아올까요?"

"저도 반 시간째 이제나저제나 기다리고 있습니다." 플로니쉬 부인이 말했다. "들어오세요."

아서는 약간 어둡고 바람이 잘 통하지 않는 거실에 들어가서(천장이 높기는 했다) 그녀가 내놓은 의자에 앉았다.

"솔직하게 말씀드리면, 저는 알아차렸습니다." 플로니쉬 부인이 말했다. "그리고 선생님이 친절하다고 생각했습니다."

그는 부인이 무슨 말을 하는 건지 이해하지 못해서 쩔쩔맸다. 그리고 표정으로 그와 같은 사실을 표현해서 그녀의 설명을 이끌어냈다.

"누추한 집에 들어오면서 모자를 벗을만한 가치가 있다고 생각하는 사람이 많지 않더군요." 플로니쉬 부인이 말했다. "그런 생각을 하지 않는 사람들이 생각 이상으로 많거든요."

아서는 그처럼 사소한 예의가 드문 것이라는 사실에 대해 불편함을 느끼면서 대답했다. 다 그렇죠! 그러고는 허리를 굽혀서 자신을 빤히 쳐다보며 마루에 앉아있는 또 다른 어린아이의 **뺨**을 꼬집으며 플로니쉬 부인에게 물었다. 이 잘생긴 사내아이는 몇 살이죠?

"네 살이 막 지났습니다." 플로니쉬 부인이 말했다. "잘생긴 아이 **에요**, 그렇지 않나요? 하지만 약간 병약해요." 그녀가 말을 하면서 안고 있던 아이를 부드럽게 달랬다. "선생님이 오신 게 일자리 때문인지 여쭤 봐도 될까요?" 플로니쉬 부인이 일자리를 바란다는 듯이 덧붙였다.

그녀가 워낙 걱정을 하며 물었기 때문에, 일자리 때문에 온 게 아니라고 하느니 어떤 집이든 갖고 있었다면 1피트 두께로 회반죽을 바르도록 했을 것이다. 그러나 그는 아니라고 할 수밖에 없었고, 그녀가 한숨을 자제하며 약한 난롯불을 바라볼 때 그녀의 얼굴에 실망의 기색이 감도는 걸 보았다. 또한 플로니쉬 부인이 젊은 여성이라는 사실과 가난 때문에 그녀 자신과 아이들이 다소 단정치 못하게 되었다는 사실을 알아챘다. 그리고 가난과 자식들에 질질 끌린 탓에 그 모든 것이 합해진 힘이 그녀의 얼굴에 벌써 주름살을 새겨넣었다는 사실도 알아챘다.

"일자리 같은 것은 전부 다 지하로 숨어버린 것 같아요, 정말 그래요." 플로니쉬 부인이 말했다. (그때 플로니쉬 부인은 그녀의 말을 미장이 일에 국한하고 에돌림청과 바너클 가에는 관계시키지 않고 말했다.)

"일자리를 얻는 것이 그렇게 어려운가요?" 아서 클레넘이 물었다.

"남편은 어렵다고 해요." 그녀가 대답했다. "아주 불운하거든요. 정말로요."

정말 그는 불운했다. 불가사의한 곡물가격 때문에 어려움을 겪고, 다리를 저는 경쟁자들을 따라가는 것조차 어렵게 된 인생길의 수많은 나그네 중의 하나였다. 실리적이지 못하지만 기꺼이 일하려고 할 뿐 아니라 마음씨가 고운 플로니쉬는 자신의 운명을 최대한으로 평온하게 받아들였으나 그의 운명은 거친 것이었다. 누구든 그를 필요로 하는 경우가 아주 드물었고, 그의 능력에 대한 수요가 조금이라도 있는 경우가 아주 예외적이었기 때문에 그의 안개 자욱한 정신으로는 어떻게 된 일인지 이해할 수가 없었다. 그는 닥치는 대로 일을 했다. 요컨대, 온갖 종류의 난관으로 굴러 들어갔다가 굴러 나왔고, 인생을 굴러다니다가 상당한 상처를 입었다.

"일자리를 찾지 않아서는 아니에요." 플로니쉬 부인이 눈썹을 추켜올리고 난로 울 사이로 해결책을 찾으며 말했다. "또한 일자리를 얻게 되었을 때 열심히 하지 않아서도 아니고요. 남편이 일에 대해 불평하는 소리를 들은 사람은 없으니까요."

웬일인지 이것이 블리딩 하트 야드에 일반적인 불운이었다. 노동자를 찾기가 힘들다는 사람들의 불평이 애절하게 퍼질 때가 가끔 있었다 - 어떤 사람들은 자신들이 원하는 조건대로 노동자를 고용할 절대적인 권리가 있는 것처럼 그 사실을 몹시 나쁘게 받아들였다 - 그리고 블리딩 하트 야드는 영국의 어느 곳에 못지않게 기꺼이 일하려고 했지만 수요가 있다고 해서 더 나아지진 않았다. 그 고매한 명문가인 바너클 가는 자신들의 대원칙을 지키느라 오랫동안 너무나 바빠서 그 문제를 들여다볼 수가 없었던 것이다. 그리고 사실 그런 문제는 스틸츠토킹 가를 제외한 다른 모든 고매한 명문가들을 계략에 빠뜨리기 위해 신경을 곤두세우는 일과는 아무런 관계도 없었던 것이다.

플로니쉬 부인이 그 자리에 없는 남편에 대해 이런 말을 하는 도중 남편이 돌아왔다. 그는 볼에 수염이 없고 화색이 돌며 구레나룻이 엷은 갈색으로 나 있는 사내로, 나이는 서른이었다. 다리가 길고 무릎이 휘었으며 표정이 바보 같고 플란넬 재킷을 입었고 석회를 하얗게 칠하고 있는 모습이었다. "제가 플로니쉬입니다."

"내가 온 것은," 클레넘이 일어나며 말했다. "도릿 가에 대해 잠시 이야기를 나누기 위해섭니다."

플로니쉬가 의심을 했다. 채권자 냄새를 맡은 것 같았다. "아, 예. 글쎄요, 그 가족에 대해 신사분께 **제가** 어떤 만족을 드릴 수 있을지 모르겠군요. 그런데 무슨 일이죠?"라고 물었다.

"당신이 생각하는 이상으로 나는 당신을 잘 압니다." 클레넘이 미소를 지으며 말했다.

플로니쉬는 답례 삼아 미소를 짓지 않고 계속 바라보기만 했다. 하지만 저는 선생님과 안면을 트는 기쁨을 누린 적도 없는걸요.

"그래요." 아서가 말했다. "당신의 호의에 대해 간접적으로, 하지만 확실한 정보통한테서 들어서 알고 있어요. 작은 도릿을 통해서 말입니다―" 그가 설명했다. "도릿 양 말이에요."

"클레넘 씬가요? 아! 선생님 얘기를 들은 적이 있어요."

"나도 당신 얘기를 들은 적이 있어요." 아서가 말했다.

"다시 앉으세요, 그리고 환영을 받았다고 생각하세요. 저, 그래요." 플로니쉬가 의자에 앉은 채 맏아들을 무릎 위로 들어 올려서 자신이 아이의 머리 위로 방문객과 이야기를 나눈다는 정신적 후원을 받도록 하고 말했다. "제가 감옥의 안쪽에 갇혔던 적이 있었는데 그래서 저희가 도릿 양을 알게 된 겁니다. 저와 제 처, 저희는 도릿 양을 잘 알아요."

"친하죠!" 플로니쉬 부인이 소리쳤다. 사실, 그녀는 도릿 양과 아는 사이라는 데 상당한 자부심을 느낀 나머지 도릿 양의 아버지가 지불불능에 처하게 된 액수를 엄청나게 과장함으로써 블리딩 하트 야드의 사람들에게 비통한 마음이 들게 했던 적이 있었다. 그들은 그녀가 그렇게 저명한 사람을 안다고 주장하는 데 대해 분개했던 것이다.

"처음에 알게 된 사람은 그녀의 아버지였어요. 아버지를 알게 되었다가―글쎄요―그녀를 알게 된 거죠." 플로니쉬가 같은 말을 중언부언했다.

"알고 있소."

"아아! 예의범절이 있어요! 품위가 있고요! 신사분이 마셜시 감옥에 씨를 뿌리기 위해 방문했던 거죠! 글쎄요, 선생님은 어쩌면 모르시겠네요," 플로니쉬는 연민을 느끼거나 경멸해야 하는 것에 대해 그릇되게 감탄하며 목소리를 낮춰서 말했다. "도릿 양과 그녀의 언니가 생계를 위해 일을 하고 있다는 사실을 그에게 알리려 하지 않는다 걸 말이에요. 그래요!" 플로니쉬가 처음에는 자기 아내를, 그다음에는 방 안 전체를 우스꽝스러울 정도로 의기양양하게 바라보면서 말했다. "그에게 알리려 하지 않았어요, 알리려 하지 않았다고요!"

"나는 그 때문에 그에게 감탄하는 게 아니고," 클레넘이 차분하게 말했다. "오히려 아주 안됐다고 여깁니다." 그 말이 플로니쉬에게 그것이 결국에는 아주 훌륭한 성격상의 특징이 아닐 수도 있겠다는 생각을 처음으로 하게 한 것 같았다. 그는 잠시 그 문제를 곰곰 생각하다가 그만두었다.

"제게는," 그가 다시 말을 이었다. "도릿 씨는 분명히 제가 기대할 수 있는 이상으로 제게 친절하세요. 신분상의 차이와 격차를 생각해보면 그 이상인 거죠. 하지만 지금은 도릿 양에 대해 이야기하는 거잖아요."

"맞아요. 그녀를 내 어머니 집에 어떻게 소개하게 되었는지 말해주겠소?"

플로니쉬 씨는 구레나룻에 묻어있는 석회를 조금 떼어서 입술 사이에 물고 그것을 혓바닥으로 눈깔사탕처럼 굴리면서 생각에 잠겼다. 명쾌하게 설명할 수 없다는 생각이 들자, "샐리, 어떻게 된 건지 **당신이** 설명하는 편이 낫겠어,"라고 자기 아내에게 간청하듯 말했다.

"도릿 양이," 샐리가 아이를 좌우로 흔들어 달래면서 그리고 아이의 작은 손이 겉옷을 다시 어지럽히려고 하자 턱으로 그 손을 누르면서 말했다. "어느 날 오후에 바느질감을 찾고 있다고 간단하게 쓰여 있는 종이를 갖고 와서, 주소를 이곳으로 적어두면 폐가 될지 물었습니다." (플로니쉬는 예배 중에 응창성가를 부르는 것처럼 주소를 이곳으로 적어두면, 이라고 나지막한 소리로 되풀이했다.) "저와 남편이, 아뇨, 도릿 양, 폐가 아닙니다, 라고 했지요." (폐가 아니에요, 라고 플로니쉬가 되풀이했다.) "그래서 그녀가 주소를 써넣었어요. 그때 저와 남편이, 이봐요, 도릿 양! 이라고 불렀습니다." (이봐요, 도릿 양, 이라고 플로니쉬가 되풀이했다.) "그걸 한 곳 말고 여러 곳에서 알 수 있도록 서너 차례 똑같이 옮겨 적을 생각은 안 했나요? 예, 생각하지 못했습니다, 하지만 그렇게 하겠습니다, 라고 도릿 양이 대답했지요. 그래서 그녀가 이 탁자에서 얌전한 필체로 그걸 옮겨 적었고, 남편이 바로 그때는 일자리가 있었기 때문에 자기가 일하는 곳으로 가져갔습니다." (바로 그때는 일자리가 있었기 때문에, 라고 플로니쉬가 되풀이했다.) "그리고 마찬가지로 블리딩 하트 야드의 주인에게도 가져갔고요. 그렇게 해서 클레넘 부인이 도릿 양을 처음에 고용하게 된 거예요." 도릿 양을 고용하게 된 거예요, 라고 플로니쉬가 되풀이했고, 플로니쉬 부인은 말을 마치자 아이의 작은 손에 입을 맞추면서 그 손가락을 깨무는 체했다.

"블리딩 하트 야드의 주인이─" 아서 클레넘이 질문했다.

"주인은 캐스비 씹니다, 이름이 그렇습니다." 플로니쉬가 대답했다. "그리고 팽스가 집세를 걷습니다. 그것이," 플로니쉬 씨가 특정 대상과는 전혀 관련이 없는 듯하고, 자신에게도 전혀 도움이 안 되는 듯한 생각에 잠겨서 그 문제를 천천히 생각하다가 덧붙였다. "선생님이 제 말을 믿든 안 믿든 그것이 **사실**입니다."

"그런가요?" 이번에는 클레넘이 생각에 잠기면서 대답했다. "역시 캐스비 씨군! 오래전에 알던 사람이야, 오래전에!"

플로니쉬 씨는 그 사실에 대해 평할만한 방법을 찾지 못해서 아무 말도 하지 않았다. 그가 그 문제에 대해 최소한의 관심이라도 보일 이유가 진짜 없었기 때문에 아서 클레넘은 자신이 찾아온 당면한 목적을 설명하는 쪽으로 넘어갔다. 즉, 팁에게 자립심과 자조심自助心의 자투리라도 있으리라고 추정해서─아주 무리하게 추정한 것이 틀림없었다─그 젊은이의 그러한 특질을 가능한 해치지 않으면서 그를 석방시키는 대리인으로 플로니쉬를 내세우는 데로 넘어갔다. 피고 자신에게서 소송의 원인을 직접 들어서 알고 있는 플로니쉬가 고소인이 '사기 판매업자'─찬송가를 부르는 사람이 아니라 말을 파는 사람[1]─라는 사실과 자기(플로니쉬)는 파운드당 10실

---

[1] 성가대원을 뜻하는 'chanter'와 은어로 사기 판매업자를 뜻하는 'chaunter'의 발음이 유사한 데 착안한 디킨스의 말장난임.

링이면 '후하게 쳐준 것'이고 그 이상이면 돈을 낭비하는 거라고 생각한다는 사실을 아서가 이해하도록 했다. 당사자와 대리인이 곧 바로 하이 호번 거리에 있는 마구간으로 함께 마차를 타고 갔다. 최소 75기니의 값이 나가는(건강해 보이도록 하려고 한 잔씩 하게 했던 값은 계산에 넣지 않더라도) 아주 멋진 회색의 불깐 말이 지난 주에 첼튼햄의 바버리 대령 부인을 태우고 도망갔었다는 이유로 20 파운드 지폐 한 장 값에 나와 있었다. 그만한 담력이 있는 말을 다룰 능력이 없는 그 부인이 순전히 화가 나서 그런 터무니없는 가격에 그 말을 팔겠다고, 다시 말해서 거저 주겠다고 고집을 부린다는 거였다. 당사자를 밖에 두고 혼자 마사에 들어간 플로니쉬가 꼭 끼는 황갈색 바지와 약간 낡은 모자, 갈고리 모양으로 살짝 굽은 지팡이와 푸른 목도리를 두른 신사를 만났다. (바버리 대령의 개인적인 친구인 글로스터 주의 머룬 대령이었다.) 친구로서 우연히 그 자리에 오게 되었다는 머룬 대령이 그 아주 멋진 회색의 불깐 말에 대해 그와 같은 자잘한 사정들을 고지된 바에 따라 그 장소에 들른 누구에게나, 즉 말을 제대로 감식하고 좋은 놈이면 재빨리 사려고 하는 누구에게나 설명했다. 팁의 사건에서 또한 우연히 고소인이 되었던 그 양반은 플로니쉬 씨가 자기의 변호사와 상의하도록 했고, 플로니쉬 씨가 20파운드 지폐를 갖고 오지 않으면 그와 흥정을 하지 않겠다고 했으며, 마사에 그냥 있는 것도 봐줄 수 없다고 했다. 20파운드 지폐를 갖고 오는 경우에만, 정황을 보니 진심이라는 것을 점칠 수 있고 그와 이야기를 할 마음이 들겠다고 했다. 그 말을 듣자마자 플로니쉬 씨는 당사자와 이야기를 하러 돌아갔다가 필요한 자격증을 갖고 곧바로 돌아왔다. 그러자 머룬 대령이 말했다. "자, 나머지 20파운드를 준비하는 데 얼마나 필요하겠소? 지금부터 한 달 주겠소." 그 제안이 받아들여지지 않자 머룬 대령이 말했다. "자, 당신과 어떻게 할지 말하겠소. 나머지 20파운드에 대해 은행에서 지불받을 수 있는 네 달짜리 진짜 어음을 끊어주시오!" **그 제안도** 받아들여지지 않자 머룬 대령이 말했다. "자, 좋소! 당신에게 마지막으로 말하겠소. 10파운드를 현금으로 더 내면 펜으로 깨끗이 지워주겠소." **그 제안도** 받아들여지지 않자 머룬 대령이 말했다. "자, 사실대로 말하리다. 이걸로 끝냅시다. 그가 나에게 못되게 굴었지만 5파운드를 현금으로 더 내고 포도주 한 병을 내면 그를 풀어주겠소. 좋으면 좋다고 하고, 마음에 들지 않으면 떠나시오." **그 제안** 역시도 받아들여지지 않자 머룬 대령이 마지막으로 말했다. "넘겨주겠소, 그렇다면!"–요컨대, 처음 제안했던 내용을 고려하면 받을 돈을 고스란히 내주고 죄수도 풀어준 셈이었다.

"플로니쉬 씨," 아서가 말했다. "부디 비밀로 해주시오. 그 젊은이에게 자유의 몸이 되었다는 사실을 알리고, 이름을 말할 자유는 없는 누군가에게 고용되어서 부채를 처리했노라고 해준다면, 날 도와주는 것일 뿐만 아니라 그에게도 그리고 그의 누이에게도 또한 도움을 주는 거요."

"마지막 이유면," 플로니쉬가 말했다. "아주 충분합니다. 선생님의 뜻대로 하겠습니다."

"어떤 친구 덕에 석방되게 되었다고 말하고 싶으면 그렇게 해도 좋아요. 그 친구가 다른 사람을 위해서는 아니더라도 그의 누이를 위해 그가 새로 얻은 자유를 잘 이용하기를 바라더라고 말해도 좋고요."

"선생님의 뜻대로 하겠습니다."

"그리고 당신이 그 가족을 더 잘 알고 있으니까, 나와 거리낌 없이 연락하면서 작은 도릿을 교묘하게 그리고 정말로 도울 수 있을 것 같은 방법을 뭐든 알려준다면 고맙겠소."

"천만의 말씀입니다." 플로니쉬가 대답했다. "마찬가지로 즐거움이고 – 마찬가지로 즐거움이고 – ." 플로니쉬 씨는 두 차례 시도했지만 문장을 마감할 수 없다는 사실을 깨닫자 현명하게 그만두었다. 그러고 나서 아서 클레넘의 명함을 받고 금전상의 적절한 사례도 받았다.

그는 임무를 지체 없이 마무리하고 싶어 했고 그의 당사자도 같은 마음이었다. 그래서 당사자가 그를 마셜시 입구에서 내려주기로 하고 그들은 블랙프라이어스브리지를 건너 그쪽으로 마차를 몰았다. 가는 도중에 아서는 새 친구에게서 블리딩 하트 야드에서의 삶에 대해 혼란스러운 요약을 들었다. 그곳 사람들은 아주 궁해요, 플로니쉬 씨가 말했다. 엄청나게 궁한 게 틀림없어요. 글쎄요, 어떻게 된 일인지 모르겠네요. 어떻게 된 일인지 누가 알 **수 있겠어요**. 제가 아는 것은 고작 사정이 궁하다는 거니까요. 어떤 사람이 자신이 가난하다는 걸 등이나 배로 느끼면, 그 사람은 (플로니쉬 씨는 그것을 확고한 생각이라고 표현했다) 자신이 웬일인지 가난하다는 사실을 뼈저리게 느끼는 거고, 선생님이 그를 설득해서 소고기를 먹게 할 수 없는 것처럼 그 생각을 버리도록 설득할 수도 없는 겁니다. 게다가 형편이 좋은 사람들이 ― 아주 많은 사람들이 그 수준을 넘지는 않는다고 해도 그 수준에 아주 근접하게 산다고 그러더군요 ― 야드에 사는 사람들을 보고 "앞날을 생각하지 않는다,"(그들이 제일 좋아하는 말이죠) 라고 말한다는 사실을 아시잖아요. 예컨대, 어떤 사람이 부인과 아이들을 데리고 유개마차로 햄튼 코트에 가는 것을 본다면, 아마 일 년에 한 번 가는 거겠죠, 그들은 "이봐! 내 생각에 자네는 가난한 것 같은데, 앞날을 생각하지 않는 친구야!"라고 말합니다. 글쎄요, 선생님, 그 말이 그 사람에게는 얼마나 매몰찬 것일까요! 그 사람이 어떻게 해야죠? 사람이 우울한 광증에 사로잡혀서 지낼 수는 없잖아요. 그리고 설령 그렇게 지낸다고 해서 선생님이 더 나아지는 것도 아니고요. 제 판단에는 더 나빠질 뿐이에요. 하지만 선생님들은 사람을 우울한 광증에 사로잡히도록 만들고 싶으신 것 같아요. 항상 그러세요 ― 오른손으로 그렇게 하지 않으면 왼손으로 그렇게 한다니까요. 야드에서 사람들이 뭘 하고 지내느냐고요? 글쎄요, 한 번 훑어보세요, 보시라고요. 여자아이들과 그들의 어머니들은 바느질을 하거나 신발을 붙이거나 가장자리를 달거나 양복 조끼를 만들거나 해요. 그들은 밤낮 자지도 쉬지도 않고 일을 하지만 결국 겨우 살아갈 수 있는 이상이 아니에요 ― 그 정도도 안 되는 경우가 종종 있고요. 선생님이 겨우 이름만 아는 아주 온갖 종류의 일을 하는 사람들이 있고, 모두 일자리를 원하지만 얻지 못하는 사람들도 있어요. 평생 일을 한 다음에 구빈원에 갇히게 된 노인들도 있고요. 먹는 것이나 잠자리나 대우 모두를 훨씬 못 받으면서 말이죠 - 플로니쉬 씨가 공장주보다, 라고 말했는데 범죄자보다, 라고 말하는 것 같았다. 글쎄요, 약간의 안락을 얻기 위해 어디로 가야 하는지 모르는 거죠. 사정이 그렇게 된 게 누구 책임인지에 대해, 플로니쉬 씨는 잘 모르겠다고 했다. 누가 고통받는지는 알지만 누구의 잘못인지는 모르겠어요. **제가** 누구 잘못인지 밝힐만한 위치에 있지 않을 뿐만 아니라, 설령 밝혀낸다고 하더라도 누가 제 말에 신경 쓰겠어요? 다만 제가 아는 바는 그런 종류의 일을 하는 사람들에 의해서는 문제가 바로잡히지 않을 것이고 저절로 좋아지지도 않을 거라는 거예요. 간단히 말해서 저의 비논리적 견해는 무엇이냐 하면, 만일 선생님이 저를 위해 아무 일도 해줄 수 없다면 그 일을 해준답시고 저로부터 아무것도 **빼앗아** 가지 않는 편이 좋겠다는 거예요. 제가 이해하는 한에서 문제는 대략 그 정도입니다. 이런 식으로 장황하게, 조용히 으르렁거리며, 어리석은 태도로, 플로니쉬가 마치 처음과 끝을 찾으려고 애쓰는 장님처럼 엉킨 실타래 같은 자기의 형편을 이리저리 뒤집어 보였는데, 그러다 보니 어느덧 감옥 문에 다다랐다. 거기서 플로니쉬는 그의 당사자와 헤어져 혼자 내렸고, 당사자는 마차를 타고 가면서, 에돌림청이 하루나 이틀 움직이는 동안에 그 영광스러운 부서에서는 들어본 적도 없는 동일한 곡조를 도대체 몇 천 명의 플로니쉬들이 여러 가지로 희한하게 변주

하여 연주하는 것인가, 라는 문제를 궁금해 했다.

13 가부장

　캐스비 씨라는 이름이 언급되자 도착했던 날 밤에 플린트윈치 부인이 부채질했던 호기심과 관심이라는 깜부기불이 연기를 피우며 아서 클레넘의 기억 속에서 되살아났다. 플로라 캐스비가 그의 소년 시절의 애인이었고, 플로라는 바보 같은 크리스토퍼 영감－그와 거래를 해서 그를 잘 알고 있다는 사실이 어쩌면 잘 알려진 결과를 낳았던 불손한 정신의 소유자들이 아직도 가끔 그를 바보 같은 크리스토퍼 영감이라고 불렀다－의 외동딸이었던 것이다. 그 영감은 주 단위로 집세를 내는 세입자들 사이에서 부자라는 소문이 돌았고, 돌로 이루어진 여러 가망 없는 골목길과 뒷길에서 다량의 피를 뽑아낸다는 소문이 있었다.

　며칠 동안 조사하고 조회한 후에 아서 클레넘은 마셜시 아버지의 사례가 정말로 절망적이라고 확신하게 되었고, 그가 다시 자유를 되찾도록 돕겠다는 생각을 아쉽지만 단념했다. 현재로서는 작은 도릿에 대해 알아보는 것 역시 희망적이지 않았다. 그러나 그는 옛날의 친분을 새롭게 한다면 어쩌면 불쌍한 아이에게 도움이 될지 모른다고 자신을 설득했다. 작은 도릿이 없었더라도 그가 캐스비 씨의 집에 틀림없이 모습을 나타냈을 거라고 덧붙일 필요는 없을 것이다. 우리 모두 행동의 동기에 대해 자신을 얼마나 잘 기만하는지는－다시 말해, 깊은 속마음은 예외로 하고 보통 사람들이 자신을 얼마나 잘 기만하는지는 – 모두가 잘 알고 있으니 말이다.

아서 클레넘은 작은 도릿과 관계없는 일을 하면서도 여전히 그녀를 후원하고 있다는 만족스런 기분, 그 나름으로 아주 솔직한 기분을 느끼면서 어느 날 오후 캐스비 씨의 집이 있는 거리 모퉁이에 모습을 나타냈다. 캐스비 씨는 그레이스 인 로路로 통하는 거리에 살았는데, 그 거리는 온도를 1도 낮추어 유역²에 내려갔다가 다시 펜튼빌 힐의 꼭대기까지 올라올 심산으로 그 대로에서 출발했지만 20야드도 못 가서 숨이 턱에 찼고 그 이후로는 거기에 그냥 서 있었다. 지금은 그 구역에 그런 거리가 없어졌지만, 그 거리는 열매를 맺지 못하는 정원이 군데군데 흩어져있고 피서용 별장이 여드름처럼 듬성듬성 서 있는 황야를 난색을 하며 후딱 훑어볼 요량으로 오랫동안 거기에 있었다.

"집이," 클레넘이 문으로 건너가면서 생각했다. "어머니 집만큼 바뀐 게 없고 비슷하게 음울해 보이는군. 하지만 유사성은 외관에 그치는 거야. 집안의 정적은 불변일 테니까. 병에 들어있는 오래된 장미 잎과 라벤더 냄새가 여기까지도 몰려오는 것 같아."

진부한 모양을 했지만 색깔이 선명한 놋쇠 고리를 두드리자 하녀가 나타나 문을 열었고, 그 빛바랜 냄새가 실은 지난봄의 기억을 흐릿하게 담고 있는 겨울의 숨결인 것처럼 그를 맞이했다. 클레넘은

---

² 플리트 강의 유역.

소박하고 조용하고 밀폐된 집안으로 들어갔다 - 집 안의 소리가 동양식으로 벙어리 하녀에 의해 들리지 않게 되었다고 생각할 수도 있었다 - 문이 다시 닫히자 소리와 움직임이 들어오지 못하게 차단된 것 같았다. 가구는 정중하고 의젓하고 근엄했으며 잘 간수되어있었다. 요컨대, 사람부터, 많이 사용하도록 의도되었으나 사용하지 못하게끔 보관되어있는 나무걸상에 이르기까지, 모든 것이 지닐 수 있는 최대한의 매력적인 모습을 하고 있었다. 근엄한 괘종시계 하나가 계단 위 어디선가 똑딱거렸고, 지저귀지 못하는 새 한 마리가 같은 쪽에서 새장을 쪼고 있었으니 그 녀석도 역시 똑딱거리는 것 같았다. 거실의 난롯불이 벽난로에서 똑딱거렸다. 거실의 난롯가에 딱 한 사람이 앉아있었는데, 그의 주머니에 들어있는 회중시계가 시끄러운 소리를 내며 똑딱거렸다.

하녀가 "클레넘 씹니다,"라는 두 낱말을 들리지 않을 정도로 살며시 똑딱거리는 바람에 아서는 주목을 받지 못한 채 그녀가 닫은 문 안쪽에 서 있었다. 난로 불빛이 노년에 접어든 사람의 매끈하고 회색을 띤 눈썹 위에서 깜박거릴 때, 눈썹이 똑딱거리는 소리에 맞춰서 움직이는 듯 보이던 사람이, 두꺼운 천으로 만든 신발을 신고 양손의 엄지손가락을 서로 천천히 마주 돌리면서 깔개 위에 놓인 안락의자에 앉아있었다. 그 사람이 크리스토퍼 캐스비 영감이었으니 - 한눈에 알아볼 수 있었다 - 20년 이상이 흘렀지만 그 자신의 견고한 가구만큼이나 변하지 않았고 - 도자기 병에 들어있는 오래된 장미 잎과 오래된 라벤더만큼이나 변화하는 사계절의 영향을 받지 않았던 것이다.

이 골치 아픈 세상에서 상상력을 발휘하여 소년으로 상상하기에 그토록 골치 아픈 사람은 다시 없을 것이다. 그럼에도 그는 늙어가면서도 거의 바뀌지 않았다. 그가 앉아있는 방에 그를 마주 보고 어떤 소년의 초상화가 걸려 있었는데, 그를 아는 사람은 누구든지 열 살 난 크리스토퍼 캐스비 도련님의 초상화라는 사실을 알 수 있었다. 비록 잠수종潛水鐘만큼이나 그가 언제나 좋아하고 필요로 하던 건초 만드는 갈퀴로 위장을 하고, (한쪽 발로 선 채) 제비꽃이 만개한 강둑에서 포즈를 취하고, 시골교회의 첨탑 옆에서 조숙하게 명상에 잠겨있는 초상화였지만 말이다. 초상화 속의 소년은 크리스토퍼 캐스비 영감과 똑같이 매끈한 얼굴과 매끈한 이마, 평온하고 푸른 눈, 차분한 태도를 지니고 있었다. 대단히 빛나는 관계로 아주 커 보이는 반짝이는 대머리와, 명주실 또는 유리섬유처럼 양옆과 뒤쪽으로 길게 나 있는 백발 – 한 번도 깎은 적이 없기 때문에 대단히 자비롭게 보이는 백발 – 이 노인에게서처럼 소년에게서도 볼 수 있는 것은 물론 아니었다. 그럼에도 건초 만드는 갈퀴를 들고 있는 천사 같은 아이에게서 두꺼운 천으로 만든 신발을 신고 있는 가부장의 싹수가 보였다는 것은 분명한 일이었다.

가부장이라는 명칭이 많은 사람들이 기꺼이 그를 부르는 칭호였다. 근처의 많은 노부인들이 그를 '마지막 가부장'이라고 불렀다. 완전히 백발이고, 전혀 서두르지 않고, 대단히 온화하고, 감정에 전혀 좌우되지 않고, 머리가 대단히 융기해 있으니, 가부장이 그에게 딱 맞는 칭호였다. 그가 거리를 다니면 사람들이 다가와 말을 걸었고 화가와 조각가를 위한 가부장의 모델이 되어달라는 청을 정중하게 했다. 정말로 아주 끈덕지게 청을 해서 가부장의 특징을 기억하거나 그것을 창조해내는 것은 미술이 할 수 없는 일 같았다. 자선가들은 남녀를 불문하고 그가 누구인지 물어보았고, "전에 데시머스 타이트 바너클 경의 런던 소재 부동산 대리인이었던 크리스토퍼 캐스비 영감"이라는 말을 듣자마자, 실망하여 외치기를, "어허! 아니, 저런 머리를 했는데, 인류의 은인이 아니란 말이오! 어허! 아니, 저런 머리를 했는데, 고아의 아버지가 아니고, 친구 없는 자의 친구가 아니란 말이오!" 그러나 저런 머리를 하고도 그는 크리스토퍼 캐스비 영감으로 남아서, 일반적인 소문에 의하면 부동산 부자라는 사실을 선언하였다. 그리고 저런 머리를 하고 지금 거실에 조용히 앉아있었다. 사실 그가 저런 머리를 하지 않고 거기에 앉아있으리라고 기대한다면 무분별의 극치일 것이다.

아서 클레넘이 그의 주의를 끌기 위해 몸을 움직이자 회색 눈썹이 그쪽을 쳐다보았다.

"실례합니다," 클레넘이 말했다. "제가 찾아왔다고 알리는 소리를 듣지 못한 것 같습니다만?"

"그렇소, 못 들었소. 날 보기 원하는 거요?"

"문안 인사를 드리고자 합니다."

캐스비 씨는 마지막 말을 듣고 깃털 무게만큼 실망하는 것 같았는데, 어쩌면 방문객이 문안 인사 말고 다른 걸 바치고 싶어 하리라고 생각했던 건지도 모른다. "내가 아는," 그가 말을 계속했다ー"부디 앉으시오ー아는 분인가요ー? 아! 맞아, 그래, 아는 사람인 것 같아! 내가 이런 이목구비를 지닌 사람을 알고 있다는 생각이 드는 게 착각은 아닌 것 같은데? 귀국했다는 소식을 플린트윈치 씨에게서 들었던 신사가 지금 이야기하는 상대 같은데?"

"그 상대가 지금 찾아온 사람입니다."

"정말! 그럼 클레넘 씬가?"

"바로 그렇습니다. 캐스비 씨."

"클레넘 씨, 만나서 반갑소. 헤어진 이후로 어떻게 지냈나?"

대략 사반세기 동안 건강과 활기가 가끔씩 약간 부침을 겪었다는 사실을 굳이 설명할 필요가 없다고 여겨서 클레넘은 아주 잘 지냈다고, 또는 비슷한 취지로 막연하게 답변했다. 그리고 나서 가부장적인 빛을 자신에게 비추는 '저런 머리'의 주인과 악수를 했다.

"우리가 나이를 더 먹었어, 클레넘 씨." 크리스토퍼 캐스비가 말했다.

"우리가ー젊어지지는 않았죠." 클레넘이 말했다. 그처럼 현명하게 대답했지만 자신이 찬란하게 빛나지 못한다는 느낌이 들었고 안절부절못하고 있다는 사실을 의식했다.

"그리고 자네의 훌륭한 선친이," 캐스비 씨가 말했다. "돌아가셨어! 그 소식을 듣고 마음이 아팠네, 클레넘 씨, 마음이 아팠어."

아서가 대단히 감사하다는 뜻을 평소와 같은 태도로 나타냈다.

"예전에," 캐스비 씨가 말했다. "자네 양친과 내가 사이가 안 좋앉던 때가 있었어. 두 집 사이에 작은 오해가 있었던 거지. 자네의 훌륭한 어머님이 자신의 아들을 약간 질투했던 건지도 모르겠고. 내가 자신의 아들이라고 한 건 자네 자신을 말하는 거야, 바로 자네 자신 말이야."

그의 매끈한 얼굴에는 잘 익은 월프루트[3]처럼 흰 과분果粉이 묻어있었다. 흰 과분이 묻은 얼굴에, 저런 머리에, 푸른 눈을 하고 있으니, 진귀한 지혜와 미덕이 넘치는 생각을 피력하는 것 같이 보였다. 마찬가지 이유로, 그의 골상학적 표정도 인자함으로 충만한 것 같았다. 누구도 지혜가 어디에 있는지, 미덕이 어디에 있는지, 또는 인자함이 어디에 있는지 알 수는 없었지만, 그 모두가 그의 주변 어딘가에 있는 것 같았다.

"그런 시절은, 하지만," 캐스비 씨가 말을 이었다. "지나갔어, 완전히 지나간 거야. 가끔 자네의 어머님을 직접 찾아가서, 꿋꿋하고 강한 정신으로 시련을 견뎌냈다고, 정말로 잘 견뎌냈다고 감탄한다네."

두 손을 앞으로 포개고 앉아서 그처럼 짧은 말을 되풀이했는데, 말로 하기에는 너무나 달콤하고 심오한 뭔가를 생각하는 것처럼 고개를 한쪽으로 기울이고 부드러운 미소를 띤 채 되풀이했다. 자신이 너무 높이 날아오를까 봐 그와 같은 말을 입 밖에 내기를 자제하는 것 같았으니, 그의 온순함이 결국은 쓸데없는 것이 되기를 택한 것

---

[3] 담이나 울타리에 기대게 하여 보호하고 온기를 줘서 익히는 과일.

이었다.

　"당신이 어머니를 찾아왔다가 친절하게도," 아서는 기회가 자기 앞을 지나갈 때 그 기회를 잡아서 말했다. "작은 도릿을 제 어머니께 추천해 주었다는 얘기를 들었습니다."

　"작은-? 도릿이라고? 내 하찮은 세입자가 내게 언급했던 침모라고? 아, 그래. 도릿이라고 했나? 바로 그 이름이었어. 아, 맞아, 맞아! 그 아이를 작은 도릿이라고 부르나 보지?"

　그쪽으로는 길이 없었다. 그 지름길에서는 아무것도 나오지 않았다. 그 길은 앞쪽으로 계속 통하는 길이 아니었던 것이다.

　"내 딸 플로라는," 캐스비 씨가 말했다. "클레넘 씨, 자네가 어쩌면 들었을 수도 있겠지만 몇 년 전에 결혼해서 안정을 찾았었네. 결혼한 지 몇 달 안 돼서 남편을 잃는 불행을 겪었고 지금은 다시 나와 함께 살고 있어. 자네가 여기 왔다는 사실을 딸아이에게 알려도 좋다면 그 아인 자넬 반갑게 맞이할 거야."

　"좋고말고요." 클레넘이 대답했다. "당신이 친절하게 제 생각을 미리 알고서 말씀하지 않았다면 제가 청했을 겁니다."

　그러고 나자 캐스비 씨가 두꺼운 천으로 만든 신발을 신은 채 일어나서, 느리고 둔중한 발걸음으로(그는 코끼리 같은 체격이었다) 문 쪽으로 걸어갔다. 그는 길고 옷자락이 넓은 암녹색의 외투와 암녹색의 바지, 암녹색의 조끼를 입고 있었다. 가부장들은 암녹색 브로드로 만든 옷을 입지 않는데도 그의 옷은 가부장의 옷같이 보였다.

그가 방을 나가고 똑딱거리는 소리가 다시 들리기가 무섭게 어떤 사람이 현관문의 열쇠를 돌려서 재빨리 문을 열었다가 닫았다. 그 직후에 민첩하고 열성적이며 키가 작고 피부가 검은 사내가 방 안으로 속도를 내서 들어오더니 클레넘에게서 1피트도 안 떨어진 곳에 멈춰 섰다.

"이봐요!" 그가 말했다.

클레넘은 자기도 역시 "이봐요!"라고 하면 안 되는 이유가 없다고 생각했다.

"무슨 일이죠?" 키가 작고 피부가 검은 사내가 물었다.

"문제가 있다는 말은 못 들었소만." 클레넘이 대꾸했다.

"캐스비 씨가 어디 있죠?" 키가 작고 피부가 검은 사내가 주위를 두리번거리며 물었다.

"그와 만나길 원한다면 곧 올 겁니다."

"**내가** 그를 만나고 싶어 한다고요?" 키가 작고 피부가 검은 사내가 말했다. "당신은 아닌가요?"

그 질문을 받고 클레넘이 해명하는 말을 한두 마디 늘어놓는 동안 키가 작고 피부가 검은 사내는 숨을 죽이고 클레넘을 바라보았다. 사내의 옷은 검정색이 바랜 철회색이었고 두 눈은 새까만 구슬 같았으며 턱에는 수염이 짧게 나서 약간 거무스름할 지경이었다. 검정색의 뻣뻣한 머리카락이 포크나 헤어핀처럼 가닥을 이루어 머리에서 뻗어있었고, 안색은 날 때부터 아주 거무죽죽했거나 인공적으로 아주 칙칙했거나 또는 자연과 인공이 뒤섞여있는 빛깔이었다.

두 손이 더러웠고 부서진 손톱도 더러웠으니, 마치 석탄더미 속에 있었던 것처럼 보였다. 또한 땀을 흘리고 있었고, 힘겹게 움직이는 작은 증기기관처럼 코를 킁킁거리고 훌쩍였으며, 숨을 몰아쉬고 헐떡였다.

"아!" 아서가 자신이 어떻게 해서 이 집에 오게 되었는지를 설명하자 그가 입을 열었다. "좋아요. 좋아요. 그 사람이 팽스를 찾으면 아무쪼록 팽스가 도착했다고 말해주시오." 그러고 나서 코를 킁킁거리고 숨을 몰아쉬며 다른 문으로 빠져나갔다.

그런데, 옛날에 집에 있을 때, 마지막 가부장에 대한 다소 대담한 의심이 대기를 떠돌다가 정확한 경로는 기억이 안 나지만 아서의 지각기관에 포착된 적이 있었다. 그 시절에 대기 중에 떠돌던 의심의 먼지와 자국들을 아서가 지금 감지했는데, 그 매개물을 통해 보니 크리스토퍼 캐스비는 여관이 없는 단순한 여관푯말이었다ㅡ숙박할 장소도 없고 고맙게 여길 하등의 거리도 없는데, 와서 쉬고 난 다음에 고맙게 여기라는 초대장과 마찬가지였다. 몇몇 그런 자국들이 크리스토퍼를 '저런 머리'에 음모를 숨기고 있을 수 있는 인물로, 교활한 사기꾼으로, 표현하기까지 한다는 사실을 감지했다. 또 다른 먼지들은 그가 둔하고 이기적이며 어슬렁거리는 얼간이라고, 너무 뚱뚱해서 다른 사람들과 부딪치며 지내다가, 인생을 편안하고 칭찬받으며 지내기 위해서는, 자신이 입을 다물고 머리의 벗겨진 부분을 잘 닦아서 윤이 나게 지키고 머리카락을 그냥 내버려두기만 하면 된다는 사실을 발견하고는, 그 생각을 움켜잡고 그 생각에 충실할 정도로 교활한 얼간이라고 알려 주었다. 그가 데시머스 타이트 바너클 경의 런던 소재 부동산 대리인이 되었던 것도, 최소한의 실무역량을 지녀서가 아니라, 아주 자비롭게 보여서 누구도 그 부동산이 그런 사람의 감독하에서 착취나 사기의 대상이 되리라고는 생각할 수 없다는 사정 덕분이라는 말들이 있었다. 또한 비슷한 이유로 해서, 그는 덜 융기해 있고 덜 빛나는 머리를 지닌 사람이 벌 수 있는 것보다 자신의 초라한 셋집들로부터 아무런 의심도 받지 않고 더 많은 돈을 번다는 말들이 있었다. 한마디로 해서, 좀 전에 언급되었던 화가들이 그들의 모델을 택하는 것과 흡사한 방식으로 많은 사람이 그들의 모델을 택하는 거라고 설명되었다. (클레넘은 똑딱거리는 거실에 혼자 앉아서 그런 사실을 떠올렸다.) 그리고 왕립미술원에서는 사악하고 늙은 개 도둑이 자신의 눈썹과 턱과 두 다리 때문에 일 년에 한 번씩 중요한 미덕을 모두 구현하는 모델이 되는데(그래서 자연에 대한 관찰력이 좀 더 뛰어난 학생들의 가슴에 혼란의 가시를 뿌리는데), 그와 마찬가지로 사교계의 대박람회장에서는 내면의 인격 대신에 장신구가 받아들여지는 경우가 종종 있는 거라고 설명되었다.

　그런 사실들을 떠올리고 팽스 씨를 그것들과 같은 줄에 넣어본 후, 아서 클레넘은 완전히 결정을 내리진 않았지만 다음과 같은 의견 쪽으로 기울었다. 즉, 마지막 가부장은 머리의 벗겨진 부분을 엄청 윤이 나게 지켜야겠다는 단 한 가지 생각에 사로잡혀있는, 앞서 말한 어슬렁거리는 얼간이에 불과하다는 의견 쪽으로 기울었고, 템스 강의 덩치 큰 배가 대단한 항해를 하는 체하지만 뱃전을 돌리고 고물을 앞으로 한 채 제멋대로 그리고 다른 모든 것을 방해하면서 조수를 따라 느릿느릿 움직일 때, 석탄연기를 내뿜는 자그마한 증기 예인선이 그 배에 갑자기 들이닥쳐서는 그 배를 예인하여 서둘러 끌고 가는 모습을 가끔씩 목격할 수 있는데, 그것과 마찬가지로 크고 무거운 가부장이 코를 킁킁거리는 팽스에게 예인되어서 그 거무죽죽하고 작은 선박의 뒤를 쫓아가고 있는 거라는 의견 쪽으로 기울었다.

캐스비 씨가 그의 딸 플로라와 함께 들어오는 바람에 클레넘은 그런 생각들을 그만두었다. 클레넘의 눈길이 옛 열정의 대상과 마주치기가 무섭게 그 대상은 온몸을 떨었고 산산이 부서졌다.

대부분의 남자는 옛날 생각에 충실하기에는 현재에 너무 충실한 존재라는 사실이 밝혀질 것이다. 그것은 변덕스러운 마음의 증거가 아니라 그 정반대로서, 옛날의 생각이 현실과의 철저한 대조를 견디지 못하면 그 대조가 옛 생각에 치명적인 충격을 가하는 것이다. 클레넘의 경우가 그러했다. 젊었을 때 그는 이 여성을 열렬히 사랑했고, 가두어두었던 애정과 상상력이라는 재산 전부를 그녀에게 쏟아 부었다. 그 재산은 사막과 같은 그의 집에서는 로빈슨 크루소의 돈과 마찬가지였으니, 그녀에게 쏟아 붓기 전까지는 아무와도 교환할 수 없었고 사용되지 않은 채 어둠 속에서 녹슬고 있었던 것이다. 그는 생생히 기억하는 그때부터 도착했던 날 밤까지 그녀가 벌써 죽은 것처럼(잘은 모르지만 쉽게 죽을 수도 있었다) 그녀를 현재

또는 미래의 자신과 연결하는 데에서 완전히 제외해놓고 있었지만 과거의 해묵은 생각만은 옛날의 신성한 곳에 변함없이 간직하고 있었다. 그런데 이제 결국에는, 마지막 가부장이 거실로 낯 두껍게 걸어 들어와서 다음과 같은 취지로 말하는 것이었다. "아무쪼록 그 생각을 내려놓고 그 위에서 춤이나 추게. 이 아이가 플로라네."

전부터 키가 컸던 플로라는 옆으로 퍼지기도 했고 숨이 차서 헐떡거리기도 했다. 그러나 그건 중요한 일이 아니었다. 그가 떠날 때 백합이었던 플로라가 작약이 되어있었다. 그러나 그것도 중요한 일이 아니었다. 말하고 생각하는 모든 것이 매혹적이었던 플로라가 수다스럽고 주책이 없었다. 그것은 중요한 일이었다. 그 옛날 철없는 응석둥이였던 플로라가 지금도 철없는 응석둥이로 지내기로 작정하고 있는 것이었다. 그것은 치명타였다.

이 여자가 플로라라니!

"나는," 플로라가 소녀 시절의 태도를 모방해서 고개를 젖히고 킥킥 웃었는데, 그것은 그녀가 고전고대에 살다 죽었으면 가면극 배우가 그녀의 장례식에서 나타내었을 법한 태도였다. "부끄러워서 클레넘 씨를 못 만나겠어요, 보기 흉한 사람에 불과하니까요, 내가 엄청나게 변했다고 생각할 거예요, 사실 난 늙은 여자인데 이런 모습을 보인다는 것이 소름 끼치는 일이에요, 정말로 소름 끼쳐요!"

아서는 그녀가 자신이 생각했던 그대로이고 자신도 세월이 흘러서 변했다고 그녀를 안심시켰다.

"오오! 그러나 신사의 경우는 전혀 다르죠 그리고 당신은 정말로 놀랄 만큼 좋아 보이니까 그와 같은 말을 할 권리가 없어요, 반면에 나는 알다시피 – 오오!" 플로라가 작은 소리로 절규했다. "난 꼴이 말이 아니에요!"

공연하고 있는 극에서 자신의 역할을 아직 이해하지 못한 것이 분명한 가부장은 얼빠진 화창함으로 달아올랐다.

"하지만 우리가 변하지 않는 것에 대해 얘기하려면," 무슨 이야기를 하든 완전히 맺는 법이 없는 플로라가 말했다. "아빠를 봐요, 아빠는 당신이 떠날 때와 정확히 똑같잖아요, 아빠가 자기 딸을 망신 주다니 잔인하고 비정해요, 만일 우리가 이런 식으로 좀 더 지낸다면 우릴 모르는 사람들은 날 아빠의 마누라로 여기기 시작할 거예요!"

그런 일은 향후 오랜 시간이 지나야 일어날 일이라고 아서는 생각했다.

"오오 클레넘 씨 당신은 아주 솔직하지 못한 사람이에요," 플로라가 말했다. "당신이 듣기 좋게 이야기하는 옛날 버릇을, 감상적으로 감동받은 체하는 옛날 버릇을 버리지 못했다는 사실을 벌써 감지했어요 그러니까 – 최소한 이런 말을 하려던 것은 아닌데, 난 – 오오 무슨 말을 하는 건지 모르겠네요!" 그때 플로라가 혼란스레 킥킥 웃으며 아서를 옛날처럼 바라보았다.

가부장은 자신의 극 중 역할이 가능한 한 빨리 퇴장하는 것이라는 사실을 이제야 눈치챈 것처럼, 몸을 일으키고는, 예인선의 이름을 큰 소리로 부르며 팽스가 빠져나갔던 문 쪽으로 갔다. 저쪽의 약간 작은 부두에서 대답하는 소리가 들리더니, 그는 곧바로 예인되어 시야에서 사라졌다.

"당신은 아직 갈 생각을 하면 안 돼요," 플로라가 말했다 – 아서가 우스꽝스러울 정도로 망연자실한 채 그리고 어찌할 바를 모르는 채 자기 모자를 쳐다보았던 것이다. "영원히 사라져버린 그리운 옛날에 대해 한 마디도 않고서 갈 생각을 할 만큼 그렇게 몰인정할 수는 없는 거예요, 아서 – 아서 씨라는 말이에요 – 또는 클레넘 씨라고 하는 게 훨씬 적절하겠네요 – 내가 무슨 말을 하는지 통 모르겠네요, 하지만 그 생각을 하니까 그 시절에 대한 얘길 꺼내지 않았으면 훨씬 좋았을 것 같군요 그리고 당신은 훨씬 더 유쾌한 여성과 약혼했을 가능성이 많고요 그런 때가 **있었지만** 내가 그 약혼을 방해하진 않을 거예요, 하지만 또다시 허튼소리를 늘어놓는군요."

플로라가 언급하는 그 시절에 그녀가 이토록 심한 수다쟁이일 수 있었을까? 자신을 사로잡았던 그녀의 매력 중에 지금의 조리 없는 수다 같은 것이 있을 수 있었을까?

"사실 난 의심하지 않아요," 플로라가 놀랄 정도로 빠르게 이야기를 이어나갔는데, 이야기에 쉼표만을 찍으면서, 그것도 거의 안 찍으면서 이어나갔다. "당신이 중국여성과 결혼했으리라는 것을요, 중국에 아주 오랫동안 머무르면서 사업을 했고 당연히 정착해서 연고를 넓히기를 바랐을 테니까 중국여성에게 청혼했을 가능성이 많지요 그 중국여성이 당신의 청혼을 받아들이면서 자기가 대단히 복받았다고 생각하는 것은 확실히 아주 자연스러운 거예요, 그녀가 불교의 비국교도[4]는 아니기를 바랄 뿐이에요."

"난," 아서가 무심코 미소를 지으며 대답했다. "어떤 여성과도 결혼하지 않았소, 플로라."

"오오 맙소사 당신이 나 때문에 그토록 오래 미혼으로 지낸 것은 아니었으면 좋겠어요!" 플로라가 킥킥 웃었다. "하지만 물론 그랬을 리는 없지요 왜 그랬겠어요, 제발 대답하지 마세요, 내가 무슨 말을 하는 건지 모르겠네요, 오오 중국여성에 대해 말 좀 해봐요 그들의 눈은 카드놀이에서 사용하는 자개로 만든 생선 모양의 칩을 늘 생각나게 하는데 정말 그 정도로 길쭉하고 가는가요 그들은 변발을 길게 땋아서 정말 등 아래까지 내리고 있나요 아니면 남자들만 그러는 건가요, 머리를 이마에서부터 바싹 당겨서 묶으면 아프지 않나요, 다리와 신전과 모자 같은 것에 왜 온통 자그마한 종을 붙여놓는 거죠 혹은 사실은 그렇게 하지 않나요?" 플로라가 옛날처럼 그를 다시 바라보았다. 곧바로 말을 다시 이었는데, 그가 대답한 지 한참 지난 것처럼 말을 이었다.

"그렇다면 그 얘기가 전부 사실이고 그들은 정말로 그렇게 하는 거군요! 맙소사 아서! - 용서해요 - 오랜 습관이어서요 - 클레넘 씨라고 하는 게 훨씬 적절하겠어요 - 그렇게 오랫동안 살기에는 얼마나 안 좋은 나라일까요, 수많은 각등에 우산까지 날씨가 틀림없이

4　플로라의 말은 영국에서 개신교를 믿는 사람이 비국교도이듯이 아서의 '부인'
　　이 중국의 불교 종파 중 비국교로 간주되는 종파를 믿는 사람이 아니었으면
　　좋겠다는 의미임.

어둡고 축축한가 봐요 틀림없이 그럴 거예요, 모든 사람들이 우산과 각등을 들고 다니고 곳곳에 그것을 걸어놓는 곳에서 그 두 가지 장사를 통해 벌어들일 수 있는 돈이 얼마나 될까요, 게다가 작은 신발과 어릴 때 전족한 발까지 아주 놀라운 일이에요, 당신 정말 대단한 여행자예요!"

우스꽝스러운 고민에 싸인 채 옛날의 시선을 또다시 받은 클레넘은 어떻게 해야 좋을지 정말 몰랐다.

"저런 저런," 플로라가 말했다. "고국에서 일어난 변화만 생각해요 아서 - 극복할 수가 없군요, 워낙 자연스러워서요, 클레넘 씨라고 하는 게 훨씬 적절한데 말이에요 - 당신이 중국의 관습과 언어를 알게 된 이후에 일어난 변화 말이에요 당신은 언제나 영리하고 똑똑했으니까 엄청나게 어려웠을 게 틀림없지만 중국어를 원주민보다 잘하지는 못해도 그만큼은 하리라고 생각해요, 나 같은 경우는 차 상자에 붙어있는 상표만 읽어보려고 해도 죽을 지경이더라고요, 아무도 믿지 못할 정도의 변화가 아서 - 또 그러네요, 워낙 자연스러워서요, 아주 부적절한데 말이에요 - 나 자신도 상상할 수 없었는데 핀칭 부인이 되리라고 도대체 누가 상상할 수 있었겠어요!"

"그게 당신이 결혼해서 갖게 된 이름인가요?" 아서는 그녀가 아무리 이상하게 말을 해도 젊은 시절에 서로가 서로와 맺었던 관계를 이야기할 때 그녀 말투에서 묻어나는 따뜻한 마음씨에 그 와중에도 감동을 받고 질문을 했다. "핀칭 말이에요?"

"핀칭이라고요 오오 그래요 불쾌한 이름 아닌가요, 하지만 에프

(F) 씨가 청혼할 때 말했던 대로 일곱 번 청혼했어요 결국 열두 달 동안 마음에 들면 그가 바라는 대로 하기로 인심 좋게 동의했다고 해야겠지요, 그 약속에 대해 그는 책임이 없어요 그리고 어쩔 수 없었고요, 훌륭한 사람이었어요 당신과는 전혀 다르지만 훌륭한 사람이었다고요!"

플로라가 말을 하다가 결국은 잠시 숨을 헐떡였다. 잠시였으니, 죽은 에프 씨의 영혼에 대한 애정의 표시로 손수건 끄트머리를 조금 집어서 눈으로 들어 올리며 숨을 돌렸고, 다시 말을 시작했기 때문이다.

"누구도 이의를 제기할 수 없어요, 아서 – 클레넘 씨 – 사정이 변했으니 당신이 내게 격식을 차리고 상냥하게 대하는 것이 옳다는 사실에 대해 말이에요 그리고 사실 당신이 달리 어떻게 할 수도 없잖아요, 적어도 난 당신이 알아야 한다는 생각은 안 했어요, 하지만 사정이 아주 달랐던 때가 **있다는** 생각은 안 할 수가 없어요."

"핀칭 부인," 아서가 친절한 말투에 다시 감동을 받아서 입을 열었다.

"오오 그 역겹고 불쾌한 이름으로 부르지 마요, 플로라라고 해요!"

"그럼 플로라라고 하리다. 당신을 다시 만나서, 그리고 우리가 청춘과 희망의 빛으로 우리 앞의 모든 것을 바라보던 그 옛날의 바보 같은 꿈을 나처럼 당신도 잊지 않고 있다는 사실을 알게 되어서 정말로 기뻐요, 플로라."

"당신은 그렇게 보이지 않는걸요," 플로라가 입을 삐쭉 내밀었다. "당신은 아주 냉정하잖아요, 하지만 내게 실망했다는 걸 알아요, 중국여성 – 부르기 따라서는 한족漢族 여성 – 때문이겠죠 또는 어쩌면 나 자신 때문인지도 모르고요, 그럴 가능성도 있겠네요."

"아니야, 그렇지 않아," 클레넘이 애원조로 말했다. "그런 말 말아요."

"아니 얘기해야겠어요," 플로라가 확신하는 투로 말했다. "얘기 안 하면 말이 안 되죠, 나는 당신이 예상했던 대로가 아닐 거예요, 그건 아주 잘 알아요."

그녀는 빨리 말하는 가운데서도 여자의 직관으로 그런 사실을 재빨리 알아챘다. 그럼에도 그녀가 이야기를 곧바로 계속해서 오래전에 끝났던 젊은 시절의 관계를 지금 나누는 이야기와 뒤섞어버리는 그 변덕스럽고 심하게 터무니없는 방식 때문에 클레넘은 현기증이 날 것 같았다.

"한 마디만," 플로라가 클레넘은 전혀 아랑곳하지 않고, 그리고 클레넘의 간담이 아주 서늘해질 정도로 그들의 대화에 사랑싸움하는 어조를 덧붙여서 말했다. "하고 싶어요, 한 가지 설명만 덧붙이고 싶다고요, 당신의 어머니가 찾아와서 내 아버지와 한바탕 소란을 피웠을 때 그리고 두 분이 당신 어머니의 양산을 사이에 두고 각기 의자에 앉아서 광기에 사로잡힌 황소처럼 서로 노려보고 있는 작은 거실로 내가 불려서 내려갔을 때 내가 어떻게 할 수 있었겠어요!"

"핀칭 부인," 클레넘이 역설했다 – "모두 아주 오래전의 일이고 오래전에 결론이 난 일이잖아요, 심각할 필요가-"

"난 아서," 플로라가 대꾸했다. "중국 사회 전체가 날 무정한 여자라고 비난하는 걸 바로잡을 기회가 있는데도 바로잡지 않고 그냥 둘 수는 없어요, 반송해야 했기 때문에 짧은 편지나 설명 없이 반송했던 '폴과 버지니아'⁵를 당신도 틀림없이 아주 잘 알 거예요, 감시받고 있었으니까 당신이 보낸 편지를 내가 읽을 수 있었다는 얘길 하려는 게 아니에요 그러나 당신이 소포 겉면에 붉은 봉함지를 붙여서 돌려보내기만 했어도 그게 '북경이나 난징이나 제3의 장소로, 맨발로라도 오라,'라는 의미라는 걸 알았을 거예요."

"핀칭 부인, 당신 탓할 거 없어요, 그리고 내가 당신을 탓했던 적도 없고요. 우리 둘 다 너무 어렸을 뿐 아니라 어른들께 너무 의지하고 있었고 너무 무기력했기 때문에 이별을 받아들이는 외에 다른 방도가 없었던 거예요. 아주 오래전의 일이라는 걸 제발 생각해요." 아서가 부드럽게 충고했다.

"한 마디만," 플로라가 수다를 줄이지 않고 계속해서 말했다. "더 하고 싶어요, 한 가지만 더 설명하고 싶다고요, 울다가 코감기에 걸린 채 외딴 응접실에서 꼬박 보냈던 닷새에 대해서 말이에요-여전히 2층에 그리고 여전히 집 뒤에 있는 그 외딴 응접실이 내 말을 확인해줄 거예요-그 쓸쓸한 시기가 지나고 고요가 몇 년간 이어졌다가 에프 씨를 둘 다 아는 친구의 집에서 알게 되었어요, 그는 아주

---

⁵ 베르나르댕 드 생피에르(Bernardin de Saint-Pierre)의 로맨스 작품.

친절했고 다음날 찾아왔어요 그리고 곧 한 주에 세 번씩 저녁에 방문했어요 저녁 식사에 대한 답례로 자잘한 것들을 보내왔고요, 에프 씨 쪽에서 보자면 그건 사랑이 아니었어요 흠모였지요, 에프 씨가 아빠의 전폭적인 지지를 받으며 청혼했어요 내가 어떻게 할 수 있었겠어요?"

"도저히 어쩔 수 없었겠죠," 아서가 최고로 쾌활하고 신속하게 대답했다. "당신이 했던 대로 행하는 거 말고는 다른 방도가 없었을 거예요. 옛 친구가 당신이 아주 잘했다고 전적으로 확신한다는 사실을 보증하리다."

"마지막으로 한 마디만," 플로라가 평범한 인생을 손짓으로 거부하며 말을 이었다. "하고 싶어요, 마지막으로 한 가지만 설명하고 싶다고요, 오해할 수 없는 구애를 에프 씨가 처음 하기 **전이었어요**, 하지만 그 때는 지나갔고 지금은 아니에요, 클레넘 씨 당신은 금목걸이를 더 이상 하고 있지 않군요 자유의 몸이니까요 행복하리라 생각해요, 이곳에서 아빠는 언제나 성가신 존재이고 필요하지 않아도 아무 데나 참견을 하세요."

그런 말을 해서, 그리고 머뭇거리면서도 경고를 가득 담은 몸짓을 급히 해서 – 옛날에 클레넘이 익히 보았던 몸짓이었다 – 불쌍한 플로라는 그녀 자신을 열여덟 살의 상태에, 아주 아주 먼 과거에 다시 놓았다. 그리고 마침내 완전히 말을 맺었다.

더 정확히 말하자면, 그녀는 자신의 절반을 열여덟 살의 상태에 놓았고 나머지를 고 에프 씨의 미망인 신분에 접목했다. 그와 같이 해서 그녀 자신을 정신적인 인어로 만들었으니, 젊은 시절의 애인은 그 모습을 슬프다는 느낌과 웃긴다는 느낌이 묘하게 뒤섞인 기분으로 바라보았다.

예를 들면 다음과 같았다. 그녀 자신과 클레넘 사이에 최고로 스릴 넘치는 밀약이 있었던 것처럼, 스코틀랜드까지 노선이 연장되어 있는[6], 네 마리의 말이 끄는 첫 번째 사륜역마차가 그때 막 다가왔던 것처럼, 그리고 그녀가 집안의 보호와 가부장의 축복을 받으면서 모든 사람들이 완벽히 동의한 가운데 '패리쉬 처치'에 그와 함께 들어갈 수는 없었던 것처럼(또는 들어가려고 하지 않았던 것처럼), 플로라는 알쏭달쏭한 신호를 고통스럽게 보내면서 자신의 영혼을 위로했고 발각에 대한 두려움을 표현했다. 클레넘은 시시각각으로 어지럼증을 점점 더 느끼면서, 고 에프 씨의 미망인이 그녀와 자기를 옛날 자리에 놓고 옛날에 했던 일들을 모조리 행하면서 최고로 즐기는 모습을 바라보았다 – 이제는 무대에 먼지가 끼었고 장면은 빛이 바랬으며, 청춘의 배우들은 죽었고 무대 앞의 일등석이 비었으며, 조명이 다 꺼졌는데 말이다. 그럼에도 옛날에는 그녀에게 확실히 당연한 일이었다고 기억하는 것들이 이처럼 우스꽝스럽게 전부 다시 상연되자, 클레넘은 그것이 자기를 봤기 때문에 다시 상연되는 것이고 거기에는 마음 아픈 기억이 들어있다는 사실을 느끼지 않을

---

[6] 잉글랜드와 맞닿아있는 스코틀랜드의 그레트너 그린(Gretna Green) 같은 곳은 부모의 동의 없이도 청춘남녀가 결혼할 수 있는 곳이어서 사랑의 도피처로 유명했다.

수 없었다.

가부장이 그가 저녁 먹을 때까지 머물러야 한다고 주장했고, 플로라가 "그렇게 하세요!"라는 신호를 보냈으며, 클레넘은 저녁 먹을 때까지 머무르는 것 이상의 일을 소망했기에 – 예전에 존재했던 또는 존재하지도 않았던 플로라의 모습을 볼 수 있기를 간절히 소망했기에 – 자신이 수치심 비슷하게 여겼던 실망에 대해 최소한으로라도 보상할 수 있는 것은 가족의 희망을 따르는 것이라고 생각했다. 그래서 그는 저녁 먹을 때까지 머물렀다.

팽스가 그들과 함께 식사했다. 팽스는 6시 15분 전에 김을 내뿜으며 자신의 작은 부두에서 나와서는, 그때 마침 블리딩 하트 야드가 불경기라는 이야기 속으로 생각 없이 배를 몰던 가부장에게 곧장 들이닥쳤다. 팽스가 즉시 그에게 단단히 달라붙었고 그를 끌어냈다.

"블리딩 하트 야드요?" 팽스가 숨을 헐떡이고 코를 킁킁거리며 말했다. "그곳은 골치 아파요. 주인님에게 틀리게 지불하는 건 아니지만 거기서 집세를 걷기는 대단히 어렵거든요. 주인님이 소유한 다른 모든 곳보다 그 한 곳이 더 말썽거리입니다."

큰 배가 예인되더라도 대부분의 구경꾼들에게는 큰 배가 힘이 센 존재라고 인정받는 것처럼 가부장도 팽스가 자기를 대신해 무슨 말을 하든지 대개 자기가 말한 것처럼 보이게 했다.

"정말입니까?" 윤이 나는 머리가 번쩍이는 모습을 본 것만으로도 그런 생각을 하게 된 클레넘이 예인선 대신에 그 배에다 대고 질문을 했다. "거기 사람들이 그렇게 가난한가요?"

"**당신은**," 팽스는 손톱을 찾을 수 있으면 찾아서 물어뜯으려고 색 바랜 철회색 주머니에서 더러운 손 하나를 꺼내고 구슬 같은 두 눈으로 고용주를 바라보며 코를 킁킁거렸다. "그들이 가난한지 아닌지 알 수 없어요. 자신들이 가난하다고 하지만 모두들 그렇게 말하거든요. 어떤 사람이 자기가 부자라고 하더라도 보통은 그렇지 않다고 생각하면 됩니다. 더군다나 가난하다고 **하면** 어쩔 수 없지요. 집세를 받지 못하면 당신도 가난해지거든요."

"지당한 말이네요." 아서가 대답했다.

"당신이 런던의 모든 가난한 사람들을 위해 집을 개방할 건 아니잖아요." 팽스가 말을 이었다. "그들을 공짜로 재워줄 것도 아니고요. 문을 활짝 열고 그들이 자유롭게 드나들도록 할 것도 아니지요. 누가 그런 짓을 해요, 당신도 그렇게 하지 않을 거고요."

캐스비 씨는 일반적으로 차분하고 인자하게 고개를 가로저었다.

"만일 어떤 사람이 주당 반 크라운에 당신에게서 방을 얻었고 그 주가 지났는데도 반 크라운을 내놓지 않으면 당신은 다음과 같이 말할 겁니다. 그럴 거면 뭐 하러 그 방을 얻은 거야? 하나를 가져오지 않을 거면 다른 건 왜 가진 거지? 돈을 가지고 뭘 한 거야? 뭐 하자는 거야? 자네 의무가 뭔가? 그런 부류의 사람에게 **당신은** 그런 말을 할 거예요. 그리고 그렇게 말하지 않으면 더 수치스러운 거고요!" 팽스 씨가 그때 코 있는 쪽을 세게 풀어서 특이하고 깜짝 놀라게 만드는 소리를 내었지만 청각적인 소리를 내는 거 외에 다른 결과를 낳지는 못했다.

"당신은 이 도시의 동쪽과 북동쪽에 그런 부동산이 얼마간 있나 보군요?" 클레넘이 둘 중 누구에게 질문해야 할지 미심쩍어하면서 말했다.

"오오, 꽤 있죠." 팽스가 말했다. "동쪽과 북동쪽이라고 까다롭게 할 건 없어요. 나침반의 어떤 방위든 쓸 만하니까요. 원하는 게 유리한 투자와 빠른 수입이잖아요. 그걸 발견할 수 있는 곳에서 그걸 얻는 거고요. 위치에 대해 까다로운 건 아니잖아요 – 그쪽이 말이에요."

가부장의 집에는 아주 독특한 네 번째 인물이 살고 있었는데, 그 인물 역시 저녁 식사 전에 나타났다. 놀랄 정도로 작은 노파였고, 얼굴은 너무 싸구려라 표정이 나타나지 않는 무표정한 인형처럼 빤히 쳐다보고 있었으며, 뻣뻣한 노란 가발은 인형을 갖고 있던 아이가 아무 데고 압정 같은 것을 박아 넣어서 머리에 달라붙어 있을 수밖에 없는 것처럼 머리 위에 고르지 않게 얹혀있었다. 이 작은 노파의 또 다른 놀라운 점은 바로 그 아이가 스푼같이 무딘 도구로 그녀의 얼굴에 두세 군데 상처를 낸 것 같다는 사실이었으니, 노파의 이목구비, 특히 코끝이 그 물품의 우묵한 곳과 대체로 일치하는 타격을 몇 차례 받은 모습이었던 것이다. 이 작은 노파의 더더욱 놀라운 점은 그녀가 에프 씨의 숙모 말고 다른 이름은 없다는 사실이었다.

다음과 같은 상황 속에서 그녀가 갑자기 방문객의 시야에 나타났다. 첫 요리가 식탁 위에 놓였을 때 플로라가 질문했다. 클레넘 씨는 에프 씨가 내게 유산을 남겨주었다는 얘길 어쩌면 못 들었겠네요? 그에 대한 대답으로, 클레넘은 에프 씨가 사랑하던 부인에게 현세의 재산 전부는 아니라 해도 대부분을 남겨주었기를 바란다는 희망을 넌지시 비추었다. 플로라가 말했다. 아, 예, 그런 말이 아니에요, 에프 씨가 멋진 유언장을 작성했죠, 그렇지만 별도의 유산으로 자신의 숙모를 남겨주었어요. 그러고 나서 그 유산을 가져오기 위해 밖으로 나갔다가 방으로 돌아와서는 다소 의기양양하게 '에프 씨의 숙모'를 내놓았다.

방문자가 에프 씨의 숙모에게서 발견할 수 있었던 주요 특징은 극단적인 엄격함과 완강한 과묵함이었는데, 경고 조의 굵은 목소리로 얘기하는 버릇 때문에 그 특징이 전달되지 않을 때가 있었다. 그녀의 얘기는 누가 어떤 말로도 청한 것이 아니어서, 그리고 생각을 아무리 연결해도 근원을 추적할 수 없는 것이어서, 듣는 사람의 정신을 혼란에 빠뜨렸고 놀라게 했다. 에프 씨의 숙모는 그녀 나름의 어떤 체계에 따라 얘기를 던지는 것일 수 있고, 그 체계가 독창적이거나 심지어 미묘한 것일 수도 있지만, 그 체계에 이르는 열쇠가 빠져 있었던 것이다.

깔끔하게 차려졌고 잘 요리된 저녁이(가부장 집안의 모든 것이 느긋하게 소화시키는 것을 장려했다) 약간의 수프와 기름에 튀긴 서대기, 버터 그릇에 담긴 새우소스와 감자 요리로 시작되었다. 대화는 여전히 집세 받는 문제가 중심이었다. 에프 씨의 숙모가 식탁에 동석한 사람들을 심술궂은 시선으로 십 분간 바라보다가 다음과 같이 무서운 얘기를 했다.

"우리가 헨리에 살 때 떠돌이 땜장이들이 반스네 수컷거위를 훔쳤어."

팽스 씨가 용감하게 고개를 끄덕이고 말했다. "맞습니다, 부인." 그러나 이처럼 불가사의한 의사교환이 클레넘에게 미친 영향은 그를 절대적으로 겁먹게 하는 것이었다. 그리고 또 다른 사정이 이 노부인에 대해 특이한 공포를 느끼게 했다. 그녀는 언제나 남을 빤히 쳐다보았지만 누군가를 바라보고 있다는 사실을 절대 인정하지 않았다. 예의 바르고 친절한 방문자라면 그녀가 예컨대 감자를 좋아하는지 어떤지 알고 싶어 할 수도 있을 것이다. 그러나 그런 소망을 나타내는 자신의 행동이 절망적일 정도로 그녀에게 효과가 없다면 어떻게 하겠는가? "에프 씨의 숙모님, 여쭤 봐도 되겠습니까?"라고 말할 수 있는 사람은 아무도 없을 것이다. 모든 사람들이 클레넘처럼 겁을 먹고 당황한 채 스푼 자국에서 물러날 것이다.

양고기, 스테이크, 애플파이가 나왔고 – 수컷거위와 연결된 것은 아주 우원하게라도 전혀 없었다 – 저녁이 실제로는 환멸을 느낀 잔치처럼 진행되었다. 옛날에 클레넘이 그 식탁에 앉아서 플로라에게만 관심을 기울였던 적이 있었다. 그러나 지금 플로라에게 관심을 기울여서 본의 아니게 주로 관찰한 내용은 그녀가 흑맥주를 매우 좋아한다는 것, 셰리주를 많이 마셔서 감상에 젖었다는 것, 그리고 조금 살이 쪘다면 그건 타당한 이유가 있는 것이라는 사실이었다. 마지막 가부장은 언제나 대식가였고, 다른 사람에게 음식을 먹이는 착한 영혼의 자비를 베풀어서 엄청난 양의 고형식을 먹어치웠다. 갖고 다니는 작고 더러운 노트를(디저트 삼아 들여다볼 요량인 체납자 명단이 아마 적혀 있을 텐데) 언제나 서두르면서 가끔씩 들여다보는 팽스 씨는 배에 석탄을 싣듯이 음식을 실었다. 요란한 소리를 내고 주위에 엄청나게 떨어뜨리며 가끔 숨을 헐떡이고 코를 킁킁거렸으니, 김을 뿜으며 출발할 준비가 거의 다 끝난 것 같았다.

저녁을 먹는 내내 플로라는 먹고 마시는 것에 대한 현재의 욕구를 낭만적 사랑에 대한 과거의 욕구와 뒤섞어서 클레넘이 접시에서 시선을 들어 올리기 두렵게 만들었다. 그녀를 바라볼 때마다 그들이 같은 음모에 관련되었다는 듯이 알쏭달쏭한 의미 내지는 경고를 전하는 모종의 눈짓을 받았기 때문이다. 에프 씨의 숙모는 최고로 비통한 표정을 짓고서, 식탁보가 치워지고 포도주가 담긴 유리병이 나올 때까지 그를 무시한 채 조용히 앉아 있다가, 또다시 얘기를 꺼냈다 - 요컨대, 누구도 고려하지 않고 대화에 정확히 끼어들었다.

플로라가 "클레넘 씨, 에프 씨의 숙모 대신에 포트와인 한 잔 따라 줄래요?"라고 막 부탁했던 참이었다.

"런던브리지 근처의 기념탑[7]은," 그 부인이 즉각적으로 선언했다. "런던 대화재 이후에 세워졌고, 그 대화재는 당신 삼촌인 조지의 작업장을 전소시켰던 불길과는 다른 거야."

팽스 씨가 전처럼 용기를 내서 말했다. "정말요, 부인? 그랬군요!"

---

[7] 1666년의 런던 대화재를 기억하기 위해 1677년에 세워진 탑.

에프 씨의 숙모를 조용한 곳으로 안내하다

그러나 에프 씨의 숙모는 가상의 반박이나 그 밖의 학대에 화가 난 것처럼 다시 침묵을 지키는 대신에 다음과 같은 사실을 추가로 선언했다.

"난 바보가 싫어!"

그녀가 그 자체로는 솔로몬의 의견처럼 현명한 그 의견을 방문자의 머리에 곧장 겨누어서 아주 모욕적이고 사적인 성격을 그 의견에 첨가했기 때문에, 에프 씨의 숙모를 방 밖으로 데리고 나갈 필요가 있었다. 그 일을 플로라가 조용하게 했다. 에프 씨의 숙모가 저항하진 않았지만 나가는 도중에 "그렇다면 그가 왜 온 거지?"라고 가차 없이 적의를 표하며 물었다.

플로라가 돌아와서, 그녀의 유산이 현명한 노부인이지만 약간 특이할 때가 있으며 "반감을 품고 있다"고 설명했다 — 그런 특징에 대해 플로라는 어느 쪽이냐 하면 자부심을 느끼는 것 같았다. 플로라의 착한 품성이 이 경우에 돋보였기 때문에 클레넘은 그러한 품성을 이끌어낸 노부인을, 더더군다나 노부인이 함께 있는 두려움을 덜게 되었기 때문에, 탓할 마음이 없었다. 그들은 와인 한두 잔을 마음 놓고 들었다. 그러고 나서 팽스 호號가 곧 출항할 것이고 가부장이 잠자리에 들 것이라는 사실을 예상한 클레넘이 어머니를 찾아가야 할 필요성을 이유로 내세우며 팽스 씨에게 물었다. 어느 쪽으로 갈 겁니까?

"시내 쪽으로 갑니다." 팽스가 답했다.

"같이 걸을까요?" 아서가 청했다.

"기꺼이 동의합니다." 팽스가 말했다.

그러는 사이 플로라가 남모르게 빨리 그리고 틈틈이 속삭였는데, 그런 때가 **있었지만** 과거는 입을 크게 벌리고 있는 구멍이라는 것이었고, 금목걸이가 더 이상 그를 묶고 있지 않다는 것이었다. 자기는 고 에프 씨를 추모한다고 했고, 내일 한 시 반에 집에 있을 거라고 했다. 또한 운명의 판결은 돌이킬 수 없다고 했고, 그가 정확히 오후 네 시에 그레이스 인 공원의 북서쪽을 산책하는 일은 절대 있을 수 없는 일로 생각한다고 했다. 아서는 헤어지면서 현재의 플로라를 — 사라진 플로라나 인어가 아니고 — 솔직히 좀 도와주려고 했지만, 플로라는 도움의 손길을 받으려하지 않았고 받을 수도 없었으니, 그녀 자신과 아서를 과거의 자신들로부터 떼어놓을 힘이 전적으로 결여되어있었던 것이다. 아서는 꽤 비참한 상태로 그 집을 나왔다. 그리고 이전보다 훨씬 현기증을 느끼게 된 탓에 예인되어 이끌려가는 행운이 없었다면 처음 15분은 되는대로 표류했을지 모른다.

좀 더 시원한 공기를 마셔서 그리고 플로라도 없는 덕에 제정신이 들기 시작하자, 아서는 팽스가 빈약한 초지 같은 손톱을 닥치는 대로 뜯어먹고 간간이 코를 킁킁거리며 전속력으로 항해하고 있다는 사실을 알아차렸다. 그런 동작이 한 손을 주머니에 넣고 있는 모습과 모자 뒤쪽이 앞으로 향하게 아무렇게나 쓰고 있는 모습과 합해지니, 생각에 잠겨있는 그의 상태를 나타내는 것이 분명했다.

"시원한 밤이군요!" 아서가 말했다.

"예, 아주 시원해요." 팽스가 동의했다. "오랜만에 찾아왔으니까 날씨를 나보다 더 잘 느끼겠군요. 사실 난 날씨를 느낄 시간도 없어요."

"아주 바쁜가 봐요?"

"예, 항상 누군가를 들여다봐야 하고 뭔가를 챙겨야 하거든요. 하지만 난 일을 좋아해요." 팽스가 조금 더 빨리 가면서 말했다. "사람이 뭘 하라고 창조되었겠어요?"

"일만을 위해 창조되었을까요?" 클레넘이 물었다.

팽스가 되물었다. "일 말고 다른 뭐요?" 그 말은 클레넘의 삶에 얹혀 있던 무게를 최고로 간결하게 포장한 것이어서 그는 대답하지 못했다.

"그것이 내가 주 단위로 집세를 내는 세입자들에게 묻는 말이에요." 팽스가 말을 이었다. "그중 어떤 자들은 내게 침울한 얼굴을 들이대고 말하지요. 나리, 보시는 대로 저흰 가난하지만 눈을 뜨고 있는 내내 가루가 되도록 갈리면서 단조롭고 고된 일에 정진하고 고생합니다. 내가 그들에게 말하지요. 자네들이 그것 말고 뭘 하라고 만들어졌겠어? 그럼 그들의 말문이 막혀버려요. 대답할 말이 한마디도 없으니까요. 자네들이 그것 말고 뭘 하라고 만들어졌겠어? 그럼 결말이 나는 겁니다."

"아, 저런, 저런, 저런!" 클레넘은 한숨을 쉬었다.

"날 봐요." 팽스가 주 단위로 집세를 내는 세입자들과 논쟁을 계속하듯이 말을 이었다. "내가 그것 말고 뭘 하라고 만들어졌다고 생각할 거 같아요? 다른 건 없어요. 아침 일찍 날 침대에서 흔들어 깨워 시동을 걸게 하고, 식사를 급히 몰아넣을 시간을 당신이 원하는 만큼 짧게 준 다음에 계속 일하게 하란 말이에요. 날 항상 일하게 해요. 그럼 내가 당신을 항상 일하게 할 것이고, 당신은 다른 누군가를 항상 일하게 하는 거예요. 그게 바로 상업국가에서 당신에게 주어진 '사람의 본분'[8]인 거지요."

그들이 침묵을 지키며 좀 더 걸었을 때 클레넘이 물었다. "팽스씨, 다른 것에 대한 취미는 없나요?"

"취미가 뭔데요?" 팽스가 무미건조하게 대꾸했다.

---

[8] 전도서 12장 13절에서 제목을 따온 동명의 책자가 17, 18세기에 가장 인기 있었던 신앙지도서의 하나였다.

"좋아하는 거라고 하죠."

"난 돈 버는 것을 좋아해요," 팽스가 말했다. "방법을 가르쳐 준다면 말이에요." 다시 증기를 내뿜듯이 그 소리를 크게 분출했는데, 클레넘은 그것이 그가 웃는 방식이라는 생각을 처음으로 했다. 팽스는 모든 면에서 독특한 사람이었다. 그가 아주 진지한 사람은 아닐지 몰라도, 타고 남은 재와 같은 그러한 원칙들을 기계가 회전하면서 내밀듯이 간결하고 냉정하고 빠르게 내미는 방식이 농담과는 양립할 수 없는 것 같았다.

"책을 많이 읽을 것 같지는 않군요?" 클레넘이 말했다.

"편지와 청구서 말고 다른 것은 읽지 않아요. 근친자에 대한 공시문 말고 다른 것은 모으지 않고요. **그게** 취미라면 취미지요. 클레넘 씨, 그쪽은 콘월의 클레넘 가 출신이 아닌가 봐요."

"그런 이름은 처음 들어요."

"아닌 거 같더라고요. 당신 어머님께 물어보았었거든요. 그 부인은 성격이 대단해서 기회를 흘려보내는 법이 없더군요."

"내가 콘월의 클레넘 가 출신이라면요?"

"당신에게 유리한 얘기를 듣게 되었을 테죠."

"정말요! 한동안 내게 유리한 얘기는 거의 듣질 못했어요."

"팔리지 않고 있는 콘월 지방의 부동산이 있는데, 요구만 하면 그걸 소유할 수 있는 콘월 지방의 클레넘도 없거든요." 팽스가 외투 주머니에서 노트를 꺼냈다가 다시 집어넣으며 말했다. "난 여기서 옆길로 갑니다. 잘 가세요."

"잘 가요!" 클레넘이 말했다. 그러나 갑자기 짐을 덜게 되었고 짐을 예인해야 하는 속박에서도 벗어나게 된 그 예인선은 이미 연기를 내뿜으며 멀리 가고 있었다.

둘이 스미스필드를 벌써 지나갔기 때문에 클레넘은 바비컨 가의 모퉁이에 혼자 남게 되었다. 그날 밤에 어머니의 음침한 방에 갈 마음이 들지 않았던 것은 황야에 있더라도 이보다 더 우울하고 더 버림받은 기분은 아닐 것이었기 때문이다. 올더스게이트 가로 천천히 들어갔다가, 빛과 활기가 있는 대로 중의 하나로 나올 요량으로 세인트폴 성당 쪽으로 가는 길을 생각하고 있을 때, 군중들이 그가 서 있는 쪽의 보도로 그를 향해 떼 지어왔고 아서는 그들이 지나갈 수 있도록 가게에 기대서 비켜섰다. 가까이 오자 남자들이 어깨 위에 매고 있는 물체 주위에 사람들이 몰려있다는 사실을 알아보았다. 그리고 그것이 덧문이나 그와 비슷한 물건으로 급히 만든 들것이라는 사실도 곧바로 알아보았다. 들것 위에 누워있는 사람, 군중들이 나누는 단편적인 대화, 한 사람이 들고 있는 진흙투성이 꾸러미, 그리고 또 다른 사람이 들고 있는 진흙투성이 모자가 사고가 났다는 사실을 알려주었다. 그를 지나서 여섯 걸음도 미처 못 갔을 때, 싣고 있던 사람을 바로 실으려고 들것이 가로등 아래에 멈춰 섰다. 군중도 멈춰 섰고, 아서는 무리의 한가운데에 있게 되었다.

"사고가 나서 병원으로 가나 봐요?" 자기 옆에 서서 고개를 가로젓고 있는 노인에게 대화를 청하듯이 물어보았다.

"그래요," 노인이 대답했다. "그놈의 우편마차 때문이에요. 그놈

들을 기소해서 벌금을 매겨야 해요. 그놈들이 래드 로路와 우드 가
街가 만나는 곳에서 시속 12 내지 14마일의 속도로 달려 나왔거든
요. 그놈의 우편마차가 말이에요. 유일하게 놀라운 점은 사람들이
그놈들 때문에 좀 더 자주 죽지 않는다는 거죠."

"이 사람이 죽은 건 아니죠?"

"잘 모르겠어요!" 그 노인이 말했다. "죽지 않았어도 그놈들이 죽
일 의지가 없어서는 아니니까요." 말하던 사람은 팔짱을 낀 채 이야
기를 듣고 싶어 하는 아무 구경꾼에게나 그놈의 우편마차에 대한
비난을 편하게 늘어놓기 시작했고, 몇몇 사람들이 다친 사람에 대한
순수한 동정심으로 그의 얘기가 사실이라고 확인해주었다. 한 사람
이 클레넘에게 "그놈의 우편마차가 공공의 골칫거리에요,"라고 했
다. 또 다른 사람이 "**전** 어젯밤에 그놈들 중의 하나가 어떤 소년의
코앞에서 멈춰 서는 것을 봤어요,"라고 했다. 또 다른 사람은 "**전**
그놈들 중의 하나가 고양이 치는 걸 봤어요 - 고양이가 선생님의 어
머님이었을 수도 있는 거죠,"라고 했다. 모든 이야기는 만일 그에게
대중적 영향력이 있다면 그것을 그놈들 우편마차에게 사용하는 것
이 최고로 잘 사용하는 것이라는 뜻을 함축하여 나타내는 것이었다.

"아니, 영국에서 태어난 사람도 그놈의 우편마차로부터 목숨을
구하느라고 매일 밤 곤란을 겪는걸요." 처음의 노인이 주장했다.
"그리고 그놈들이 **자기** 사지를 찢으려고 모퉁이를 언제 돌아 나올
건지 알아야 하고요. 그놈들에 대해 아는 게 없는 불쌍한 외국인이
야 오죽하겠어요!"

"이 사람이 외국인입니까?" 클레넘이 몸을 숙여서 바라보며 물었다.

"프랑스 사람입니다," "포르투갈 사람입니다," "네덜란드 사람입니다," "프로이센 사람입니다,"와 같은 상충하는 증언들이 뒤섞이는 가운데, 이탈리아어와 프랑스어로 물을 청하는 희미한 소리를 들었다. 그 소리에 답하여, "아, 불쌍한 사람, 자기가 결코 회복하지 못할 거라고 하는군, 놀라운 일도 아니지!"라는 말이 막연하게 퍼지는 가운데, 클레넘은 자기가 불쌍한 사람의 말을 알아들을 수 있다며 지나가게 해달라고 청했다. 클레넘이 즉시 앞줄로 보내졌고 그와 이야기를 했다.

"우선, 물을 좀 달랍니다." 그가 주위를 둘러보며 말했다. (열두 명의 사람들이 착하게도 물을 가지러 흩어졌다.) "심하게 다쳤나?" 클레넘이 들것 위의 사내에게 이탈리아어로 물었다.

"예, 그렇습니다, 그래요, 그렇다고요. 다리요, 다리를 다쳤어요. 심하게 다쳤지만 옛날 음악을 들으니 즐겁군요."

"여행 중인가? 잠깐만! 물이네! 내가 좀 먹여주지."

사람들이 들것을 내려놓았던 곳은 바로 포석 더미 위였다. 땅에서 편리한 높이였기 때문에, 몸을 굽혀서 한 손으로 다친 사람의 머리를 가볍게 들어 올리고 다른 손으로는 잔을 그의 입술에 댈 수 있었다. 작고 근육질이고 볕에 탔으며, 머리는 검은색이고 이빨은 하얬다. 보기에는 생기 넘치는 얼굴이었다. 두 귀에는 귀고리를 하고 있었다.

"잘했어. 여행하는 중인가?"

"그렇습니다."

"이 도시는 처음이고?"

"예, 그렇습니다, 전적으로요. 불운하게도 오늘 저녁에 도착했습니다."

"어디서 왔나?"

"마르세유에서요."

"아니, 이봐! 나도 그래! 여기에서 태어났지만 자네만큼이나 여기가 낯설어, 나도 얼마 전에 마르세유에서 왔거든. 낙담하지 말게." 얼굴을 닦아주다가 일어나서 괴로워하는 사람이 덮고 있던 코트를 친절하게 다시 덮어주자, 그 사내가 탄원 조로 얼굴을 들어 그를 바라보았다. "자네가 제대로 치료받을 때까지 떠나지 않을 테니 용기를 내게! 반 시간 지나면 훨씬 나아질 걸세."

"아! 알트로, 알트로!" 불쌍한 작은 사내가 의심하는 듯한 어조로 희미하게 부르짖었다. 사람들이 그를 들어 올리자 그가 오른손을 내밀었다. 그리고 집게손가락을 어깨 위로 올려 뒤쪽에다 대고 허공에 흔들었다.

아서 클레넘은 가던 방향을 바꾸었다. 들것 옆으로 걸으며 가끔 격려하는 말을 해주었고, 근처에 있는 세인트바솔로뮤 병원까지 따라갔다. 들것을 운반하는 사람들과 그를 제외하고는 누구도 들어가는 것이 허용되지 않았다. 부상을 입은 사내가 침착하고 체계적으로 곧바로 수술대 위에 놓였고, 재난의 여신처럼 가까이에서 나타날 준비를 하고 있던 외과의가 꼼꼼하게 진찰을 했다. "그는 영어를 한 마디도 몰라요." 클레넘이 말했다. "심하게 다쳤나요?" "의견을 말하기 전에 먼저 살펴보고요." 외과의가 민첩하고 유쾌하게 진찰하면서 말했다.

외과의가 환자의 다리를 손가락 하나로 그러고 나서 두 개로, 그 다음에는 한 손으로 그러고 나서 두 손으로, 위아래 상하 이쪽저쪽으로 검사해보고, 흥미 있는 몇 가지 사항에 대해 고개를 끄덕이며 합류한 다른 의사와 상의한 다음에, 마침내 환자의 등을 두드리며 말했다. "다치지 않았습니다. 썩 좋아질 겁니다. 꽤 힘들겠지만 지금은 다리를 절단하지 않아도 됩니다." 그 말을 클레넘이 환자에게 통역해 주었고, 환자는 몹시 감사해 하며 감사함을 표현하는 방식으로 통역자의 손과 외과의의 손에 여러 차례 입을 맞추었다.

"심각한 부상인가요?" 클레넘이 물었다.

"그 – 렇습니다." 외과의는 화가畫架 위에 놓인 작품을 즐겁게 감상하고 있는 미술가처럼 생각에 잠겨서 대답했다. "그래요, 꽤 심각합니다. 무릎 위쪽으로 복합골절이 있고 그 아래는 탈구되었습니다. 둘 다 굉장한 겁니다." 그는 환자가 실제로 매우 훌륭한 친구이며, 의학이 관심을 보일 만한 방식으로 다리를 부러뜨린 데 대해 굉장히 칭찬받을 만하다고 정말로 생각한다는 듯이, 그의 등을 다시 한 번 다정하게 두들겨주었다.

"환자가 프랑스어를 하나요?" 외과의가 물었다.

"아, 예, 프랑스어를 합니다."

"그렇다면 여기서는 그가 당황할 일이 없습니다. 자넨 용감한 사람답게 약간의 고통을 견디고 모든 일이 순조롭게 진행되는 데 대해 다행으로 여기기만 하면 되네." 그가 프랑스어로 말을 이었다. "그러면 놀랄 정도로 다시 걸을 수 있을 걸세. 자, 다른 데 문제가 있는지 살펴보세. 예의 늑골은 어떤가?"

다른 데 문제는 없었고 예의 늑골도 멀쩡했다. 클레넘은 할 수 있는 모든 치료가 숙련된 솜씨로 그리고 즉각적으로 행해질 때까지 남아있었다 - 이국땅을 늦은 시간에 돌아다니던 불쌍한 방랑자가 그에게 그와 같은 친절을 감동적으로 간청했던 것이다 - 그리고 나서 환자가 꾸벅꾸벅 졸 때까지 그가 옮겨졌던 병상 곁에 머물러 있었다. 떠날 때에도 내일 다시 오겠다는 약속과 함께 몇 마디 글을 명함 위에 써서는 환자가 깨어나면 전달해달라고 부탁했다.

그 모든 일들을 처리하느라 시간이 오래 걸려서 클레넘이 병원 문을 나왔을 때는 밤 열한 시를 치고 있었다. 당장은 코번트 가든에 하숙집을 잡고 있었기 때문에 그는 스노 힐과 호번을 거쳐 그 구역으로 가는 최단거리를 택했다.

조금 전의 사건이 불러일으켰던 걱정과 연민을 겪은 후에 다시 홀로 남게 되자 생각에 잠긴 것은 당연한 일이었다. 10분을 생각에 잠긴 채 걷노라니 플로라 생각이 나는 것도 당연한 일이었다. 부당한 지시로 가득하고 행복이 거의 없는 자신의 삶을 그녀가 생각나게 하는 것은 불가피한 일이었다.

하숙집에 도착한 클레넘은, 전에 쓰던 방의 창가에 서서 검게 변한 굴뚝 숲을 마주 보았었던 것처럼 꺼져가는 난롯불 앞에 앉아서 인생의 그 단계에 이르기까지 자신이 거쳤던 음울한 풍경을 돌아보았다. 아주 지루하고 아무 장식도 없는 대단히 공허한 풍경이었다. 어린 시절이라고 할 만한 것은 아예 없었고, 청년 시절에 대해서도 한 가지 기억을 제외하면 아무것도 없었는데, 그 하나의 기억이 바로 오늘 어리석은 짓이었던 걸로 드러났던 것이다.

그것이 다른 사람에게는 사소한 일일지 몰라도 그에게는 불운한 일이었다. 쓰라리고 가혹했다고 기억하는 일들은 시험을 해봐도 모두 다 현실로 남아있지만－보고 만져 봐도 고집 세게 그대로 있고, 원래 지니고 있던 잔인함 역시 전혀 줄어들지 않고 꿋꿋하게 그대로 있지만－자신의 경험에서 유일하게 다정한 기억은 똑같은 시험을 견디지 못하고 녹아 없어졌기 때문이다. 두 눈을 뜬 채 꿈속에서 보냈던 예전 밤[9]에 그와 같은 사실을 내다보았었지만 그때는 그것을 뼈저리게 느끼지 못했었다. 그러나 지금은 뼈저리게 느끼게 되었다.

클레넘이 그런 식으로 꿈꾸는 사람이 된 것은 그의 삶에는 결핍되어있던 모든 상냥하고 친절한 것에 대한 믿음이 그의 본성 깊숙한 곳에 뿌리내리고 있었기 때문이다. 비천하게 학대받으며 자랐음에도 불구하고 그와 같은 믿음이 그가 명예로운 정신과 관대한 손길을 지닌 사람이 되도록 구해주었다. 쌀쌀맞고 가혹하게 자랐음에

---

[9] 아서 클레넘이 중국에서 귀국한 후 어머니의 집에서 보냈던 1권 3장의 밤을 지칭.

도 불구하고 그와 같은 믿음이 그가 따스하고 동정적인 마음씨를 지니도록 구해주었다. 조물주의 형상으로 인간을 창조한 것을 뒤집어서 죄를 범한 인간의 형상으로 조물주를 창조하는 식으로, 너무나 음울하고 뻔뻔해서 도저히 따를 수 없는 교리 속에서 자랐음에도 불구하고, 그와 같은 믿음이 그가 심판하는 대신에 겸손하게 인정을 베풀며 희망과 사랑을 갖도록 구해주었다.

그리고 그와 같은 믿음이, 그런 행복이나 미덕이 자신이 걸어온 작은 길에 도래했던 적도, 자기를 위해 효과를 발휘했던 적도 없다는 이유로, 그러한 것은 숭고한 계획에 들어있는 것이 아니라고 주장하거나, 혹 겉으론 그렇게 보여도 가장 열등한 요소로 환원할 수 있다고 주장하는 데 들어있는 찡얼거리는 유약함과 잔인한 이기심에서 여전히 그를 구해주었다. 실망한 정신을 소유하고 있었지만 그런 건강치 못한 곡조를 읊기에는 너무나 견실하고 건강한 정신이었던 것이다. 그 자신은 어둠 속에 남겨두었지만, 그 정신이 햇빛 속으로 솟아올라 그 빛이 다른 사람들을 환하게 비추는 것을 지켜보았고, 그 빛을 환호하며 맞이했다.

그래서 그는 꺼져가는 난롯불 앞에 앉아서 그날 밤까지 자신이 걸어왔던 길을 생각하며 슬픔에 잠겼지만 다른 사람들이 그날 밤까지 걸어왔던 길에 독을 뿌리지는 않았다. 자신이 아주 많은 것을 놓친 것이 틀림없다는 사실과 그 나이가 되어서 내리막 여행길에 동행해주고 성원해줄 지팡이를 찾아 주위를 멀리까지 살펴보아야 한다는 사실을 유감으로 여기는 것은 정당한 일이었다. 그는 불꽃이 사라지고 뒤에 오는 잔광도 가라앉은 후에 재가 하얗게 변했다가 먼지가 되어 떨어지는 난롯불을 바라보았다. 그리고 생각하기를, "나도 곧 이러한 변화들을 거쳐서 죽게 되겠지!"

그의 삶을 회상한다는 것은 열매를 맺고 꽃을 피우고 있는 푸른 나무를 내려오는 것, 열매와 꽃을 향해 내려오는데 모든 가지가 하나씩 시들고 떨어지는 모습을 바라보는 것과 마찬가지였다.

"아주 어린 시절의 불행한 억압에서부터 그 뒤에 이어졌던 엄격하고 사랑이 없는 집, 외국으로의 떠남, 오랫동안의 유배, 귀국, 어머니의 반응, 그 이후에 어머니와의 관계를 거쳐 오늘 오후 불쌍한 플로라와의 만남에 이르기까지," 아서 클레넘이 중얼거렸다. "내가 찾은 게 뭐지!"

문이 조용히 열렸다. 그리고 다음과 같은 말이 그를 깜짝 놀라게 하며 답변인 양 그에게 들려왔다.

"작은 도릿입니다."

14 작은 도릿의 파티

아서 클레넘이 서둘러 일어났고 그녀가 문간에 서 있는 것을 봤다. 이 이야기는 가끔 작은 도릿의 관점에서 봐야 하는데, 아서 클레넘을 바라보는 것으로 그 과정을 시작해야겠다.

작은 도릿은 어둑한 방 안을 들여다보았다. 그 방이 그녀에게는 널찍해 보였고 으리으리한 가구가 비치된 것으로 보였다. 코번트 가든을 금몰이 달린 외투와 칼을 찬 신사들이 언쟁하고 결투를 벌이는 유명한 커피하우스가 있는 곳으로 여기는 우아한 생각들, 코번트 가든을 겨울에도 개당 몇 기니씩 하는 꽃들과 파운드당 몇 기니씩 하는 파인애플들과 파인트당 몇 기니씩 하는 콩들이 장식되어있는 곳으로 여기는 호사스러운 생각들, 코번트 가든을 부유하게 차려입은 귀부인과 신사들에게 놀랍고 아름다운 볼거리를 보여주는 굉장한 극장이 있고, 불쌍한 패니나 불쌍한 삼촌은 영원히 절대 들어갈 수 없는 곳으로 여기는 재미있는 생각들, 코번트 가든을 자신이 방금 스쳐갔던 비참한 아이들이 누더기를 걸친 채 쥐새끼들처럼 도망가서 숨고, 부스러기를 먹고, 온기를 위해 서로 꼭 붙어있고, 몰이를 당하는 아치들이 있는 곳으로 여기는 어두운 생각들(너희 모든 바너클들아, 어린 쥐든 늙은 쥐든 쥐들을 조심해라, 신에게 맹세코 그놈들은 틀림없이 우리의 토대를 갉아먹고 지붕이 머리 위로 무너지게 할 거다!), 코번트 가든을 과거와 현재의 비밀과 로맨스, 풍요와 빈곤, 아름다움과 추함, 그럴듯한 시골의 정원과 더러운 거리의 도랑이 모두 뒤섞여있는 곳으로 여기는 풍부한 생각들, 이 모든 생각들이 함께 뒤얽혀서, 작은 도릿이 문간에서 머뭇거리며 방 안을 들여다볼 때 그 방이 실제보다 더 어두워 보이게 만들었다.

그녀가 찾아간 신사는 꺼져버린 난롯불 앞 의자에 앉아 있었다. 그러다가 고개를 돌려 그녀를 보고는 매우 놀랐다. 우울하고 침통한 표정을 짓고 있던 신사가 아주 상냥하게 웃으며 대단히 솔직하고 마음씨 좋은 태도를 취했다. 그 신사의 진지함에는 그의 어머니를 생각나게 하는 뭔가가 있었지만, 그의 어머니가 진지하게 무뚝뚝한 반면 그는 진지하게 친절하다는 커다란 차이가 있었다. 그런데 그가 그 친절하고 호기심에 찬 시선으로 그녀를 바라보니, 그 시선 앞에서 작은 도릿의 두 눈은 전에도 언제나 아래를 향했지만 지금도 여전히 아래를 향했다.

"불쌍한 아이 같으니! 한밤중에 여길 온 거니?"

"제가 작은 도릿이라고 한 건 선생님이 마음의 준비를 하시도록 일부러 그런 거예요. 틀림없이 대단히 놀라실 거라고 짐작했거든요."

"혼자 온 거야?"

"아뇨, 매기를 데리고 왔어요."

이름이 언급되자 자신의 등장이 충분히 준비되었다고 생각한 매기가 환하게 웃으며 바깥쪽에 있는 층계참에서 나타났다. 그러나 웃음기를 금방 억제하고는 단호하고 심각한 표정을 지었다.

"난롯불이 꺼졌구나." 아서 클레넘이 말했다. "그리고−" 옷을 너무 얇게 입었다고 말하려다가 그녀의 빈곤을 언급하는 것 같아서 자제하고 그 대신에 말했다. "그리고 몹시 추워."

그는 자신이 앉아있었던 의자를 벽난로에 좀 더 가까이 갖다놓고 그녀를 앉혔다. 그리고 나서 나무와 석탄을 급히 가져와서 쌓아놓고는 불을 붙였다. "발이 돌처럼 차갑구나, 얘야." 한쪽 무릎을 구부리고 난롯불을 붙이다가 그 발에 우연히 손이 닿았던 것이다. "발을 난로에 더 가까이 놓으렴." 작은 도릿이 고맙다고 서둘러 말했다. 꽤 따뜻해요, 아주 따뜻하네요! 그녀가 얇고 다 해진 신발을 감추는 거라는 사실을 깨닫자 그는 마음이 아팠다.

작은 도릿이 자신의 보잘것없는 신발을 부끄럽게 여겼던 것은 아니다. 그가 자신의 내력을 알고 있으니 그럴 게 아니었다. 작은 도릿이 염려했던 바는 그가 신발을 본다면 자신의 아버지를 비난할지도 모른다는 사실이었다. "자기는 오늘도 정찬을 들면서 어째서 이 작은 아이는 차가운 돌바닥에서 고생하게 하는 거지!"라고 생각할지도 모른다는 사실이었다. 그녀는 그것이 당연한 생각일 수 있다고 여기지 않았다. 그런 잘못된 생각이 가끔 사람들에게 들 때가 있다는 사실을 경험으로 알고 있을 뿐이었다. 사람들에게 그런 생각이 든다는 것이 자기 아버지가 겪는 불행의 일부라는 식이었다.

"다른 이야기를 하기 전에," 약한 난롯불 앞에 앉아있는 작은 도릿이 다시 시선을 들어서 상대의 얼굴을 바라보며 말을 시작했다. 그녀는 관심과 연민과 보호의 표정이 조화롭게 엿보이는 그 얼굴이 정도에 있어 자신이 도저히 도달할 수 없고, 어림잡을 수도 없을 정도로 떨어져 있는 수수께끼라고 여겼다. "말씀 좀 드려도 될까요?"

"그래라, 얘야."

클레넘 씨가 자기를 자꾸만 아이라고 부르는 것에 대해 약간 괴로워하는 기미가 그녀의 얼굴 위에 드리워졌다. 그가 자기 얼굴을 보고도 아주 가냘픈 아이라고 생각하는 것이 놀라웠다. 그렇지만 그가 곧바로 입을 열었다.

"다정한 이름으로 부르고 싶은데 다른 이름이 떠오르질 않는구나. 어머니 집에서 널 부르던 이름을 네가 방금 사용했을 뿐 아니라 널 생각하면 언제나 떠오르는 이름도 바로 그 이름이니까, 작은 도릿이라고 부를게."

"고맙습니다, 선생님. 다른 이름보다 맘에 들어요."

"작은 도릿아."

"작은 엄마예요." (잠들었던) 매기가 고쳐주듯이 끼어들었다.

"내내 같은 거란다, 매기." 작은 도릿이 말을 받았다. "내내 같은 거야."

"내내 같은 거라고, 엄마?"

"똑같은 거야."

매기는 소리 내어 웃다가 금방 코를 골았다. 작은 도릿이 보기에, 그리고 듣기에, 투박한 그 모습과 투박한 그 소리는 최고로 유쾌한 것이었다. 우울하고 침통한 표정을 짓고 있던 신사가 그녀의 얼굴을 다시 바라보았을 때, 그녀가 커다란 아이에 대해 느끼는 자부심이 얼굴 전체에 퍼지면서 타올랐다. 그녀는 상대방이 매기와 자신을 보면서 무슨 생각을 하는지 궁금했고, 그가 얼마나 좋은 아빠일지 생각해보았다. 저런 표정을 하고, 자기 딸에게 얼마나 조언을 하고 귀여워할 것인가.

"제가 드리려던 말씀은," 작은 도릿이 입을 열었다. "오빠가 자유의 몸이 되었다는 거예요."

아서는 그 소식을 듣고 기쁘다고, 그가 잘되기를 바란다고 했다.

"그리고 제가 드리려던 말씀은, 선생님," 작은 도릿이 작은 몸 전체와 목소리를 떨면서 말했다. "누구의 관대함 덕에 오빠가 석방되었는지 알 수 없다는 거예요 – 물을 수도 없고 들을 수도 없을 뿐만 아니라 그 신사분께 고마운 마음을 다해서 감사할 수도 없다는 거예요!"

아마 감사의 말이 필요하지 않은 거겠지, 라고 클레넘이 말했다. 커다란 도움을 받을 자격이 있는 그녀에게 작은 도움이나마 줄 수 있는 수단과 기회를 얻게 되어서, 오히려 그 자신이 감사해 할(그것도 상당히 감사해 할) 가능성이 꽤 있었다.

"그리고 제가 드리려던 말씀은, 선생님," 작은 도릿이 몸을 점점 더 떨면서 말했다. "만일 제가 그분을 안다면 그리고 알 수만 있다면, 제가 그 친절을 어떻게 느끼고 저의 훌륭하신 아버지가 그 친절에 대해 어떻게 느끼는지, 그분은 절대, 절대, 모르실 거라는 말씀을 드리고 싶다는 거예요. 또한 제가 드리려던 말씀은, 만일 제가 그분을 안다면 그리고 알 수만 있다면 – 하지만 전 그분을 몰라요, 알아서도 안 되고요 – 제가 아는 건 그거예요! – 잠자리에 누울 때마다 그분을 축복하고, 상을 주십사 하고 하늘에 기도할 거라는 말을 전하고 싶다는 거예요. 그리고 제가 그분을 안다면 그리고 알 수만 있다면, 그분 앞에 무릎을 꿇고, 그의 손에 입을 맞춘 채, 손을 치우지 말고 그대로 두라고 – 오, 잠시만 그대로 두세요, 라고 – 그리고 감사의 눈물을 그 위에 흘릴 수 있게 해주세요, 라고 부탁할 거예요,

달리는 사의를 표할 방법이 없으니까요!"

작은 도릿이 그의 손을 자기 입술에 대더니 그의 앞에 무릎을 꿇으려고 했다. 그러나 아서는 부드럽게 그녀를 제지하고 의자에 다시 앉으라고 했다. 그녀의 눈길과 목소리의 음조는 그녀가 생각했던 이상으로 그에게 사의를 표한 셈이었고, 그는 평상시처럼 아주 침착하게 이야기할 수가 없었다. "그래, 작은 도릿. 아, 그래, 그래! 네가 그 사람을 아는 걸로, 그리고 그 모든 것을 할 수 있는 걸로, 그리고 그것이 전부 행해진 걸로 생각하자꾸나. 그런데, 자, 그 사람이 전혀 아닌 내게 — 자기를 믿어달라고 부탁하는 친구에 불과한 내게 — 말해주겠니. 한밤중에 왜 밖에 나와 있는 건지, 그리고 뭣 때문에 이 늦은 시간에, 이 먼 거리까지 온 건지 말해주겠니, 작고 약한," 얘야, 라는 말이 다시 입가에 맴돌았다. "작은 도릿아!"

"오늘 밤에 매기와 저는 언니가 일하는 극장에 갔다 오는 길이에요." 그녀가 오랫동안 그녀에게 자연스러운 태도였던 대로 침착하게 감정을 억누르며 대답했다.

"아, 그곳은 훌륭한 곳이었어요." 매기가 갑자기 끼어들었는데, 원할 때마다 잠들거나 깨어날 능력이 있는 듯했다. "거의 병원만큼이나 좋은 곳이었어요. 병아리 요리는 없었지만요."

그 말을 하며 고개를 가로젓더니 다시 잠들었다.

"저희가 거기에 갔던 것은," 작은 도릿이 자신이 돌보고 있는 아이를 힐끗 보면서 말했다. "언니가 잘 지내는지 가끔은 직접 확인하고 싶기 때문이고, 또한 언니와 삼촌 몰래 언니가 거기에서 일하는 모습을 제 눈으로 보고 싶을 때가 있기 때문이에요. 정말 아주 가끔씩만 그렇게 할 수 있는 것은, 일하러 외출하지 않을 때에는 아버지와 함께 지내기 때문이고, 일하러 외출할 때에도 아버지에게 서둘러 귀가하기 때문이에요. 하지만 오늘 밤에는 파티에 가는 체했어요."

그녀가 소심하게 주저하면서 털어놓았다. 그러다가 시선을 들어 상대의 얼굴을 보았고, 그 표정을 분명히 읽고는 답을 했다.

"오, 아니에요, 정말로! 파티에는 평생 가본 적이 없어요."

그녀는 그의 경청하는 눈빛을 보고 잠시 말을 멈추었다가 말을 이었다. "파티에 가는 체해도 아무런 피해도 없을 거라고 생각했어요. 조금이라도 그런 체하지 않았다면 가족들에게 아무 도움도 못 되었을 거예요."

그녀는 그들이 모르게 또는 그들이 감사해 하지도 않는데 또는 그들이 소홀하다고 생각해서 비난할지도 모르는데, 자신이 그들을 위해 계획을 세우고 생각을 하고 살펴볼 궁리를 하는 것에 대해 그가 속으로 자기를 나무랄까 봐 걱정했다. 그러나 아서의 마음속에 실제로 들었던 생각은 연약한 모습이지만 굳은 결심을 한 사람에 대한 것이었고, 얇고 해진 신발과 부족한 옷을 입고서 거짓으로 기분전환을 하고 즐기는 체하는 사람에 대한 것이었다. 아서가 물었다. 그 가상의 파티가 어디서 열리는데? 제가 일하는 곳에서요, 작은 도릿이 얼굴을 붉히며 대답했다. 그녀는 파티에 대해 아주 조금만, 아빠를 편안하게 할 수 있는 몇 마디만 했고, 그녀의 아버지는 그것이 호화로운 파티이리라고는 생각하지 않았다 — 사실 그렇게 생각할 수도 있었는데 말이다. 그러고 나서 그녀는 두르고 있던 숄을 잠시 바라보았다.

"이번이 제가 집 밖에서 보내는 첫 번째 밤이에요." 작은 도릿이 말했다. "런던은 크기만 크고 척박하고 황량한 곳 같아요." 작은 도릿이 보기에 검은 하늘로 덮인 런던의 거대함은 무시무시한 것이었다. 말을 하는데 목소리가 떨렸다.

"하지만 그것 때문에 제가 선생님께 폐를 끼치러 온 건 아니에요." 작은 도릿이 다시 침착하게 말을 덧붙였다. "언니가 어떤 귀부인에 대해 말을 했어요. 그 말을 듣고 제가 약간 걱정을 하게 됐고요. 그 부인을 언니가 알고 지낸다는 게 제가 집을 나서게 된 첫번째 이유예요. 그리고 나선 김에 선생님이 사시는 곳 근처를 (일부러) 들렀고, 창가에 불빛이 비치는 것을 보고는-"

처음이 아니었다. 절대, 처음이 아니었다. 작은 도릿이 보기에 그창의 외관은 오늘 밤 이외에 다른 날 밤에도 먼 곳에서 빛나는 별과 같은 것이었다. 그녀는 지치고 불안한 밤이면 길을 돌아 일부러 와서는 그 창을 올려다보았고, 자기에게 친구 겸 보호자로서 말을 해주었던, 우울하고 침통한 표정을 짓고 있는, 아주 멀리서 온 신사에 대해 궁금해했던 것이다.

"선생님이 혼자 계시고 제가 위층으로 올라갈 수 있다면 말씀드리고 싶다고 생각했던 게 세 가지가 있었습니다." 작은 도릿이 말했다. "첫 번째로 제가 드리려던 말씀은, 그러나 결코 할 수 없고-앞으로도 하지 못할-"

"쉿, 쉿! 그 얘긴 끝난 거고, 결말이 난 거잖니. 두 번째 얘기를 해보렴." 클레넘이 미소를 지어서 그녀의 흥분을 가라앉히고, 난롯불을 비춰준 다음에, 상 위에 놓여있던 포도주와 케이크와 과일을 그녀 쪽으로 밀면서 말했다.

"제 생각엔," 작은 도릿이 입을 열었다―"이것이 두 번째 얘기예요―제 생각에는 클레넘 마님이 제 비밀을 아신 게 틀림없어요, 제가 어디서 출근해서 어디로 퇴근하는지 분명히 아세요. 제가 사는 곳을 말이에요."

"정말이니?" 클레넘이 재빨리 되물었다. 잠시 생각에 잠겼다가, 왜 그렇게 생각하는지 물었다.

"제 생각에는," 작은 도릿이 대답했다. "플린트윈치 씨가 저를 감시했던 게 틀림없어요."

클레넘은 난롯불을 바라보고 이맛살을 찌푸리며 다시 생각에 잠겼다가 물었다. 왜지, 왜 그렇게 생각하지?

"그를 두 번 만났거든요. 두 번 다 집 근처에서요. 두 번 다 집으로 돌아가던 밤중이었어요. 그가 절 우연히 만난 것 같진 않다고 두 번 다 생각했어요. (어쩌면 저의 오해일 수도 있겠죠.)"

"그가 무슨 말이든 했니?"

"아뇨. 그저 머리를 끄덕이더니 갸우뚱 기울였어요."

"빌어먹을 그놈의 머리통 같으니!" 클레넘이 여전히 난롯불을 바라보며 중얼거렸다. "그놈의 머리는 언제나 갸우뚱 기울이고 있어."

클레넘이 정신을 수습해서 작은 도릿에게 포도주를 좀 들고 먹을 것도 좀 먹으라고 설득했다 - 그녀가 워낙 머뭇거리고 수줍어했기 때문에 설득하기가 상당히 어려웠다 - 그리고 나서 다시 생각에 잠 겼다가 말했다.

"너를 대하는 어머니의 태도가 조금이라도 변했니?"

"오오, 천만에요. 그분은 내내 똑같으세요. 그분에게 저의 내력을 이야기하는 게 낫지 않을까, 라는 생각이 들었어요. 말해도 될까, 라는 생각이 - 제 말은 제가 말하는 걸 선생님이 좋아하실까, 라는 생각이 들었다는 거예요." 작은 도릿은 간절히 부탁하는 눈빛으로 클레넘을 바라보다가, 그가 자신을 보자 점차 시선을 다른 데로 돌 리며 말했다. "제가 어떻게 해야 할지 충고해주세요."

"작은 도릿아," 클레넘이 입을 열었다. 이들 두 사람 사이에서 이 구절은 그 말을 하는 가지각색의 어조와 맥락에 따라 적당한 의미 를 진작부터 수없이 지닌 것이었다. "아무 말도 하지 마. 내가 옛 친구인 애프리 부인과 이야기를 좀 해볼 테니 아무 말도 하지 마, 작은 도릿아 - 여기 차려져있는 음식을 들고 원기를 차리렴. 제발 좀 먹어."

"고맙습니다, 배고프지 않아요. 그리고," 클레넘이 잔을 그녀 쪽 으로 조용히 갖다놓자 작은 도릿이 말했다. "목마르지도 않고요. 어 쩌면 매기는 뭔가 먹고 싶을지도 모르겠네요."

"여기에 있는 것을 전부 다 매기가 즉시 주머니에 넣도록 하자꾸 나." 클레넘이 말했다. "하지만 매기를 깨우기 전에, 세 번째로 이야 기할 게 있을 텐데."

"맞아요. 화내시지 않을 거죠?"

"그 점은 전적으로 약속할게."

"이상하게 들리실 거예요. 어떻게 말씀드려야할지 모르겠어요. 제가 비합리적이거나 배은망덕하다고 생각하진 마세요." 작은 도릿이 또다시 점점 더 흥분하면서 말했다.

"아니다, 아니야, 절대 그렇지 않아. 자연스럽고 올바른 얘기일 거야. 어떤 이야기를 듣든 내가 그걸 나쁘게 해석할 거 같지는 않아."

"감사합니다. 아버지를 만나러 다시 가실 거죠?"

"그래."

"내일 찾아뵙겠다는 편지를 간단하게 적어서 친절하고 사려 깊게 아버지께 보내셨죠?"

"아, 그거야 아무것도 아니야! 아니고말고."

"짐작하실 수 있겠어요?" 작은 도릿이 자그마한 두 손을 단단히 깍지 끼고, 마음을 다하여 진지하고 차분하게 바라보며 물었다. "선생님에게 무엇을 하지 말라고 청하려는지?"

"짐작할 수 있을 것 같아. 그러나 내 짐작이 틀릴 수도 있겠지."

"아니에요, 틀리지 않아요." 작은 도릿이 고개를 가로저으며 말했다. "저희가 그것 없이는 지낼 수 없을 정도로 아주, 아주, 심하게 그것을 필요로 한다면 **제가** 부탁드릴게요."

"알았다, 알았어."

"부탁하도록 아버지를 부추기지 마세요. 부탁하더라도 당연한 걸로 여기지 마시고요. 주지 마세요. 아버지의 체면을 지켜주시고 아버지가 바라는 것을 주지 마세요, 그러면 아버지를 달리 보실 수 있을 거예요!"

클레넘은 그녀가 바라는 대로 하겠노라고 말했다. 아주 솔직하게 말할 수는 없었는데, 눈물이 그녀의 두 눈에서 불안하게 반짝이는 것을 보았던 것이다.

"선생님은 제 아버지가 어떤 분인지 모르세요." 그녀가 말했다. "정말 모르세요. 감옥에 있는 아버지를 저처럼 점차적으로 본 게 아니라 한꺼번에 보았으니 어떻게 이해할 수 있겠어요! 선생님이 저희에게 아주 친절하게, 섬세하고 진심으로 친절하게 대해주셨기 때문에 다른 사람보다 선생님이 보시기에 아버지가 훌륭한 사람으로 보이기를 원해요. 그래서 견딜 수가 없어요," 작은 도릿이 두 손으로 눈물을 감추며 흐느꼈다. "세상 모든 사람 중에서 하필 선생님이 아버지가 영락의 순간에 처해있을 때만 아버지를 보게 되었다고 생각하니 견딜 수가 없어요."

"제발," 클레넘이 말했다. "너무 괴로워하지 마라. 제발 말이다, 작은 도릿! 잘 알아들었어."

"고맙습니다, 선생님. 고맙습니다! 그동안 이런 말씀 드리지 않으려고 대단히 노력했어요. 밤낮으로 생각한걸요. 하지만 선생님이 분명히 다시 오시리라는 걸 안 이상은 말씀드려야겠다고 생각했어요. 아버지에 대해 수치스럽게 여겨서는 아니에요," 그녀는 눈물을 재빨리 닦았다. "그 누구보다도 아버지를 잘 알고 사랑할 뿐 아니라 아버지에 대해 자부심을 느끼기 때문이에요."

무거운 짐을 벗은 작은 도릿은 안절부절못하면서 그만 떠나고 싶어 했다. 잠에서 완전히 깨어난 매기는 포도주를 마시고 싶다는 듯이 낄낄 웃으면서 과일과 케이크를 꿈꾸듯이 흡족하게 바라보았고, 클레넘은 그의 힘을 최상으로 분산시켜 그녀에게 포도주 한 잔을 따라주었다. 매기는 포도주를 마시며 입맛 다시는 소리를 연속으로 요란하게 냈다. 한 모금 마실 때마다 목구멍에 손을 대었고, 퉁방울 눈을 한 채 숨 가쁘게 말했다. "아, 맛있어요! 병원 같아요!" 그녀가 포도주를 다 마시고 찬사 늘어놓는 것도 끝마치자, 클레넘은 그녀에게 상 위에 있는 모든 음식물을 바구니에(매기는 바구니 없이 다니는 법이 없었다) 담되, 부스러기 하나 남지 않게 각별히 주의하라고 했다. 바구니에 담으면서 매기가 느끼는 즐거움과 기뻐하는 매기의 모습을 보면서 그녀의 작은 엄마가 느끼는 즐거움은 늦은 시간까지 나눈 대화에 대해 상황이 허용할 수 있는 최상의 변화였다.

"하지만 문이 닫힌 지 오래되었을 텐데," 클레넘이 갑자기 그 사실을 기억해내고 말했다. "어디로 갈 거니?"

"매기의 하숙집에 갈 거예요." 작은 도릿이 대답했다. "아주 안전하고 아주 잘 보호 받을 수 있을 테니까요."

"거기까지 너흴 따라가야겠다." 클레넘이 말했다. "너희 단둘이 가게 둘 수는 없어."

"아뇨, 저희끼리 가게 해주세요. 제발요!" 작은 도릿이 간청했다.

그녀가 하도 진지하게 간청을 해서 클레넘은 자기 생각을 그녀에게 강요하기가 스스러웠다. 더 정확히 말하면, 매기의 하숙이 아주 하찮은 집일 거라는 사실을 충분히 이해했기 때문인지 모른다. "자, 매기," 작은 도릿이 쾌활하게 말했다. "우린 썩 잘할 거야. 이 시간에도 길을 알잖니?"

"그럼요, 그럼, 작은 엄마. 길을 알지요." 매기가 낄낄 웃었다. 그리고 그들이 떠났다. 작은 도릿이 문간에서 몸을 돌리더니 "복 받으세요!"라고 했다. 그녀가 아주 조용하게 말을 했지만, 그녀의 말은 성당성가대 전체의 합창만큼이나 하늘 위에서 들릴 수도 있었을 것이다 - 어쩌면 말이다!

아서 클레넘은 그들이 길모퉁이를 돌아갈 때까지 기다렸다가 멀리서 따라갔다. 작은 도릿의 사생활을 다시 침해하려는 생각이 있어서가 아니고, 그녀가 익히 아는 지역에 안전하게 도착하는 모습을 보고서 스스로 안심하기 위해서였다. 그녀가 아주 왜소해 보였을 뿐만 아니라 보살피는 아이가 발을 끌며 걷는 그림자를 따라 바삐 걸어가는 모습이 차갑고 습한 날씨에 아주 약하고 무방비 상태로 보여서, 그는 동정심에 사로잡혔고, 그녀를 나머지 거친 세상과 별개로 존재하는 어린아이로 생각하는 습관에 사로잡혔다. 그리고 그녀를 안아 올려서 여행의 종착지까지 데려다 줄 수 있으면 차라리 기쁘겠다고 느꼈다.

작은 도릿이 곧 마셜시 감옥이 있는 간선도로에 접어들었고 발걸음을 늦추더니 옆길로 들어갔다. 그는 더 이상 따라갈 권리가 없다고 여겨서 걸음을 멈추었고 천천히 그들을 떠났다. 그들이 아침까지 집이 없는 처지에서 비롯하는 어떠한 위험이든 감수하려고 한다는 사실을 의심하지 않았지만, 진실이 어떠했는지는, 훨씬, 훨씬, 나중이 되어서야 알게 되었다.

어둠에 온통 잠겨있는 보잘것없는 숙소 앞에 멈춰 서서 문에 귀를 대고 들어보았지만 아무 소리도 들리지 않자 작은 도릿이 말했다. "자, 매기, 여기가 너를 위한 훌륭한 하숙집인데 규칙을 위반하면 안 돼. 따라서 우리는 두 번, 그것도 그다지 크지 않게 노크만 할 거야. 그렇게 해서 그들을 깨울 수 없으면 날이 뜰 때까지 근처를 돌아다녀야겠지."

한 번, 작은 도릿은 조심스레 노크하고 귀를 기울였다. 두 번, 작은 도릿은 조심스레 노크하고 귀를 기울였다. 사방이 후텁지근하고 조용했다. "매기야, 우린 할 수 있는 한 최선을 다해야 해. 꾹 참고 아침까지 기다려야겠다."

간선도로로 다시 나오니 축축한 바람이 불었고 차갑고 어두운 밤이었다. 시계가 한 시 반을 쳤다. "다섯 시간하고 반만 지나면 우린 집에 들어갈 수 있어." 작은 도릿이 말했다. 집이라는 말이 나온 김에, 집이 아주 가까이에 있으니, 집에까지 가서 집을 바라보는 것은 당연한 순서였다. 그들은 닫힌 문에 가서 안마당을 들여다보았다. "아버지가 푹 주무시고 내가 없는 것을 섭섭하게 여기지 않았으면 좋겠구나." 작은 도릿이 감옥의 빗장 중의 하나에 입을 맞추며 말했다.

그 문이 낯익었을 뿐만 아니라 친구 같기도 했기 때문에 그들은 매기의 바구니를 거기 구석에 내려놓고 의자로 삼았다. 그리고 서로 꼭 달라붙은 채 한동안 거기서 휴식을 취했다. 작은 도릿은 거리에 지나다니는 사람이 없고 조용한 동안은 무서울 게 없었다. 그러나 멀리서 발걸음 소리를 듣거나 가로등 사이로 움직이는 그림자를 보면, 깜짝 놀라서 속삭였다. "매기, 누군가가 보여. 다른 데로 가자!" 그러면 매기가 약간 투덜거리면서 깨어났고, 그들은 거리를 여기저기 조금 돌아다니다가 다시 돌아왔다.

음식물을 먹는 것이 신기한 경험이고 즐거움인 동안엔 매기가 썩 잘 버텼다. 그러나 그 시간이 지나자 춥다고 투덜거리고 몸을 떨고 훌쩍거렸다. "금방 지나갈 거야." 작은 도릿이 참을성 있게 말했다. "오, 작은 엄마, 엄마는 썩 괜찮겠지만 난 고작 열 살 먹은 불쌍한 어린애란 말이야." 매기가 대꾸했다. 마침내, 거리가 정말로 아주 고요해진 한밤중에, 작은 도릿은 무거운 매기의 머리를 자신의 가슴께에 대도록 하고, 달래서 잠들게 했다. 그리하여 그녀는 혼자 있는 듯이 문간에 앉아서 별들을 올려다보았고, 구름이 사납게 별들 위로 질주하는 모습을 바라보았으니 – 그것이 작은 도릿의 파티에서 춤을 추는 모습이었던 것이다.

"만일 이게 정말 파티라면!" 작은 도릿은 문간에 앉아서 그와 같은 생각을 한번 해보았다. "만일 밝고 따뜻하고 아름답고, 우리 집이 있고, 불쌍한 아버지가 집주인이고, 감옥에 갇힌 적이 한 번도 없었다면. 그리고 만일 클레넘 씨가 방문객 중의 하나이고, 우리가 아름다운 음악에 맞추어 춤을 추고 있었다면, 그리고 우리 모두가 더없이 즐겁고 유쾌했다면! 얼마나— " 아주 경이로운 광경이 그녀 앞에 펼쳐져서 그녀는 완전히 넋을 놓고 별들을 올려다보았다. 그러는 도중 매기가 다시 투덜거렸고 일어나서 걷고 싶다고 했다.

작은 도릿의 파티

세 시, 세 시 반, 그들은 런던브리지 위를 지나갔다. 조수가 몰려와 장애물에 부딪치는 소리를 들었고, 외경심에 사로잡힌 채 거무스름한 안개를 통해 강물을 내려다보았다. 그리고 다리의 가로등이 반사되어서 밝게 빛나는 강물의 작은 반점들이 범죄와 비참에 대한 무시무시한 매혹을 지닌 채 악마의 눈처럼 반짝이는 것을 바라보았다. 구석에 웅크리고 있는 집 없는 사람들을 지나갈 때에는 움츠러들었고, 술주정꾼을 피해 도망가기도 했다. 인적 드문 곳을 몰래 다니면서 서로에게 휘파람을 불고 신호를 하거나 전속력으로 도망가는 사람들 때문에 깜짝 놀라기도 했다. 어디를 가나 인도자이고 안내자였지만 겉모습이 어려 보이는 작은 도릿이 그때만은 행복해하면서 매기에게 매달리고 의지하는 체했다. 그들이 지나가는 길에서 말다툼을 벌이거나 어슬렁거리고 있던 일단의 사람 중 한 사람이 다른 사람들에게 "그 여자와 그 아이가 지나가게 둬!" 하고 외치는 소리가 여러 차례 들렸다.

그런 식으로 해서, 그 여자와 그 아이가 지나갔고, 계속 걸었으며, 뾰족탑에서는 다섯 시를 쳤다. 그들이 어슴푸레한 첫 햇살을 벌써부터 기대하며 동쪽으로 천천히 걷고 있을 때 어떤 여자가 그들을 쫓아왔다.

"아이한테 뭐하는 거야?" 그녀가 매기에게 물었다.

그녀는 어린여자였다 – 거리에 있기에는 너무나 어렸다, 맹세코! – 그리고 못생기지도 악해 보이지도 않았다. 거칠게 말을 했지만 목소리가 선천적으로 거친 것도 아니었다. 그 음성에는 심지어

음악적이기까지 한 뭔가가 있었다.

"당신은 뭐하는데요?" 매기가 더 나은 답변을 찾지 못해서 그렇게 응수했다.

"내가 말하지 않으면 안 보여?"

"보이지만 모르겠는걸." 매기가 말했다.

"자살하려던 참이야. 자, 내가 대답을 했으니 그쪽도 대답해. 아이한테 뭐하는 거야?"

아이라고 추측된 인물은 고개를 숙이고 있었으며, 몸을 매기 옆에 바짝 붙이고 있었다.

"불쌍한 아이 같으니!" 그 여자가 말했다. "이런 시간에 잔인하게 아이를 거리로 데리고 나오다니, 생각이 있는 거야? 아이가 얼마나 연약하고 가냘픈지 보지 못하다니, 눈이 있는 거야? 차갑게 떨고 있는 이 작은 손에 동정을 느끼지 못하다니, 정신이 있는 거야? (보아하니 많을 것 같진 않군.)"

그녀가 길을 건너서 그들 쪽으로 오더니, 아이의 손을 자기의 두 손으로 붙잡고 따뜻하게 비벼 주었다. "불쌍하고 길 잃은 사람[10]에게 키스해주겠니, 애야." 그녀가 고개를 숙이며 말했다. "그리고 이 여자가 널 어디로 데려가는 건지 말해보렴."

작은 도릿이 그녀 쪽으로 얼굴을 들어 올렸다.

"아니, 맙소사!" 그녀가 뒷걸음질치며 말했다. "다 큰 여자잖아!"

---

[10] 매춘부를 의미.

"괜찮아요!" 작은 도릿이 갑자기 자기 손을 놓은 두 손 중에서 한쪽 손을 잡으며 말했다. "난 두렵지 않아요."

"그래도 두려워하는 편이 나을 거야." 그녀가 대꾸했다. "엄마가 없니?"

"네."

"아빠도 없고?"

"아뇨, 아주 소중한 분이세요."

"아빠가 있는 집으로 가거라. 그리고 날 두려워하고. 난 가야겠다. 안녕!"

"먼저 감사부터 해야겠어요. 그리고 내가 정말로 아이인 것처럼 말할 수 있게 해주세요."

"그러면 안 돼." 여자가 말했다. "넌 친절하고 순수하구나. 하지만 나를 아이의 눈으로 보면 안 돼. 네가 아이라고 생각하지 않았으면 너에게 손도 대지 않았을 거야." 그러더니 이상하고 미친 듯한 울음소리를 내며 사라졌다.

하늘은 아직 아침이 아니었지만 거리의 포석에 울려 퍼지는 소리는 아침이었다. 짐마차 소리, 짐수레 소리, 역마차 소리가 아침이었고, 다양한 일터로 가는 노동자들 소리가 아침이었다. 가게를 일찍 여는 소리, 사람과 마차가 시장을 분주하게 오가는 소리가 아침이었고, 강가에서 들리는 요란한 소리가 아침이었다. 불빛이 다른 때보다 더 약하게 너울대는 가운데 먼동이 텄고, 공기가 점점 더 살을 에고 무시무시한 밤이 차차 사라지는 가운데 먼동이 텄다.

그들이 이번에는 감옥의 출입문이 열릴 때까지 출입문 앞에서 기다릴 작정을 하고 다시 문으로 돌아갔다. 그러나 날씨가 워낙 으스스하고 추워서 작은 도릿은 잠들어있는 매기를 이리저리 계속 끌고 다녀야 했다. 그녀는 성당 옆을 돌아가다가 불빛을 보았고 문이 열려있는 것을 보았다. 계단을 올라가서 안을 들여다보았다.

　"누구요?" 지하실에 있는 잠자리로 막 가려던 것처럼 나이트캡을 쓰고 있던 뚱뚱한 노인이 소리쳤다.

　"아무도 아닙니다." 작은 도릿이 말했다.

　"잠깐!" 노인이 소리쳤다. "한 번 봐야겠어!"

　그녀는 밖으로 나가려다가 그 말을 듣고 다시 걸음을 돌려서 자신과 자신이 보살피는 아이를 그 노인 앞에 드러냈다.

　"그럴 줄 알았어!" 그가 말했다. "**널** 알아."

　"제가 여기서 예배드릴 때 종종 뵀습니다." 작은 도릿은 상대방이 성당지기이든 교구직원이든 당지기이든 또는 어떤 사람이든 그를 알아보고 말했다.

　"그뿐이 아니야. 너의 출생기록이 명부에 올라있어. 너는 우리가 호기심을 품고 지켜보는 아이 중의 한 명이거든."

　"정말요?" 작은 도릿이 물었다.

　"물론이지. 어디 어디의 아이로서 말이야 - 그건 그렇고 이렇게 이른 시간에 어떻게 나온 거니?"

　"어젯밤에 감옥 문이 닫히는 바람에 들어가지 못했어요. 그래서 들어가려고 기다리는 중이에요."

"무슨 말이야? 아직 한 시간은 족히 더 있어야 하는데! 부속실로 들어와. 화공들 때문에 난롯불을 피워놓았으니까. 난 화공들을 기다리는 중이야, 그렇지 않았으면 내가 여기에 있을 리가 당연히 없지. 우리가 호기심을 품고 있는 아이 중의 한 명이, 우리가 그 아이를 따뜻하고 편안하게 해줄 수 있는데, 춥게 있어서는 안 되지. 어서 들어와."

스스럼없고 아주 친절한 노인이었다. 노인이 부속실의 난롯불을 키운 다음에 각별히 어떤 장부를 찾아서 명부가 놓인 선반을 두리번거렸다. "여기 있군." 그가 장부를 내리고 책장을 넘기면서 말했다. "여기 네 이름이 정말로 있어. 에이미, 윌리엄 도릿과 패니 도릿의 딸. 세인트조지 교구의 마셜시 감옥에서 출생. 그리고 그 이후로는 네가 하룻낮 하룻밤도 빼놓지 않고 거기서 살아왔다는 사실을 장담할 수 있어. 맞지?"

"전적으로요, 어젯밤까지는요."

"맙소사!" 감탄의 눈빛으로 작은 도릿을 훑어보다가 그에게 뭔가 다른 생각이 떠올랐다. "하지만 네가 힘이 없고 지친 모습을 보니 유감이구나. 잠깐만 기다려. 성당에서 방석을 좀 가져올 테니, 너와 네 동무는 난롯불을 쬐며 누워있도록 해라. 문이 열릴 때 아버지를 만나러 들어가지 못할까 봐 걱정하지는 말고. **내가** 깨워줄게."

그가 방석들을 곧 가져와서 바닥에 깔았다.

"자, 됐다. 역시 틀림없구나. 아, 감사해 할 필요는 없어. 나에게도 딸이 있거든. 그리고 그 아이들이 마셜시 감옥에서 태어나지는 않았지만, 내가 일을 하는 방식이 네 아버지와 같은 것이었다면 감옥에서 태어났을 수도 있으니까. 잠깐. 머리를 받칠 수 있게 방석 밑에 뭔가를 넣어야겠다. 사망자 명부가 여기 있군. 안성맞춤이야! 뱅엄 부인도 이 명부에 실려 있어. 하지만 이 명부가 대부분 사람들에게 재미있는 점은 — 누가 실려 있는가가 아니라 누가 안 실려 있는가, 라는 문제란다 — 누가 실리게 될 것인가, 그리고 언제 실릴 것인가, 라는 문제지. 그게 재미있는 문제야.”

그는 자신이 임시변통으로 마련한 베개를 찬양조로 되돌아보며 그들이 한 시간 동안의 휴식을 취하도록 했다. 매기는 이미 코를 골고 있었고, 작은 도릿 역시 봉인되어있는 운명의 명부에 머리를 댄 채로 그 책장이 불가사의하게 백지상태라고 해서 조금도 심란해하지 않고 곧바로 잠들었다.

그것이 작은 도릿의 파티였다. 커다란 수도의 수치와 유기, 비참과 노출, 음산한 밤의 축축함과 추위, 더딘 시간과 빠르게 흘러가는 구름들. 그것이 작은 도릿이 지칠 대로 지친 채 비 내리는 첫새벽의 회색 안개를 뚫고 집으로 돌아가기 전에 참가했던 파티였다.

*****

15 플린트윈치 부인이 또다시 꿈을 꾸다

　시내에 있는 쇠약하고 낡은 그 집은 검댕의 장막에 싸여있었고, 집과 함께 부식하고 집과 함께 해진 버팀대에 힘겹게 의지하고 있었기에, 어떤 일이 일어나든 건강하거나 쾌활한 시간을 절대 알지 못했다. 햇빛이 그 집에 닿는 일이 있어도 고작 한 줄기 빛이었고 그것도 반 시간 안에 사라지는 빛이었다. 달빛이 그 집에 쏟아지는 일이 있어도 음울한 망토에 헝겊 몇 조각을 덧붙이는 것에 불과했고, 그 집을 좀 더 초라하게 보이도록 만들 뿐이었다. 밤의 공기와 안개가 아주 맑을 때 별들은 틀림없이 그 집을 차갑게 지켰고, 또한 온갖 나쁜 날씨도 희귀한 충성심을 발휘하여 그 집을 지켰다. 비와 우박, 서리와 해동이 다른 곳에서는 사라진 다음에도 그 음침한 집에는 사라지지 않고 그대로 남아있었다. 그리고 눈뿐은, 때 묻은 눈물을 서서히 흘리며 노란색으로 바뀌었다가 검정색으로 바뀐 지 한참이 지난 다음에도 그 집에서는 몇 주 동안 그것을 보아야 했다. 눈 말고 그 집에 붙어있는 다른 것은 없었다. 거리의 소음은, 마차가 골목길을 지나갈 때 요란하게 굴러가는 바퀴소리가 출입구로 몰려들었다가 몰려나가기만 해도, 그 소리를 듣고 있던 애프리 부인은 마치 귀가 먹었다가 한순간에 청각을 회복한 것처럼 느꼈다. 휘파람 부는 소리, 노래하는 소리, 말하는 소리, 웃는 소리, 그리고 인간이 내는 모든 유쾌한 소리가 마찬가지였다. 그것들이 순식간에 갈라진 틈을 뛰어넘어 들어왔다가 자기 길을 갔던 것이다.

클레넘 부인의 방에서 난롯불과 촛불이 시시각각으로 변하는 불빛이 이제까지 그 장소의 지독한 단조로움을 깨뜨리고 일어났던 변화 중에서 최고로 큰 변화였다. 좌우로 여닫는 좁은 창 두 개에서는 난롯불이 하루 종일 낮이고 밤이고 음침하게 빛났다. 그 불은 클레넘 부인처럼 열정적으로 타오르는 경우가 가끔 있었지만, 대체적으로는 그녀처럼 억제되어있었고 차분히 그리고 서서히 자신을 갉아먹었다. 그러나 짧은 겨울날의 이른 오후에 땅거미가 질 때는, 휠체어에 앉아있는 그녀 자신과 목을 갸우뚱 기울이고 있는 플린트윈치 씨, 그리고 방 안을 들락날락하는 애프리 부인의 시시각각 변하는 뒤틀린 그림자들이 입구 반대편 집 담장에 투사되었다가, 커다란 환등기가 비추는 영상처럼 몇 시간씩 거기서 맴돌았다. 그 그림자들은 방에 매여 있는 환자가 자려고 자리에 누우면 점차 사라졌고, 애프리 부인의 확대된 그림자는 언제나 마지막까지 돌아다니다가 마지막에 마치 마녀가 소풍을 가듯이 공중으로 미끄러져 사라졌다. 그러고 나면 하나 남은 등불이 먼동이 트기 전에 희미하게 될 때까지 변함없이 빛나다가 애프리 부인이 훅하고 부는 입김을 받고서 마침내 꺼졌다. 그녀의 그림자가 수면이라는 마녀의 세계에서 내려와 그 등불을 덮칠 때 말이다.

환자가 있는 방의 작은 불꽃이, 누군가가, 그것도 세상에서 제일 올 것 같지 않은 누군가가 그 장소에 **반드시 와야 한다고** 부르는 사실상의 신호불이라면 이상한 일이다. 환자가 있는 방의 작은 불빛이 벌어지게 되어있는 일이 벌어지는 걸 지켜볼 때까지 매일 밤 그 장소에서 빛을 내면서 사실상 파수하고 있는 불빛이라면 이상한 일이다! 낮에는 해를 보고 밤에는 별을 보고, 먼지 날리는 언덕을 올라가고 지루한 벌판을 힘들게 걸어가고, 육로로 여행하고 해로로 여행하고, 아주 이상하게 왔다갔다하는 수많은 여행자 중에서 누가 만나서 서로 작용하고 반작용하는가? 많은 무리 중에서 누가 여행의 목적지에 대한 의심 없이 틀림없이 이쪽으로 올 것인가?

시간이 지나면 알게 될 것이다. 명예로운 자리와 수치스런 자리, 장군의 지위와 고수數手의 지위, 웨스트민스터 수도원에 있는 귀족의 조각상과 바다 깊은 곳에 있는 선원의 그물침대, 주교관과 구빈원, 상원의장석과 교수대, 왕좌와 단두대 - 이 모든 곳으로 가는 여행자들이 지금 아주 큰길을 여행 중이지만, 그 길에는 멋진 샛길도 많은 법이다. 그리고 시간만이 각각의 여행자가 향하고 있는 곳을 알려줄 것이다.

어느 겨울날 오후, 땅거미가 질 무렵, 플린트윈치 부인은 온종일 졸린 채로 지내다가 다음과 같은 꿈을 꾸었다.

부엌에서 차를 끓일 찻주전자를 준비하며, 두 발을 난로 울에 올리고 겉옷 자락의 끝을 접어 올린 채, 양쪽으로 깊고 차갑고 검은 구덩이와 면하고 있는 벽난로 한가운데의 사그라진 난롯불 앞에서 온기를 쬐고 있었던 것 같았다. 그렇게 앉아서, 인생이 어떤 사람들에게는 다소 따분한 게 아닌지, 라는 문제를 숙고하고 있을 때, 뒤에서 갑작스레 들린 소리 때문에 깜짝 놀랐던 것 같았다. 지난주에도 비슷하게 놀란 적이 한 번 있었는데, 알쏭달쏭하고 이상한 소리였다는 생각이 들었다 - 옷자락이 스치는 소리였고 빠른 걸음을 걷는 것처럼 급하게 서너 차례 쿵쿵거리는 소리였다. 그러는 동안에 그 걸음이 마루를 흔든 것처럼, 심지어는 어떤 무시무시한 손이 자기를 건드리기라도 한 것처럼 충격 또는 전율이 생생히 전달되었고, 유령이 이 집에 출몰한다는 오래된 공포가 되살아나는 것 같았다. 부엌 계단을 어떻게 올라갔는지도 모른 채 날아올라 가서 그 사람들 가까이 갔다.

애프리 부인은 현관에 도착하자마자 주인님 사무실의 방문이 열려있고 방 안이 텅 비어있는 것을 본 것 같았다. 두근거리는 가슴을 유리창을 통해서라도 유령이 나오는 집 저편 바깥의 살아있는 생명체들과 연결하려고 정문 옆에 있는 작은 방의 깨어진 창으로 간 것 같았다. 그때 위층에서 대화를 나누고 있는 두 영리한 사람들의 그림자가 입구 반대편의 담장에 비치는 모습을 본 것 같았다. 그때 한편으론 대다수의 유령들과 필적할만한 상대인 그 영리한 사람들에게 가까이 가기 위해, 그리고 다른 한편으론 그들이 무슨 이야기를 나누는지 듣기 위해, 신발 두 짝을 손에 든 채로 계단을 올라갔던 것 같았다.

"실없는 말 하지 마세요." 플린트윈치 씨가 말했다. "당신 말을 믿을 수 없어요."

플린트윈치 부인은 마침 조금 열려있던 문의 뒤에 서서 남편이 이같이 도전적으로 말하는 소리를 아주 똑똑하게 듣는 꿈을 꾸었다.

"플린트윈치," 클레넘 부인이 평상시대로 크고 저음인 목소리로 대꾸했다. "네 속에는 분노의 악마가 들어있어. 그놈을 조심해."

"한 놈이 있든 열두 놈이 있든 신경 쓰지 않아요." 플린트윈치 씨는 말하는 어조를 통해 더 큰 숫자가 진실에 가깝다는 사실을 강력하게 암시하면서 말했다. "쉰 놈이 있더라도 그놈들 모두가 실없는 말 하지 마세요, 당신 말을 믿을 수 없어요, 라고 하겠죠. 그놈들이 좋아하든 싫어하든 그놈들이 그렇게 말하도록 만들 거예요."

"분격한 사내여, 내가 뭘 했다고?" 그녀가 큰소리로 물었다.

"했느냐고요?" 플린트윈치 씨가 말했다. "내게 쓰러져놓곤."

"자네에게 이의를 제기했다는 말이라면 –"

"내가 하지도 않은 말을 내가 한 것으로 만들지 마세요." 제러마이어는 집요하고 완고하게 고집을 부려 자신의 비유적 표현을 고수하면서 말했다. "난 내게 쓰러졌다는 거니까."

"내가 이의를 제기했던 것은," 부인이 다시 말을 시작했다. "왜냐하면 –"

"받아들일 수 없어요!" 제러마이어가 소리쳤다. "당신이 내게 쓰러졌으니까."

"그렇다면 내가 자네에게 쓰러졌던 것은, 이 심술궂은 사람아," (제러마이어는 그녀가 자기의 표현을 받아들이도록 하고서 낄낄 웃었다.) "자네가 그날 아침에 아서에게 불필요할 정도로 의미심장하게 굴었기 때문이야. 난 그것이 배신이나 마찬가지라고 불평할 권리가 있거든. 그렇게 하려는 마음도 아니면서 –"

"받아들일 수 없어요!" 반항적인 제러마이어가 양해했던 것을 내

팽개치고 끼어들었다. "그렇게 하려던 거였으니까."

　"원한다면 혼자 말하도록 내버려두어야 할 거 같군." 그녀가 화가 난 듯 잠깐 숨을 돌린 다음에 대꾸했다. "내 말을 듣지 않겠다는 결심을 확고하게 하고 있는 성급하고 고집 센 노인에게 말해봤자 쓸데없는 짓이니까."

　"이런, 당신의 그 말도 믿을 수 없어요." 제러마이어가 말했다. "난 그런 결심 하지 않았거든요. 그렇게 하려는 마음이었다고 얘기 했잖아요. 왜 그런 마음을 먹었는지 알고 싶나요, 성급하고 고집 센 노파여?"

　"결국은 내가 했던 말을 내게 되돌려주는 것에 불과하군." 클레넘 부인이 분노하면서 말했다. "그래, 알고 싶어."

　"그렇다면 이유를 알려주지요. 그 까닭은 당신이 그에게 그의 아 버지의 결백을 밝혀주지 않았지만 밝혀줬어야 했기 때문이에요. 그 까닭은 당신이 자신에 대해 짜증을 내기 전에 –"

　"멈춰, 플린트윈치!" 클레넘 부인이 목소리를 바꿔서 소리쳤다. "한 마디만 더하면 자넨 너무 나가는 거야."

　노인도 그렇게 생각하는 것 같았다. 또다시 적막이 감돌았고, 그 가 방 안의 다른 곳으로 가서 서더니 좀 더 부드럽게 말했다.

　"왜 그랬는지 말하려던 참이에요. 그 까닭은 부인이 본인 말을 하기 전에 아서 아버지의 말부터 했어야 한다고 생각했기 때문이에 요. 아서의 아버지라! 내가 아서의 아버지를 특별히 사랑하는 것은 아니에요. 이 집에서 아서 아버지의 삼촌을 모실 때 아서의 아버지가 나보다 특별히 높은 위치에 있지도 않았거든요 - 금전에 관한 한 나보다도 가난했죠 - 그리고 그를 후계자로 삼으니 날 후계자로 삼을 수도 있었고요. 그는 거실에서 배를 곯았고 나는 부엌에서 배를 곯았는데, 그것이 우리 처지의 주요한 차이였던 거죠. 우리 사이에는 아주 가파른 계단으로 이루어진 층계가 정확히 한 개 있었어요. 그때는 그를 조금도 좋아하지 않았지만, 다른 때도 별로 좋아했던 것 같진 않아요. 그는 우유부단하고 결단력이 없는 사람이었고, 어렸을 때 겁을 먹고 고아의 삶을 제외한 모든 것을 빼앗겼거든요. 삼촌이 그의 부인으로 지명했던 당신을 그가 여기 집으로 데리고 왔을 때, 당신을(그때 부인은 아름다웠어요) 두 번 볼 필요도 없이 누가 지배자가 될지 알 수 있었어요. 그때 이후로 부인은 혼자 힘으로 서 있었고 지금도 혼자 힘으로 서 있잖아요. 죽은 사람에게 기대지 마요."

"나는 - 자네 말대로 - 죽은 사람에게 기대진 **않아**."

"하지만 부인은 내가 따랐다면 그렇게 하려고 했잖아요." 제러마이어가 딱딱거렸다. "그래서 내게 쓰러졌던 거고요. 내가 따르지 않았다는 사실을 잊을 수야 없겠죠. 내가 아서의 아버지에게 공정하게 대할만한 가치가 있다고 여겨서 깜짝 놀라셨나요? 이봐요? 부인의 대답 여부는 중요하지 않아요. 부인이 깜짝 놀랐다는 사실은 나도 알고 부인도 알고 있으니까요. 그렇다면 자, 어떻게 된 건지 들어보세요. 성질이란 면에서 내가 약간 괴짜일지 모르지만, 내 성질인 즉 - 누구도 완전히 제멋대로 하게 둘 순 없다는 거예요. 부인은 단호한 여성이고 영리한 여성이에요. 그러니 부인이 결심하면 어떤 일이 있어도 결심을 바꾸게 할 순 없겠죠. 나보다 그 사실을 더 잘 아는 사람이 어디 있겠어요?"

"플린트윈치, 어떤 일이 있어도 내 결심을 바꿀 순 없겠지, 내가 스스로에게 그 정당성을 입증한 경우에는 말이야. 이 말을 덧붙이게."

"정당성을 부인 자신에게 입증한다고요? 부인이 세상에서 최고로 단호한 여성이라고 했잖아요(또는 그렇게 말하려고 했어요), 그러니 부인께서 본인이 지니고 있는 어떤 목적이든 정당화하기로 한다면, 물론 그럴 수 있을 거예요."

"이봐! 난 이 성서의 권위를 빌어서 나의 정당성을 주장하는 거야." 그녀가 단호하게 강조하면서, 그리고 이어지는 소리를 듣자하니 잘 움직여지지 않는 팔로 탁자를 내리치면서 소리쳤다.

"신경 쓰지 마세요." 제러마이어가 차분하게 응수했다. "지금 그 문제를 다루자는 게 아니니까요. 사실이 어떻든 간에 부인은 결심대로 실행에 옮겼고 모든 것이 그 결심 앞에 굴복하도록 만들었어요. 그런데, 난 당신의 결심에 굴복하지 않아요. 당신에게 충성스러웠고 쓸모가 있었고 하인으로 지냈지만, 당신에게 넋을 뺏기는 데에는 동의할 수 없고 동의할 생각도 없으며 동의한 적도 없었고 앞으로도 동의하지 않을 거예요. 다른 사람이야 누구든 꿀떡 삼키세요, 환영합니다. 내 별난 성질로 말하자면, 마님, 난 절대 산 채로 잡아먹히지 않을 겁니다."

원래는 이것이 그들 사이에 합의가 있었던 주요 원인이었을 것이다. 요컨대, 클레넘 부인은 플린트윈치 씨가 한 성깔 있는 것을 알아보고서 그와 동맹을 맺을만한 가치가 있다고 여겼을지 모른다.

"그만, 그 얘기는 그만하지." 그녀가 우울하게 말했다.

"당신이 내게 다시 쓰러지지만 않는다면요." 플린트윈치가 끈덕지게 대답했다. "쓰러지면 그 얘기를 다시 들을 각오를 해야 할 거예요."

애프리 부인의 꿈에 의하면 그때 남편의 그림자는 분노를 삭이려는 것처럼 방 안을 왔다갔다했고 자신은 도망을 쳤던 것 같았다. 하지만 어두운 현관에서 귀를 기울이며 잠시 떨고 있어도 남편이 나오지 않았기 때문에, 전처럼 유령과 호기심에 자극받아서 다시 위층으로 살금살금 올라갔고, 방문 바깥에서 또다시 웅크렸던 것 같았다.

"촛불 좀 켜, 플린트윈치." 들어보니, 클레넘 부인은 그들 사이의 평상시 상태로 그가 돌아오기를 바라면서 말하는 것 같았다. "차 마실 시간이 됐어. 작은 도릿이 곧 올 텐데, 내가 어둠 속에 있는 것을 보게 되겠군."

플린트윈치 씨가 민첩하게 촛불을 붙여서 탁자 위에 내려놓으며 말했다.

"작은 도릿을 어떻게 할 작정이죠? 일하러 영원히 여기에 올 건가요? 차를 준비하러 영원히 여기에 올 거냐고요? 지금과 같이 영원히 여기를 왔다갔다할 건가요?"

"나처럼 불구가 된 사람에게 '영원히,'라는 말을 어떻게 할 수 있어? 우리 모두 들판의 풀처럼 베어져서 쓰러지는 거 아닌가? 그리고 나 같은 경우는 오래전에 벌써 베어진 거 아니야? 그때 이후로 내가 여기 누워서 헛간에 보내지기를 기다리고 있는 것 아니냐고?"

"예, 알겠습니다! 그러나 당신이 여기 누워 있은 후에도—죽은 게 아니에요—전혀 그렇지 않아요—수많은 아이들과 젊은이들, 활짝 핀 꽃처럼 한창인 여성들과 튼튼한 남성들이 베어졌고 옮겨졌어요. 당신은 어쨌든 그다지 바뀌지 않은 채로 여전히 여기 있는데 말이죠. 당신의 시간과 내 시간은 아직 많을지도 몰라요. 내가 영원히, 라고 한 건 (비록 시적인 사람은 아니지만) 죽을 때까지란 말이에요." 플린트윈치 씨는 아주 차분하게 그처럼 설명한 다음에 차분하게 대답을 기다렸다.

"작은 도릿이 얌전하고 부지런하고, 내가 줄 수 있는 작은 도움이나마 필요로 하고, 그리고 그 도움을 받을 만하기만 하면, 즉 그녀가 스스로 그만두지 않고 여기에 계속 오기만 하면, 나는 내가 용서받는다고 생각해."

"그것 말고 다른 건 없나요?" 플린트윈치가 입과 턱을 쓰다듬으며 물었다.

"그것 말고 뭐가 있어야 하지! 그것 말고 뭐가 있을 수 있어!" 그녀가 가차 없이 이상하다는 투로 소리 질렀다.

플린트윈치 부인의 꿈에 의하면, 그들이 중간에 촛불을 둔 채 일이 분 동안 서로 바라보고만 있었는데, 그것도 뚫어져라 바라본다는 인상이 어쩐 일인지 들었던 것 같았다.

"클레넘 부인, 혹시," 바로 그때 애프리의 주인님이 훨씬 작은 소리로, 그리고 그가 하는 이야기의 단순한 요점과는 전혀 어울리지 않는 표정을 잔뜩 짓고서 물었다. "그녀가 사는 곳을 아세요?"

"몰라."

"부인은 - 그러니까, 부인은 알고 싶으세요?" 제러마이어가 마치 그녀에게 달려들듯이 갑자기 한 걸음 다가서며 물었다.

"만일 내가 알고 싶었다면 벌써 알았을 거야. 아무 때고 그녀에게 묻지 않았겠어?"

"그렇다면 알고 싶지 않다는 건가요?"

"알고 싶지 않아."

플린트윈치 씨가 의미심장하게 숨을 한 번 길게 내쉰 다음에 전처럼 단호하게 말했다. "왜냐하면 내가 우연히 - 잘 들어요! - 알게 되었거든요."

"어디에 살든," 클레넘 부인은 내내 억양이 없고 딱딱한 소리로 말을 했는데, 낱말들을 하나씩 집어든 별개의 금속조각에서 읽어내듯이 각각을 뚜렷이 분리해서 말했다. "그녀가 그것을 비밀로 했으니까 나도 언제나 비밀로 두겠어."

"결국, 어쨌든 사실을 알고 싶지 않다는 거군요?" 제러마이어가 질문을 했다. 얼굴을 찡그린 채 질문했는데 마치 그 질문이 그와 마찬가지로 찡그린 형태를 하고 그에게서 나오는 것 같았다.

"플린트윈치," 그의 여주인이자 파트너가 애프리를 깜짝 놀라게 할 정도로 갑자기 힘차게 물었다. "어째서 날 못살게 구는 거야? 방 안을 둘러 봐. 내가 온갖 유쾌한 변화로부터 차단된 것과 동시에 알고 싶지 않은 몇몇 일들을 알아야 한다는 의무로부터도 차단되었다는 사실이, 이 좁은 구역에 오랫동안 갇혀있는 데 대해 — 난 고통받고 있다고 불평하는 게 아니야, 내가 그런 불평을 하지 않는다는 거야 자네가 알잖아 — 이 방에 오랫동안 갇혀있는 데 대해 약간의 보상이라도 되는 것이라면, 어째서 많은 사람 중에서 하필이면 자네가 나의 그런 위안거리를 못마땅하게 여기는 건가?"

"난 부인의 그런 위안거리를 못마땅하게 여기지 않아요." 제러마이어가 대꾸했다.

"그렇다면 더 이상 말하지 마. 더 이상 말하지 말라고. 작은 도릿이 그녀의 비밀을 지키도록 놔두고, 자네도 역시 그 비밀을 지키란 말이야. 그녀가 감시받거나 의심받지 않고 왔다갔다하게 내버려둬. 내가 고통을 겪도록 내버려두되 내 처지에서 누릴 수 있는 어떠한 위안이든 누리도록 놔두란 말이야. 그것이 그토록 대단한 것이어서 나를 악령처럼 괴롭히는 건가?"

"난 질문을 하나 했을 뿐이에요. 그게 다예요."

"그 질문에는 이미 대답했어. 그러니, 더 이상 말하지 마. 더 이상 말하지 말라고." 그때 휠체어 소리가 바닥에서 났고, 애프리의 종이 급하게 잡아당겨지더니 울렸다.

부엌에서 나는 알쏭달쏭한 소리보다 남편이 더 무서웠던 애프리는 가능한 한 최대로 기민하게 그리고 신속하게 살금살금 움직였고, 부엌 계단을 올라갈 때처럼 빠르게 내려와서 난롯불 앞의 의자에 다시 앉았다. 그러고 나서 스커트를 다시 걷어 올렸고 마지막으로 앞치마를 머리 위에 뒤집어썼다. 그때 종이 한 번 더 울렸고, 또 한 번 울렸으며, 그러고 나서도 계속해서 울렸다. 그런 끈질긴 호출에도 불구하고 그녀는 숨을 돌리며 여전히 앞치마를 뒤집어쓰고 있었다.

마침내 플린트윈치 씨가 "애프리 이년!"이라고 투덜거리고 소리치며 발을 끌고 계단을 내려와서 현관으로 들어섰다. 애프리는 여전히 앞치마를 뒤집어쓰고 있었다. 그가 촛불을 손에 든 채 부엌 계단을 비틀거리며 내려와서 그녀에게 가만가만 다가왔고, 앞치마를 확 잡아당겨서 그녀를 깨웠다.

"오, 제러마이어!" 애프리가 눈을 뜨면서 소리쳤다. "깜짝 놀랐잖아요!"

"뭐 하고 있어, 이 여자야?" 제러마이어가 물었다. "널 부르려고 종이 쉰 번은 울렸잖아."

"오, 제러마이어!" 그녀가 말했다. "꿈을 꾸고 있었나 봐요!"

그런 식으로 해서 예전에 그녀가 달성했던 바가 생각난 플린트윈치 씨는 그녀에게 불을 비춰서 부엌을 밝힐 요량인 것처럼 촛불을 그녀의 머리까지 치켜들었다.

"부인이 차 마실 시간인 줄 몰라?" 그가 이빨을 드러내고 사악하게 웃으면서 그리고 자기 처가 앉아있는 의자의 한쪽 다리를 걷어차면서 다그쳤다.

플린트윈치 씨와 플린트윈치 부인

"제러마이어? 차 마실 시간이라고요? 내게 무슨 일이 닥친 건지 모르겠지만, 제러마이어, 틀림없이 꿈을 – 꾸기 전에 아주 무시무시한 기분이 들어서 그런 것 같아요."

"너어! 잠꾸러기 같으니!" 플린트윈치 씨가 말했다. "무슨 얘길 하는 거야?"

"제러마이어, 아주 이상한 소리에, 아주 이상한 움직임이 있었어요. 여기 부엌에서 – 바로 여기에서 말이에요."

제러마이어가 촛불을 들어서 그을린 천장을 둘러보았고, 촛불을 내려서 축축한 석조바닥을 둘러보았다. 그러고 나서 촛불을 손에 든 채 한 바퀴 돌면서 얼룩덜룩 반점이 묻어있는 사방의 벽들을 둘러보았다.

"쥐야, 고양이야, 물소리야, 하수구 소리야." 제러마이어가 입을 열었다.

애프리 부인은 각각의 낱말이 말해질 때마다 고개를 가로저어서 부정했다. "아니에요, 제러마이어. 전에도 느낀 적이 있어요. 위층에서 느꼈는데, 한번은 밤중에 마님 방에서 우리 방으로 오다가 계단에서 느꼈어요 – 바스락거리는 소리가 났고 뒤에서 떨리는 손길 같은 걸 느꼈다니까요."

"애프리, 여보," 플린트윈치 씨는 그녀가 술을 마셨는지 검사할 겸해서 부인의 입술에 자신의 코를 들이밀었다가 단호하게 말했다. "차를 빨리 준비하지 않으면 당신은 바스락거리는 소리와 손길을 느끼게 될 거고 부엌 반대편으로 날아가게 될 거야."

이와 같은 예언을 들은 플린트윈치 부인은 자극을 받아서 부지런히 움직였고 클레넘 부인의 방으로 급히 올라갔다. 그럼에도 그녀는 이 어둑어둑한 집안이 어딘가 잘못되어가고 있다는 확신을 확고히 갖게 되었다. 그 이후로 햇빛이 사라진 다음에는 집안에서 결코 마음의 평화를 누리지 못했고, 어둠 속에서 계단을 올라가거나 내려갈 때에는 뭔가를 보지 않기 위해 앞치마를 머리 위에 반드시 뒤집어 썼다.

유령에 대한 그와 같은 불안과 이상한 꿈 때문에 플린트윈치 부인은 그날 저녁 불안한 심리상태에 접어들었고, 오랜 시간이 지나서야 그런 심리로부터 회복되는 기미를 보였다. 모호하고 어렴풋한 경험과 지각을 새로 하고 나니, 그녀 주위의 모든 것이 그녀에게 불가사의하게 여겨지는 것처럼 그녀도 다른 사람들에게 불가사의하게 여겨지기 시작했다. 또한 그녀가 집과 집안의 모든 것을 만족스레 이해하기가 어려운 것처럼 다른 사람들도 그녀를 만족스레 이해하기가 어렵게 되었다.

클레넘 부인의 차를 미처 준비하기도 전에 문을 부드럽게 노크하는 소리가 들렸다. 언제나 작은 도릿의 도착을 알리던 소리였다. 애프리 부인은 작은 도릿이 현관에서 수수한 보닛을 벗는 모습과, 남편이 턱을 긁으면서 그녀를 말없이 지켜보는 모습을 바라보았다. 작은 도릿을 혼비백산하게 하거나 또는 세 사람 모두를 산산조각낼 어떤 놀라운 결과가 이어지리라고 예상한다는 듯이 말이다.

차를 준비하고 나니, 아서의 도착을 알리는 또 다른 노크소리가

문에서 들렸다. 애프리 부인이 아래층으로 내려가서 그를 들어오게 하자, 아서가 들어오면서 말했다. "애프리, 자네여서 기뻐. 물어볼 게 하나 있거든." 애프리가 즉각 대답했다. "제발 제게 아무것도 묻지 마세요, 도련님! 무서워서 목숨이 절반은 날아갔고 나머지 절반은 꿈꾸느라고 날아갔거든요. 아무것도 묻지 마세요! 누가 누군지 또는 뭐가 뭔지 모르겠어요!" – 그러고 나서 즉시 그에게서 멀어졌고 더 이상 그의 근처에 오지 않았다.

애프리 부인은 독서에 취미가 없었기 때문에, 그리고 바느질을 좋아해도 칙칙한 방이어서 바느질하기에는 충분히 밝지 않았기 때문에, 여주인과 남편 그리고 집안에서 나는 소리들에 대한 수많은 억측과 의심에 사로잡힌 채 매일 밤 어둑한 방 안에 앉아있었고, 아서 클레넘이 집에 오는 저녁에만 잠시 모습을 드러냈다. 기도를 열심히 하고 있을 때에도, 애프리 부인은 그런 추측을 하느라고 눈길을 문 쪽으로 돌리고 있었다. 마치 모종의 어두운 형체가 그런 상서로운 순간에 나타나서 기도회 모임을 쓸데없는 것으로 만들리라고 예상하는 것처럼 말이다.

그 외에는 일정한 경우를 빼면 두 영리한 사람들의 관심을 조금이라도 두드러지게 자기 쪽으로 끌 수 있는 어떤 말도 하지 않았고, 어떤 행동도 취하지 않았다. 그 일정한 경우란 대개가 잠자리에 들 조용한 시간이었는데, 그녀는 어둑한 구석에서 갑자기 뛰쳐나와 클레넘 부인의 작은 탁자 근처에서 신문을 읽고 있는 남편에게 공포에 질린 얼굴로 속삭였다.

"저 봐요, 제러마이어! 자! 저 소리가 뭐죠?"

그러면 그 소리는 혹 났었다 하더라도 그쳤을 것이다. 그리고 플린트윈치 씨는 그녀가 마치 자기의 의도를 거슬러서 그 순간에 자기의 콧대를 꺾은 것처럼 그녀 쪽으로 시선을 돌리고 으르렁거렸다. "애프리, 여보, 약을 먹어야겠어, 여보, 잔뜩 말이야! 또다시 꿈을 꾸잖아!"

16 보잘것없는 이의 나약함

블리딩 하트 야드에서 미글스 씨와 했던 약속에 따라 미글스 가족과의 친분을 다질 때가 된 어느 토요일에, 아서 클레넘은 미글스 씨의 작은 별장이 있는 트위크넘 쪽으로 출발했다. 날씨가 좋았고 비가 오지 않았으며, 영국의 어떤 길도 오랫동안 고국을 떠나 있던 그에게는 흥밋거리로 가득했기 때문에 작은 여행 가방을 역마차에 실어 보내고 도보로 출발했다. 걷는 것 자체가 그에게는 새로운 즐거움이었는데, 멀리 떨어진 곳에서 살 때는 그의 삶을 다채롭게 하지 못했던 즐거움이었다.

황야를 거니는 즐거움을 누리기 위해 풀럼과 퍼트니를 거쳐서 갔다. 날씨가 화창하고 빛났다. 자신이 트위크넘으로 가는 길을 한

---

[1] 퍼트니 남쪽에 있는 퍼트니 황야를 지칭.

참 왔다는 사실을 깨달았을 때, 아서는 좀 더 비현실적이고 좀 더 실체가 없는 수많은 목적지들로 가는 길을 한참 온 것과 마찬가지라는 사실을 알게 되었다. 유익한 운동을 하며 유쾌한 길을 걷노라니 그런 목적지들이 그 앞에 연달아서 나타났던 것이다. 시골 길을 혼자 걸으면서 뭐든 생각하지 않는다는 게 쉬운 일은 아니었다. 게다가 그에게는 랜즈 엔드[2]까지 걷는다 하더라도 미처 해결하지 못한 생각 거리가 잔뜩 있었던 것이다.

첫째, 그의 마음에서 절대 사라지지 않는 문제는 앞으로 인생에서 뭘 할 것인가, 즉 어떤 직업에 전념할 것인가, 그리고 그 직업을 어떤 방향에서 찾는 게 최선인가, 라는 것이었다. 그가 부자는 아니었지만 결정을 못 내린 채 매일매일 대책 없이 지내다 보니 유산이 점점 더 커다란 골칫거리로 다가왔다. 유산을 불리거나 저축해둘 방도를 궁리하기 시작하자, 그의 정당성을 이해하지 못하고 권리를 주장하는 누군가가 있을지도 모른다는 불안감이 그런 궁리를 하는 만큼이나 자꾸 떠올랐다. 그것만으로도 아무리 오랫동안 걷더라도 남을만한 문제였다. 그 밖에도 한 주에 몇 차례씩 만나고 있는 어머니와의 관계라는 문제가 있었는데, 그 문제는 지금 평온하고 평화롭지만 결코 신뢰할 수 없는 기초 위에 놓여있는 셈이었다. 작은 도릿이 언제나 그의 마음을 떠나지 않는 주요한 문제였던 까닭은, 그가 겪은 환경이 그녀가 겪은 환경과 합해져서, 그녀와 그 자신 사이에

---

[2] 잉글랜드의 서쪽 끝.

한편으로는 순수한 의존이라는 끈이, 다른 한편으로는 다정한 보호라는 끈이, 즉 동정과 존경, 사심 없는 관심과 감사, 그리고 연민의 끈이 존재하는 유일한 인물로 그 작은 아이를 느끼게 하기 때문이었다. 그녀를 생각하고 또한 감옥의 빗장을 벗기는 죽음이라는 손길에 의해 그녀의 아버지가 감옥에서 석방될 가능성을 생각하다가 - 그가 예상하기에는, 그녀 삶의 모든 방식을 바꾸어주고 거친 길을 매끈하게 해주고 그녀에게 가정을 주어서, 그녀에게 그 자신이 되고자 하는 바의 그런 친구가 될 수 있게 해주는 유일한 환경의 변화였다 - 그녀를 그런 견지에서 자신의 양녀로, 달래서 쉬게 할 마셜시의 불쌍한 아이로 간주하게 되었다. 그의 생각에서 마지막으로 남은 문제가 있었다면 그것은 트위크넘 쪽에 놓여있었는바, 그 문제는 널리 퍼져있는 대기와 마찬가지일 정도로 그 형체가 불분명한 것이었고 앞서 말한 문제들이 그 대기 속을 떠돌았다.

클레넘이 황야를 가로지른 후에 그곳을 뒤로하고 걷노라니, 얼마 전부터 앞에서 가고 있던 어떤 사람에게 접근하게 되었고, 가까이 다가가니 아는 인물 같았다. 아주 기운찬 걸음으로 걸어가면서 고개를 돌리는 방식과 생각에 잠긴 채 취하는 동작에서 뭔가를 보고 그런 인상이 들었던 것이다. 그러다가 그 사내가 - 남자의 모습이었기 때문에 - 머리 뒤쪽에서 모자를 들어 올리고 앞에 보이는 어떤 사물에 대해 생각하느라고 발걸음을 멈추었을 때, 그 인물이 대니얼 도이스라는 사실을 알아차렸다.

"안녕하세요, 도이스 씨?" 클레넘이 그에게 따라붙으며 말했다.

"다시 만나니, 그것도 에돌림청보다 건강에 좋은 곳에서 만나니 기쁘군요."

"하아! 미글스 씨의 친구시군!" 그 공공의 범죄자가 속으로 연결 짓고 있던 어떤 생각에서 깨어나 손을 내밀며 소리쳤다. "만나서 기뻐요. 이름이 생각나지 않아도 용서하시겠죠?"

"그럼요. 유명한 이름이 아닌걸요. 바너클은 아니에요."

"그래요, 그래." 대니얼이 웃으며 말했다. "이름이 뭔지 생각났어요. 클레넘이잖아요. 안녕하세요, 클레넘 씨?"

"우리가 같은 곳에 가는 걸 수도 있다는 생각이 드는군요, 도이스 씨." 아서가 함께 걸으며 말했다.

"트위크넘 말인가요?" 대니얼이 대답했다. "그 말을 들으니 기쁘군요."

그들은 곧 아주 친밀해졌고 다양한 대화를 나누며 즐겁게 길을 갔다. 발명의 재능이 풍부한 그 범죄자는 대단히 겸손하고 양식이 있는 사람이었다. 비록 평범한 보통사람이었지만, 발상에서의 독창성과 대담성을 실행에서의 끈기와 섬세함과 결합하는 데 아주 익숙해서 결코 평범한 사람은 아니었다. 대니얼이 자기 이야기를 하도록 유도한다는 게 처음에는 쉬운 일이 아니었다. 그는 아, 예, 내가 이 일을 했죠, 그리고 저 일도 했고요, 그런 일은 내가 한 거예요, 그리고 또 다른 일은 내가 발견한 거고요, 하지만 그것이 나의 일이에요, 아시다시피 내 일이란 말입니다, 라고 대수롭지 않다는 듯이 인정을 해서, 아서가 그쪽으로 다가오는 것을 피했다. 그러다가 상대방이 자기 이야기에 정말로 관심을 보인다는 확신이 점차 들자, 그는 그 관심에 솔직하게 응했다. 그래서 그가 북부지방 대장장이의 아들이며, 과부가 된 어머니에 의해 처음에는 자물쇠 만드는 사람에게 도제로 들어갔다는 사실이 드러났다. 그가 자물쇠 만드는 작업장에서 "몇몇 사소한 방법을 생각해냈고," 그 덕에 도제계약으로부터 선물을 받고 풀려나게 되었으며, 그 선물이 실용적인 기술자와 도제계약을 맺고 싶다는 그의 열렬한 소망을 채울 수 있게 해주었고, 그 기술자 밑에서 7년 동안 열심히 일하고 배웠으며 열심히 살았다는 사실이 드러났다. 도제기간이 끝난 후에, 그는 주급을 받고 7, 8년을 더 "그 작업장에서 일했으며," 그다음에는 클라이드 강기슭으로 가서 6, 7년을 더 배웠고 줄질을 하고 망치로 두드리면서 이론적인 지식과 실제적인 지식을 향상했다고 했다. 거기서 리옹으로 가자는 제의를 받고 그 제의를 수락했으며, 리옹에서는 독일로 가기로 계약을 했고, 독일에서는 상트페테르부르크로 가자는 제의를 받았고, 거기서 정말로 썩 잘했다고 – 더할 나위 없이 잘했다고 – 했다. 하지만 자기에게는 고국에 대한 애정과 고국에서 명성을 떨치고 싶다는 소망, 그리고 할 수 있는 어떤 봉사든 다른 곳보다 고국에서 하고 싶다는 소망이 당연히 있었고, 그래서 고국으로 돌아왔다고 했다. 고국에서 사업으로 자리를 잡았고, 발명하고 실행하며 열심히 일했지만, 12년 동안 끊임없이 소송하고 봉사한 후에 결국엔 대영제국의 레지옹도뇌르 훈장인 '에돌림청에서 퇴짜 맞은 자'라는 훈장 수여자 명단에 이름을 올렸고, 대영제국의 공로훈장인 '바너클 가와 스틸츠토킹 가의 무질서훈장'을 받았다고 했다.

"도이스 씨, 생각을 언제나 그쪽으로 했다는 것이 대단히 유감스런 일이군요." 클레넘이 말했다.

"맞아요, 어느 정도는 맞는 얘기예요. 하지만 어떡합니까? 만일 불운하게도 나라에 도움이 될 뭔가를 생각해냈다면 그것이 끄는 대로 따라가야죠."

"그것을 포기하는 게 낫지 않나요?" 클레넘이 물었다.

"그럴 순 없어요." 도이스가 생각에 잠긴 채 미소를 짓고 고개를 가로저으며 말했다. "그것이 묻히려고 생각난 것은 아니거든요. 유용하게 쓰이려고 생각난 거지요. 사람은 마지막까지 삶을 위해 열심히 노력한다는 조건으로 삶을 유지하는 거예요. 누구든 발견을 한다는 것은 똑같은 조건을 달고서 하는 거지요."

"그렇다면," 별로 말이 없는 상대에 대한 감탄이 커지는 가운데 아서가 말했다. "당신은 지금도 최종적으로 낙담한 것은 아니군요?"

"낙담을 했더라도 그럴 권리가 내게 있는 것은 아니지요." 상대가 대답했다. "그건 이전처럼 여전히 옳은 일이거든요."

그들이 침묵을 지키며 조금 더 걸었을 때, 클레넘은 대화의 직접적인 요점을 바꾸려고 그러면서도 너무 급작스레 바꾸지는 않으려고 도이스 씨에게 물었다. 사업상의 걱정을 조금이라도 덜어줄 수 있는 동업자가 있나요?

"없어요," 그가 대답했다. "지금은 없어요. 사업을 처음 시작했을 때는 있었죠, 좋은 사람이었어요. 하지만 몇 해 전에 죽었어요. 그리고 그를 잃은 후에는 다른 사람과 동업한다는 생각을 쉽게 할 수가 없었기 때문에, 내가 그의 지분을 샀고 그 이후로는 계속 혼자 해왔어요. 그리고 한 가지 더 있네요." 도이스 씨는 두 눈에 명랑한 웃음기를 띤 채 잠시 걸음을 멈추더니, 엄지가 특이하게 유연한 오른손을 오므려서 클레넘의 팔에 올려놓고 말했다. "발명가는 실무적인 사람이 될 수 없다고 해요."

"없다고요?" 클레넘이 물었다.

"글쎄요, 실무적인 사람들이 그렇게 말하더군요." 도이스가 다시 걸으면서 그리고 드러내놓고 웃으면서 대답했다. "우리같이 불운한 사람들이 상식이 부족하다고 생각되는 이유를 모르겠지만, 일반적으로는 그렇다고들 생각해요. 세상에서 제일 친한 친구조차, 저 너머에 사는 우리의 훌륭한 친구 말이에요," 도이스가 트위크넘 쪽을 향해 고갯짓을 하며 말했다. "자기 자신도 제대로 돌보지 못하지만 그래도 내게 보호의 손길 같은 것을 내밀거든요, 아시잖아요?"

아서 클레넘은 그 설명이 사실이라고 생각했기 때문에 명랑한 웃음을 함께 터뜨릴 수밖에 없었다.

"그래서 통례적인 견해를 따르는 것에 불과하고 공장에 대한 평판을 유지하기 위한 것에 불과하더라도, 실무적인 사람이고 발명의 재능이라는 결점이 전혀 없는 사람과 동업을 해야겠다는 생각이 들어요." 대니얼 도이스가 모자를 벗고 이마의 땀을 손으로 훔쳐내며 말했다. "내가 공장을 경영한 방식에 대해 동업자가 아주 부주의하

거나 뒤죽박죽이라고 여기리란 생각은 안 해요. 하지만 의견을 말할
사람은 - 그가 누구든 - 그이지 내가 아니죠."

"그렇다면 아직 동업자를 못 구한 거군요?"

"맞아요, 아직 못 구했어요. 동업자가 있어야겠다는 결심을 이제
막 했거든요. 사실은 이전보다 할 일이 많아졌고, 나도 점점 나이가
들면서 공장 일만 해도 버겁거든요. 장부에, 편지에, 사장이 필요한
외국출장에, 내가 모든 일을 할 순 없으니까요. 그 문제를 처리할
가장 좋은 방법에 대해, 오늘부터 월요일 아침 사이에 30분 정도
시간을 내서 나의 - 나를 돌봐주는 사람이자 보호해주는 사람과 의
논할 생각이에요." 도이스가 두 눈에 다시 웃음기를 띠며 말했다.
"그는 사업에 대해 현명한 사람이고 그쪽으로 훈련도 충분히 받았
으니까요."

그 후 그들은 여행의 목적지에 도착할 때까지 다른 주제들에 대
해 이야기를 나누었다. 대니얼 도이스에게서 두드러지는 점은 침착
하면서도 야단스럽지 않은 자립적 사고방식이었다 - 진실인 것은
바너클 집안사람들이 대양에 가득하더라도 진실이어야 하고, 심지
어 그 대양이 바싹 마르더라도 진실일 따름이지, 그 이상도 이하도
아니라는 인식을 침착하게 유지하는 태도였다 - 그것은 공적인 위
대성은 아니더라도 그 나름으로 위대성을 지니는 점이었다.

도이스 씨가 그 집을 잘 알고 있었기 때문에 그 집을 가장 돋보이
게 하는 길로 아서를 안내했다. 그 집은 강 옆의 길가에 있는 매력적
인 집이었고(약간 별났지만 그래도 매력 있는 집이었다) 미글스 가

족의 집이면 의당 그래야 하는 바로 그런 집이었다. 그 집은 그 해의 5월을 맞아서 인생의 5월을 맞은 펫만큼이나 틀림없이 신선하고 아름다운 정원에 위치하고 있었고, 펫이 미글스 부부에게 둘러싸여 있듯이 멋진 나무들과 가지를 활짝 벌린 상록수들이 이루는 훌륭한 경관으로 둘러싸여 있었다. 낡은 벽돌집 일부를 완전히 허물어내고 다른 일부를 현재의 별장으로 개조한 집이었다. 그래서 미글스 부부를 표상하는 여전히 정정하지만 구식인 부분과, 펫을 표상하는 새롭고 멋있고 아주 아름다운 부분이 공존했다. 본채에 기댄 채 보호받는 온실을 나중에 증축하여 덧붙였는데, 유리가 짙은 염료로 착색된 부분과 태양광선을 받아서 때로는 불길처럼 때로는 무해한 물방울처럼 반짝이는 좀 더 투명한 부분이 혼재된 탓에 그 빛깔을 확언할 수 없는 온실은 태티코럼을 표상한다고 할 수 있었다. 집에서 보이는 평화로운 강물과 나룻배는 집안에 있는 모든 사람들에게 다음과 같이 설교를 했다. 너희들이 젊었든 늙었든, 정열적이든 조용하든, 안달하든 만족하든, 강물은 이와 같이 언제나 흐를 것이다. 가슴이 온갖 불화로 치밀어 오를지라도 잔물결은 나룻배의 이물에서 언제나 같은 곡조를 연주할 것이다. 나룻배가 떠내려가는 것을 일정 정도 감안하면서 강물이 한 시간에 일정한 거리를 흘러가게 두면, 여기저기에 골풀이나 백합이야 나겠지만 꾸준하게 흘러가는 이 길에서 불확실하거나 동요할 것은 해가 바뀌어도 전혀 없을 것이다. 반면에 시간이 흘러가는 길 위에 있는 너희들은 너무 변덕스럽고 혼란스럽구나.

문에 달린 종을 울리자마자 미글스 씨가 그들을 맞으러 나왔다. 미글스 씨가 나오자마자 미글스 부인이 나왔다. 미글스 부인이 나오자마자 펫이 나왔다. 펫이 나오자마자 태티코럼이 나왔다. 방문객치고 그 이상의 환대를 받은 사람은 없었다.

"자, 클레넘 씨, 보다시피 우리는," 미글스 씨가 말했다. "집이라는 경계에 갇혀 있소, 마치 다시는 팽창하지 – 즉, 여행하지 – 않을 것처럼 말이오. 마르세유와는 달라요, 안 그래요? 알롱하고 마르송하는 게 여기엔 없으니까!"

"과연, 다른 종류의 아름다움이군요!" 클레넘이 주위를 둘러보며 말했다.

"하지만, 오오!" 미글스 씨가 즐겁게 두 손을 비비며 큰소리로 말했다. "검역소에 있었던 것은 드물게 유쾌한 일이었소, 그렇잖소? 내가 그때로 다시 돌아가기를 종종 바란다는 사실을 아시오? 우린 훌륭한 일행이었지."

바로 그것이 미글스 씨의 변함없는 습관이었다. 여행하는 동안은 겪고 있는 일에 대해 언제나 모두 반대하기, 그리고 여행하지 않을 때는 언제나 다시 그 일을 겪고 싶어 하기.

"여름철이었다면," 미글스 씨가 말했다. "당신을 위해, 즉 당신이 한창때의 이 집을 볼 수 있도록 여름철이었으면 좋겠다는 건데, 새들 때문에 말소리를 알아들을 수 없었을 거요. 우린 현실적인 사람들이라서 누구도 새들을 겁주어서 쫓아버리게 두진 않거든요. 또한 현실적인 사람들이라서 무수히 많은 새가 주위로 날아오는 거고요.

당신을 만나서 기뻐요, 클레넘(허락한다면 씨 자는 빼겠소). 진심으로 확언하는데, 정말 기쁘오."

"이렇게 유쾌한 환영을 받은 적이 없습니다," 클레넘이 말했다ㅡ그때 작은 도릿이 자기에게 했던 말이 생각나서 충실하게 덧붙였다. "딱 한 번을 빼곤 말입니다ㅡ우리가 지중해를 내려다보며 마지막으로 거닐었던 때 이후로요."

"아아!" 미글스 씨가 대꾸했다. "망보는 것 같았어, **그것이** 말이오, 그렇잖소? 난 군사정부를 바라지 않아, 그러나 때로는 이 근처에 알롱하고 마르송하는 게 약간ㅡ그저 조금 말이오ㅡ있어도 개의치 않겠어. 여긴 너무 조용하거든."

미글스 씨가 고개를 모호하게 가로저으며 자기 집의 한적한 특성에 대해 그런 식으로 찬사를 늘어놓은 뒤 집 안으로 안내했다. 집 안은 그저 크기만 한 것이 아니었다. 안쪽도 바깥쪽만큼이나 아름다웠고 완벽하게 정리가 되어있었으며 아늑했다. 가족이 이리저리 여행하고 다녔다는 흔적을 덮어놓은 액자와 가구뿐 아니라 포장해놓은 벽걸이 장식품에서도 확인할 수 있었다. 미글스 씨의 종잡을 수 없는 소망 중의 하나가 그 집을 자신들이 없는 동안에도 마치 다음 날이라도 언제든 돌아올 것처럼 줄곧 유지하는 것이라는 사실은 쉽게 알아차릴 수 있었다. 그가 다양한 여행길에 수집한 물품들이 각양각색으로 잡다하게 갖춰져 있어서 꼭 마음씨 고운 해적의 집 같았다. 중부 이탈리아에서 수집한 유물은 그쪽 산업에서 최상에 속하는 현대식 공방에서 제작한 것이었다. 이집트에서 (또는 어쩌면 버밍엄에서) 수집한 미라조각들, 베네치아에서 수집한 곤돌라모형들, 스위스에서 수집한 촌락모형들, 잘게 썬 송아지 고기가 돌로 굳어버린 것과 같은, 헤르쿨라네움과 폼페이에서 수집한 바둑판무늬의 보도조각들, 베수비오의 무덤과 용암에서 채취한 화산재들, 스페인의 부채들, 스페치아의 밀짚모자들, 무어 인들이 신는 슬리퍼들, 토스카나의 머리핀들, 카라라의 조각품, 트라스타베리니의 스카프들, 제노바의 벨벳과 세공품들, 나폴리의 산호, 로마의 카메오들, 제네바의 보석들, 아랍의 각등들, 교황이 직접 골고루 축복한 묵주들, 그리고 각양각색의 잡동사니들이 있었다. 수많은 여행지와 비슷하기도 하고 비슷하지 않기도 한 풍경화들도 있었다. 그리고 작은 방이 하나 있었는데, 그 방에는 수도회에 속하는 늙은 성자들의 초상화 – 근육이 채찍 같고 머리카락이 넵튠³의 머리카락 같으며 주름이 문신을 새겨 넣은 것 같은 초상화이고, 겉에 온통 니스를 입혀서 모든 성자가 파리통으로 쓰기에 알맞고 통속적으로 말해서 소위 파리잡이끈끈이가 되어버린 끈적끈적한 초상화 – 를 몇 점 모셔두고 있었다. 소유하고 있는 그런 그림들에 대해 미글스 씨는 아무렇지도 않게 말했다. 자신은 맘에 드는 것을 고르는 것이지 전문가는 아니라고 했다. 자신이 헐값으로 사들인 것을 사람들이 꽤 좋게 **생각하더라고** 했다. 그래도 그림에 대해 어느 정도 아는 것이 틀림없는 어떤 사람이 '책을 읽는 현인' – 턱수염 대신에 백조의 솜털로 만든

---

³ 바다의 신.

어깨걸이를 하고 담요를 덮고 있는 노신사를, 특별히 유화물감으로 그린 그림인데 기름진 파이 껍질같이 온통 금이 가 있었다 – 이 게 르치노⁴의 훌륭한 작품이라고 단정하더라고 했다. 거기 있는 세바스티안 델 피옴보⁵의 그림에 대해, 직접 판단하시게. 그의 후기 스타일이 아니라면 도대체 누구 스타일이라는 말인가? 티치아노⁶가 그렸을 수도 있고 아닐 수도 있겠지 – 어쩌면 가필만 했을지도 모르고. 대니얼 도이스가 티치아노가 가필한 그림이 아닌 것 같다고 했지만, 미글스 씨는 그의 말을 들으려 하지 않았다.

미글스 씨는 전리품들을 모두 다 보여준 다음에 잔디가 내려다보이는 자신의 아늑한 방으로 손님들을 안내했다. 그 방은 부분적으로는 옷을 갈아입는 방처럼, 또 부분적으로는 사무실처럼 꾸며져 있었고, 계산대 같은 책상 위에는 금붙이의 중량을 다는 놋쇠저울 한 개와 금화를 퍼서 담는 국자 한 개가 놓여있었다.

"여기 있군," 미글스 씨가 말했다. "내가 이 두 가지 물건 뒤에 35년 동안 계속해서 서 있었는데 그때는 놀러 다닐 생각을 안 했어, 지금 – 집에 머물러있을 생각을 안 하는 것처럼 말이오. 은행을 완전히 그만둘 때 이것들을 달라고 청해서 갖고 왔지. 내가 이 사실을

---

⁴ 17세기 이탈리아의 화가인 조반니 프란체스코 바르비에리(Giovanni Francesco Barbieri)의 속명.

⁵ 세바스티안 델 피옴보(Sebastian del Piombo, 1485~1547): 16세기 이탈리아의 화가.

⁶ 티치아노 베첼리오(Tiziano Vecellio, 1487?~1576): 16세기 이탈리아의 대표적 화가.

곧바로 말하는 것은 그렇지 않으면 (펫이 말했던 대로) 스물네 마리의 검은 새를 가진 시 속의 왕처럼 돈을 하나하나 세면서 회계사무실에 앉아있었던 걸로 당신이 상상할 수 있기 때문이오.”

클레넘의 눈길이 두 명의 예쁘장한 소녀가 서로 팔짱을 끼고 있는, 벽에 걸려있는 실물과 똑 닮은 초상화로 향했다. “그렇소, 클레넘,” 미글스 씨가 목소리를 한층 작게 해서 말했다. “두 아이요. 대략 17년 전에 그린 거지. 애 엄마에게 종종 말하듯이 그때는 둘 다 어린아이였소.”

“이름이 뭐죠?” 아서가 물었다.

“아, 저런! 당신이 펫이라는 이름 말고 다른 이름은 못 들었지. 펫의 원래 이름은 미니이고, 그 아이의 누이 이름은 릴리요.”

“클레넘 씨, 두 아이 중 한 명이 저라는 것을 알아보시겠어요?” 펫이 그때 문간에 나타나서 물었다.

“두 아이 모두 당신을 그렸고, 지금도 여전히 당신과 똑 닮았군요. 사실,” 클레넘이 눈길을 예쁜 실물에서 초상화로 옮겼다가 다시 실물로 옮기면서 말했다. “난 지금도 어느 쪽이 당신 초상화가 아닌지 모르겠는걸.”

“저 말 들었소, 애 엄마?” 미글스 씨가 딸을 뒤따라온 자기 부인에게 큰 소리로 말했다. “언제나 그랬소, 클레넘. 누구도 판단할 수 없었지. 당신 왼쪽에 있는 아이가 펫이오.”

초상화는 마침 거울 가까이에 걸려있었다. 아서는 초상화를 다시 바라보다가 거울에 비친 태티코럼의 모습을 보았다. 그녀가 문밖을 지나가다 멈춰 서서는 주고받는 말들을 경청하더니 화가 나서 경멸 조로 얼굴을 찌푸리며 가버렸는데, 얼굴을 찌푸리니까 예쁜 얼굴이 추한 얼굴로 바뀌는 것이었다.

"이런!" 미글스 씨가 말했다. "먼 길을 왔으니까 신발을 벗고 싶 겠군. 여기 있는 대니얼은 신발 벗는 도구를 보여주기 전까지는 **자 기** 신발 벗을 생각도 못할 거야."

"어째서 못한다는 거죠?" 대니얼이 클레넘에게 의미심장하게 미 소 지으며 물었다.

"아! 자네야 생각할 거리가 너무 많잖나." 미글스 씨는 어떤 일이 있어도 그의 약점을 그냥 둬서는 안 된다는 듯이 그의 어깨를 두드 리며 대꾸했다. "숫자에, 바퀴에, 톱니바퀴에, 지레에, 나사에, 실린 더에, 천 가지는 되잖나."

"내 일에서는," 대니얼이 즐거워하면서 말했다. "큰 것이 작은 것 을 품는 법이죠. 신경 쓰지 마세요, 마시라고요! 당신을 기쁘게 하는 것이면 그게 뭐든 나도 기쁘니까요."

클레넘은 자기 방의 난롯가에 앉아서, 이 정직하고 인정 많으며 친절한 미글스 씨의 가슴에 에돌림청이라는 커다란 나무로 자라났 던 겨자씨가 극소량이라도 들어있는 게 아닐까, 하는 생각을 하지 않을 수 없었다. 미글스 씨가 대니얼 도이스에 대해 전반적으로 지 니고 있는 묘한 우월의식 때문에 그런 생각이 들었는데, 그 우월의 식은 도이스의 인격의 어떤 측면보다는 그가 창작자이고 다른 사람 들이 밟는 상도常道를 따르지 않는 사람이라는 단순한 사실에 근거

하고 있는 것 같았다. 클레넘에게 다른 고민거리가 없었다면 한 시간 뒤에 저녁을 하러 아래층에 내려갈 때까지 그 생각만 하고 있었을지 모른다. 그 고민은 오래전에 마르세유의 검역소에 갇혀있기 전부터 품고 있었던 사항인데, 지금 다시 생각난 것이었고 아주 끈덕지게 떠오르는 고민이었다. 다름 아니라 바로 다음과 같은 고민이었다. 그 자신이 펫에 대한 사랑에 빠지도록 둘 것인가?

그의 나이는 펫보다 두 배 많았다. (꼬고 앉았던 다리를 반대편으로 꼬고 앉아서 다시 계산해 보았지만 합계가 줄어들지는 않았다.) 나이가 그녀보다 두 배 많군. 글쎄! 나는 외모가 젊고, 건강과 기운도 한창이고, 마음도 젊어. 남자가 마흔이면 분명히 늙은 건 아니지. 그리고 많은 남자들이 그 나이가 될 때까지 결혼할 처지에 있지 않거나 미혼으로 있잖아. 그러나 문제는 그 점을 내가 어떻게 생각하느냐가 아니라, 그녀가 어떻게 생각하느냐, 라는 거지.

그는 미글스 씨가 자기에게 충분히 호감을 품고 있다고 여겼으며, 자기도 미글스 씨와 그의 착한 부인에 대해 진지한 호감이 있다고 생각했다. 그들이 그토록 사랑하는 아름다운 이 외동딸을 어떤 남자에게든 내준다는 것은 어쩌면 그들이 아직 생각해볼 용기도 내지 못한 사랑의 시험일 거라는 사실을 예상할 수 있었다. 하지만 그녀가 아름답고 마음을 사로잡고 매력적일수록 그들이 그런 시험에 들게 될 필연성은 언제나 더 커질 것이 틀림없어. 그리고 그녀가 다른 사람의 마음에 드는 만큼 내 마음에 들면 안 되는 이유가 뭐야?

그의 생각이 그 정도까지 진행되었을 때, 그들이 어떻게 생각하느냐가 아니라 그녀가 어떻게 생각하느냐가 문제라는 생각이 다시 들었다.

아서 클레넘은 자신이 부족한 게 많다는 사실을 알고 있는 내향적인 사람이었다. 그가 머릿속으로 아름다운 미니의 장점을 높이고 자신의 장점을 낮추는 바람에 그런 생각이 굳어지자 그는 희망을 버리기 시작했다. 저녁을 들러 내려갈 준비를 하면서, 자신이 펫에 대한 사랑에 빠지도록 둘 수는 **없다는** 최종적인 결심을 했다.

둥근 식탁에는 다섯 명만 있었지만 정말로 아주 유쾌한 자리였다. 그들은 기억해낼 수많은 여행지들과 사람들이 있었고 함께 모여서 아주 편안하고 명랑했기 때문에, (카드놀이를 할 때 대니얼 도이스는 구경꾼처럼 즐거워하면서 빠져 앉아있거나, 그 자신의 얼마 안 되는 경험으로 적절히 끼어들 수 있을 때는 재빨리 끼어들거나 했다) 스무 번을 모였어도 서로를 그만큼 더 알게 되는 것은 아니었을 것이다.

"그리고 웨이드 양 말인데," 그들이 많은 길동무들을 기억해낸 후에 미글스 씨가 물었다. "누구 웨이드 양을 본 사람?"

"저요." 태티코럼이 말했다.

젊은 아씨가 가지러 보냈던 작은 망토를 가져와서 그걸 입히느라고 젊은 아씨 위로 몸을 굽혔다가 검은 두 눈을 들어 올리며 그녀가 그와 같은 뜻밖의 대답을 했다.

"태티!" 그녀의 젊은 아씨가 놀라서 소리를 질렀다. "웨이드 양을 봤어? - 어디서?"

"여기서요, 아가씨." 태티코럼이 말했다.

"어떻게?"

클레넘이 보기에, 태티코럼의 눈빛이 짜증을 내면서 "내 두 눈으로요!"라고 대답하는 것 같았다. 하지만 그녀가 입 밖에 낸 유일한 대답은 "성당 근처에서 만났어요,"라는 것이었다.

"그녀가 거기서 뭘 하고 있었을까!" 미글스 씨가 말했다. "예배 보러 가는 길은 아니었을 텐데."

"그녀가 먼저 편지를 보냈어요." 태티코럼이 말했다.

"오, 태티!" 젊은 아가씨가 투덜거렸다. "손 좀 치워. 마치 다른 사람이 날 만지고 있는 것 같아!"

펫이 그 말을 성마르고 무의식적으로 했지만, 반은 농담조였으며 총애를 받는 아이가 할 수 있는 이상으로 심통을 부린다거나 기분 나쁘게 말한 것은 아니었다. 그리고 그다음 순간에는 소리 내어 웃었다. 태티코럼은 붉은 입술을 최대한으로 꽉 다물고 가슴께에서 팔짱을 꼈다.

"알고 싶으세요," 그녀가 미글스 씨를 바라보며 물었다. "웨이드 양이 뭐라고 써서 보냈는지?"

"글쎄, 태티코럼아," 미글스 씨가 대답했다. "네가 질문을 했고 여기 우리는 모두 친구니까, 말하고 싶으면 말해도 좋아."

"그녀는 우리가 여행 중일 때 선생님이 사는 집을 알게 되었어요." 태티코럼이 말했다. "그리고 그녀가 절 보았을 때 저는 썩 – 썩 – "

"썩 좋은 기분이 아니었다는 거니, 태티코럼?" 미글스 씨가 검은 두 눈을 향해 경고 삼아 조용히 고개를 가로젓고 나서 말을 꺼냈다. "잠깐만 - 스물다섯을 세거라, 태티코럼."

그녀가 입술을 다시 꽉 다물었고 깊은 숨을 길게 한 번 들이쉬었다.

"그녀가 편지에 쓰기를, 제가 혹 상처를 입으면," 젊은 아씨를 내려다보았다. "또는 괴롭힘을 당하면," 아씨를 다시 내려다보았다. "자기에게 와도 좋다고 했어요, 그러면 사려 깊게 대우받을 거라고요. 그 제안을 생각해보라고 했고, 성당 옆에서 자기와 이야기할 수 있다고 했어요. 그래서 감사를 표하기 위해 거기에 갔던 거예요."

"태티," 그녀의 젊은 아씨가 태티코럼이 자기 손을 잡을 수 있게 어깨 위로 손을 뻗으며 말했다. "웨이드 양은 헤어질 때 나를 섬뜩하게 했어. 그래서 얼마 전에 나도 모르는 사이에 그녀가 내 집 근처에 왔었다는 생각은 하기도 싫어. 태티, 맙소사!"

태티코럼은 잠시 꿈쩍도 않고 서 있었다.

"얘야?" 미글스 씨가 소리쳤다. "스물다섯을 다시 세, 태티코럼."

태티코럼은 열둘 정도 세다가 고개를 숙인 채 입술에 손을 대고 어루만졌다. 그리고 아름다운 고수머리를 만지듯이 자기의 뺨을 어루만지다가 나가버렸다.

"이런, 자," 미글스 씨가 오른쪽에 있는 회전판을 돌려서 설탕이 자기 쪽으로 돌아오게 하고서 조용히 말했다. "현실적인 사람들 사이에 있지 않았더라면 파멸하고 타락했을지도 모르는 여자아이야.

애 엄마와 나는 그 아이의 성격 전체가 우리가 펫에게 아주 열중하는 것을 보고서 거칠어지는 것 같다고 느낄 때가 있는데, 그렇게 느끼는 건 순전히 우리가 현실적이기 때문이지. 우리가 자기에게는 열중하지 않는다는 거야, 불쌍한 아이 같으니. 마음속에 그 모든 격정과 반항심을 지니고 있는 불행한 그 아이가 주일날 다섯 번째 계명[7]을 들으면서 어떻게 느낄지는 생각하고 싶지도 않아. 그때는 언제나 다음과 같이 소리치고 싶으니까. 예배 중이라는 사실을 명심하고 스물다섯을 세, 태티코럼."

회전판이라는 벙어리 웨이터 외에도 벙어리가 아닌 두 명의 웨이터가 미글스 씨를 시중들고 있었는데, 그들은 장밋빛 얼굴과 반짝이는 눈을 가진 두 명의 하녀였으며 식탁 장식 중에서 매우 장식적인 부분을 이루고 있었다. "그런데 어째서 없는 거지?" 미글스 씨가 상석에 앉아서 물었다. "내가 애 엄마에게 늘 말하던 대로, 뭐든 갖고 있다면 보기 좋은 것은 어째서 없는 거야?"

가족이 집에 있을 때는 요리사 겸 가정부이고, 가족이 떠나 있을 때는 가정부이기만 한 티킷 부인이라는 사람을 소개하면 이 집을 완전히 소개하는 것이라고 했다. 미글스 씨는 하고 있는 일 때문에 티킷 부인을 지금 소개할 수 없는 게 유감이라며, 내일은 새로 온 방문객에게 그녀를 소개하고 싶다고 했다. 그녀가 별장의 중요한 일부이고 자신의 친구들은 모두 다 그녀를 안다고 했다. 귀퉁이 위

---

[7] "네 부모를 공경하라"는 계명.

에 걸려있는 저것이 그 부인의 초상화네. 우리가 여행을 떠나면 그녀는 저 초상화에 그려진 대로 늘 비단가운을 입고 새까만 고수머리 가발을 쓰고 있네. (원래 머리는 부엌에 오래 있어서 불그스름한 회색이거든.) 그러고는 거실에 자리를 잡고, 버컨 박사의 『가정상비약』[8]의 특정한 두 면을 펼쳐서 안경을 올려놓고, 우리가 돌아올 때까지 하루 종일 덧문 너머를 바라본다고 하더군. 우리가 아무리 오랫동안 집을 비워도, 티킷 부인이 덧문 옆의 자기 자리를 떠나거나 버컨 박사의 간병을 받지 않고 지내도록 설득할 수 있는 말을 찾을 수 없었네. 그러나 미글스 씨 본인은 그녀가 그 박학한 의사의 야심작을 아직까지 한 마디도 참고하지 않았을 거라고 절대적으로 믿는다고 했다.

저녁에 그들은 휘스트놀이를 했는데 옛날식으로 세 판 승부를 벌였다. 펫은 옆에 앉아서 아빠의 솜씨를 구경하거나 가끔씩 생각난 듯이 피아노를 치며 혼자 노래를 불렀다. 그녀는 응석둥이였다. 그러나 그녀가 어떻게 응석둥이가 아닐 수 있겠는가? 그렇게 나긋나긋하고 아름다운 아이와 한참을 같이 지내놓고 누가 그녀의 사랑스러운 영향력에 굴하지 않을 수 있겠는가? 그 집에서 하루 저녁을 보내놓고 방 안에 그녀가 있다는 사실 자체에서 비롯하는 배려와 매력 때문에라도 누가 그녀를 사랑하지 않을 수 있겠는가? 클레넘이 위층에서 도달했던 최종적인 결심에도 불구하고 이것이 그의 생

---

[8] 19세기 전반기에는 많은 가정이 윌리엄 버컨(William Buchan, 1729~1805)의 『가정상비약 또는 주치의』(1769)라는 서적을 비치하고 있었다.

각이었다.

그런 생각을 하다가 엉뚱한 패를 냈다. "아니, 이봐, 뭘 생각하는 거야?" 그의 짝이었던 미글스 씨가 깜짝 놀라서 물었다. "죄송합니다. 아무 생각도 안 했습니다." 클레넘이 대답했다. "다음번에는 뭔가를 생각하게, 이 사람아." 미글스 씨가 말했다. 펫은 그가 웨이드 양 생각을 하고 있었다고 우스개로 말했다. "펫, 어째서 웨이드 양 생각을 한다는 거니?" 그녀의 아버지가 물었다. "글쎄, 설마요!" 클레넘이 말했다. 펫이 얼굴을 살짝 붉히고 다시 피아노를 치러 갔다.

그들이 잠자리에 들려고 흩어질 때 아서는 도이스가 집주인에게 하는 얘기를 우연히 들었다. 아침에 식사하기 전에 반 시간 정도 이야기할 수 있겠습니까? 주인이 좋다고 답했고, 아서는 그 문제에 덧붙일 말이 있었으므로 잠시 뒤에서 꾸물거렸다.

"미글스 씨," 단둘이 남게 되자 아서가 말했다. "내게 곧장 런던에 가라고 충고했던 때를 기억하십니까?"

"썩 잘 기억하지."

"그리고 그때 내게 필요했던 다른 좋은 충고를 해주었던 것도요?"

"그게 무슨 가치가 있었는지 모르겠군." 미글스 씨가 답했다. "하지만 우리가 같이 지내면서 아주 유쾌했고 속내를 터놓고 얘기했었다는 사실은 물론 기억해."

"당신의 충고대로 했습니다. 그리고 여러 가지 이유로 내게 고통스러웠던 일을 벗게 되었기 때문에 나 자신과 내가 가진 재산 전부를 다른 일에 쏟고 싶습니다."

"좋아! 빨리 그렇게 하게." 미글스 씨가 말했다.

"그런데, 오늘 이곳으로 오다가 당신의 친구인 도이스 씨가 사업상의 동업자를 찾고 있다는 사실을 알게 되었습니다 – 기계에 대한 지식을 나눌 동업자가 아니라 그 지식에서부터 생겨나는 일을 최대한으로 이용할 방법과 수단을 찾는 동업자 말입니다."

"맞네." 미글스 씨가 두 손을 주머니에 넣은 채로 저울과 국자에 속하는 옛날의 사무적인 표정을 하고 말했다.

"우리가 이야기를 나눌 때 도이스 씨가 그런 동업자를 찾는 문제에 대해 당신의 소중한 충고를 들을 예정이라고 우연히 말하더군요. 우리의 생각과 기회가 일치할 수 있을 거 같으면 내가 의향이 있다는 사실을 도이스 씨에게 알려주세요. 물론 세세한 사항은 모르는 상태에서 드리는 말씀이니, 양쪽에 모두 부적당할 수도 있겠지요."

"물론이지, 물론이야." 미글스 씨가 저울과 국자에 속하는 신중한 태도로 말했다.

"하지만 액수와 계산이 문제라면 – "

"맞네, 맞아." 미글스 씨가 저울과 국자에 속하는 산술적 확실성을 갖고 말했다.

" – 도이스 씨가 응하고 당신이 좋게 생각한다면 기꺼이 그 일을 하고 싶습니다. 그래서 현재로서는 당신이 그 문제를 판단해준다면 대단히 감사하겠습니다."

"클레넘, 그런 책임이라면 기꺼이 맡겠네." 미글스 씨가 말했다.

"그리고 당신이 실무가로서 물론 지니고 있을 의견들을 예상하지 않더라도 그렇게 하면 뭔가 의미 있는 일이 일어날 것 같다는 말은 해도 좋겠어. 한 가지는 완벽히 확신해도 괜찮아. 대니얼은 정직한 사람이네."

"그 점을 확신하기 때문에 당신에게 말해야겠다는 결심을 바로 한 거예요."

"당신은 그를 가르쳐야 해. 그가 갈 방향을 인도하고 그를 지도해야 한다는 거지. 별난 생각을 하는 사람이거든." 미글스 씨의 말은 그가 새로운 일을 하고 새로운 길을 가는 사람이라는 의미에 지나지 않는 것이 분명했다. "그러나 태양처럼 정직한 사람이지. 잘 자게!"

자기 방에 돌아온 클레넘은 난롯불 앞에 다시 앉아서 펫에 대한 사랑에 빠지지 않기로 작정한 것을 기쁘게 생각하기로 다짐했다. 그녀가 아주 아름다웠고 아주 상냥했기 때문에, 그리고 그녀 자신의 친절한 본성과 순수한 마음에 전해진 어떤 인상이든 쉽게 진짜로 믿고, 그러한 인상을 운 좋게 전달한 사내를 세상에서 최고로 운 좋고 부러운 사내로 만드는 경향이 있기 때문에, 자신이 그런 결심을 하게 된 것을 정말 아주 기쁘게 여겼다.

그러나 그러한 사실은 정반대의 결심을 할 이유가 될 수도 있기 때문에 그 문제를 속으로 다시 좀 더 따져보았다. 어쩌면 자신의 결심이 옳다는 것을 입증하기 위해서일지도 모른다.

"만일 어떤 사내가," 다음과 같은 식으로 생각했다. "성인이 된

지 20년 정도 되었다면, 성장기의 환경 때문에 소심할 뿐 아니라 삶의 행로 때문에 약간 수심을 띠고 있다면, 마음을 부드럽게 해주는 것이 전혀 없는 상태로 오랫동안 멀리 떨어진 지역에서 지냈던 탓에, 다른 사람들이 가진 걸 보고 탄복할 수밖에 없었던 수많은 자잘한 매력이 본인에게 없다는 사실을 알고 있다면, 그녀에게 소개해줄 친절한 누이가 없고 그녀를 소개할 즐거운 집도 없다면, 고국에서 이방인과 같은 처지라면, 이와 같은 결점들을 어떻게든 보상해줄 수 있는 재산이 없다면, 정직한 사랑과 올바른 일을 하겠다는 막연한 소망 외에는 유리한 점이 전혀 없다면—그런 사내가 이 집에 왔다가 그 귀여운 여자아이가 지닌 매력에 빠져서 그녀를 차지할 수 있을 거라고 생각한다면, 그건 얼마나 커다란 나약함이겠는가!"

아서는 조용히 창문을 열고 고요히 흐르는 강물을 내다보았다. 나룻배가 떠내려가는 것을 일정 정도 감안하면서 강물이 한 시간에 일정한 거리를 흘러가게 두면, 여기저기에 골풀이나 백합이야 나겠지만 불확실하거나 동요할 것은 해가 바뀌어도 전혀 없을 것이다.

어째서 짜증이 나고 마음이 아픈가? 클레넘이 그렇게 생각한 것은 나약하기 때문이 아니었다. 그가 아는 한에서는, 누구의, 그 누구의 나약함 때문도 아닌데, 왜 그것이 그를 괴롭히겠는가? 그러나 그것은 정말로 그를 괴롭혔다. 그는 생각하기를—가끔 잠시 생각에 잠기지 않는 사람이 누가 있는가—강물처럼 단조롭게 흘러가면서 행복에 대한 강물의 무감각을 고통에 대한 무감각으로 무마하는 것이 더 나을 수도 있겠다는 생각을 했다.

17 보잘것없는 이의 경쟁자

아침 식사를 하기 전에 아서는 주위를 둘러보기 위해 집을 나섰다. 날씨가 쾌청했고 식사 전에 한 시간의 여유가 있었기 때문에 나룻배를 타고 강을 건너서 강변의 풀밭에 나 있는 오솔길을 따라 산책을 했다. 예선曳船 용 길에 돌아왔을 때, 나룻배가 맞은편에 있다는 사실과 어떤 신사가 큰소리로 나룻배를 부르며 강을 건너려고 기다리고 있다는 사실을 알게 되었다.

그 신사는 갓 서른이 되어 보였다. 좋은 옷을 입고 있었고, 원기 왕성하고 명랑한 모습이었으며, 건장한 체구였고, 얼굴색은 진한 검은색이었다. 아서가 디딤 계단을 넘어 물가로 내려가자, 어슬렁거리던 그 사람이 잠시 그를 흘끗 보더니 하릴없이 돌멩이를 다시 물에 차 넣기 시작했다. 클레넘은 그가 돌멩이를 원래의 자리에서 뒤꿈치로 걷어차서 원하는 곳에 놓는 방식에는 뭔가 잔인한 태도가 엿보인다고 생각했다. 대부분의 사람들은 어떤 사람이 아주 사소한 일을 하는 방식, 예컨대 꽃을 따거나 장애물을 치우거나 심지어는 무생물을 죽이는 방식을 보고 다소간에 유사한 인상을 이끌어내는 경우가 종종 있는 법이다.

그 신사는 그의 표정이 보여주는 대로 생각에 잠겨있는 탓에 멋진 뉴펀들랜드 개에게 주의를 기울이지 못했지만, 그 개는 그와 돌멩이를 번갈아 주의 깊게 바라보면서 주인의 신호가 떨어지면 강물에 뛰어들고 싶어 했다. 그러나 나룻배가 건너올 때까지 그 개는 어떠한 신호도 받지 못했으며, 배가 땅에 닿자 주인이 개의 목걸이를 잡고 배 안으로 끌고 갔다.

"오늘 아침은 안 돼." 그가 개에게 말했다. "숙녀가 있는 데서 흠뻑 젖은 채로 있으면 안 된단 말이야. 엎드려."

클레넘은 남자와 개가 배에 올라탄 다음에 올라타서 자기 자리에 앉았다. 개는 지시받은 대로 엎드렸다. 남자는 양손을 주머니에 넣고 클레넘 앞의 경치를 가로막은 채 우뚝 서 있었다. 사내와 개는 맞은편에 닿자마자 가볍게 뛰어내리더니 가버렸다. 클레넘은 그들이 없어져서 기뻤다.

나루터

그가 정원 출입문으로 통하는 좁은 길을 올라갈 때 성당 종소리가 아침 식사 시간을 알렸다. 종을 잡아당기자마자 개가 굵고 크게 짖는 소리가 담장 안에서부터 그를 공격했다.

"어젯밤에는 개소리를 듣지 못했는데,"라고 클레넘은 생각했다. 장밋빛 얼굴을 한 하녀가 문을 열자, 잔디 위에 있는 그 뉴펀들랜드 개와 그 남자가 보였다.

"미니 양이 아직 내려오지 않았습니다." 그들이 모두 정원에 모였을 때 문을 열어주었던 하녀가 얼굴을 붉히며 말했다. 그리고 나서 개 주인에게 "클레넘 씹니다,"라고 말하더니 경쾌하게 사라졌다.

"클레넘 씨, 우리가 방금 만났다니 꽤 묘하군요." 그 남자가 말했다. 그러자 그 개가 짖지를 않았다. "제 소개를 드리겠습니다─헨리 가원입니다. 여긴 아름다운 곳이고, 오늘 아침에는 놀랄 정도로 멋있군요!"

느긋한 태도에 상냥한 목소리였다. 그럼에도 클레넘은 펫에 대한 사랑에 빠지지 말아야겠다고 단호하게 결심하지 않았더라면 자기가 이 헨리 가원이라는 사내를 싫어했을 거라는 생각이 들었다.

"당신은 처음인 것 같습니다만?" 아서가 그곳에 대한 찬사를 늘어놓자 이 가원이라는 사내가 말했다.

"진짜 처음입니다. 겨우 어제 오후에나 이곳을 알게 되었으니까요."

"아! 물론 지금이 이 집의 최상의 모습은 아닙니다. 지난 봄 그들이 여행을 떠나기 전에 아주 매혹적이었거든요. 당신이 그때 이 집을 보았더라면 좋았을 텐데요."

아주 자주 상기했던 그 결심이 없었더라면, 클레넘은 이처럼 정중한 말에 대한 답례로 그가 에트나 산[9]의 분화구 속에 있기를 기원했을지 모른다.

"지난 3년 동안 다양한 상황 속에서 이 집을 구경해왔습니다. 이 집은 - 낙원입니다."

그 집을 낙원이라고 칭하는 것이 그의 교묘한 몰염치 같았다. (그 현명한 결심이 내내 없었더라면 최소한 그렇게 여겼을지 모른다.) 펫이 다가오는 것을 먼저 보았기 때문에 그 집을 낙원이라고 칭했을 따름이고, 그래서 그녀가 듣는 데서 그녀를 천사라고 주장한 셈이었다. 빌어먹을 놈 같으니!

그런데 아, 펫은 정말로 희색이 만면하고 정말로 기뻐하는구나! 그녀가 그 개를 정말로 어루만지고 그 개는 그녀와 정말로 친하구나! 그녀 얼굴의 밝아진 안색과 흥분으로 떨리는 태도, 아래로 내리뜬 두 눈과 어쩔 줄 몰라 하는 행복은 그녀의 감정을 잘도 나타내는구나! 클레넘이 그녀의 이와 같은 표정을 언제 보았던가? 그가 이와 같은 표정을 보았을지 모른다거나, 볼 수 있었다거나, 보려고 했다거나, 또는 보아야 했을 무슨 이유가 있어서는 아니었다. 또한 그 자신이 그녀의 이와 같은 표정을 보고 싶었던 적이 있어서도 아니었다. 그럼에도 - 그녀가 이런 표정을 짓는 것을 그가 한 번이라

---

[9] 이탈리아의 시칠리아에 있는 활화산.

도 본 적이 있었던가!

클레넘은 그들과 약간 떨어진 곳에 서 있었다. 가원이라는 이 사내가 낙원에 대해 말한 다음에 펫에게 가까이 가서 그녀의 손을 잡았다. 개는 커다란 두 발을 그녀의 팔에 올려놓고 머리를 그녀의 귀중한 가슴에 댔다. 그녀는 소리 내어 웃으면서 그들을 기쁘게 맞이했다. 그리고 그 개를 지나치게 많이, 아주, 아주, 지나치게 많이, 애지중지했다 – 다시 말해서, 그녀를 사랑하는 제3자가 바라보고 있다고 가정한다면 말이다.

그때 그녀가 그들에게서 벗어나 클레넘에게 오더니 아서의 손에 자기 손을 포개고 나서 잘 잤냐고 물었다. 그리고 그의 팔을 잡더니 집안으로 데려다 주기를 바라는 것처럼 우아하게 행동했다. 가원이라는 이 사내는 이의를 제기하지 않았다. 이의를 제기하지 않았으니, 자신이 아주 안전하다는 사실을 알고 있었던 것이다.

그들 세 명이(개를 포함하면 넷이었고 그놈은 최고로 불쾌한 놈이었지만 일행 중의 하나였다) 아침 식사를 하러 안으로 들어가자 미글스 씨의 선량한 얼굴에 구름이 스쳐 갔다. 그 표정과, 미글스 부인이 그 표정을 보고 불편해하는 기색을 클레넘은 놓치지 않았다.

"자, 가원," 미글스 씨가 한숨을 참기까지 하며 물었다. "오늘 아침은 어떤가?"

"평소와 똑같죠. 라이온과 저는 빼먹지 않고 매주 방문하기로 작정했기 때문에, 아침 일찍 일어나서 현재 한두 점의 스케치를 그리고 있는 근거지인 킹스턴에서 출발하여 오는 길입니다." 그러고 나서 클레넘 씨를 나루터에서 만나 함께 오게 된 경위를 설명했다.

"가원 부인도 건강하시죠, 헨리?" 미글스 부인이 물었다. (클레넘은 주의 깊게 들었다.)

"어머니는 아주 건강하십니다, 감사합니다." (클레넘은 신경 쓰지 않았다.) "오늘 저녁의 가족파티에 마음대로 한 명을 추가했는데, 그것이 부인이나 미글스 씨께 불편한 일이 아니었으면 좋겠습니다. 도저히 어쩔 수 없었거든요" 그가 미글스 씨를 마주 보고 설명했다. "그 젊은이가 끼어달라고 부탁하는 편지를 보내와서요. 그리고 그에게 유력한 친척이 있기 때문에 그를 여기로 데려오는 데 반대하지 않으리라고 여겼습니다."

"그 젊은이가 **누군데**?" 미글스 씨가 이상하게 만족해하며 물었다.

"바너클 가의 일원입니다. 타이트 바너클의 아들인 클레런스 바너클인데, 지금은 자기 아버지가 일하는 부서에서 근무하고 있습니다. 강물이 그가 방문한다고 해서 나빠지지 않을 거라는 사실은 최소한 보장할 수 있습니다. 그가 강에 불을 지르지는 못할[10] 테니까요."

"아, 그런가?" 미글스가 말했다. "바너클 가의 사람이란 말이지? 댄, **우리가** 그 가문에 대해 좀 알잖아, 그렇잖아? 이런, 하기야 그들은 최고의 지위에 있으니까! 어디 보자. 그 젊은이가 지금 데시머스

---

[10] "템스 강에 불을 지르지 못하다,"라는 표현에서 유래한 것으로 진취성이나 활력이 부족하다는 의미임.

경과 무슨 관계라고? 그 양반은 1797년에 제미마 빌버리 양과 혼인을 했는데, 그 아가씨는 세 번째 결혼해서 얻은 둘째 딸이야-아니야! 내가 틀렸군! 세 번째 결혼해서 얻은 둘째 딸은 세라피너 양이고-제미마 양은 스틸츠토킹 백작 15세가 클리먼티나 투젤럼 님과 두 번째 결혼해서 얻은 첫째 딸이야. 좋았어. 그렇다면 그 젊은이의 아버지가 스틸츠토킹 가의 사람과 혼인을 했고 **그 아버지의** 아버지는 바너클 가의 사람인 그의 사촌과 혼인을 한 거군. 바너클 가의 사람과 혼인을 한 그 아버지의 아버지의 아버지는 조들바이 가의 사람과 혼인을 한 거고. 가원, 내가 약간 지나치게 과거로 거슬러갔지만 그 젊은이가 데시머스 경과 어떤 관계인지를 알고 싶네."

"쉽게 말해서, 그의 아버지가 데시머스 경의 조카입니다."

"데시머스-경-의-조카라." 미글스 씨는 그 가계도의 맛을 충분히 음미하기 위해 두 눈을 감은 채 기분 좋게 따라 했다. "정말이군, 가원, 자네 말이 맞아. 그가 그래."

"따라서 데시머스 경은 그의 종조부입니다."

"하지만 잠깐만!" 뭔가를 새로 발견한 미글스 씨가 두 눈을 뜨면서 말했다. "그렇다면 모계 쪽으로는 스틸츠토킹 부인이 그의 종조모가 되는 건가."

"물론입니다."

"아, 아, 그런가?" 미글스 씨가 대단히 흥미 있어 하며 말했다. "정말인가, 정말이야? 기꺼이 그를 만나야지. 소박하지만 할 수 있는 한 최선을 다해 그를 환대하겠어. 어쨌든 그를 굶기진 말아야지."

그 대화를 시작할 때 클레넘은 미글스 씨에게서 도이스 씨의 멱살을 잡고 에돌림청에서 뛰쳐나갔던 폭발과 같은 커다랗고 악의 없는 어떤 폭발을 기대했었다. 그러나 그의 훌륭한 친구는 우리가 구태여 옆 골목까지 가서 찾아볼 필요도 없는 약점, 그가 에돌림청을 아무리 많이 경험했어도 오랫동안 억눌러둘 수 없었던 약점을 갖고 있었다. 클레넘이 도이스 씨를 바라보았지만 도이스 씨는 전부터 그 모든 사항을 알고 있었다. 그래서 자기 접시만 바라보았고 아무 신호도 보내지 않았으며 아무 말도 하지 않았다.

　　"대단히 감사드립니다." 가원이 그 문제를 마무리할 겸해서 말했다. "클레런스는 대단한 멍청이입니다. 그렇지만 살아있는 모든 사람 중에서 최고로 소중하고 훌륭한 사람 중의 한 명이지요!"

　　아침 식사가 끝나기 전에 이 가원이라는 사내가 알고 있는 모든 사람이 다소간에 멍청이이거나 다소간에 악당인 것으로, 하지만 그럼에도 살아있는 모든 사람 중에서 최고로 사랑스럽고 최고로 매력적이며, 최고로 단순하고 최고로 진실하며, 최고로 친절하고 최고로 소중하고 최고로 훌륭한 사람인 것으로 드러났다. 전제가 무엇이든 간에 변함없이 그러한 결론에 도달하는 과정을 헨리 가원 씨는 다음과 같이 설명했다. "저는 모든 사람에 대해 특이할 정도로 꼼꼼하게 장부를 기록하는데, 선과 악에 대한 기록을 언제나 철저하고 남김없이 기재하고 있습니다. 그 일을 워낙 성심을 다해서 하는 탓에 가장 무가치한 사람이 제일 소중한 친구이기도 하다는 사실을 알게 되었다고 말할 수 있어서 다행입니다. 또한 정직한 사람과 악당의 차이가 사람들이 흔히 생각하는 것보다 훨씬 작다는 사실을 즐겁게 알려드릴 수 있습니다." 그처럼 고무적인 발견의 결과는, 그가 대부분 사람들에게서 선을 꼼꼼하게 찾는 것처럼 보이지만, 사실은 선이 있는 곳에서 선을 낮추고 선이 없는 곳에 선을 세워놓는 것이 되었다. 하지만 선이 지니고 있는 유일하게 불쾌하거나 위험한 특징이 그것이라는 식이었다.

그러나 미글스 씨에게 그와 같은 얘기는 바너클의 가계가 주었던 만큼의 만족을 주는 것 같지 않았다. 그날 아침 이전에는 클레넘이 그의 얼굴에서 결코 본 적이 없는 구름이 그의 얼굴을 다시 흐리게 하는 경우가 종종 있었다. 그리고 그의 부인의 예쁜 얼굴에도 불안하게 남편을 바라보는 그림자가 똑같이 어리는 것이었다. 펫이 그 개를 어루만질 때, 그녀의 아버지가 딸의 그런 행동을 못마땅하게 여긴다는 생각이 클레넘에게 여러 차례 들었다. 그리고 특별히 가원이 개의 맞은편에 서서 펫과 동시에 머리를 숙였을 때, 아서는 그 방에서 급히 나가는 미글스 씨의 두 눈에 눈물이 고이는 것을 본 것 같았다. 펫 자신이 그런 자잘한 일들에 무감각하지 않다는 것, 그녀가 평상시보다 좀 더 예민하게 애정을 발휘해서 그녀의 착한 아버지에게 자신이 아빠를 얼마나 사랑하는지 표현하려고 애썼다는 것, 그리고 그러한 이유로 그들이 예배를 보러 갈 때와 돌아올 때 그녀가 남보다 뒤에 처져서 그와 팔짱을 꼈다는 것 또한, 사실이거나 아니면 그가 한술 더 떠서 생각했거나 둘 중의 하나였다. 클레넘이 나중에 정원을 혼자서 산책할 때, 아버지의 방에서 그녀가 부모에게 최고로 다정하게 매달리고, 아버지의 어깨에 기대서 흐느끼는 모습을 순간적으로라도 보지 못했더라면 어느 쪽인지 단정할 수 없었을 것이다.

오후가 되자 비가 내렸기 때문에, 그들은 어쩔 수 없이 집 안에 틀어박혀서 미글스 씨의 수집품을 훑어보았고 이야기를 나누며 시간을 보냈다. 가원이라는 이 사내는 혼자서 할 말이 많았고, 되는대로 말하면서도 재미있게 말했다. 그는 직업이 화가 같았고 전에 로마에도 갔다 온 것 같았다. 하지만 가볍고 경솔하고 아마추어 같은 태도를 보였는데 - 미술에 대한 헌신과 재능 둘 다에서 눈에 띄게 절뚝거렸다 - 클레넘은 그런 태도를 이해할 수 없었다.

클레넘이 대니얼 도이스와 함께 창밖을 내다보고 서 있다가 그의 도움을 청했다.

"가원 씨를 알죠?" 그가 작은 소리로 물었다.

"여기서 본 적이 있어요. 그들이 집에 있을 때는 일요일마다 오거든요."

"그가 하는 말을 들어보니 화가인 모양이죠?"

"그런 셈이죠." 대니얼 도이스가 퉁명스런 어조로 대답했다.

"어떤 셈이라고요?" 클레넘이 미소를 지으며 물었다.

"글쎄요, 그는 폴몰 가[11]를 유유히 걷는 걸음으로 예술에 산책 나왔어요. 그런데 예술을 그렇게 냉정하게 대해도 되는 건지 모르겠군

---

[11] 폴몰 가에는 런던의 상류층이 출입하는 클럽이 밀집해 있었음.

요." 도이스가 말했다.

　질문을 계속해서, 클레넘은 가원의 가족이 바너클 가와 아주 먼 친척이라는 사실을, 그리고 원래는 재외공사관에서 근무하던 아버지 가원이 특별히 아무 일도 하지 않는 감독관으로 어딘가에서 지내다가 명예퇴직을 했는데, 귀족답게 끝까지 자리를 지키며 봉급을 받다가 봉급을 손에 쥔 채 순직했다는 사실을 알게 되었다. 그때 권력을 잡고 있던 바너클이 그 탁월한 공적 공헌을 고려하여 미망인에게 일 년에 이, 삼백 파운드의 연금을 하사하도록 국왕에게 추천했고, 그다음에 권력을 잡았던 바너클은 햄튼 코트 궁전에 있는 그늘지고 조용한 방을 그 연금에 더해서 추가했기에, 그 노부인은 남녀를 불문하고 잔소리가 심한 몇몇 사람들과 어울려서 시대의 타락을 한탄하며 여전히 거기서 살고 있다고 했다. 그녀의 아들인 헨리 가원은, 인생에 도움이 될지 아주 미심쩍을 뿐 아니라 자립해서 지낼 수입으로도 터무니없이 부족한 감독관의 지위를 아버지에게서 물려받았기 때문에 한 곳에 정착시키기가 어려웠다고 했다. 때마침 공직에 임용할 자리가 부족했고 그가 청소년일 때 방탕한 생활에 몰두했었기 때문에, 더욱더 어려웠다고 했다. 그가 마침내 화가가 되겠다고 선언했는데, 한편으로는 그쪽으로 사용하지 않고 있는 재주가 늘 있었기 때문이고, 또 한편으로는 자기에게 먹고살 것을 대주지 않는 우두머리 바너클들의 마음을 아프게 하기 위해서였다고 했다. 그래서 연속적으로 벌어진 일들이, 첫째는, 몇몇 저명한 귀부인들이 큰 충격을 받았고, 그다음에는, 그가 그린 화집들이 하룻밤 사이에 이리저리 보내졌으며, 완벽한 클로드의 그림이니, 완벽한 카위프[12]의 그림이니, 완벽한 천재의 그림이니 하며, 황홀하게 선언되었다는 것이었다. 그러고 나서 데시머스 경이 그의 그림을 샀고, 왕립미술원의 의장과 자문회원들을 한꺼번에 초대한 저녁 자리에서, 특유의 격조 높고 엄숙한 태도로 "내게는 이 그림이 정말로 대단한 장점이 있는 걸로 여겨진다는 사실을 아시오?"라고 말했다는 것이었다. 간단히 말해서, 지위가 높은 사람들이 그의 그림을 유행시키기 위해 굉장히 애썼다는 것이었다. 그러나 어떻게 된 일인지 그것이 모두 실패했다고 했다. 편견을 가진 대중이 고집 세게 끝까지 저항했고, 데시머스 경이 소장하고 있는 그림에 감탄하지 않기로 작정했다는 것이었다. 대중이 자신들의 일을 제외한 모든 일에서, 사람은 아침 일찍부터 밤늦게까지 노력을 하고 진심으로 전력을 다해 일을 해서 스스로 자격을 얻어야 한다고 생각하기로 작정했다는 것이었다. 그래서 지금 가원 씨가 마호메트의 관도 아니고 다른 사람의 관도 아닌 그 닳아 해지고 낡은 관처럼, 두 지점 사이의 중간에 걸려있는 거라고 했다.[13] 요컨대, 자신이 떠난 지점에 대해 편견을 갖고 시샘할 뿐 아니라 자신이 도달할 수 없는 지점에 대해서도 편견을 갖고 시샘한다는 것이었다.

이상과 같은 내용이 그 비 오는 일요일 오후와 그 이후에 클레넘

---

[12] 클로드(Claude Lorraine, 1600~1682)는 프랑스의 풍경화가이고, 카위프 (Albert Cuyp, 1605~1691)는 네덜란드의 풍경화가임.

[13] 메디나에 있는 마호메트의 관은 무덤 위의 공중에 떠 있다고 함.

이 가원 씨에 대해 알게 된 사실들의 요지였다.

저녁 식사 시간이 한 시간쯤 지났을 때 바너클 2세가 외알 안경을 끼고 나타났다. 그 가문의 친척에 경의를 표하기 위해 미글스 씨는 아름다운 하녀들을 그날 하루 면직시키고, 그들 대신에 두 명의 거무칙칙한 하인들을 근무시켰다. 바너클 2세는 아서를 보고 더할 나위 없이 놀라서 어쩔 줄 몰라 했으며, "있잖아요! ─ 맹세컨대, 그게!" 라고 무의식적으로 중얼거리다가 겨우 침착함을 되찾았다.

그 와중에도 그는 자기 친구를 창가로 데리고 가서, 그의 전반적인 나약함의 일부인 콧소리를 섞어서 말할 기회를 가능한 한 빨리 잡아야 했다.

"가원, 자네와 이야기 좀 해야겠어. 이봐, 여보게, 저 사람이 누군가?"

"집주인의 친구야. 내 친구는 아니네."

"저 사람은 아주 지독한 과격분자야." 바너클 2세가 말했다.

"그런가? 어떻게 아는데?"

"젠장, 그가 일전에 우리 부서의 사람들을 아주 엄청나게 공격했거든. 우리 집에까지 와서 아버지를 공격해대는 통에 나가라고 명령할 필요가 있을 정도였지. 우리 부서로 다시 돌아와서는 날 공격하더군. 여보게, 자넨 그런 사람을 본 적이 없을 걸세."

"원하는 게 뭐였는데?"

"젠장," 바너클 2세가 대답했다. "알고 싶다고 하더군! 우리 부서를 휘젓고 다녔어 ─ 약속도 없이 와서 말이야 ─ 알고 싶다고 하더라고!"

바너클 2세가 그런 사실을 털어놓을 때 동반된 분노와 의심의 눈길은 저녁 식사가 때마침 구해주지 않았다면 두 눈에 해로울 정도로 두 눈을 무리하게 사용하도록 했을지 모른다. 미글스 씨가(그는 바너클 2세의 종조부와 종조모가 어떻게 지내시는지 대단히 알고 싶어 했다) 그에게 미글스 부인을 식당으로 안내하라고 부탁했다. 그러고 나서 그가 미글스 부인의 오른편에 앉자, 미글스 씨는 모든 가족이 그 자리에 모인 양 만족해했다.

그 전날의 모든 자연스러운 매력이 사라지고 없었다. 저녁을 드는 사람들이 저녁만큼이나 미지근하고 무미건조하며 너무 익어 있었다 - 모든 것이 그 보잘것없고 옹졸하고 재미없는 바너클 2세 때문이었다. 언제나 화제가 궁하던 그가 그때 그 경우에 독특한 멍청함의 희생자가 된 것은 전적으로 클레넘 때문이었다. 그는 클레넘을 바라보아야 할 필요성을 절박하고 지속적으로 느꼈는데, 그 때문에 외알 안경을 자기 수프에, 자기 포도주 잔에, 미글스 부인의 접시에 연속해서 빠뜨렸고, 설렁줄처럼 뒤로 늘어뜨렸으며, 거무칙칙한 하인 중 한 명에 의해 안경이 여러 차례 그의 가슴에 되돌려지는 불명예를 겪어야 했다. 그 도구를 자주 잃어먹는 통에, 그리고 그 도구가 눈에 끼워지지 않으려고 고집을 부리는 통에, 그는 정신이 멍해졌고, 또한 불가사의한 클레넘을 바라볼 때마다 사고력이 점점 더 약화되어서, 스푼을 자기 눈에, 포크에, 그리고 저녁식탁의 외국산 가구에 계속해서 갖다 대었다. 자신이 이와 같은 실수를 범하고 있다는 자각이 그의 어려움을 크게 증가시켰지만 클레넘을 바라보아야 할 필요성이 없어지지는 않았다. 그래서 클레넘이 입을 열 때마다, 이 불운한 젊은이는 그가 어떤 교묘한 술책을 통해 알고 싶다니까요, 라는 요점으로 돌아올 것이라는 두려움에 분명히 사로잡혔다.

따라서 미글스 씨 말고 그 시간을 많이 즐긴 사람이 또 있는지 의문을 제기할 수 있겠다. 그러나 미글스 씨는 바너클 2세와 함께 하는 그 시간을 완벽하게 즐겼다. 고작 한 병의 황금물이 쏟아져도 이야기[14] 속에서는 온전한 하나의 샘물을 이루듯이, 미글스 씨는 이 소량의 양념과도 같은 바너클이 그의 식탁에 바너클 일가 전체의 풍미를 부여한다고 느끼는 듯했다. 그 풍미가 풍기는 곳에서 그의 솔직하고 훌륭하고 진정한 자질들은 퇴색했으며, 그는 그다지 느긋 하지도 않았고 자연스럽지도 않았으며, 자기의 것이 아닌 뭔가를 가지려고 노력했다. 요컨대, 전혀 딴사람이 되었다. 미글스 씨의 얼마나 이상한 특성인가! 그리고 그런 사례를 어디서 또 찾을 수 있겠는가!

마침내 비 내리는 일요일의 낮이 다해서 비 내리는 밤이 되었고, 바너클 2세는 힘없이 담배를 피우며 마차를 타고 집으로 돌아갔다. 불쾌한 가원은 걸어서 떠났는데 불쾌한 개를 데리고 갔다. 펫이 클레넘에게 살갑게 대하려고 하루 종일 상냥하게 굉장히 애썼지만 클레넘은 아침 식사 이후로 약간 말수가 적어졌다 - 다시 말해서, 그

---

[14] 『아라비안 나이트』의 「누이동생을 부러워한 자매 이야기」를 지칭.

녀를 사랑했다면 말수가 적어졌을 거라는 뜻이다.

　클레넘이 자기 방에 가서 난롯가의 의자에 몸을 던졌을 때, 도이스 씨가 촛불을 손에 든 채 문을 두드리고서 물었다. 아침 몇 시에, 그리고 어떻게 돌아갈 계획이죠? 그 문제를 결정한 다음에 클레넘은 가원이라는 이 사내에 대해 도이스 씨에게 한마디 했다 — 그가 그의 경쟁자라면, 그 말고 누가 그의 머릿속에 많이 떠올랐겠는가.

　"화가의 장래가 밝진 않겠네요." 클레넘이 말했다.

　"그래요." 도이스가 대답했다.

　도이스 씨는 한 손에 침실용 촛대를 들고 다른 손은 주머니에 넣고 서서, 자신들이 뭔가 얘기를 더 나눌 것 같다는 느낌을 차분하게 얼굴에 나타내며 촛불을 뚫어져라 바라보았다.

　"오늘 아침에 그가 온 다음에는 우리의 훌륭한 친구가 약간 변하고 풀이 죽은 것 같던데요?" 클레넘이 말했다.

　"그래요." 도이스가 대답했다.

　"하지만 그의 딸은 그렇지 않았잖아요?" 클레넘이 물었다.

　"그랬죠." 도이스가 말했다.

　둘 다 이야기를 잠시 중단했다. 도이스 씨가 촛불을 여전히 바라보다가 천천히 말을 시작했다.

　"사실, 그가 두 번씩이나 딸을 외국으로 데리고 나갔던 것은 딸이 가원 씨와 헤어지기를 바라서 그랬던 거예요. 딸이 그를 좋아하는 것 같은데, 그런 결혼이 희망이 있는 것인지에 대해 고통스럽지만 의심하고 있거든요. (당신도 아마 같은 생각일 테지만 나도 전적으로 같은 생각이에요.)"

"그들이 – " 클레넘은 목이 메어서 기침을 하고 말을 멈추었다.

"저런, 감기 걸렸군요." 대니얼 도이스가 말했다. 그러나 그를 쳐다보지는 않았다.

" – 그들이 물론 약혼을 했겠죠?" 클레넘이 쾌활하게 물었다.

"아뇨. 내가 들은 바로는 분명히 아니에요. 남자 쪽에서 청했지만 아직은 안 했어요. 최근에 귀국한 후에는 그가 매주 찾아오는 것을 양해했지만 거기까지가 최대인 거죠. 미니가 자기 부모를 속이지는 않으니까요. 당신이 그들과 여행을 같이 했으니, 현세를 넘어서까지 확장되는 그들 사이의 유대가 어느 정도인지 알겠군요. 미니 양과 가원 씨 사이에 벌어지는 일은 우리가 전부 다 아는 셈이에요."

"아아! 그런대로 알지요!" 아서가 소리쳤다.

도이스 씨가 그에게 잘 자라는 인사를 했는데, 그 말을 하는 어조가 절망적인 절규는 아니라 해도 슬픔에 잠긴 절규를 들었던 사람, 그리고 그런 절규를 입 밖에 냈던 인물의 마음속에 약간의 격려와 희망을 불어넣기를 바라는 사람의 어조였다. 그런 어조는 별난 생각을 하는 무리 중의 한 명으로서 그가 지닌 기이함의 일부일 것이다. 클레넘도 그와 같은 절규를 듣지 못했는데 어떻게 그가 그런 절규를 들을 수 있었겠는가?

비가 지붕 위로 심하게 내렸고, 땅에 후드득 떨어졌으며, 상록수 가지와 잎 없는 나뭇가지에 똑똑 떨어졌다. 심하게 그리고 음울하게 쏟아졌다. 눈물 흘리는 밤이었다.

클레넘이 펫에 대한 사랑에 빠지지 말아야겠다고 결심하지 않았다면, 그가 사랑에 빠질 나약함의 소유자였다면, 그가 진지한 성격과 희망이라는 힘과 풍부하게 가진 성숙한 인격을 사랑에 빠진 사람이라는 역할에 모두 쏟아야겠다고 점차 생각하게 되었다면, 그리고 그가 그렇게 한 다음에 모든 게 허사라는 사실을 알게 되었다면, 그는 그날 밤에 이루 말할 수 없이 비참했을 것이다. 그러나 실제로는-

실제로는, 비가 심하게, 그리고 음울하게, 쏟아졌다.

18 작은 도릿을 사랑하는 남자

작은 도릿이 스물두 번째 생일을 맞이했을 때 그녀를 사랑하는 남자가 나타났다. 병색이 엿보이는 마셜시에서도 영원히 젊은 궁사[15]는 곰팡내 나는 활로 가끔 깃털 없는 화살을 몇 대씩 쏘았고, 한두 학생을 맞춰서 떨어뜨렸던 것이다.

그러나 작은 도릿을 사랑하는 남자는 학생이 아니라 간수의 감상적인 아들이었다. 그의 아버지는 시간이 지나면 아들에게 흠이 없는 열쇠를 물려주고 싶어서, 아들이 젊었을 때부터 그 직무에, 그리고 감옥의 자물쇠를 가족이 계속 보유하려는 야망에 익숙해지도

---

[15] 로마신화에서 사랑을 맺어주는 신, 큐피드를 지칭.

록 했다. 그 지위의 계승 여부가 아직 미정인 동안 그는 호스멍거 레인의 모퉁이에서 조촐하게 담배장사를 하는 어머니를 도왔다. (그의 아버지가 감옥에 상주하는 간수는 아니었던 것이다.) 그리고 그 장사는 일반적으로 학교의 담장 안에서 훌륭한 단골을 확보할 수 있었다.

사모하는 대상이 간수실의 높다란 난로 울 옆에 놓인 작은 안락 의자에 늘 앉아 있곤 하던 여러 해 전부터 그녀보다 한 살 많은 간수의 아들 존은(성이 치버리였다) 작은 도릿을 감탄과 경탄의 눈길로 바라보았다. 마당에서 그녀와 놀 때 그가 제일 좋아하던 놀이는 그녀를 구석진 곳에 가두어두는 체했다가 진짜 키스를 받고 풀어주는 체하는 놀이었다. 그가 주 출입구에 달려 있는 커다란 자물쇠의 열쇠구멍으로 안을 엿볼 수 있을 정도로 키가 자랐을 때, 아버지가 식사나 저녁을 이를테면 그 문 바깥쪽에서 들게끔 차렸던 적도 여러 번 있었다. 아버지가 식사하는 동안 그는 바람이 잘 통하는 그 구멍을 통해 그녀를 엿보느라 한쪽 눈이 감기에 걸리기도 했다.

젊은이가 신발의 끈을 매지 않은 채 신발을 신기 일쑤이고 소화 기관을 다행히 의식하지 않아도 되던 시기에, 즉 진실을 꿰뚫어볼 수 있는 능력이 덜하던 청소년기에 존은 진실한 마음이 어쨌든 느슨해지면 다시 곧 정신을 차리고 단단히 조였다. 열아홉 살 때는 작은 도릿의 생일을 맞아 그녀의 숙소를 마주 보는 담장에 "사랑스러운 요정 아이를 환영합니다!"라고 분필로 썼다. 스물세 살이 되자, 마셜시의 아버지, 즉 그의 영혼의 여왕의 아버지에게 일요일마다 떨리는 손으로 담배를 선물했다.

존은 키가 작았고 두 다리가 약간 약했으며 머리카락은 아주 연한 색이었다. 두 눈 중의 한쪽 눈도(아마 열쇠구멍을 통해 엿보던 눈일 텐데) 시력이 약했으며, 정신을 차릴 수 없는 것처럼 다른 쪽 눈보다 크게 뜨고 있었다. 존은 또한 친절했다. 그리고 큰 영혼을 갖고 있었다. 시적이고 포용력이 있으며 성실했다.

존은 그의 마음을 지배하는 작은 도릿 앞에 서면 자신이 너무 보잘것없는 것 같아서 희망을 품을 수가 없었다. 그렇지만 사모하는 대상을 생각하면 온갖 낙관적인 마음이 들기도 했고 온갖 비관적인 마음이 들기도 했다. 행복한 결말이 나올 때까지 생각을 했고, 자화자찬하는 것은 아니지만 자신의 애정이 적합한 것이라는 사실을 발견했다. 사정이 잘 풀리면 우린 결혼하는 거야. 마셜시의 아이인 그녀와 간수인 내가 말이지. 그 결혼은 적합한 거야. 내가 상주하는 간수가 되면, 그녀는 오랫동안 임차해서 사용하던 방을 공식적으로 물려받을 거야. 그건 아름답고 적절한 거지. 발끝으로 서면 그 방에서는 담장 너머가 보여. 진홍색 콩과 카나리아 새 한두 마리가 그려진 격자 구조물을 세우면, 그 방이 바로 정자가 되는 거야. 그거 매력적인 생각이군. 게다가 서로에게 소중한 존재이므로 감옥에는 적당한 은총마저 존재하는 거지. 세상이 (감옥 안에 갇혀있는 부분만 제외하고) 못 들어오게 문을 닫고, 세상의 골칫거리와 혼란은 채무자의 성소에 오는 길에 그것들을 갖고 와서 머무르는 순례자들이 묘사하는 대로의 풍문으로만 알려지도록 하고, 위에는 정자를 아래에는 간수실을 둔다면, 우린 목가적이고 가정적인 행복 속에서 시간의 개울을 미끄러져 가는 거야. 존은 그러한 풍경을, 감옥 담장에 바짝 붙여서 근처의 성당묘지에 세워놓은 묘석으로 마무리하고 눈물을 흘렸는데, 묘석에는 다음과 같이 감동적인 비문을 새겨 놓았다. "존 치버리의 무덤. 근처의 마셜시에서 60년을 간수로, 그중 50년을 수석간수로 근무함. 1886년 12월 31일 만인의 존경을 받으며 83세의 나이로 이승을 떠남. 또한 그가 진정으로 사랑했고 그를 진정으로 사랑하던 처인 에이미의 무덤. 처녀 때의 성은 도릿이었으며, 남편 사망 후 48시간을 채 견디지 못하고 사망함. 전기한 마셜시에서 숨을 거둠. 거기서 출생했고 거기서 살다가 거기서 죽었음."

존 치버리의 부모는 아들의 애정에 대해 알고 있었다 – 사실, 그 애정이 손님들에게 화를 내서 장사에 피해를 주도록 만드는 심리에 그를 빠뜨린 경우가 드물지만 몇 번 있었던 것이다 – 그러나 그들은 아들의 애정이 바람직한 결론에 도달하도록 그들 나름으로 애를 썼다. 현명한 여성인 치버리 부인은, 그들의 존이 감옥에서 성공할 가능성이, 도릿 양과 혼인을 하는 경우에, 도릿 양은 학교에 대해 일종의 권리 같은 것이 있고 학교에서 많은 존경을 받는 존재이기 때문에, 분명히 커지리라는 사실에 남편이 주목하기를 바란다고 했다. 치버리 부인은 그들의 존에게 재산과 책임 있는 자리가 있다면 도릿 양은 가문이 좋다는 사실을, 그리고 자신(치버리 부인)의 생각으로는 두 개의 반쪽이 합해지면 하나의 완전체가 이루어진다는 사실에 남편이 주목하기를 바란다고 했다. 치버리 부인은, 흥정을 잘하는 사람이 아니라 어머니로서 말하는 건데, 다른 각도에서 보더라도 그들의 존이 허약할 뿐 아니라 그의 사랑이 그에게 해를 끼치는 상태로 몰고 가지는 않았지만 사실은 그를 초조하게 하고 불안하게 만든다는 사실을 남편이 기억하기를 바란다고 했다. 그리고 그의 사랑이 방해를 받으면 그가 자기 자신을 해치지 않으리라고 누구도 장담할 수 없다고 했다. 그런 논법이 말수가 적은 치버리 씨의 마음에 강력한 영향을 미쳐서 일요일 아침에 가끔 그는 자신이 '행운의 만지기'라고 명명한 것으로 아들을 만지면서, 그를 행운의 여신에 그렇게 위탁하는 것이 아들이 그날 사랑을 고백하고 성공할 수 있도록 사전에 준비하는 셈이 되리라고 생각한다는 뜻을 나타냈다. 그러나 존은 그런 고백을 할 정도로 용기를 낸 적이 없었다. 그리고 그가 흥분한 채로 담배 가게에 돌아와서 손님들에게 덤벼드는 때가 주로 그런 때였다.

다른 모든 일에서와 마찬가지로 이 일에서도 작은 도릿은 결코 고려대상이 아니었다. 그녀의 오빠와 언니는 이 사실을 알고 나서, 그것을 가문의 사회적 신분이라는 초라하게 해진 낡은 허구를 늘어 놓을 구실로 삼아서 높은 지위 비슷한 것을 획득했다. 언니는 그 불쌍한 구혼자가 애인을 흘끗이라도 보기 위해 감옥 주변을 어슬렁 거릴 때 그를 조롱해서 가문의 사회적 신분을 내세웠다. 팁은 귀족적 오빠라는 인물로 나타나서, 그리고 구혼자의 목덜미를 잡고 좁은 구주희 경기장을 거만하게 활보해서 가문과 자기 자신의 사회적 신분을 내세웠는데, 무명의 신사가 이름을 들먹일 필요도 없는 어리석은 애송이의 목덜미를 잡은 것일 개연성도 어렴풋이 있었다. 이들이 도릿 가에서 그 사실을 이용한 유일한 가족은 아니었다. 절대, 절대 아니었다. 마셜시의 아버지는 물론 그 사실에 대해 전혀 모르는 것으로 되어있었다. 불쌍한 고위인사가 그렇게 하찮은 문제를 알 순 없었으니까. 그러나 그는 일요일마다 담배를 받았고, 그것도 기꺼이 받았다. 그리고 때로는 체면을 버리고 담배를 선물한 사람과 같이 마당을 거닐었으며(그럴 때면 담배를 선물한 그 사람은 자부심이 넘쳤고 희망에 부풀었다), 그가 있는 곳에서 자비롭게 한 대 피우기까지 했다. 그는 존의 아버지 치버리의 배려도 마찬가지로 기꺼이, 그리고 마찬가지로 생색을 내면서 받아들였다. 치버리는 본인이 근무 중일 때 그가 간수실에 들어오면 안락의자와 신문을 언제나 그에게 양보했고, 어두워진 후에 그가 아무 때고 조용히 앞마당으로 나가서 거리를 보고 싶다면 그를 가로막을 게 별로 없다는 사실을 알려주기까지 했다. 마셜시의 아버지가 후자와 관련된 정중한 제안을 활용하지 않았다면 그건 전적으로 그럴만한 흥미를 잃었기 때문이었다. 특히 다른 제안은 모조리 받아들이면서 가끔 다음과 같이 말하는 것을 보면 그러했다. "치버리는 아주 예의 바른 사람이야, 아주 정중하고 공손한 사람이지. 아들 치버리도 마찬가지야, 여기서 지내는 사람의 신분에 대해 진짜 예민하다고 할 정도로 인식하고 있거든. 치버리 가는 정말 대단히 예의 바른 집안이야. 그들의 행실이 만족스러워."

작은 도릿을 열렬히 사랑하는 존은 그동안 내내 그 가족을 존경하는 마음으로 대했다. 그들의 주장에 대해 이의를 제기할 꿈도 꾸지 않았을 뿐 아니라 그들이 과시하는 형편없는 우상에게 경의를 표했다. **그녀의** 오빠가 가하는 모욕을 불쾌하게 여기는 것에 대해 말하자면, 설령 그 자신이 선천적으로 평화를 사랑하는 사람이 아니었더라도 그 훌륭한 신사를 비판하는 말을 연방 지껄이거나 그를 때리려고 손을 쳐드는 것은 신성하지 못한 행동이라고 여겼을 것이다. 그는 고상한 정신을 지닌 자신이 기분 나쁘게 여기는 것에 대해 유감으로 여겼지만 기분 나쁘게 여긴다는 사실이 고상한 정신과 양립할 수 없는 건 아니라고 여겼다. 그래서 자신의 훌륭한 영혼을 달래고 회유하려고 노력했다. 존은 그녀의 아버지, 즉 불행한 상태에 있는 신사분 - 훌륭한 정신과 기품 있는 태도를 지닌 신사이고 언제나 자기를 참아주는 분 - 을 진심으로 존경했다. 그녀의 언니를, 다소 허영심이 있고 도도한 사람이라고, 그러나 아주 다재다능한 아가씨이고 과거를 잊을 수 없는 아가씨라고 여겼다. 불쌍한 그 젊은이가 작은 도릿을 그냥 있는 그대로 존경하고 사랑했다는 것은 그녀의 가치와 다른 모든 가족과의 차이에 대한 본능적인 고백이었다.

호스멍거 레인의 모퉁이에서 하는 담배장사는 단층인 시골풍의 가게에서 이루어졌는데, 그 가게는 호스멍거 레인 교도소의 마당에서 불어오는 공기로 득을 보고 있었고, 그 유쾌한 시설의 담장 밑으로 나 있는 호젓한 산책길로 이점을 누리고 있었다. 그 장사는 별로 크지 않은 규모여서 실물 크기의 고지대 사람 그림[16]을 세워놓을 돈은 없었다. 하지만 문설주의 받침대에 축소한 고지대 사람 그림을 세워놓고 있었는데, 그 사람은 킬트[17]를 좋아할 필요가 있다고 생각하는 타락한 아기천사같이 보였다.

구운 음식으로 이른 저녁을 먹은 어느 일요일에, 존은 일요일에 보통 보는 용무를 보기 위해, 킬트를 입은 고지대 사람 그림이 작게 세워진 입구를 빈손이 아니라 담배 선물을 들고 나섰다. 그는 자기 몸집과 어울릴 수 있는 한도 내에서 최대한으로 커다랗게 만든 검정색 벨벳 깃이 달린 보라색 외투를 깔끔하게 차려입었다. 비단 조끼에는 황금 잔가지 무늬가 장식되어있었고, 그 당시 상당히 유행하던 우아한 목도리에는 자색 꿩들의 금렵지구가 담황색 바탕에 그려져 있었다. 바지에는 양쪽 옆으로 줄무늬가 아주 훌륭하게 나 있어서 바짓가랑이가 세 개의 줄이 있는 류트[18]처럼 보였고, 호화로운 모자를 아주 높이 그리고 단단하게 쓰고 있었다. 치버리 부인은 존이 이와 같은 장식물 외에도 하얀색의 염소 가죽장갑을 끼고 작은 방향지시 말뚝을 닮은 지팡이 – 맨 위에는 그가 가야 할 길을 안내하는 상아로 만든 자루가 달려있었다 – 를 들고 있다는 사실을 세심하게 눈치채고는, 그리고 그가 그처럼 무거운 행군장비를 걸친 채 모퉁이를 돌아 오른쪽으로 가는 것을 보고는, 그때 집에 있던 남편

---

[16] 이 시대의 담배 가게는 정장을 한 실물 크기의 고지대 사람이 코담배 갑을 들고 있는 그림을 가게 앞에 세워놓고 있었다.
[17] 스코틀랜드의 고지대 사람들이 입는 격자무늬의 옷.
[18] 류트는 기타 비슷한 현악기임.

에게 어떤 일이 일어날지 알 것 같다고 했다.

일요일인 그날 오후에 상당히 많은 방문객이 학생들을 찾아왔고 학생들의 아버지는 알현을 받을 목적으로 자기 방을 지키고 있었다. 작은 도릿을 사랑하는 남자는 마당을 한 바퀴 돈 다음에 두근거리는 가슴을 안고 위층에 올라가서 그의 방문을 주먹으로 두드렸다.

"들어 와, 들어오라고!" 상냥한 목소리였다. 그 아버지의 목소리, 그녀 아버지의 목소리, 마셜시의 아버지의 목소리였다. 그는 검정색 벨벳 캡을 쓰고, 신문과 3실링 6펜스를 우연히 탁자 위에 올려둔 채, 그리고 의자 두 개를 가지런히 정돈해 둔 채로 의자에 앉아있었다. 배알拜謁을 허락할 모든 준비가 되어있었던 것이다.

"아, 존이군! 어떻게 지내나, 어떻게 지내?"

"썩 잘 지냅니다, 감사합니다. 선생님도 마찬가지이시길 바랍니다."

"그래, 존 치버리. 그렇고말고. 불평할 게 없으니까."

"제가 허락 없이 ─"

"뭐라고?" 마셜시의 아버지는 그 지점에서 언제나 눈썹을 추어올렸고, 유쾌하게 마음 심란해 했으며, 미소를 띤 채 멍하니 있었다.

"─ 담배 몇 대를 가져왔습니다."

"오오!" (잠깐 아주 놀란 체했다.) "고맙네, 존, 고마워. 하지만 사실 난 걱정이야, 내가 너무 ─ 아니라고? 그렇다면 그 얘기는 그만하지. 존, 미안하지만 그것을 벽난로 선반에 올려놓게. 그리고 앉아, 앉으라고. 자네가 모르는 사람도 아니잖아."

"감사합니다, 물론이죠─" 존이 그때 쳇바퀴를 천천히 돌리듯이 커다란 모자를 왼손 위에 올려놓고 빙빙 돌렸다. "에이미 양도 아주 잘 있겠죠?"

"그럼, 존, 그럼. 아주 잘 지내지. 그 아인 외출했네."

"정말입니까?"

"그래, 존. 산책하러 나갔어. 자식들은 모두 자주 외출하네. 하지만 존, 그 아이들 나이 때는 당연한 일이야."

"정말 그렇습니다."

"산책이라. 산책이라. 그래." 그는 손가락으로 탁자를 차분하게 두드리다가 시선을 들어서 창문을 바라보았다. "에이미는 아이언브리지로 산책하러 갔어. 최근에 아이언브리지를 유달리 좋아하던데 다른 곳보다 거기서 산책하는 것을 더 좋아하는 것 같아." 그가 대화 투로 다시 돌아왔다. "존, 자네 아버님은 지금 비번이지?"

"예, 오후 늦게부터 당번이거든요." 존이 커다란 모자를 한 차례 더 돌리고 나서 일어나며 말했다. "죄송하지만 선생님께 작별을 고해야겠습니다."

"벌써 가려고? 잘 가게, 존. 괜찮네, 괜찮아." 최대한의 생색내는 태도로 말했다. "존, 장갑은 신경 쓰지 마. 장갑을 낀 채로 악수하세. 자네가 모르는 사람도 아니잖나."

존은 따뜻한 환영을 받고서 몹시 기뻐하며 계단을 내려왔다. 내려오다가 소개 올릴 방문자들을 데리고 올라가는 몇몇 학생들과 마주쳤는데, 바로 그때 도릿 씨가 난간 위로 아주 분명하게 소릴 질렀다. "존, 조촐한 선물이지만 매우 고맙네!"

　작은 도릿을 사랑하는 남자는 아이언브리지의 통행료를 징수하는 접시에 곧 1페니 동전을 내려놓았다. 그러고는 다리에 올라서서, 잘 알고 있고 사랑하는 인물을 찾아 주위를 두리번거렸다. 처음에는 작은 도릿이 거기에 없을까 봐 두려웠다. 그러나 미들섹스 쪽[19]으로 계속 걷다 보니 그녀가 강물을 바라보며 가만히 서 있는 모습이 눈에 들어왔다. 그녀가 생각에 잠겨있었기 때문에 도대체 무슨 생각을 하고 있는지 궁금했다. 평일보다 연기를 적게 내뿜고 있는 시내의 지붕과 굴뚝이 다수 보였고, 멀리 돛대와 뾰족탑도 보였다. 어쩌면 그것들을 생각하고 있었을지 모른다.

　작은 도릿이 아주 오랫동안 생각에 잠겨서 완전히 몰두하고 있었기 때문에 그녀를 사랑하는 남자는 그가 생각하기엔 오랫동안 가만히 서 있었다. 그다음에 뒤로 물러났다가 처음의 지점으로 다시 돌아오기를 두세 차례 반복했지만 그녀는 여전히 꿈쩍도 하지 않고 있었다. 그래서 결국 그는 앞으로 계속 걸어가서, 지나가다 우연히 그녀와 마주친 체하기로, 그리고 그녀와 이야기를 나누기로 결심했다. 사방이 조용했고 지금이야말로 그녀와 이야기를 나눌 절호의 기회였던 것이다.

　그가 앞으로 계속 걸어갔지만, 그녀는 그가 가까이 다가올 때까지 그의 발걸음 소리를 듣지 못한 것 같았다. 존이 "도릿 양!" 하고

---

[19] 템스 강의 북쪽.

부르자 그녀가 깜짝 놀라며 뒤로 물러났는데, 얼굴에 경악과 혐오 비슷한 표정을 지어서 그에게 이루 말할 수 없는 절망감을 안겨주었다. 그녀는 전에도 종종 그를 피했었다 — 사실은, 아주, 아주 오랫동안, 언제나 피했다. 그가 자기 쪽으로 오는 것을 보고 그녀가 방향을 돌려서 조용히 멀어져간 적이 아주 자주 있었기 때문에 존은 불행하게도 그것을 우연이라고는 생각할 수 없었다. 그러나 그는 그것이 수줍음 때문이거나 소극적인 성격 때문이거나 그의 마음을 그녀가 미리 알아차린 때문이기를, 즉 반감 외에 뭐든 다른 이유 때문이기를 희망했다. 그런데, 그 눈빛이 순간적으로 다음과 같이 말하는 것이었다. "하고 많은 사람 중에서 당신이라니! 당신 말고 누구든 다른 사람을 만나고 싶어요!"

작은 도릿이 그 눈빛을 억제하면서 부드럽고 작은 소리로 "어머나, 존 씨네요! 맞죠?"라고 말했으므로 그것은 그저 순간적인 눈빛이었다. 그러나 그가 그 눈빛이 어떠했는지 느꼈던 것처럼 그녀도 그 눈빛이 어떠했는지를 직감했다. 그래서 그들은 똑같이 당황한 채 서로 마주 보고 섰다.

"에이미, 말을 걸어서 방해한 거 같은데."

"응, 조금은. 나는 — 나는 혼자 있으려고 여기 온 거고, 혼자 있다고 생각했었거든."

"에이미, 내가 실례를 무릅쓰고 이쪽으로 온 것은 방금 도릿 씨를 방문했을 때 그분이 때마침 말씀하시길 네가 — "

그녀가 비통한 어조로 갑자기 "오, 아빠, 아빠!"라고 중얼거리며 얼굴을 돌렸기 때문에 그는 이전보다도 더 큰 절망감을 느꼈다.

"에이미 양, 내가 도릿 씨라는 이름을 들먹여서 네가 불안을 느끼는 게 아니었으면 좋겠어. 장담하는데 그분은 아주 잘 계셨고 기분이 아주 좋았어, 그리고 내게 평상시보다도 더 많은 친절을 베푸셨어. 내가 모르는 사람이 아니라는 말씀을 하실 정도로 친절하셨고, 모든 면에서 내게는 대단히 만족스러웠어."

그녀를 사랑하는 남자가 이루 말할 수 없이 당황할 정도로, 작은 도릿은 얼굴을 돌려서 두 손에 파묻고 어디가 아픈 것처럼 서 있던 자리에서 온몸을 흔들며 중얼거렸다. "오, 아빠, 아빠가 어떻게! 오, 사랑하고 사랑하는 아빠, 아빠가 어떻게, 어떻게 그러실 수 있어요!"

그 불쌍한 사람이 동정심으로 충만해서 그러나 작은 도릿의 행동을 어떻게 이해해야 할지 몰라서 그냥 바라보고 있는데, 그녀가 손수건을 꺼내 여전히 돌리고 있던 자신의 얼굴에 대더니 급히 가버렸다. 처음에 그는 꼼짝 않고 서 있었지만 그녀를 급히 따라 갔다.

"에이미 양, 제발! 잠시 그 자리에 서. 에이미 양, 그렇다면 **내가** 갈게. 내가 이처럼 당신을 쫓아냈다고 생각해야 한다면 미쳐버릴 거야."

그의 떨리는 목소리와 거짓 없는 진지함이 작은 도릿의 발걸음을 멈추게 했다. "아, 어떻게 해야 할지 모르겠어." 그녀가 흐느꼈다. "어떻게 해야 할지 모르겠어!"

그녀가 차분한 자제력을 잃은 모습을 본 적이 없을 뿐 아니라 그녀가 어릴 때부터 아주 의지할 수 있고 자신의 감정을 억제하는 아이라고 알아온 존은, 비통해하는 그녀의 모습과 그녀를 비통하게 만든 장본인으로 자기 자신을 그 모습과 연결해야 한다는 충격 때문에 자신이 쓰고 있는 커다란 모자부터 디디고 서 있는 보도까지 흔들린다고 느꼈다. 그는 자기 생각을 설명할 필요가 있다고 여겼다. 오해받았을지 모르는 것이었다 - 자기가 상상하지도 않았던 어떤 것을 의도했거나 행했다고 추정할지도 모르는 것 아닌가. 그녀에게 베풀 수 있는 최대한의 호의를 베풀어서 자기의 해명을 들어달라고 간청했다.

"에이미 양, 네 가족이 내 가족보다 지위가 훨씬 높다는 걸 잘 알아. 그 사실을 숨기려고 한다면 헛수고하는 거겠지. 내가 들었던 치버리 가의 사람 중 신사는 한 사람도 없었거든. 그리고 그렇게 중요한 문제에 대해 비열하게 거짓말하지는 않아. 에이미 양, 너의 고결한 오빠와 기백이 넘치는 언니가 높은 위치에서 날 퇴짜 놓고 있다는 사실을 잘 알아. 내가 해야 할 일은 그들을 존경하고 친교를 나눠도 좋다는 허락을 받는 거겠지. 그들의 높은 지위를 나의 낮은 위치에서 - 담배 장수로 봐주든, 감옥의 간수로 봐주든, 그것이 낮다는 사실을 잘 알고 있으니까 - 올려보고, 그들이 늘 건강하고 행복하기를 소망하는 거겠지."

불쌍한 그 사람은 정말로 진심이었다. 그리고 단단한 모자와 허약한 마음의(머리 역시 허약했을 테지만) 대조는 감동적인 것이었다. 작은 도릿은 그 자신과 그의 지위를 헐뜯지 말라고, 그리고 무엇보다도 자기가 자신의 지위가 우월하다고 생각할 거라는 관념을 버리라고 간청했다. 그 말이 그에게 약간의 위로가 되었다.

　"에이미 양," 그때 존이 말을 더듬었다. "오랫동안 – 내게는 긴 세월 같았어 – 돌고 도는 세월 말이야 – 가슴에 소중하게 간직하고 있던 소망을 말하고 싶어. 지금 말해도 되겠니?"

　작은 도릿이 전에 보였던 표정을 아주 희미하게 보이면서 무의식적으로 그의 옆에서 다시 움직였다. 그리고 나서는 그 표정을 억누르고 대답도 하지 않은 채 빠른 걸음으로 아이언브리지를 반 정도 가로질러갔다.

　"내가 – 에이미 양, 그저 겸손히 물어보는 거야 – 지금 말해도 되니? 그럴 의도가 전혀 없이, 하늘에 맹세해! 고통을 주는 불행을 이미 겪었기 때문에, 네가 허락하지 않아도 두려움 없이 말할 수 있어. 난 혼자서도 비참할 수 있고, 다른 사람 없이도 슬퍼할 수 있어. 한 사람에게 잠시의 기쁨이라도 줄 수 있다면 저 난간으로 몸을 던질 수도 있는데, 그 사람을 어째서 비참하게 하고 슬프게 하겠어! 그것이 대단하다는 게 아니야, 하찮은 것을 위해서도 그렇게 할 수 있으니까."

　그의 자상한 마음씨가 그를 존경할만하게 하지 않았다면 슬픔에 잠긴 그의 기분과 화려한 겉모습이 그를 우스꽝스럽게 보이게 했을지 모른다. 작은 도릿은 어떻게 해야 할지 자상한 마음씨로부터 배웠다.

　"미안하지만, 존 치버리," 그녀가 몸을 떨면서 그러나 차분하게 대답했다. "날 배려해서 말을 더해도 될지 물어보니까 하는 말인데 - 미안하지만, 하지 마."

"절대로 말이니, 에이미 양?"

"응. 미안하지만, 절대 하지 마."

"오, 주여!" 존은 말을 제대로 잇지 못했다.

"하지만 그 대신에 내가 얘기를 좀 할게. 난 진지하게 그리고 표현할 수 있는 한 최대로 명료하게 말하고 싶어. 존, 우리를 생각할 때 - 오빠와 언니와 날 말하는 거야 - 다른 사람들과 조금이라도 다르다고 생각하지 마. 우리가 옛날에 어떤 사람이었든(그건 내가 잘 모르는 일이야) 오래전에 달라졌고 앞으로도 다를 수밖에 없으니까. 네가 지금 하는 생각 말고 그렇게 생각해준다면, 너에게도 훨씬 나을 거고 다른 사람들에게도 훨씬 나을 거야."

존은 그 말을 명심하려고 노력하겠노라고, 그리고 그녀가 원하는 일이라면 뭐든 충심으로 기쁘게 하겠노라고 슬픔에 잠겨서 부르짖었다.

"나에 대해서는," 작은 도릿이 말했다. "가능한 한 생각하지 마. 덜 생각할수록 더 좋은 거야. 존, 나에 대해 어쨌든 생각할 거라면, 감옥에서 자라는 것을 지켜보았던 아이로, 해야 할 일들에 언제나 전념하던 아이로만 생각해줘. 약하고 내성적이며 자기 삶에 만족하는 무방비 상태의 아이로 생각해달란 말이야. 감옥 바깥에서는 무방비 상태의 외로운 아이라는 사실을 특별히 명심했으면 좋겠어."

네가 원하는 것이면 뭐든 하려고 노력할게. 그런데 내가 그 사실을 명심하기를 이토록 바라는 이유가 뭐야?

"왜냐하면," 작은 도릿이 대답했다. "그러면 네가 오늘을 잊지 않고 그런 말을 더 이상은 안 할 거라고 완전히 믿을 수 있으니까. 너야 워낙 마음이 넓으니까 그 점을 믿을 수 있다고 생각해. 지금도 믿고 앞으로도 믿을게. 완전히 믿는다는 사실을 즉시 보여주겠어. 난 어느 장소보다도 지금 우리가 이야기를 나누고 있는 이곳이 맘에 들어." 사랑하는 남자가 보기에는, 약간 창백했던 그녀의 안색이 바로 그때 돌아오는 것 같았다. "그래서 앞으로도 이곳에 자주 올지 몰라. 날 찾아서 이곳에 다시 오는 일이 절대 없도록 하려면 너에게 이 말을 하기만 하면 된다고 생각해. 그래 - 그렇게 확신해!"

믿어도 돼, 라고 존이 말했다. 불행한 사람이었지만 그녀의 말이 그에게는 법 이상이었던 것이다.

"잘 가, 존." 작은 도릿이 말했다. "언젠가는 좋은 부인을 얻고 행복하기를 바랄게. 네가 행복할 자격이 있다고 확신해, 그리고 존, 너는 행복할 거야."

그녀가 그렇게 말하며 손을 내밀자, 잔가지 모양 무늬가 장식된 조끼 - 사실을 말해야 한다면 싸구려 기성복에 불과한 것이었다 - 아래에 숨겨져 있던 가슴이 신사의 가슴 크기로 부풀어 올랐다. 그러나 그 불쌍하고 평범하고 작은 사내는 그 가슴을 담아둘 공간이 없었으므로 눈물을 터뜨렸다.

"오, 울지 마." 작은 도릿이 애처롭게 말했다. "울지 마, 울지 말라고! 잘 가, 존. 신의 가호가 있기를!"

"안녕, 에이미 양. 안녕!"

존은 그렇게 그녀를 떠났다. 그녀가 귀퉁이 자리에 쭈그리고 앉아서, 자그마한 손을 거친 벽에 댄 채로, 그리고 머리가 무겁고 가슴이 슬픈 양 얼굴도 벽에 댄 채로 있는 모습을 처음으로 보면서 말이다.

그녀를 사랑하는 남자가 커다란 모자를 눈 위에까지 당겨쓰고, 비가 오는 듯이 벨벳 깃을 세우고, 황금 잔가지 모양 무늬가 장식된 비단 조끼를 감추려고 보라색 외투의 단추를 채우고, 무정하게 집 쪽을 가리키는 작은 방향지시 말뚝을 닮은 지팡이를 든 채로, 형편없는 뒷골목을 따라 천천히 움직이면서, 세인트조지 성당의 묘지에 세울 묘석에 다음과 같이 새로운 비명을 작성하는 모습을 본다는 것은, 인간적 계획의 오류를 보여주는 애처로운 실례였다.

"존 치버리의 유해가 여기에 눕다. 특별히 언급할만한 중요한 일을 한 적이 없는 사내로서, 1826년 연말에 실연의 비탄으로 죽다. 숨을 거두면서 에이미란 낱말을 유해에 새겨달라고 부탁했고, 그의 괴로운 부모는 그 청을 들어주라고 하다."

***

(2권으로 이어집니다.)

한국연구재단 학술명저번역총서 서양편·717

작은 도릿 ❶

발 행 일   2014년 1월 5일 초판 인쇄
         2014년 1월 15일 초판 발행

원   제   *Little Dorrit*
지 은 이   찰스 디킨스(Charles Dickens)
옮 긴 이   장 남 수
책임편집   이 지 은
편   집   조 소 연
펴 낸 이   김 진 수
펴 낸 곳   **한국문화사**
등   록   1991년 11월 9일 제2-1276호
주   소   서울특별시 성동구 아차산로 3(성수동 1가) 502호
전   화   (02)464-7708 / 3409-4488
전   송   (02)499-0846
이 메 일   hkm7708@hanmail.net
홈페이지   www.hankookmunhwasa.co.kr

책값은 15,000원입니다.

ISBN 978-89-6817-087-4 04840
ISBN 978-89-6817-086-7 (전4권)

이 도서의 국립중앙도서관 출판시도서목록(CIP)은
서지정보유통지원시스템 홈페이지(http://seoji.nl.go.kr)와
국가자료공동목록시스템(http://www.nl.go.kr/kolisnet)에서
이용하실 수 있습니다.(CIP제어번호: CIP2013026856)

'한국연구재단 학술명저번역총서'는 우리 시대 기초학문의 부흥을 위해
한국연구재단과 한국문화사가 공동으로 펼치는 서양고전 번역간행사업
입니다.